骨と作家たち

キャロル・グッドマン

[illegible]もあった大学教授が悲劇的な死を遂げてから25年。その追悼式がひらかれる前日、教授の教え子たちが大学の施設に宿泊することになった。かつて作家を志し、教授の下で創作に鎬《しのぎ》を削った彼らが旧交を温めるなか、激しくなっていく吹雪《ふぶき》。ある部屋のベッドではカラスの死骸が発見され、ベストセラーを生んだ同窓生のひとりは姿を見せようとしない。そして翌朝、階段の下で首の骨を折った死体が見つかり——。実力派作家がミステリファンの心をくすぐるあの設定を、練達のテクニックで描く傑作！

登場人物

エレン（ネル）・ポートマン……ブライアウッド大学の教養学部長
プレンティス・ホッチキス（ホッチ）……同大学の学長
ケンドラ・マーティン……同大学の講師
ルース・モリス……同大学のエグゼクティブ・アシスタント
ニーナ・ローソン……同大学の一年生
ヒューゴ・モス……同大学の元教授
E・ハヴィランド……同大学の元学部長
エレイン（レイン）・ビショップ……ベストセラー作家
ドディー……ネルの大学時代の友人
チルトン・プライアー……書籍編集者
ベン・ブリーン……警察署長
トルーマン・デイヴィス……ロック・ミュージシャン
ランス・ワイリー……作家
ダーラ・ソコロフスキー……消去詩人

ミランダ（ランディ）・ガードナー……ミステリ作家
ブリジット・フィーリー……ネルの大学時代の同級生
ローレル……レインの母親

骨と作家たち

キャロル・グッドマン
栗木さつき訳

創元推理文庫

THE BONES OF THE STORY

by

Carol Goodman

This book is published in Japan
by TOKYO SOGENSHA Co., Ltd.
Published by arrangement with William Morrow Paperbacks,
an imprint of HarperCollins Publishers,
through Japan UNI Agency, Inc., Tokyo

骨と作家たち

わたしの心のなかで、
永遠に若い
大学時代の旧友たちに。

1

現在

「なかなか軌道修正できなかったんです」

軌道から外れたという隠喩を使って惨憺《さんたん》たる成績の理由を説明した学生は、今学期で——というより、きょうでさえ——ニーナ・ローソンが初めてではなかった。わたしは教養学部《リベラルアーツ》の学部長として、この二年間、学生たちからありとあらゆる言い訳やお涙頂戴の身の上話を聞かされてきた。でも、とりわけ長かった一年がようやく年度末を迎え、長い一日も終わろうとしているときにニーナの話を聞いていると、わたしたちふたりが乗っている列車が脱線して崖からまっさかさまに墜落していく光景が目に浮かんでくる。

どう対応しようかと思案しつつ、ニーナのファイルに目を通す。彼女はここから一時間ほど南下したところにある小都市ニューバーグの出身で、地元の公立高校で好成績をおさめ、高校三年生の三月以降は授業がリモートになったにもかかわらず、その成績を維持した。そして高校時代に書いた短編を認められ、〈レイヴン・ソサエティ〉創作奨学金を獲得し、ここブライアウッド大学に入学してきた。わたしのアシスタントの几帳面な手書きのメモによれば、独身の母親が失業中だったため生活費を稼がなければならず、大学入学を一年間延期せざるをえなかったらしい。入学後は大学の財務部でワークスタディ（金銭的支援を必要とする大学生がキャンパスの内外で働いて給与を得るシステム）に励むかたわら、地元のレストランでアルバイトもしてきた。わたしは視線を上げ、ニーナの顔を見た。疲れて見えるのも無理はない。明るい茶色の肌にはぽつぽつとニキビができている。ジップアップパーカーを着て背を丸め、フードで頭を覆っているけれど、目は充血して腫《は》れぼったいし、化粧っ気のない唇がひび割れているのがわかる。「もう少し早く来てほしかった」わたしは断固とした口調にやさしさをにじませて言う。「退学取り消しを申請できる期限は、もう六週間前に終わっているのよ」

「期間が延長されたって耳にしたんです」ニーナがうつむいたまま言う。

「パンデミックが始まった頃はそうだったけれど、今年度はもう延長措置はありません。わたしたちはみんな、ふつうの生活に戻ろうとしているのだから」ニーナの唇が引きつり、わたしもぴくりとする。そもそも〝ふつう〟とはなにを意味するのだろう?

「教授には相談したの?」

ニーナが首を横に振り、いらだたしそうに頬を紅潮させた。「ホッチキス学長がどう考えているのか……わからなくて。それに学長から直接教えてもらってるのって、最悪じゃないですか」

たしかに最悪よね。そう応じたいところだけれど、わたしは両手を組んでいかにも学部長らしい笑みを浮かべた。「それもブライアウッド大学の伝統よ。教授陣が順番に一年生のセミナーを担当することになってるの。わたしの〈イチセミ〉を担当したのは……」自分もいまの彼女と同じ立場にいたことを明確に伝えたくて、昔から学内で使われている〝一年生向けセミナー〟を略した通称を敢《あ》えて使って説明した。「学長になる前のホッチキス教授だったのよ。たしかに指導が厳しいこともあったけれど、課題にわからないところでもあるの？」わたしが一年生だったとき、ホッチは〈イチセミ〉の授業で、ソクラテスが散歩をしながら弟子と問答したように、その場で即興の課題を出しては学生に創作させた（これこそ思索《パンセ》だ、とホッチは称していた）。そして彼のみぞ知る不可解な基準で成績をつけていた。そのホッチがいま、ニーナにCの評価をつけている。そのせいで成績が次年度も奨学金を得るうえで必要な最低ラインを下回り、ニーナは退学を余儀なくされたのだ。だから、いまになってわたしが退学処分を取り消そうものなら、ホッチは自分の権限に嘴《くちばし》を容れられたと思うに違いない。それでも、ここで踏ん張らなければ――

ニーナが窓の外をじっと見つめている。デスクを挟んでわたしと向きあって坐る学生たちはよくこうして窓の外に目をやるのだ。わたしのオフィスはキャンパスの本部棟にあり、西側にはキャッツチル山地の絶景が広がっている。この景色はたいてい学生たちのささくれだった気持ちをなだめるのだが、この十二月の寒々とした日、荒涼とした岩肌の山並みを眺めているニーナの目には涙がにじんでいる。

「今学期は誰にとっても厳しかったから――」わたしは口をひらく。

ニーナが首を横に振り、涙を払った。「あたし、ここにいるべきじゃないんです……」そう言って室内に目を走らせた。オフィスには重厚なオークの調度品がしつらえられていて、その硬い雰囲気をやわらげようと、エグゼクティブ・アシスタントのルース・モリスが刺繍《ししゅう》入りのクッションやわたしの好きな作家の言葉がプリントされたマグカップを置いている。だがニーナは敵に囲まれた戦場に身を置いているように表情をこわばらせている。「ここには妙な規則や儀式がたくさんあって、わけがわからなくて」

ニーナが涙ぐんでいるのに、わたしは思わず微笑んでしまう。わたしも初めてここに来たときには大学の伝統行事やしきたりのすべてが暗号みたいに思えたし、もっと悪いことに、その暗号を解く鍵を渡されていないような気がしたものだ。「ブライアウッドは歴史ある小さい大学なの」――それも日々、小さくなっている大学、と胸のうちでつけくわえる。入試事務局からの先日の連絡によれば、次年度の新入生は例年の二千人を下回っているそうだ。「だから昔ながらの風習やしきたりがたくさんあるのよ。あなたは〈レイヴン・ソサエティ〉創作奨学金を支給されているでしょう？　その〈レイヴン・ソサエティ〉にも長い歴史があってね。あなたもこれから挽回《ばんかい》して成績を上げれば〈レイヴン・ソサエティ〉に入れるわ。そうなれば四年生のときに上級セミナーを受講できる。もちろん、この大学の伝統行事に慣れるには少し時間がかかるかもしれないけれど」そう言ってから励まそうと言葉を添える。「思い切って参加すれば楽しめるのもあるはずよ。行事には学生たちに一体感をもたせる意味合いもあるから」そのとき過去からの声が頭のなかで鳴り響いた。いったんブライアウッドの秘密の儀式を体験した者は一生、ほかのところには適応できなくなる。「今夜の〈ルミナリア〉には行くつもりなの？」

ニーナが肩をすくめた。「この凍てつく寒さのなか、蠟燭《ろうそく》をもって山を登る気分になれるかどうか。そもそも、どうしてそんな真似をするんでしょうか」

「冬至を祝う意味があるんですって。蠟燭をもってブライアウッド山を登り、岩山塔《ハイ・トアー》の前で篝《かがり》火《び》を焚《た》くの」そう言いながら、わたしはいちばん近い山の頂《いただき》にある石造りの塔のほうを手で示す。「ふたたび光が射しますように、物事がいちばん暗く見える時期でも希望がもてますようにって祈るのよ」こうした説明ではいかにも古臭く聞こえるだろう。わたしは眉根を寄せ、慌ててつけくわえた。「それにホットココアやアップルサイダードーナツもふるまわれる」

ニーナが坐ったまま落ち着かないようすでもじもじした。「寮の上級生たちから、百万年くらい前、そんな行事の最中に行方不明になった娘《こ》がいるって聞きました。その娘がいまでも尾根をさまよっているとか、あのあたりの洞窟で命を落とした者が復讐にやってくるとも」

微笑んだまま、唇が横に固まった。表情がこわばったのが伝わってしまったかもしれない。百万年前。氷の洞窟で行方不明になった娘については数々の伝説があるけれど、〈ルミナリア〉の最中に行方不明になった娘に関するものはひとつしかない。その事件が起こったのは二十五年前のことだと、ちょうどけさ思いだしたところだった。ホッチキス学長から今週末に開催予定の追悼式《ついとうしき》について詳細を詰めるメールがきていたからだ。わたしには追悼式という名称そのものが悪趣味に思えた。故人を偲《しの》ぶ行為はひとりでおこなうものではなく、思い出みたいに分かちあえるとでもいいたいのか。「ブライアウッドのような古い大学には独自の言い伝えや都市伝説があって――」わたしは説明を始めようとした。

「それって血まみれ《ブラッディ》マリー（夜中に鏡の前で名前を三回唱えると出てくる女のお化け）とかスレンダーマン（痩せたスーツ姿の男の怪人）みたいなものですか？」

「まあ、そうね」

「上級生たちの話では、行方不明になったその娘はいまでも山頂あたりの氷の洞窟に潜んでいて、誰かが近くまでくると引きずりおろして生きたままむさぼり食うとか」

「氷の洞窟は立入禁止よ」わたしは言い、退学取り消しを求める申請書に視線を落とした。

「それに、あそこで生きていられる人はいない」そうつけくわえると、申請書のいちばん下の欄にさっと署名した。この学生にセカンドチャンスを与えてもいいではないか。彼女は単なる災難の被害者であって、自身にはなんの落ち度もないのだから。「氷の洞窟に出没する娘の噂は、わたしがここの学生だったときから流れていたわ。当時のある教授は、旧年を追いだして新年を歓迎する昔ながらの風習の名残《なご》りだろうと言っていた」もっとも、わたしの指導にあたったヒューゴ・モス教授は〝追いだす〟ためではなく〝息の根を止める〟ためだ、と言っていたけれど。「でもね、それから数年もたったら噂はぱたりとやんだ。正直なところ、せいせいしたわ」自分の名前をサインした退学取り消し申請書をニーナに差しだし、ふたたび笑みを浮かべようとした。「また軌道に乗るチャンスだと思って、新たな気持ちでスタートを切りなさい」

過去を断ち切って前に進めるかのように。

そんな過去からの声が寒風に乗り、建て付けの悪い窓ガラスをがたがたと鳴らして吹き込んできて、わたしのうなじに鳥肌を立てた。その声はあの山々から、夏でも残る氷の層の下に隠れている洞窟から、まっすぐに届いてきたような気がする。ニーナがふいに申請書を引ったくり、ぎゅっと握りしめた。変心したわたしに申請書を取り戻されてはたまらない、というように。彼女があなたに望んだのはそれだけよ。また過去からの声――こんどはドディーの声だ。

卑屈に肩をすくめるニーナを見ていると、不運で哀れなドディーの記憶がよみがえってきて、申請書を取り返して彼女の顔の前で引き裂いてやりたいという衝動が湧きあがってきた。

そのときニーナが顔を上げ、この部屋に入ってきてから初めてわたしと目を合わせた。ひどくおびえているようなその顔に意表を衝かれる。「じつは、ほかにも――」ニーナが言いかけたところでノックする音が聞こえ、ドアがひらき、ルースが顔だけのぞかせた。

「お邪魔してすみません」ルースが言う。「たったいまホッチキス学長からメールがあって、電子決済承認の署名を四時までに欲しいそうです」

わたしは溜息をつく。いかにもホッチちらしいやり口だ。金曜の夕方まで書類仕事を放っておいたあげく、至急対応せよと迫ってくるのだから。「ここに来て、ドアをどんどん叩きかねないから、さっさと片づけるほうがよさそうね」わたしはルースに応じた。

ニーナのほうに向き直ると、彼女はもう立ちあがってバックパックを肩にかけていた。「なにか、ほかにも相談事があったんじゃない?」

「いえ、べつに」そう言うと、彼女は引きつった笑みを浮かべたけれど、目に不安の色が走った——いや、不安どころではない。おびえているようだ。でも、もう一度笑顔をつくったときには、その表情は消えていた。「なにもかも、ありがとうございます。新たなスタートを切れるよう頑張ります……それに、そのルミなんとかにも参加してみます」ニーナが頰を赤らめ、ドアのほうに歩きはじめた。

「待って」わたしは言い、立ちあがった。

期待するような表情でニーナがこちらを振り向いたとたん、なにを言えばいいのかわからなくなった。万事うまくいくから、と言ってあげたい。でも、そんなふうに断言できるはずがない。そこで書棚から一冊の本を選んで渡した。「これはね、わたしのクラスメイトだったランス・ワイリーが書いた回想録なの。彼もここになじむのに苦労したのよ。あなたの役に立つかも」

彼女は笑みを浮かべようとしながら本を受け取り、待合室に通じるドアを開けた。

「気が変わって悩みを相談したくなったら、いつでも歓迎するわ、ニーナ」

「ありがとうございます、ポートマン学部長」ニーナが背を向け、わたしのふるまいで恥をかかされたと言いたげにそそくさと立ち去った。

呼び戻して、なにを言いかけていたのか確かめるほうがいいだろうか。ホッチに対する苦情を言いたかったのかもしれない。でも、いちばん相談したかったのはホッチの件ではないはずだ。ホッチは言論の自由の庇護者《ひごしゃ》を自任しているふしがあり、みずからもよく学生たちの感情を逆撫《さかな》でしていた。学生たちからたとえ要望があっても、トリガー警告（トラウマになる可能性があるコンテンツがあることを事前に伝える警告）なんぞ無用の長物だと嘲笑《あざわら》い、自分が指定した課題書のリストには断固として多様性をもたらそうとはせず、ジェンダーの中立性に基づく代名詞を使うのを拒否しているのだ。資金集めの才覚がなければ、とっくの昔に学長の座から引きずりおろされていただろう。彼の最大の功績は春に再開予定のワイルダー・ライターズ館の計画を立案して宣伝してきたことだ。ホッチは、創作プログラムのために集められた寄付金を利用して、歴史あるワイルダー会館をワイルダー・ライターズ館に改修する工事を監督してきた。改修後は一階の大広間で夏に創作カンファレンスを開催し、ほかの部屋は毎年、新たに迎える上級生の寮や住居付き作家（大学が住居を用意し、執筆や講義をおこなってもらうために選んだ作家）の居室として利用するという計画だ。この整った環境で著名作家を惹きつけ、ここでの彼らの創作活動で世間の注目を集めようという算段で、そうなれば入学者数の減少を食い止め、大学への寄付金も増やせるともくろんでいた。

わたし自身、このプロジェクトに寄付金の共同受託者として賛同してきた。首尾よく寄付金が潤沢に集まれば十分な支援を得られていない学生に奨学金を給付できるうえ、さまざまなタイプの作家が来校してキャンパスが活気づくと考えたからだ。とはいえ、今週末に開催予定のイベントに関してはずっと反対してきた。それはホッチがたった二カ月前に発表した計画で、わが大学の最初にして最後の住居付き作家であるヒューゴ・モスの逝去から二十五年目という節目に追悼式を開催するというものだった。モスの元教え子全員と裕福な卒業生や理事たちを土曜の夜のレセプションと――それはもうあしたの夜のことだと気づいて身震いした――日曜の午後に礼拝堂でおこなわれる追悼式に招待する。しかも、モスが担当した最後のクラスの卒業生たちは漏れなく宿泊付きで。そのせいでワイルダー会館の改修工事を急《せ》かされ、大学側も出し抜けに詳細を詰めざるをえなくなったのだ。しかも、その重責はもっぱらわたしとルースの肩にのしかかってきた。わたしが異議を唱えたにもかかわらず強引にこの案を通したホッチは、改修費用が当初の予想よりかさんだのでその分の資金集めをしなければならないと言い張った。でも、わたしは内心、ホッチがただリッチな有名人と親しくしたいだけではないかと疑っていた――ホッチはチャンスさえあればパーティーや高級ランチに顔を出すべく嬉々としてマンハッタンに出張したり、地方の富裕層だけが集まる会合に出席したりしていたからだ。おまけにイベントを思いついては短期間での準備をわたしたちに押しつけ、あとはそ知らぬ顔を決め込む……そこまで考えたところで、電子決済承認の件を思いだした。

ニーナが慌てて出ていったのがまだ気になっていたけれど、電子データ化された見積書に目を通すことにした。それは地元のレストラン〈メザミ〉のケータリング代金だった。〈メザミ〉は町で最高級のレストランに数えられていて、数年前からケータリングも開始し、コロナ禍を潰れずになんとか生き延びたラッキーな店でもあった。だが見積書に記されていた金額に、わたしは思わず目を剝《む》いた。今週末のイベントに出席するゲストは多額の寄付をしてくれる見込みがあるので、ホッチが料理に張り込んだと見える。

その後の一時間はメールへの返信に費やした――期限ぎりぎりになってから履修不備の救済

を求める学生からのメール、来年一月の会計監査に備えてワイルダー・ライターズ館の寄付金のデータをもっと送ってほしいという財務部からの指示、さらに創作プログラムの長を務めるケンドラ・マーティンから住居付き作家の候補として選んだ人たちへの推薦文に目を通してほしいという依頼がまた寄せられていた。わたしは今週の前半にケンドラが置いていったオレンジ色のフォルダーをひらき、候補者たちの経歴に目を通した――回想録を執筆したベトナム人作家は昨年キャンパスを訪れる予定だったが、パンデミックのせいで中止になっていた。ほかに挙げられているのは複数の賞を受賞しているアフリカ系アメリカ人のミステリ作家、六十代のネイチャーライターなど。みな素晴らしい候補だったが、わたしが数日前に彼らの経歴をホッチに送ったところ、突然、住居付き作家には卒業生を選びたいと言われたのだ。わたしはこの件をケンドラに言うのを先延ばしにしてきたけれど、事実を知らないままあしたのレセプションに彼女を出席させるのはフェアではない。そこで彼女にメールを送り、事実を伝えた。

ケンドラからはすぐに返信があった。件名は〝なぜ?〟。

わたしは溜息をつき、ヒューゴ・モスを褒めちぎってくれる卒業生をホッチが選びたがっているのだと返信を書きはじめた。もちろん、どの作家にするかを決定するにあたってはケンドラやわたしにもホッチと同じ権限があるけれど、集めた寄付金の金額を考慮すれば彼の案を却下するのはむずかしい、と説明する。ホッチは卒業生からの寄付金を重視していたので、寄付をしている作家は誰もが自分が候補のひとりだと思っているはずだ。そのいっぽうで、ホッチがほんとうに選びたがっているレイン・ビショップは住居付き作家になどなるはずがない。とはいえ、レイン・ビショップの件についてメールで触れるわけにもいかず、敢えて元気な調子でメールをこう締めくくった。あした、レセプションで会いましょう！

それから今週末の追悼式への招待を直前に断ってきたメールにいくつか返信をする。天候が悪いので、という理由を伝えてきた人が何人かいた――天気予報を確認すると、夜間にぐんと気温が下がり、あしたの夕方には雪になる見込みだという。それに、ワクチン接種済みではあるけれど、大勢の人間が集まる場はやはり不安だという理由でキャンセルしてきた人も。それでも大半の人がワイルダー・ライターズ館に寄付金を寄せてくれていた。そもそも寄付金集めこそが、このイベントの目的なのだ。彼らに礼を述べるメールを打ち、正式にオープンする春にまたいらしてくださいと書き添える。結局のところ数十人しか出席者がいないことがわかり、内心ほっとした。もしかすると、あしたは大雪になってすべてのイベントが中止になってくれるかもしれない。

ノートパソコンを閉じて窓の外に目をやると、紫色に暮れなずむ空を背景に山々が先ほどより黒みを帯びている。注意を払っていないうちに山々が忍び寄ってきたみたいに、その存在が近くに感じられた。わたしはぶるっと身を震わせ、立ちあがって窓のほうに歩いていき、頭のなかでメモをとった。少し休憩をとったらニーナに連絡すること。まだ大学になじめないようならカウンセリング・センターに通ってはどうかと伝えること。そんなふうにニーナの気持ちをおしはかっているうちに、同じ年頃だったとき、自分の身に起こったつらい出来事の記憶がよみがえった。この歳《とし》になったのだから、自分が身をもって学んできたことを無駄にせず、いまを生きる人が同じ運命に苦しまずにすむよう力を尽くしてみようと思い直す。

ヒューゴ・モス（こうして追悼式について考えていれば遅かれ早かれ、彼のことを思いださずにはいられないことがわかっていた）は、上級セミナー初日の授業でわたしたちにこう尋ねた。自分の身に起こった恐ろしい出来事を活かして、そこから美しいものをつくりださないのであれば、芸術がなんの役に立つというのかね？

デスクの書類を整理してから、この前の誕生日、地味な冬のコートのアクセントにとルースがプレゼントしてくれた、色鮮やかなシルクのスカーフを首に巻いて思いに耽《ふけ》った。わたしは芸術家ではないけれど、恐ろしい出来事から善なるものをつくりだせるはずだ、と。

いくら善行を積んだところで、あなたがしたことの埋め合わせにはならないのよ。

こんどは自分の声が聞こえる。その声は山襞《やまひだ》のあいだにある氷の洞窟の底から届いたように彼方《かなた》から聞こえてきた。過去からの声だろうか。ふいに寒気を覚えた。いや、未来からの声かもしれない——おまえが犯した間違いが万事過去のものになったわけではないと、警告しているのかもしれない。

2

現在

オフィスを出てホッチの学長室とのあいだにある待合室に入ると、そこにデスクを置いて仕事をしているルースがねずみ色のヘルメットのような髪型の頭を上げて、緑青色《ろくしょう》の分厚いフレームの眼鏡越しにこちらを見た。フクロウの目みたいに丸いレンズの眼鏡と、ごわごわとした白髪まじりの髪に厚塗りの化粧は、世間に対する武装なのではと思うことがある。五年前、エグゼクティブ・アシスタントの面接にやってきたとき、彼女は経歴について多くを語りたがらなかった。当時のホッチはまだ学長に就任したばかりで、エグゼクティブ・アシスタントとして五十代半ばの女性は歳《とし》をとりすぎていると考えていた。でも、それは年齢差別《エイジズム》ですよと、わたしが忠告したのだ。それに彼女はメイン州立大学の立派な推薦状を持参していたし、行政職試験でもずば抜けて高い得点を獲得していた。実際、彼女はまさに超一流のアシスタントだった。有能で疲れを知らず、細部まで気を配ってくれるうえ、学生の力になるためなら骨身を惜しまない。とりわけ恵まれない家庭の学生や、心的外傷《トラウマ》に苦しむ学生には手厚い支援をする。

いまはニーナ・ローソンの退学取り消しの申請書に対応しているところですと、こちらを見てルースが言った。

「ホッチのところに報告に行かなくちゃならなくて」わたしは顔をしかめて言う。

「タッチの差でした」そう言い、ルースが首を横に振った。「ニーナが〈ルミナリア〉に向かったあと、学長もすぐに出ていきましたから」

「おかしいわね、ホッチは今週末のイベントの詳細について確認したいはずなのに」

ルースの眉が眼鏡の縁の上まで飛びあがり、切り揃えた前髪のなかに消えていく――〝わたしの時間を無駄にしないでください〟というおなじみの顔つきだ。「詳細はすべて、わたしが確認しました。ワイルダー会館の掃除はすみましたし、食べ物も洗い立てのリネン類も揃っています。あしたの空港や駅への迎えの車も手配済みです。出欠の返信もすべて揃っています。ただ――」

「かのレイン・ビショップを除いては、ね」わたしがその先を言う。「彼女は来るのかって、ホッチキス学長にしつこく訊かれたわ」

「あなたなら彼女の気持ちを変えられるとでも思ってるんでしょうか」ルースがそう言い、埃《ほこり》よけのカバーをパソコンにかぶせた。「彼女ったら、この二十五年間、世捨て人みたいに暮らしているそうですね」

「この大学の卒業生のなかでいちばん有名で多額の寄付をしてくれそうな作家が自分の魅力が届かないところにいるから、ホッチはイライラしてるのよ。それに創作プログラムに寄付が集まっているとはいえ、ライターズ館にはもっと資金が必要だし、パンデミック以降、大学の財政状況は悪化してるでしょ。予算を削られるんじゃないかと戦々恐々としてるはず」

「そりゃ、心配にもなるでしょうよ」ルースが言い、すでに整理されているデスクの書類をまたととのえ、立ちあがった。「コピー機の修理契約を大学側が打ち切ったの、ご存じですか？おかげできょうは自分で修理するはめになりました」

「自分で……？」

ルースが満足そうに微笑む。「ユーチューブを見たんです。若い人たちはみんな、そうしてます。なにか困ったことがあったら、ネットで調べればたいてい解決策がわかる時代になりましたよ」

少し気持ちが軽くなり、わたしは笑った。「大学の少ない予算でやりくりする方法がユーチューブでわからないのは残念ね」

ルースが舌打ちをして、赤いカシミヤのショール――去年、クリスマスにわたしが贈ったプレゼント――を頭に巻きつけた。「わたしなら、カフェテリアに温かいワッフルを食べられるコーナーをつくったり、ジムにジャグジーをつくったりして、寄付金を浪費するような真似はしませんけどね」わたしの言葉を額面どおりに受け取り、ルースが言う。そして、ふたりで一緒に幅の広い大理石の階段を下りていく途中も、ルースが無駄な出費と見なしているものについて論評を続ける。人気《ひとけ》のない建物に、わたしたちの足音が響きわたる。きょうは今学期最後の日なので、学生や教員たちの大半は冬休みをすごすためにすでに帰省していて、残っている学生たちはもう〈ルミナリア〉に出かけていた。「それにわたしなら、大学が財政危機にあえいでいるのに、亡くなった教授の追悼式のために貴重な寄付金を注ぎ込むような真似もしません」そう言うと、ルースが階段を下りきって重い玄関ドアを開けた。

「おっしゃるとおり」わたしは同意し、葉を落としたプラタナスの並木の下の歩道を足早に歩きはじめる。沈みゆく太陽の最後の陽射しを浴び、プラタナスの枝のまだら模様が白く輝いていた。「百パーセント賛同するけれど、ホッチという人はとにかくライターズ館にお金をかけたいのよ。それで著名作家を惹き寄せ、理事たちに自分の威力を見せつけたいわけ」

ルースが鼻を鳴らす。「言わせてもらいますけど、作家ってそれほどの存在でもないくせにわがままじゃないですか。そういえば今回追悼する作家って――あなたも彼の授業を受けてたんですよね？　こんなに大騒ぎしなくちゃいけないほどの人だったんですか？」

「ヒューゴ・モスのこと？」そう尋ねたとたん、あの洞窟に残る太古の氷の破片がコートの襟の下につるりと入り込んできたかのように、また寒気を覚えた。「たしかに……彼にはカリスマ性があった。それにレイン・ビショップを作家として成功させるきっかけをつくったのも、彼よ。でも……」あいつはモンスターだと、トルーマンが恐怖のあまり大きく目を見ひらきながらつぶやく声がよみがえった。そういえば、同じ表情がさっきニーナの顔にも一瞬、浮かんでいた。あれはオフィスのドアをホッチにどんどん叩かれてはたまらないと、冗談を言ったときのことだった。ホッチを怖れていたのだろうか？　やっぱりニーナを引き留めて、きちんと話を聞くべきだったのかも――

「彼は弱い者いじめをした、そうでしょう？」わたしが口を濁したあとを、ルースが補う。わたしたちはミラー湖の畔《ほとり》まで来ていた。完璧な円を描いて氷が張っている湖面には、わが大学の名前の由来となっているブライアウッド山の山容《さんよう》が映っている。そばの芝生広場には学生、教員、職員、それに町の人たちが大勢集まっていて、みんなコートの襟元にマフラーやスカーフを巻き、サイダーやココアをなみなみと注いだカップと紙でくるんだ蠟燭《ろうそく》を手にしている。学生の多くが——一部の教員や町の人たちも——緑色の長いローブをまとい、ヒイラギとツタで編んだ冠を頭に載せていた。〈ルミナリア〉の伝統的な衣装だ。学生たちはこの昔ながらの風習をどこで調べてきたのだろう。洞窟で行方不明になった娘の話も、誰かが思いついたのか。

ブライアウッド山を見あげると、頂上に向かって蠟燭を運ぶ学生たちの列が明るい黄金色のヘビみたいにくねくねと浮かんでいた。十五年前にブライアウッド大学に戻って以来、毎年この行列を眺めては、戻ってくるのは灯《あか》りだけではない、あのあたりの洞窟で命を落とした者が復讐にやってくるなどと思ったものだ。

そうこうするうちに、遠くで蠟燭の明かりがリボンのようにうねりながら山頂に到達し、岩山塔の銃眼付きの屋上で炎が燃えあがると、ついになにかがやってきたように胸のなかでも炎が燃えあがり——

「なにかトラブルがあったのかも」ルースが声をあげた。「あれ、発煙筒が焚《た》かれたんですよね？」

たしかに、あの灯りが岩山塔の屋上からのもののはずがない。この二十五年間、あの建物は立入禁止になっているからだ。芝生広場に立っている人たちは独立記念日の花火を見物しているかのように歓声をあげている。違う、あの炎はメッセージだ。つかのま、過去からのメッセージかと夢想した。

「遭難を知らせる信号弾が打ち上げられたんです」また空を横切って炎の線が浮かびあがると、ルースが断言した。「なにかあったに違いありません」

ルースが警備員に目を留め、人込みをかきわけながらそちらに進んだ。わたしが追いつくと、〝学生〟とか〝事故〟とかいった単語が警備員のトランシーバーから聞こえてきた。

「なにがあったんです?」わたしは尋ねた。

「学生がひとり、洞窟に転落したそうで」警備員が答える。

「その学生の名前、わかります?」そう尋ねるそばから、鳥肌が立つ。

トランシーバーから身体《ボディ》だか死体《ボディ》だかという単語が聞きとれたが、ほかはなにを言っているのかわからない。ルースがなにか言うけれど、トランシーバーのザーザーという音がかぶさった。

「いま、なんて言った?」わたしはルースに尋ねた。彼女が口にした名前が聞き間違いであってほしいと願いながら。

「洞窟から学生を引っ張りあげたそうです」ルースが言う。「名前はニーナ・ローソン」

ニーナがオフィスを出ていってからずっと背骨にとどまっていた氷のかけらが背中全体へと広がり、胸を突き抜けて、血を凍らせる。ニーナの目に宿ったあの表情——彼女はずっとなにかを怖れていたのだ。

どうして、彼女をとどまらせなかったの? どうして、彼女を引き留めなかったの?

わたしの注意を引こうと朝から頭のなかでずっとやかましく叫んでいたすべての声がいっせいに喋りはじめ、やがて重なりあってひとつのサイレンになった。いや、実際にサイレンが鳴っている。ルースが振り返り、芝生広場にパトカーが入ってくるようすを眺めた。彼女の眼鏡に青と白のライトが反射する――氷で覆われた地下の亀裂から引っ張りあげられたのがルース自身であるかのように。ひとりの女性が氷に覆われている光景はこの二十五年間、わたしが何度も悪夢でうなされてきたものだ。

「ケガをしてるの？」わたしは尋ねる。

ルースがこちらを見た。分厚いレンズの眼鏡のせいで表情まではわからない。「いいえ。幸い、彼女は無事です。でもニーナと一緒になにかが見つかったらしくて。人体の一部が――正確にいえば骨が洞窟で見つかったとか」そう聞いたとたん、わたしはルースに背を向け、やみくもに人込みをかきわけて進んだ。群衆はいまひそひそと噂をしたり、憶測であれこれ言ったりしてざわついている。わたしは山の麓《ふもと》に歩いていこうとしたけれど、大学の警備員に制止された。「誰も山に立ち入らせてはならないって言われてるんで」と、若い警備員が言う。「負傷した学生を運びおろすために登山道を立入禁止にしてるんですよ」

「知っている学生なの」わたしは食い下がる。「一緒にいてあげないと」

学生とたいして年齢が変わらないであろう警備員が迷っているような表情を浮かべたところにルースがやってきて、怒鳴らんばかりに命令した。「こちらはポートマン学部長よ。どういう経緯で事故が起こったのか、大学側は知る必要がある」

「事情はわかりますが、どっちにしろ登山道はもう下山してくる人たちでいっぱいですよ」

彼が山のほうを向き、上を指さした。明るく浮かびあがるヘビが尻尾を食べようと胴体を半分に折って身悶《みもだ》えしているような光景が広がっている。戻ってくる人の列が近づいてくると、その大半はいまも蠟燭を手にしていて、照らしだされた顔は悪霊のようだ。到着した救急隊員たちがストレッチャーを押しながら、いらだたしそうに群衆を眺めている。

「ほかにも山頂に行く道がありますよね」ルースが声を潜めてわたしに言う。「ワイルダー会館の裏から行く道が」

わたしはうなずき、ルースのあとについて松林を抜け、木造で壁には石が使われているチューダー様式の建物のほうに向かった。ゴシック小説に出てくるイギリスの荘園領主の古い邸宅みたいなこの建物は、もとは個人の邸宅だった。その後、学部長が暮らす宿舎に、それから講演会用のホールとなり、わたしがここの学生だった頃には選抜された上級生の住まいになっていた。五年前まではほかにもいろいろな用途で利用されていたのだが、老朽化が進んだので改修してライターズ館に生まれ変わることになったのだ。わたしは今週末のオープニング・パーティーに向けて改修工事など準備が必要な書類のすべてに署名してきたけれど、いま、その鉛枠ガラスの二枚の窓が琥珀色《こはくいろ》に光るようすを見ていると、ねぐらで目覚めたばかりの野生動物の目みたいに思えて落ち着かない気分になる。

ルースがアーチ形の玄関の前から敷石のあるテラスの横を通って錬鉄製《れんてつせい》の門を抜け、わたしの先を進んでいく。奥には森が広がっていて、赤いショールを巻いている彼女はおばあちゃんの家に向かって森へと歩く赤ずきんのようだ。こちらの登山道は険しく、岩を切りだしてつくられているのでところどころ石段がぼろぼろと崩れていく。ルースは五十代後半であるにもかかわらずシロイワヤギさながら軽快な足取りで登っていき、わたしはついていくのがやっとだった。キャンパスのプールで定期的に泳いでいるのは知っていたけれど、それにしても見事な持久力だ。きっとわたしと同様、ニーナの無事を一刻も早く確かめたくて必死なのだ。それに立入禁止となっている洞窟のそばでニーナがなにをしていたのかも知りたいはず。洞窟で行方不明になった娘について、ニーナがどんなふうに話していたかしらと、わたしはずっと思いだそうとしていた。大学になじめずに行方がわからなくなったあの女子学生に、ニーナが引っ張られたような気さえしてくる。もしかするとニーナは、その行方不明になった娘を捜しにいったのかもしれない。

そして、彼女を見つけたのかもしれない。

ルースがふいに道から姿を消し、山に呑みこまれてしまったのではという馬鹿げた恐怖に襲われる。だが、それはもちろん、彼女が山頂に到着したからだった。突然、登山道がなくなり、まっすぐに続くトンネルから空へ足を踏みだしたような気がした。

まるで生まれるときみたい。わたしたちが初めて一緒にこの山道を登ってきたとき、レインがそう言っていたことを思いだす。

夕映えの西尾根の風景に、いつものことながら息を呑む。あたり一面に野草とハイマツが生えていて、黄昏《たそがれ》の空の下、紫色に輝いている。このあたりはハイマツ帯が広がる荒れ地だと、みんながよく言っていた。古代に隆起した断層に沿って尾根がいくつも連なり、氷の洞窟から漏れだす冷気によって高山植物が繁殖しているのだ。ふつう〝洞窟〟と聞けば、山肌を横からくりぬいたような穴を想像するだろうが、ここの氷の洞窟とは岩の亀裂の下にある溝のことだ。こうした溝が尾根のあちこちにあって、一部の浅い箇所のほかは、長く深い空洞が地下に数キロにわたって続いている。古代ローマの地下遺跡の入り口みたいと、レインが深い空洞をのぞきこんで言っていたものだ。岩山塔を囲んでいる学生たちのほうに目を向けると、みんなローブを着ていて、頭には鹿の枝角が付いた冠をかぶり、顔は中世の仮面で覆っている。異教徒の儀式を観察するために集まった古代の聖職者の一団さながらだ。石板の上には捧げられた生贄《いけにえ》のように、ひとりの人間が横たわっている。

心臓の鼓動が速まり、わたしは歩くペースを上げた。近づいていくと、石板の上でドルイド教の司祭によって毛布をかけられているのがニーナだとわかる。ほかの〝ドルイド〟たちの正体は毛布をベルトで締めてツタの冠をかぶり、張り子でできたカラスの仮面を着けている学生たちだ。

「ポートマン学部長！」わたしが近づいていくと、ニーナが身を起こし、声をあげた。

「ああ、ニーナ」わたしは声をかけ、彼女の横に膝をつく。「大変だったわね！　なにがあったの？」

「先生がアドバイスしてくださったので〈ルミナリア〉に参加してみたんです。それで山頂に着いたら、洞窟のあたりに人が集まっているのが見えて、例の行方不明の娘の話《こ》を思いだして……」彼女の声が尻すぼみになり、肩に毛布を巻いているのに身体がぶるぶると震える。あの洞窟の寒さを思いだし、わたしもぞくっとする。「でも洞窟の近くに行ってみたら、もう誰もいなかったんです。だから、みんな洞窟に下りていったのかなと思って、下をのぞいてみたら――」

「ずいぶん愚かな真似をしたものだ」

背後から声が聞こえて振り返ると、プレンティス・ホッチキスがツイードのジャケット、キルティングのベスト、飾り穴のある革靴という恰好で立っていた――いかにもイギリスの田園地帯に暮らす大地主といった風情《ふぜい》で、キジを追いかけてきたかのように頬に赤い斑点を浮かべている。「あそこの洞窟はどこも危険きわまる。氷で足が滑って転落しやすい。だから厳重に立入禁止にしているんだ」ホッチキスはそう叱ると、見物しているローブ姿の学生たちのほうを向いた。「あそこにいた者は全員、不法侵入の罪で停学処分にすべきだな。とくに〈レイヴン・ソサエティ〉のメンバーの罪は重い。きみたちはほかの学生たちに範を示さねばならん」円を描くように集まっていた学生たちが不安そうに目くばせをした。するとそのなかのひとりが、ニーナの悲鳴が聞こえたので洞窟のほうに行ってみただけです、と説明した。

「まあ、今回にかぎっては、違法行為を見逃してやらんでもない」不本意そうにホッチが告げた。

学生たちが居心地悪そうにもぞもぞし、ありがとうございますと小声で言い、メインの登山道から救急隊が到着したので見る間に離れていった。

「そしてお嬢さん、きみに関しても」ホッチがニーナを見て言った。「自分がしでかした愚行にすでに高い代償を支払ったようだ。もう、あやまちは繰り返さないね？」

ニーナが涙ぐみながらうなずいた。

「よろしい」すでにニーナから視線を外しているホッチが言う。「救急隊と一緒に警官も到着したようだ。彼と話をしなければ」

ホッチが救急隊員たちの横を通りすぎ、制服姿の警官をつかまえた。救急隊員のひとりがニーナの横に膝をつき、足首の具合を確かめる。

「大丈夫よ」わたしは言う。「きっと、ただの捻挫《ねんざ》だから」

ニーナがうなずき、目元の涙を拭った。「それほど痛いわけじゃありません。ただ、ものすごく……怖かったんです。携帯のライトで照らしたら……彼女が……下からこっちを見あげていて。あたしもあの穴まで下りていって、あと数十センチ落ちていたら、彼女みたいに死んでたかも。あの骨って、その昔、行方不明になった娘のものなんでしょうか？」

「人間の骨だって、自信をもって言えるの？」わたしは尋ねた。「動物の骨かも――」

「人間の骨だ」姿は見えないのに人の声だけが聞こえて、うなじがぞくりとした。

振り返ると、紫色の空を背景に大きい人影が浮かびあがっている。顔まではわからない。彼がこちらに近寄ってくると革のホルスターがきしみ、胸元で金属製のバッジが光ったので警官だとわかった。

「警察の取調べはすべて、学長室の許可を得てからにしてくれたまえ」警官の少しうしろにいたホッチが口をひらいた。

「洞窟で事故があり人骨が発見されたと通報がありましてね」警官が氷のように冷たい口調で応じた。「現場にこれ以上、人が立ち入らないよう早急に対応しなければならないと判断しました。部下がいま手配にあたっています。現場一帯を立入禁止にして、山頂に続く登山道は両方とも封鎖しなければなりません」

両方とも？　この警官はワイルダー会館の裏手から山頂に続く道をどうして知っているの？

慌てて立ちあがったので、めまいでふらついてしまう。警官が進みでて、わたしの腕を支えてくれた。そのとき、彼の顔をライトが照らしだした。ベンだ。わたしが記憶のなかに葬り去った亡霊たちが、みんな戻ってきたのだ。

でも、ベンは亡霊ではない。その手がとても温かかったので、彼が手を引いたとたんに肌がひんやりと冷たくなり、身体に残っていたわずかなぬくもりを奪われたような気がした。さもなければ気温が急に下がったのか。そういえば天気予報で、夜のうちに最低気温が零下十二度を下回ると言っていた。

「誰もあそこに残っていないか確認しないと」わたしは思わず口走った。するとベンが平手打ちをされたような表情を浮かべた——音信不通だった長い歳月のあと、わたしが初めて彼に投げかけるために選んだ言葉にショックを受けたといわんばかりに。「ニーナが転落する前に、洞窟のそばに何人か立っているのを見かけたそうなの。まだあのあたりに残っていたら、夜のあいだに凍死してしまうわ」

「あんなところに残ってるほど愚かな人間がいるものか」ホッチが言う。

「大学生の馬鹿っぷりを舐めちゃいけないことは身をもって学びましたよ」わたしの目を見つめたまま、ベンが言った。そして視線を外し、怒りの目をホッチに向ける。「以前にも行方不明者が出た危険な場所で、大学のイベントを開催するのがはたして分別ある行動だったんでしょうか」

非難されたホッチが形相を変えた。「町でどんな噂が流布しているのが知らんがね、このブライアウッド大学では学生の身の安全を最優先に考えている」

口角を引きつらせ、ベンが冷笑を浮かべた。彼の性格をよく知らなければ、自分が誰だかわかってもらえずに傷ついている心象を察することはできないだろう。まさか町の警官がこの大学の卒業生であるとは、ホッチには思いもよらないはずだ。それどころかベンは今週末のイベントの招待客リストに含まれているだけでなく、最初に招待を断ってきた人物でもある。ベンがうしろ足に身体の重心を移したので、ホッチに殴りかかりそうになっているのがわかった。でも、そこでひとつ深呼吸をすると、わたしのほうを見た。

「あの一帯を捜索すべく、もうチームを編成してある。迷子になっている学生を見つけたら、聴取がすみしだいキャンパスに戻らせるよ。ミズ・ローソンにはいくつか質問をする必要があるが、それがすんだらどこか暖かい場所に連れていこう」

「事情聴取の場には大学側の代理人が同席すべきだと思うがね」ホッチが言い、会議で自分の権威に盾突かれたときみたいにふんぞり返った。

「彼女とはわたしが一緒にいます」わたしはホッチに言い、ベンとのにらみ合いを終わらせようとした。「SNSで情報を拡散される前に、実際になにがあったのか声明を発表すべきではないでしょうか」そう言うと、わたしは〝ドルイド〟たちのほうをわざと見た。携帯電話をいじっていた彼らは、ルースになにか言われている。さっさと洞窟から離れて、もっと暖かい服装をしなさいと叱られているようだ。そのとき、わたしの携帯電話で通知音が鳴った。画面を見ると、うちの大学名のタグをつけたツイートが表示されている。ブライアウッド大学の学生が洞窟で死体を発見。もうひとつのツイートには、氷の洞窟のミステリ、再浮上、とある。そうしたツイートのひとつをタップしたけれど、ロードできない。山の上には電波が十分に届かないのだ。ホッチが携帯電話を掲げ、もっと電波が届くところを探して歩きはじめた。するとベンはニーナの横にしゃがみ、低い声で話しかけた。彼女が身体をこわばらせるのがわかる。わたしは彼女の反対側にしゃがみ、石の冷たさに顔をしかめつつ彼女の腕に手を置いた。ニーナが不安そうな笑みを浮かべてこちらを見てから、ベンのほうに視線を移す。とても低い声で話しているので、ベンの質問の内容はところどころ聞きとれないが、洞窟のそばにいる学生たちを見たときのことを尋ねたらしい。

「彼らの顔は見えたかい?」ベンが尋ねた。

「いいえ」ニーナが応じ、落ち着かないようすでこちらを見た。「みんなフード付きのローブを着ていましたし、顔を仮面で覆っていましたから。〈レイヴン・ソサエティ〉のメンバーかもしれないと思いました。行方不明の娘のために儀式でもしているのかと」

ベンがこちらを凝視した。その顔には恐怖と怒りの表情が浮かんでいる。「〈レイヴン・ソサエティ〉？」と震える声で繰り返した。「行方不明の娘のための儀式？　いったいどういうことなんだ、ネル？」

「儀式のことなんて、なにも知りません」学者のローブをまとったつもりで、わたしは懸命に威厳のある口調で答えた。「でも〈レイヴン・ソサエティ〉のメンバーの名前とメールアドレスを調べて、あとで送ることはできます、署長」そう言ってから、わたしはニーナに話しかけた。「そこにいたのが誰だったか、教えてくれると助かるんだけど」そう言いながら、ベンがわたしにならってニーナを安心させる口調で話してくれることを願う。きょう彼女は十分な数の男たちから叱責を受けてきたのだ。

「メンバーについてはこちらで調べる」法を犯した者について論じる口調で、ベンが言った。「今後はよく知らない人間のあとを追いかける前に、よく考えることだ」そう言うと立ちあがり、トランシーバーに向かって大声で命令を出しながら薄暮のなかを歩きだした。

「あたしもここの一員なんだって、思いたかっただけなんです」ニーナが小さく言う。

「わかるわ」わたしは彼女を抱きしめ、肩をさすった。そして、胸のうちでこうつけくわえた。問題はね、一員だと思いたいがために、とんでもない真似をやりかねないことなのよ。

3

これでついに自分の居場所を見つけて、なにかの一員になれる。ブライアウッド大学から合格通知が届いたとき、わたしはそう思った。その知らせは誰にとっても驚きだった――わたしの母、進路指導のカウンセラー、そしてブライアウッド大学の卒業生で受験を強く薦めてくれた英語の教師にとってさえ。わたしの成績は平凡なものだったし、少し目立つところがあるとすれば二年生のときに詩のコンテストで賞をもらったこと、それに子ども時代にひとりで本ばかり読んでいたおかげで大学進学適正試験《SAT》の読解力の成績がよかったこと程度だったからだ。大学入学を控えた夏休みは近所の食堂《ダイナー》でアルバイトをしてすごした。そして毎晩ベッドに入ると、合格通知が誤配されたという悪夢にうなされた。わたしが大学の門のところに行くと――大学のパンフレットには紫色の空を背景に先が尖っている黒い金属製の門扉の写真が掲載されていた――とんでもなく長身で全身黒ずくめの男が立っていて、おまえへの合格通知は誤配だった、と告げるのだ。そして彼の横に立っている小柄な人をその長い鉤爪《かぎづめ》で指し、こう続ける。この者が本来、合格通知を受け取るはずだったのに、あやうくおまえがその座を奪いかけたのだ。

まだら模様の陰にたたずむその人の顔を、わたしは見分けようとする。木洩《こも》れ陽《び》が明るくなると、霞《かすみ》がかかったようにぼやけていた顔にしだいに焦点が合って顔立ちが浮かびあがる――うんざりするほど見慣れた顔が。

でも、その人はわたしです！　わたしは大声で抗議するけれど、門番は笑い、甲高い音を立てて門を閉ざす。その音に耳をつんざかれ、わたしは眠りを破られ、ハッと目を覚ますのだ――狭いツインベッドのべとつくポリエステルのシーツで首を絞められたような状態で。

「一年目はナッソー・コミュニティ・カレッジに行くほうがいいんじゃない？」翌朝、悪夢を見たことを話すと、母にそう言われた。「自宅を離れるのが不安だって認めるのは、べつに恥ずかしいことじゃないわ」

「大丈夫」わたしは言い、ここでひとりぼっちにしないでとすがるような母の視線から目をそらした。

こうなったら、当初の予定より早く大学に行くほうがいい。わたしはそう決心した。図書館でワークスタディの仕事をすることになっていたので、授業が始まる十日前に寮に入るのを認められていたからだ。

「そんなに早く行く必要はないわよね？」この計画を伝えると、大学から届いた通知を見ながら、母が言った。

「早めに行けば慣れるまでの時間がとれるし、よく働く学生だって大学にもアピールできるでしょ」わたしは反論した。「新しい仕事を始めるときには第一印象が肝心だって、いつも言ってたよね？」

父が母を捨てて雇っていた受付係のもとに去ったあと、母は歯科医の受付係の仕事を見つけてきた。そして勤務初日を迎えると、プロらしく見せるべく静脈瘤《じょうみゃくりゅう》ができた脚に新品のパンティストッキングを履きながら、そう訓戒を垂れたあと、こうつけくわえたのだ。絶対に男に頼らないこと。体型を崩さないよう気をつけること。パーティーでしばらく目を離したあとのグラスに口をつけないこと。

荷物は送ればいいからキャンパスにはバスに乗ってひとりで行く。そう言ったとき、母が傷ついたような目をしたことはいまでも鮮明に覚えている。上品な旧家出身者が多いブライアウッド大学まで一緒についていったら、自分のロングアイランド訛《なま》りや明るい色に染めた髪を娘が恥ずかしく思うはずと察したのかもしれない。こうして、わたしがブライアウッド大学に捧げた最初の生贄《いけにえ》は母となった。大学の門をくぐるためにわたしが支払った、最初の通行料。

そして、あの蒸し暑い八月の日、ようやくたどり着いた門には錠が下りていた――例の悪夢が正夢になったというわけだ。

「来週まで門は開けないんでね」オーバーオール姿の管理人に言われた。「裏口に回ってくれ」案内しろと、管理人は痩せ細った青年に指図した。しし鼻の形や赤みを帯びた肌の色がよく似ていたので息子に違いない。こうしてわたしは管理人の息子と一緒に通用門からブライアウッド大学に初めて足を踏みいれることになった。出迎えたハウスキーパーたちは床のワックスがけやラジエーターの洗浄を邪魔され、いかにも迷惑そうだった。かたや管理人の息子はむっつりしていて、案内を終えると父親と一緒にそそくさと地下室に消えていった。わたしは事前に配送しておいたダンボール箱の数々を自力で四階まで階段を使って運びあげた。そして足音を響かせながら人気《ひとけ》のない廊下を歩きまわり、あてがわれた〈スイートE－4〉の部屋を捜した。というのも、ドアに張りつけられた部屋番号は順番どおりではなかったからだ――少なくとも、わたしが入学した当時はでたらめに並んでいた。長方形のフロアを二周したものの、〈E－4〉と書かれた部屋は見つからなかった。これもまた、わたしはここの一員として歓迎されていないという印《サイン》だった――自分に割り当てられた部屋が存在しないのだから。ようやく、ひとりの寮母が同情してくれた。響きわたる足音やフロアを回るスーツケースのキャスターがきしむ音を聞き、ここで手を貸さなければまたキャンパス伝説が増えてしまうと思ったのだろう――〝自分の部屋を永久に見つけられない新入女子学生〟という言い伝えが。

「Eは東《イースト》の略。つまり、東棟」彼女はそっけなく言い、狭い廊下を先に立って歩いていった。こんな廊下があることに、わたしはそれまでまったく気づいていなかった。彼女が立ちどまってドアを開けると、その奥には陽光あふれる部屋が広がっていた。「4は四人部屋という意味。シングルが二区画、ツインが一区画ある。ここがいちばんいい部屋よ」そう言うと、彼女は開け放したドアの奥に広がる続き部屋を指した。鉛枠のついた縦長の窓ガラスが何枚も並んでいて、戸外には木が生い茂る中庭があり、その奥には山々の連なりが見える。

「欲張りだと思われたくないので」そう言うと、わたしは日当たりのいい広々とした区画に背を向け、真ん中の区画を見た。狭いベッドが二台並んでいて、シーツのかかっていないマットレスは黒ずんだ黄色で、ベッドのあいだは数十センチしか離れていない。顔も知らない相手とこれほど近くで眠るところなど想像できなかった。「ほかにもシングルベッドの区画があるんですよね？」

彼女がもう一枚のドアのほうに顎をしゃくった。そこはクローゼットなのだと思っていたが、どうやら寝室らしい。ドアを開けると狭くて細長いスペースがあり、突き当たりに窓が一枚だけあって、隣の棟のレンガ造りの壁が見えた。いかにも中世の修道女が暮らしていそうな独居房だ。「貴婦人が連れてきたメイドの召使部屋だよ」寮母が吐き捨てるように言った。

わたしは彼女のほうを振り返り、昔は大学に自分のメイドを連れてくる女学生がいたという事実に驚いた顔を見せようとしたが、すでに寮母の姿はなかった。

ついにわたしはブライアウッド大学で自分の居場所を見つけたのだ――人目につかない安全な場所を。

それからの十日間は目に見えない存在になったような気分ですごした。図書館に行き、少し早めに来たんですと言うと、忙しそうな司書が部屋いっぱいに並ぶ台車を指し、そこに積みあがっている本をもとの棚に戻しておきなさいと、こちらを一瞥《いちべつ》もせずに命じてきた。わたしはそれから毎日数時間、キーキーと音を立てる台車を押しながら空っぽの書架のあいだを抜け、デューイ十進分類法に従って定められた書架に一冊ずつ本を戻していった。食事どきになると、職員専用のカフェテリアで六人ほどのワークスタディの学生たちと一緒に食事をとった。カフェテリアにはほかにもスタッフがいたけれど、わたしは無視された。そのなかに例の管理人の息子もいた。彼は持参した茶色のランチバッグにしし鼻を突っ込むようにして、本を読みながら食べていた。三日目になると、わたしはその本がラテン語の文法書であることに気づいた。「わたし、ラテン語を選択してたの」思わず声をかけた――まだ、自分に声が出るかどうか確かめたいという気持ちのほうが強かったけれど。「試験勉強をしているの？」

彼が濃い茶色の瞳でこちらを見あげた。狩猟で追い詰められた動物みたいにおびえた目をしている。「来週からの授業の予習になると思って勉強してるんだ」

「ええっ！　あなたもここの学生なの？」わたしはびっくりして尋ねた――彼が単なる管理人の息子ではないこと、そして大学でラテン語を選択する学生がいること、その両方に驚いたのだ。なにしろわたしは高校でラテン語の勉強を終えるのが待ち遠しくてならなかったのだから。

彼は頬を紅潮させた。「管理人の息子だって入学は認められる。それに奨学金ももらえる」

「管理人の息子のための？」そう尋ねたとたん、なんて失礼な質問をしてしまったのかと後悔した。

彼の乳白色の肌がいっそう紅潮し、耳の先まで赤くなった。「ああ、教職員の子どものためのを」歯を食いしばりながら、そう応じた。

「いいわね」としか言えなかった。なんとかしていまの失言の埋め合わせをしたい。そこに坐ったら、と言ってくれることを願ったけれど、彼はなにも言わない。そこでわたしはカフェテリアから逃げだして、ここに来てからずっとキャンパスを呑みこんでいた霧のなかに足を踏みだした。氷霧《ひょうむ》だ、と寮母や管理人たちが仕事をしながら低い声で言う声が聞こえた。氷の洞窟から下りてくるんだよ。わたしがけさ部屋を出るとき、寮母からこう警告されたことも思いだした。あの山には登っちゃいけないよ。山奥の洞窟で、何人も姿を消してるからね。

わたしは図書館からカフェテリアへと続く小道を歩き、寮に戻っていった。いくら目をこらしても目の前には灰色の霧が広がるばかりで、パンフレットに掲載されていた木洩れ陽の美しいキャンパスはない。霧のなかから建物や樹木がぬっとあらわれると、悪夢で見るキャンパスがよみがえった。ときどき、こちらに近づいてくる人影がちらりと見えることがあっても、すれ違う前に忽然《こつぜん》と消えてしまった。人の声が聞こえてきても、川からの霧笛《むてき》や鳩の悲しそうな鳴き声にかき消された。そんなことが何日も続くと、自分がほんとうに実在するのかどうか心許《こころもと》なくなってきた。誰かとばったり出くわして「幽霊かと思った！」と口走ることさえあった。

でも胸の底では、あの悪夢で門の横に立っていた霞《かす》んだ娘に出くわしたのかもしれないと思っていた――ブライアウッド大学で本来、わたしの代わりに入学するはずだった娘に。

ある晩、窓のほうから物音が聞こえた。起きあがって見にいくと、窓ガラスに彼女の顔が映っていた。夢のなかの例の霞《かすみ》の娘――いわばわたしの「取り替え子」――が、自分の居場所を奪い返しにきたのだ。でもすぐに、それは霧で曇った窓ガラスに映る自分の顔だとわかった。わたしは窓に歩みより、結露を手で拭った――と、そのとき、なにかが窓ガラスに勢いよくぶつかってきて、大きな音を立てた。わたしは悲鳴をあげ、よろけながらあとずさりをした。彼女がやってきたのだ。すると開け放たれた窓から、彼女が身に着けていた黒い布の切れ端が落ちてきた。なにかが窓にドンとぶつかった音にまだ心臓をばくばくさせたまま、わたしは膝をつき、床から黒い羽根を一枚拾いあげた。先端に血痕が残っている。霧のなかで方向がわからなくなったカラスが、この窓ガラスに激突したのか。

それともおとぎ話の少女みたいに、あの霞の娘がカラスに変身したのかも。この羽根は彼女がまた戻ってくるという印《サイン》なのかもしれない。

わたしはまたベッドに横になったけれど、途切れ途切れにしか眠れなかった。そして翌朝、甲高い音で目が覚めた――取り替え子がわたしを引き裂きにきたのかと身構える。

「シングルベッドが四台あると思ってた」若い娘の声が聞こえてきた。「あたしたちのふたりが部屋を共有しなくちゃならないなんて、続き部屋《スイート》の意味がないよね。ドディーがいびきをかくのは、みんな知ってるし」

「わたしはツインでかまわないわ、チルトン」べつの声が言った。深みのあるハスキーな声で、どこかしら愉快そうだ。「わたしが死んだように眠るの、知ってるでしょ」

「あたし、扁桃《へんとう》肥大なの」三つめの鼻声が言い訳がましく言った。「あたしが一人部屋にすれば、誰にも迷惑をかけずにすむんだけど」

「いちばん広い一人部屋はレインが使うって、もうみんなで決めたでしょ」最初の声――チルトンだろうか――が言った。「くじを引いたらレインの名前が最初に読みあげられたから、あたしたちにこのスイートが当たったんだもの。でも、もうひとりルームメイトがいるのよね。どんな娘《こ》が来るんだろ？　それとも、もうここで暮らしてるとか？」

「彼女は一週間前からここに暮らしてるって、寮母さんが言ってた」鼻声――ドディー？　それにしても変わった名前だ――が言った。「その娘はね」ドアの向こうに実際に耳も感情もある人間が潜んでいると思ったのか、声が小さくなった。「ワークスタディなんだって」「べつに犯罪じゃないでしょ」深みのある声――レイン――が言った。「それに貧しいからって、耳が聞こえないわけじゃない。わたしたちが言い合ってるのをずっと聞いてるのかも。だったら彼女、きっとすぐに部屋の移動申請をするわね。そうすれば口論ばかりしているやかましい娘たちとルームメイトにならずにすむもの。ハロー！　そこにいる人！　もう起きてる？　それともわたしたちにうんざりして、もう窓から逃げだしちゃった？」

どうすればいいの？　ずっと聞いていたって白状すべき？　それとも、いま目覚めたばかりのふりをする？　レインという娘の露骨な提案に従って、さっさと窓から逃げだす？　あきらかに彼女たちは、わたしにこの部屋から出ていってもらいたがっている。

ドアの向こうからカサカサという音が聞こえた。紙を丸める音だ。ここで焚火《たきび》をして、わたしを燃やすつもり？　すると、なにかがドアの下の隙間から差し込まれた。分厚いカードだ。金色の浮きだし模様でイニシャルが渦巻くモノグラムが入っていて、煮えたぎる大鍋を三人の魔女が囲んでいるイラストがさっと描かれていた。

「出ておいでよ」と文章が添えてある。「嚙《か》みつかないから。そんなに深くは」

うっかり笑い声のようなものをあげ、おまけに鼻まで鳴らしてしまったところで、レインと呼ばれた娘が声をあげた。「ほらね！　いたでしょ！」そこで仕方なく、わたしはドアを開けた。

みんな、床にしゃがんでいた。蓋を開けたスーツケースを囲んでいるそのようすは『マクベス』に登場する三人の魔女そのものだった。小柄でしし鼻、髪がブロンドの娘はポロシャツにキュロットスカートという恰好。面長《おもなが》のブルネットの娘はカーキ色のスカートにマドラスチェックの袖なしのブラウスを着ている。カラスみたいに真っ黒な髪の美人はカットオフジーンズと白いTシャツを着て、これ見よがしに黄金色に日焼けした肌を見せつけている。

「あなたが一人部屋を取ればいい」必死で涙を押しとどめながら、わたしは言った。「わたしがシングルを選んだのは、こんなに狭いベッドには誰も寝たがらないと思っただけだから」

黒髪の美人が脚を折り曲げて坐ると声をあげて笑った。「あなた、いつもそんなに目立たないようにしてるの?」そう言って日焼けした長い脚を伸ばし、立ちあがった。「わたしはレイン」ほっそりした手を差しだし、自己紹介をしてきた。「こちらのおてんばたちは、チルトンとドディー。お行儀が悪くてごめんなさいね。わたしたち、はるか昔からの幼馴染《おさななじみ》なの。寄宿学校では残った料理の争奪戦でしょっちゅうやりあったものよ」

わたしは呆然と彼女を見つめた。からかっているのだろうか。本のなか以外で、こんな上品な口のきき方をする人には会ったことがない。でも、その笑顔は心からのもののようだったし、彼女はまだ手を差しだしている。握手しないのは失礼だ。

その手は意外なほど力強く、彼女は握手を終えるとわたしの横を通り、一人部屋をのぞきこんだ。「やだ、あなたの話、大げさじゃなかったのね。まるで修道女の独居房みたい――あら、あれ、ウォーターハウスの『シャロットの女』(テニスンの詩の一場面を描いている)ね? 夏にテート美術館で観たわ」そう言うと室内に目を走らせ、わたしが壁にテープで貼りつけたもう一枚のラファエル前派の複製画を眺めた。これほど洗練された女性《ひと》から見たら、なんと子どもじみた趣味かと思い、頬が赤くなる。ところが、彼女は気に入ったらしい。「あら、彼女の絵、ほかにも飾ってるのね。あなたがこの部屋を気に入ったのも当然だわ」そう言うと、レインは鏡に映るレンガ造りの壁の光景を手で示し、デスクの上にひらいたまま置かれているノートに目を向けた。

「〝されど　姫はみずからの織物《ウェブ》のなか嬉々として　鏡に映る不思議な光景を織りあげる〟」レインが詩を読みあげた。わたしは彼女をまじまじと見た。からかわれているのかどうかわからなかったけれど、詩の言葉の力に感嘆せざるをえなかった。彼女が読みあげた詩はまさにこの一週間、わたしが感じていたことを要約していたからだ。つられて、わたしもそのテニスンの詩の節の最後を暗唱した。「〝影の世界にはもううんざり〟」

「〝と、シャロットの姫は言った〟」その続きをレインが言い、顔をぱっと輝かせた。「わたしね、シャロットの姫にちなんでエレインって名づけられたの。でも、みんなからはレインって呼ばれてる」そう言ってレインが喉元に触れた。鎖骨の奥深くにゴールドのロケットがおさまっていて、溶けた黄金がそこに溜まったかのようだった。ロケットにはカードに刻印されていたのと同じ装飾的なモノグラムが刻まれている。

「ええっ！　すごい偶然」わたしは思わず言った。「わたしの名前、エレインなの。エレインとよく似てるわね。みんなからはエリーって呼ばれてるけど」

　彼女の顔が一瞬、暗くなった。どう見ても自分がオリジナルなのに、ほかの誰かの劣化版だとけなされたと言わんばかりに。だが、すぐに明るい顔をつくると身をかがめ、わたしたちふたりにしか聞こえないほど小さく共犯めいた口調で囁《ささや》いた。「わたしたち、同じ続き部屋で暮らす運命だったみたい。でも……」そこまで言うと、彼女は小鳥のように首をかしげ、わたしをじろじろと見た。「あなたはエリーっていう感じじゃない。そうね、どちらかといえば、ネル《Nell》って感じ。最後にeをつけて逆さに読めばエレン《Ellen》になるし」

「eがついたネル《Nelle》」わたしはそう繰り返したものの、乾燥機のなかで裏返しになった靴下になったような気がした。でも、レインはご満悦だった——自分にも、ひいてはわたしにも。「気に入ったわ」わたしは応じた。

「あたし、ネリーっていう名前のコッカースパニエル、飼ってたことあるよ」ドディーが快活な声で言い、チルトンが呆れたと言いたげに目を丸くした。

「最後にeがつかない綴《つづ》りのほうがいいかもね」レインが新たに提案した。

「うんうん」チルトンが同意して、「ドディーが飼ってたコッカースパニエルと間違えるのもよくないし」

「そうね、そのとおり。eがないネル《Nell》のほうがずっといい」

「じゃあ、〝ネル〟で決まり」レインがきっぱり言った。「あなたとは、きっと大親友になれる」レインがわたしにそう言うと、ほかのふたりに大声で命じた。「あなたたちふたりは仲良く一緒の部屋で寝ること。シャロットの姫には私室が必要なり」

ドディーとチルトンが不満そうに目くばせをした。きっとこのせいで、ふたりはこれからずっとわたしのことを嫌いつづけるだろう。

「あの……誰かと一緒の部屋でも、わたしは全然かまわないの。たぶん、ドディーがこの部屋を使うべきじゃないかしら……だって……その……」

「いびきがうるさいから?」ドディーが引きつった笑みを浮かべて言った。「あたしはいびき防止用のテープを鼻に貼れるし、チルトンは耳栓を使えばいい。あなたが一人部屋を使うべきだってレインが考えてるのなら……」

「一人部屋はあなたが使えばいい」チルトンがドディーよりわざとらしい笑みを浮かべて口を挟んだ。「中世の姫の呪いに比べれば、テープや耳栓をするくらい楽なものよ」

「そのとおり」レインが同意した。チルトンの声ににじむあからさまな皮肉や憤慨《ふんがい》に気づかなかったのかもしれないし、無視したのかもしれない。「これで決まり。じゃあ、そろそろワイルダー会館に行ってみましょう。早めに登録に行かないと、最高の授業を受けられないから」

「そうなの?」わたしは驚いて尋ねた。「そんなことをする必要があるなんて知らなかった。でもわたし、まだ着替えをすませてないし――」

「まだ呪いも全部言い終えてないのよね?」チルトンがわざと愛らしい声で言った。

「ナンセンス」レインが断じた。「われはここに呪いを解くことを宣言する。ねえ、ネル、あなたみたいにロマンティックな人にぴったりの授業があるのよ」

わたしは慌てて服に着替え、新しいルームメイトたちと四階から階段を勢いよく下りていった。レインの笑い声が寮全体に響きわたる。するとふいに、ほかの学生たちが階段を上がってきた。いくつも箱を抱えたまま互いになにやら叫びあっている。レインの上機嫌のおかげで、彼らが霧から姿をあらわしたのだ――

　学生の一団とすれ違い、気づいたときにはもう戸外に躍り出ていた。陽がさんさんと輝き、パンフレットの写真そっくりに木洩れ陽の影がちらつく小道、ツタに覆われたレンガの建物、点在する古木といった風景がすべてまぶしく見えて、わたしたちの将来を約束しているようだった。なんだか、レインがほんとうにわたしの呪いを解いてくれたような気がした。けれど、のちに思い返すことになるのだが、姫が塔の外に出たあとも呪いは解けていなかった。それどころか、それは単なる始まりにすぎなかったのである。

4

現在

　ニーナが医務室に運ばれたことを確認してから、わたしは警察チームにまじって陽の名残《なご》りを背景に暗く浮かびあがる尾根に立ち、紫色に暮れなずむハイマツ帯を重い足取りで横切っていった。警官たちは田舎で厳しい狩猟を終えて帰ってきた男たちを描いたブリューゲルの絵画から抜けだしてきたように見えた。

　その光景にぶるっと身震いをすると、誰かに毛布に肩にかけられ、ぬくもりを覚えた。ベンだろうか。わたしに冷たい視線を向け、冷ややかな声を出していたけれど、やはり思い直してようすを確認しにきてくれたのかもしれない。

でもやっぱり、それはルースだった。彼女は大容量のトートバッグからホットチョコレートを入れた魔法瓶を取りだした。いつだって用意周到なのだ。「もう自宅に戻ってちょうだい」

わたしは声をかけた。「きょうは長い一日だったし、気温がぐんぐん下がっているから」

「日の出までに零下十度くらいまで下がるそうですよ」自分の手柄のような口調で、ルースが応じた。薪《まき》ストーブのガラス製のドアのように眼鏡のレンズがオレンジ色の夕陽を反射している。

「ホッチにメールして、追悼式はなんとしても中止すべきだと伝えるわ。道理をわきまえてもらわないと。彼が中止の決定をしたら、あなたに伝えるから――」

「出発直前の参加予定者全員にメールして、中止の連絡をすればいいんですね。あなたも帰宅して、少し休まないと」

「あなたもね」

わたしたちは山を下り、麓《ふもと》で別れた。ルースはオフィスに戻っていったのかもしれない。自宅のパソコンが古いのでオフィスのパソコンで仕事をするほうがいいんですよと、以前言っていたからだ。新型コロナウイルス感染症の流行拡大を受けてロックダウンが始まった頃でさえ、ルースは管理人たちが使っていた地下トンネルにスペアキーを使って入り、大学に通っていたほどだ。そうすればカード読み取り機のセンサーを使わずにオフィスに入れるので、キャンパスへの来訪者が踏まなければならない面倒な手続きをせずにすむからだ。ウイルスに感染するのが心配じゃないのと、わたしがメールで尋ねたところ、ルースからの返信にはこう記されていた。ここにいるのは、わたしだけですし、万事に目を光らせている人間が必要でしょう、と。以前のわたしならルースが本部棟で〝万事に目を光らせている〟ことがわかると心強く思ったものだ。一度、「シャロットの姫」みたいね、と彼女に言ったことがある。するとなにを言われているのかわからないように、彼女がぽかんとした表情を浮かべた。でも少し間《ま》を置いてから、こう言ったのだ。「彼女は呪いをかけられていたんですよね。だから最後には死んでしまった」

この一件があってからというもの、ルースの百科事典のような知識をけっして侮《あなど》ってはならないと、わたしは肝に銘じていた。

歩いて自宅に戻る前に携帯電話を取りだし、追悼式は中止する必要がありますと凍《い》てつきそうな指先で短い文面を打ち、ホッチに送った。予報によれば天候が悪化するそうですし、警察が洞窟から人骨を引きあげている最中に式典を決行しようものなら、あまりにも薄情だと思われるのではないでしょうか、と。それから大学の門へと向かった。はるか昔、ブライアウッド大学に初めて来たとき、この門は威圧的に見えて自分のためにはけっしてひらかないとしか思えなかった。でも今夜はその逆で、もう外に出してくれないのではという恐怖を覚えた。ところが門は楽々とひらき、二度とおまえのために開けてやるものかと言わんばかりにガチャンと大きな音を立てて閉じた。

それほど空腹ではなかったけれど、自宅に戻る途中で〈アクロポリス・ダイナー〉に寄った。

ロックダウンの最中に潰れてしまうのではないかと心配だったので、以前はよくここに寄ってテイクアウトを買って帰ったものだ。〈アクロポリス〉のような店はぎりぎりの経営を続けている。オーナーが少額の貸付金を申し込む際に書類仕事を手伝ったことがあったので、ほとんど利益が出ていないという店の内情がわたしにはよくわかっていたのだ。そこで週末のイベントでのケータリングをこの店に注文してもらえませんかとホッチに掛けあったのだが、寄付してくれる客にはもっと高級な料理でなければダメだと言われた。その結果、〈メザミ〉から高額の見積もりが来ることになったのである。

だが、それももう問題ではないはずだ。注文は今頃キャンセルされているに違いない。きょうのような出来事が起こったあとで、イベントを開催できるはずがない。

〈アクロポリス・ダイナー〉のオーナーの娘のフォティーニがiPadから視線を上げ、わたしを出迎えてくれた。そのとき、ふと思いだした。ホッチに連絡して、この店に注文した日曜日の朝食用のペイストリー類もすべてキャンセルしなければ。

「ポートマン学部長、大学で大変なことがあったそうですね。今夜はさぞお忙しいだろうと思ってたとこです」

ニュースがこれほど速く広まるのも意外ではなかった。フォティーニは地元のコミュニティ・カレッジの二年生で、ブライアウッド大学への編入を志願している。すでにブライアウッドの学生たちとも親しくなっているから、SNSで彼らをフォローしているはずだ。

「洞窟に転落した娘《こ》は無事ですか?」フォティーニが尋ねてくる。「で、その娘が骸骨を見つけたってほんとですか？　それって例の氷の洞窟の娘だと思います？」

なるほど。氷の洞窟の娘の噂は町にまで広がっているのだ。「彼女は無事よ」わたしはそう答え、回転するガラスケースに陳列されているペイストリーを見やった。自分も一緒に回転しているような気分になる。「痣《あざ》と足首の捻挫《ねんざ》くらいですんだわ。みんな、どんな噂を流してるの？」

「そうですね……」フォティーニが身をかがめてカウンターに肘を置くと、オリーブ色の肌がペイストリー・ケースのライトを浴びて黄金色に輝いた。「冬至の夜、氷の洞窟の娘が尾根を歩くっていう言い伝え、知ってますよね？　みんな、彼女に関する話を投稿しています——去年なんか、彼女のエピソードを紹介するポッドキャストもありましたよ。最後の生贄《いけにえ》をわがものにして二十五年目になるから、彼女が戻ってくるって。蟬《せみ》みたいに地上に出てくる周期があるとか」そこで間《ま》を置いてから、彼女は話を変えた。「スパナコピタ（ギリシャ風のほうれん草パイ）の最後のひと切れ、とっておいたんです。サラダと一緒にいかが？」

お願いするわ。そう言って、フォティーニから聞いたばかりのショックな話を消化することにした。食べるより、よほど消化に時間がかかりそうだ。噂というものがあっという間に広がることはよくわかっている。いろいろな言い伝えや怪談がキノコのように地表に出てきたかと思うと、見る間に広がるのだ。その大半は真実が隠され、押さえ込まれてきたときに生じるのだろう。それでも、その言い伝えに亡霊が地下に暮らしているという話が含まれていることに、わたしは驚いていた——とりわけ氷の洞窟の娘が周期のようなものに従って地上に出現するという話に。

蟬みたいに。球根のような昆虫が地面を押しあげて地上に出てくる光景を思い浮かべ、思わず身震いをした。

「ママお手製のヨーグルトと蜂蜜も入れておきますね。あなたと猫のアールの大好物だから」フォティーニが茶色の紙袋を差しだしてきたので、わたしは地下に生息する生き物の映像を振りはらった。袋を受け取ってクレジットカードを渡すと、フォティーニが氷の洞窟の娘の言い伝えについてまた話しはじめた。その娘は魔女だっていう説もあるんです。それに渓谷の初期の入植者のなかに忽然《こつぜん》と姿を消した住人がいるとか、ヨーロッパからの移住者が渓谷に定住する前に山奥で暮らしていた先史時代の人類の骨が残ってるとかっていう説も。貯水池が建設されたときに、水没した町の娘が溺死して、その幽霊が出没してるっていう説もあるんですよ。

「貯水池の建設にあたって墓地を移したことは知ってますよね?」フォティーニが言い、わたしにレシートを渡す。「そのとき、きちんと埋葬されなかった霊魂が落ち着きなくさまよっているという説もあって――あ、そういえば、日曜日の朝食用のペイストリーがまだ必要かどうか、ママが知りたがってました」

わたしはひと呼吸置いてからレシートに署名し、ロックダウンのときからの習慣で二十五パーセント分のチップを加える。

「まだ必要だって、お母さんに伝えてちょうだい」イベントが中止になったら、ルースがボランティアをしているフードパントリーにペイストリーを寄付してもらえばいい。ホッチがいまだに〈メザミ〉に大金を支払うつもりなら、大学に地元のダイナーから少しばかりペイストリーを買ってもらったっていいはずだ。「あと、よければ日曜の朝のうちに寄って、アールに餌をやってもらえる?」

「ペイストリーを配達する途中に寄りますね」フォティーニが茶目っ気たっぷりにアーモンド形の目を輝かせた。「ワイルダー会館のなかを見てみたいって、ずっと思ってたんです。幽霊が出るって聞いたから」

〈アクロポリス・ダイナー〉をすぎると街の雰囲気が一変し、教授が暮らす威厳のあるコロニアル様式の建物ではなく、いまにも壊れそうなヴィクトリア朝の古い家を学生向けの貸家にしたものや、かつて町の労働者階級が暮らしていた小さな平屋建ての家が増えてくる。パンデミックの期間にニューヨーカーたちが州北部の広々とした土地へと逃げるようにして移住してきたため、このあたりでさえ土地の価格が上昇した。でも、こうした移住者のおかげで町はだいぶ救われたはずだ。なにしろ昨年、ブライアウッド大学の入学者数は半減したうえ、その学生全員がピザを注文したり、午前四時にパンケーキ目当てに〈アクロポリス・ダイナー〉に寄ったりするわけではないからだ。それでも慎み深い雰囲気が残る街並みをわが家に向かって歩いている途中、ハイブリッドのジープのぴかぴかの新車、増築されたばかりの家、夜の散歩中のラブラドゥードルなどの横を通りすぎるたびに落ち着かない気分になった。居心地のいい隠れ家を根こそぎ奪われたみたいに、少しばかり侵害された気持ちになるのだ。

わたしが暮らす家はこのブロックのなかでもいちばん小さい。一九二九年、シアーズ・ローバック社が組立式住宅を販売していた頃、ブライアウッドに鉄道で運ばれた廊下のない安アパートモデル、いわゆる鉄道長屋だ。実際、狭いといったらない。家全体のフロアが幅二十八フィート（約八・五メートル）、奥行き二十二フィート（約六・七メートル）の長方形で、そこに部屋がふたつあり、わたしはその一部屋を書斎兼居間兼キッチンとして使用している。もう一部屋は寝室で、ほかにバスルームもある。フォティーニが猫の世話のために寄ってくれたときには、環境問題に意識高い系の人が好きな狭小住宅みたい、と言った。わたしはこの部屋を見ると、恥辱を受けたヒロインや貧しくなったヒロインが物語の最後に住むことになる粗末な建物を思い起こした――『ジェーン・エア』でロチェスターが盲目になったことをジェーン・エアが知ったファーンディーンの古い屋敷や『緋文字《ひもじ》』の主人公ヘスター・プリンが最後に身を隠した海辺の小屋のような。

でも今夜は室内に入って玄関ドアを閉めると、巣穴に逃げ込んだような気がした。わが家の飼い猫、灰色の虎猫アールがモリスチェアの上の刺繍《ししゅう》入りクッションから飛びおり、わたしの脚に身体をこすりつけ、テイクアウトの袋のなかに入っているとわかっているヨーグルトをねだって鳴き声をあげる。わたしはキッチンでヨーグルト小さじ数杯分をソーサーによそい、アールのために床に置き、ケトルをガスコンロにかけた。そして残りのテイクアウトを冷蔵庫に入れ、お湯が沸くのを待った。

彼女かどうかまだわからないんだから。そう自分に言い聞かせ、デスクにティーカップをもっていき、ノートパソコンを開けた。すると死骸に群がるカラスの群れ《フロック》のように、画面の端に十以上の通知がぱっと表示された。

カラスの群れ《マーダー》ね、とわたしの頭のなかにいる狩猟用語を使うのが好きだったレインが訂正する。もしくはオオガラスの群れ《アンカインドネス》ね、と。

ブライアウッド大学用のメールのアカウントを開け、ホッチからの返信が届いていないかと目を走らせた。さぞご立腹の返信が来ているものと覚悟していたが、まだ届いていない。自分のメールがちゃんと送信できているかどうか確認した――やはり送信済みだったので、フォローアップのメールを送ることにした。イベントをこのまま強行すれば悪い印象をもたれるのではと危惧します、と。そして後悔するような内容の文章を書いてしまわないうちに送信し、ノートパソコンを閉じた。

それから身体を温めるべく、もう一杯紅茶を淹《い》れて寝室に持参し、布団に潜り込んだ。布団はあの尾根に立っていたとき、ルースが肩にかけてくれた毛布みたいにずっしりと重い――目を閉じるとすぐに、わたしはあの尾根に戻っていた。まぶたの裏に見える痣のような紫色の斑点が薄暮の西の空に変わり、肩にのしかかるのはルースのかけてくれた毛布ではなく誰かの手で――

レインの手だ。レインが――ルースではない――わたしの横に立ち、西のほうを眺めている。わたしたちは氷の洞窟がある尾根に立っていて、足下では岩の亀裂が黒く大きく口を開けていて、あの世の冷気が吹きあがってくる。氷が割れたり形を変えたりするたびに、ぴしっ、みりみりという音が聞こえる。激しい亀裂が入った余波かもしれない。

下りていって、確かめるべきじゃない？　わたしは尋ねる。

もう、チルトンが下りていったわ。卵の殻みたいに頭がぱっくり割れてたそうよ――

それならもう戻らないと、とレインに言う。わたしの目はまだ洞窟の黒い裂け目に吸い寄せられている。これは過去に置き去りにするのよ。

過去を断ち切って前に進めるかのように、とレインがかすれた声で言った。

振り返ると、レイン自身にひびが入りつつある。少量のしずくが凍りついて石に裂け目をつくるかのごとく足下の断層が口を開け、レインの肉体を引きずり込む。古い陶磁器のティーカップの微細なひび《クレージング》みたいに、彼女の顔じゅうに細かいひびが広がる。あまりにも美しいので、わたしは思わず手を差しのべ、彼女に触れようとする――

なにかが粉々に割れる物音が聞こえてハッと目が覚めた。心臓がばくばくと音を立てている。胸が粉々になったのかも。でも割れていたのは、昨夜、ナイトテーブルに置きっぱなしにしたティーカップだった。バスルームからのライトが扇形に広がるなか、破片があちこちに散らばっている。

骨のかけらみたいに。

眠っているあいだに腕を振り回して落としてしまったのだろう。わたしは身を起こし、頭を横に何度も振って夢の名残りを振りはらおうとした。携帯電話で時刻を確認すると、もう六時半だったのでほっとした。レインの粉々になった顔が待ちかまえているかもしれないのに、暗闇のなかひとりぼっちで横たわり、また眠りにつこうと努力せずにすむ。どうせ早起きしたのだからキャンパスまで歩いていって、山頂に続く道が両方とも封鎖されているかどうか確認しよう。

着替えをすませてからアールに餌をやり、メールをひらく。まだホッチから返信はない。その代わりに複数のクエスチョンマーク付きで、すべて大文字で書かれた件名のメールが三通、チルトンから届いている。まだ彼女の相手をする気にはなれないので未開封のままにしておく。それからルースに、ホッチから連絡があったかどうかを尋ねるショートメールを送り、分厚いコートを着た。携帯の情報によれば戸外の気温はマイナス十二度。外に出ると冷気で鼻の穴が凍ったけれど、風はなく、あたりが見えるほどには空も明るい。車で行こうかと思ったが、フロントガラスには何層もの氷が張りついている。氷を砕いて落とすには十分はかかりそうなので歩くことにした。キャンパスまでは徒歩でも十五分あれば着く。

わたしは足早に歩きはじめた。身を切るような澄みきった寒さのおかげで目が覚め、恐ろしい悪夢の残骸が消散する。人骨が見つかったんだから、みんなが大騒ぎするのは当然でしょ。門を通り抜けながら、そう考える。べつになんの意味もない。二十五年前、〈ルミナリア〉の最中にひとりの娘が姿を消し、いまになって彼女の骨が発見されただけ、とワイルダー会館の裏手へと歩きながら声に出して言う。それから山頂へ続く道をめざした(こちらの登山道は封鎖されていなかった)。おそらく監察医は発見された頭蓋骨にひびが入っていることに気づくだろう(卵の殻みたいに頭がぱっくり割れてた)そして高所から岩の上に落ちた結果、鈍的外傷を負い、それが死因になったと結論を出す。残っている衣類から（まだ残っている衣類があるだろうか？）、身元が判明する。彼女のもっとも近い親戚（オハイオ州在住のいとこ）に知らせが届き、彼女の遺骨は埋葬される。この事件に関する記事が一時的に書きたてられるかもしれないが、あの娘（彼女の名前を言えるはずもない）にきょうだいはおらず、友だちもほとんどいなかったうえ、両親はもう何年も前に他界している。春になって大学が新学期を迎える頃には、学生たちはいつもの日常に戻っているはずだ――やれ寮の食事への予算が削られた、ひとつの授業を受ける学生数が増えた、寄付金が化石燃料事業に投資されたなどと不満を並べたてて。

山頂に着く頃には脚の筋肉がすっかり温まり、心臓はエンジンのように激しく音を立てていた。川の向こうで太陽が昇り、古巌《こがん》が並ぶ尾根を黄金色に染めていく。ハックルベリーやスノーベリーの群生が霜にふちどられてアメジストやガーネットのようにきらめき、ハイマツ帯を横切る鹿が残した迷路みたいな獣道《けものみち》を進んでいくと、割れたガラスを踏んだかのごとく足下でざくざくと音が鳴った。

警察がめぐらせた立入禁止の黄色いテープが中世の馬上槍試合の旗さながら風にはためいている。夢のなかでレインが立っていた、まさにその尾根のあたりに長身の人影が立っている。ベンだ。もちろん彼は人骨を運びあげるようすを監視するために、日の出とともにここに来ていたに違いない。証言をするために。でも、なにを言うつもり？　実際、当時の彼も口をひらきかけた。みんなで警察に行くべきだと言い張ったのはベンだった。でもレインが行ったらわたしたち全員を破滅させることになると説得したのだ。とくにベン本人を破滅させることになる、そんな真似をしようものなら法律家になる道が閉ざされるわよ、と。当時のベンは法律家をめざしていたけれど、同じことは警官になるという道にも当てはまった。ベンもいま、当時のことを思いだしているのかも。そして、こちらを振り返ったら、こう尋ねてくるかもしれない。ネル、きみはどうなんだ？　おれにどうしてほしいんだ？

ひとつだけ、たしかなことがある。いまの彼はもう、そんなことをわたしに尋ねはしない。

わたしが背後に近づいても、彼は振り返らない。でも、うしろにいるのはわたしだと察したらしい。「きみもここに来るって、わかってたよ」ベンが背を向けたまま言う。「彼女を引きあげるときに」

ということは、それほどわたしのことを悪く思っていないの？　やむにやまれぬ思いから、わたしも証言すると思っているの？　だが、彼はこうつけくわえた。「おれがなにか言うつもりなのか、確認しにきたんだろ」

いかにも憎々しげなその声に、わたしはひるんだ。が、そのとき、彼がこちらを振り返った。その顔の皺《しわ》の一本一本に苦悩が刻み込まれているのが見てとれる。夢に出てきたレイン——罪の意識と悲嘆でぱっくりと割れていたレインのようだ。「言うつもりなの？」口から言葉が飛びだした。そんなふうに訊くべきではなかった——二十五年前、失言したときと同じだ。取り消したい、なにもかも。当時、わたしがしたこと、言ったことのすべてを取り消したい。でも自分が犯したあやまちを取り消すために、いったいどのくらい前まで時間《とき》をさかのぼればいいの？　ブライアウッド大学の門をくぐる前まで？　それとも、もっともっと昔、この地に氷河が流れて足下の大地をえぐりだし、大きな穴を開ける前まで？

ここにいくつもある洞窟は、いまでもその秘密を暴《あば》いているのだ。そのとき、幽霊のような形のものが洞窟から上がってきて、昇りはじめた太陽の光が白い布に反射した。彼女の幽霊が骨より先に上がってきたのかも。そう思ったけれど、それは白いつなぎ姿の鑑識官で、ビニール袋を掲げて中身をベンに見せた。ベンがそちらに近づいて袋を受け取ると、もちあげて日光にかざした。袋のなかのふたつの金属の物体を朝陽が照らしだした。ひとつはバックルか留め金の一部のような銀色の細長いもの。もうひとつはロケットで、渦巻き飾りが彫り込まれている。よく見ようと、わたしはそばに寄った。その模様がすでに刻み込まれている心臓を網でぎゅっと縛られたような気がした――それは、わたしがレインのロケットで初めて見た模様だった。

5

現在

ベンの手からロケットを引ったくりたい。そんなものにはなんの意味もないとわめきたい。あの娘《こ》がレインのロケットを盗んだのかもしれない。彼女が死んだとき、レインがここにいたことを意味しているわけじゃない。

「それがいつ落ちたのか、わからないでしょ」彼より先に、つい口を滑らせる。「骨が彼女のものかどうかも、まだわからないんだから。当時捜索がおこなわれたけれど、結局彼女は見つからなかった。どうして今頃になってニーナが見つけたのかしら？」

「捜索隊は春になるまで洞窟の奥まで入れなかった」ベンが記憶をたどる。「その頃には氷のせいで岩にひびが入り、骨が動いていたに違いない。ニーナはたまたま骨を見つけるのに適切な場所に落ちただけだ」

あるいは不適切な場所にね、とわたしは思う。返事をしようとしたけれど、携帯電話のメール受信の通知音が鳴った。携帯の「おやすみモード」を突破してメール受信の通知が来るように設定している人物はひとりだけだ。それでも画面を見たとき、内容を理解するのにメッセージを読み直さなくてはならなかった。まるで引きあげられたロケットに召喚されたみたいに、わたしが一カ月前に送った招待にレインが返信してきたのだ。

慎《つつし》んで、追悼式に出席いたします。追悼すべきことは多々あります。島から車を運転していくつもりです。今夜、お目にかかりましょう。

わたしは携帯電話から視線を上げ、ベンと目を合わせた。わたしたちが最後にここに立っていたときと同様、その目には失望の表情が浮かんでいる。「わたし、戻らないと――」

「彼女から連絡があった、そうだろ？」

「どうして……」頰がかっと熱くなる。どうしてわかったの？

「彼女から呼びつけられると、いつだってきみはそんな顔つきをしていたからさ。今週末、彼女はここに来ることにした。そうだね？」

これだけの歳月が流れたあとも、わたしをよく理解してくれていることに驚き、黙ってうなずく。

「よかったじゃないか」ベンが袋に入ったロケットを掲げた。「死んだ娘の骨のそばにどうしてこのロケットがあったのか、彼女なら説明できるだろう」

わたしはメインの登山道を使って下山することにした。いまの精神状態では険しくて足下が悪い裏道を歩いてケガをするリスクを冒さないほうがいい。キャンパスの上空には分厚い雲がむくむくと浮かび、またねと学生たちが叫びあう声を妙に反響させている。きょうは冬休みを自宅ですごす学生たちが寮を出ていく最後の日だ。一年生の秋学期最後の日にレインとふたりでロウワン寮の屋上に坐って眼下のキャンパスを眺めていたことを思いだす。あちこちから聞こえてくる学生たちの別れの挨拶の叫び声をレインが真似していたものだ。運転、気をつけて！　メリークリスマス！　連絡ちょうだいね！

思い出に耽《ふけ》ったまま立ちどまって寮の屋上を眺めていたところ、背後から誰かにぶつかられた。

「す、すみません、ポートマン学部長」ニーナが言った。何度も鼻をかんだようで、赤くなった鼻をすすりあげて涙を隠そうとした。

「こちらこそ、ごめんなさいね」わたしは謝る。「ちょっと考え事をしていたものだから。調子はどう？　足首の具合は？」

「ええ、足首はだいぶよくなりました。これを図書館に返却しないと延滞金を払わなくちゃならなくなるので」ニーナが両腕に抱えている本の山を指して言った。

「それは感心なことだけど、きのうあれだけ大変な思いをしたんだから、図書館だって斟酌《しんしゃく》してくれるわ。嵐になる前に部屋に戻りなさい」

「でも今夜はキャンパスでケータリングのバイトがあるんです。お金が必要なので」

「そうよね」イベントは中止になるでしょうからケータリングのバイトもなくなるはずよと言おうとしたが、やめておいた。まだ中止が確定してはいないのだから、バイトがなくなるとニーナに期待させないほうがいい。「ここで暮らしていたときは、わたしも休暇中に働いたものよ。時給がよかったから」それはとりもなおさず休暇中も実家に戻らずにすむことを意味した。

寮を見ながら立ちどまったとき、わたしはそんなことを思い起こしていたのだ。秋学期最後の日、レインとふたりでロウワン寮の屋上に坐っていたら、ふいに彼女がこちらを向いて「あなたも家に帰りたくないのよね」と言ったことを。

「寮に残っていると少し寂しくなるかもしれないわ。わたしも休暇のあいだずっとここにいるから、なにかあれば遠慮なくメールしてね……お喋りをしたくなっただけでもかまわないから。洞窟で骨を見つけたときにはさぞ怖かったでしょう。カウンセラーを紹介してあげても――」

「ありがとうございます、学部長」ニーナがわたしの話をさえぎった。カウンセラーという言葉を聞くだけで拒否反応を示す学生はいるものだ。

さよならと言い、わたしは本部棟に向かった。四階まで階段を上がりながら、休暇中もキャンパスに残ることにしたニーナの判断について考える。もちろん、お金の問題はあるはずだ――わたし自身、一年生の冬休みにキャンパスに残ると決めたとき、母にそう説明したのだから。でもほんとうの理由は、そうしてほしいとレインから言われたからだった。あなたも、家に帰りたくないのよね、と言われたとき、家には戻らないと決めたのだ。たしかに父がいなくても陽気にふるまおうと努める母の姿を見ながら休暇をすごすのは気が進まなかったし（父は新妻と一緒にコロラドにスキーに出かけていた）、授業はどうなの、卒業後はなにをするつもりなの、とあれこれ質問されたあげく、経営学を専攻すべきよと説得されるのもいやだった。それでもレインに指摘されるまで、家に戻りたくないと思っていることは自覚していなかった。レインにはパワーがあった――現実を言葉であやつるパワーが。そしていまオフィス手前の待合室に入りながら、出席するという彼女からのメールがホッチにもまた同じ効果をもたらしたのだと考える。当のホッチはルースのデスクの端に腰を下ろし――ルースはそうされるのが大嫌いなのに――彼女の肩越しにパソコンの画面を見ていた。

「ヴァン・エッテン夫妻も来るそうだ」わたしが待合室に入っていくと、彼がうなずきながら言う。「あの夫妻は滅多に外出しないんだが」

「スケジュールがたまたま空いたそうです」ルースが補足する。彼女の背中の筋肉が隅々までこわばっているのがわかるし、キーボードの上の指は鉤爪《かぎづめ》みたいに曲がっている。だがホッチはルースのいらだちなど意に介さない。なんとかしてルースから引き離さなくてはと考えながらわたしが近づいていくと、ホッチがこちらをぎらりと見た。妙に興奮している目つきから察するに一睡もしていないようだ。実際、彼はきのうと同じツイードのジャケットとシャツを着ていて、どちらも皺《しわ》くちゃになっている。

「きみはなにをしたんだ？」ホッチが訊いてくる。

わたしが手のかかる学生でホッチが副学部長だった二十五年前に戻った気がした。返事をしようとしたけれど、彼が先に口をひらいた。「出席してほしいとレイン・ビショップに頼んだのかね？　だから彼女の気が変わったのか？」

ふたたび、まごついてものが言えなくなった。ホッチはこの数週間うるさくわたしにつきまとい、友人なんだから〝コネ〟を駆使してレイン・ビショップになんとしても追悼式に出席してもらいたまえと言いつづけてきたのだ。そしていま彼女がこちらに向かっているとわかったら、わたしが彼の意に反した行動をとったかのような口ぶりをしている。

「どうして彼女の気が変わったのか、わたしにはわかりません」と努めて穏やかに応じた。「レインはいつだって……気まぐれでしたから。でもいずれにせよ、イベントをこのまま強行するのはいい考えとは思えません。天気予報によれば雪になって――猛吹雪《もうふぶき》になるそうですから――」

「メディアってものは大げさな天気予報をするものだ。それで視聴率を上げようという魂胆《こんたん》さ。それに、いまさら中止にはできない。きみのご友人のレインが招待に応じたとたんに、大勢の招待客が土壇場になって出席のメールを次々寄こしてきたんだから。そうだな、ルース?」

わたしはルースと目を合わせようとするけれど、彼女はスプレッドシートを懸命にスクロールしていた。眼鏡にブルーライトが反射している。「ダーラ・ソコロフスキーはスケジュールに空きがあることに、いまになって気づいたそうです」とルースが伝えてくる。「それにミランダ・ガードナーは出版社がここに車を差し向けてくれることになったのでと言っています。ほかに誰が出席するかで招待への出欠を変えるのは無礼だって、うちの叔母はよく言ってましたけどね」ルースがとりすました顔で言う。

「それに、例のロック・ミュージシャンは」とホッチがいかにも不快そうに、その言葉を口にする。彼はクラシックしか聴かないのだ。「詰まっているライブのスケジュールになんとか追悼式をねじ込んだと言ってきた」

「レインに会えるチャンスをトルーマンが逃すはずありません」トルーマンとまた顔を合わせなければならないのかと思ったにもかかわらず、わたしは嬉しそうな声を出してしまう。「それにダーラとミランダには、追悼式に出席しておけば住居付き作家になれる確率が高くなるという思惑があるのかもしれません」

「その件については、あとで検討しよう」ホッチが言う。「ひょっとすると、レインも住居付き作家になりたいと思っているのかもしれんな。そうなれば大きな注目が集まるぞ——〝世を捨てた作家、ブライアウッド大学で教えるために隠遁《いんとん》生活を打ち切る〟」

レインの出席がホッチにとって嬉しいことなのか嬉しくないことなのか、よくわからない。

でも、レインはいつだって相反する感情をかき立てる人だった。「レインが気を変えたり、悪天候のせいで足止めを食ったりして、みなさんが失望しないことを願います」そう言ってから、わたしは続けた。「メイン州からの道のりは長いことですし」

ホッチがわたしをにらみつけてから立ちあがった。「前向きに考えようではないか。わたしはワイルダー会館に寄って準備万端かどうか見てくる。ケータリング業者が三時に来る予定でね。ふたりとも立ち会ってくれるかな？　そうすれば夜の進行も確認できる」

ルースが画面から目を上げ、棘《とげ》のある視線をわたしと交わす。

「もちろんです」ルースが返事をする前に、わたしは慌てて応じた。彼女はいまにもホッチに、進行なんぞ知ったこっちゃないと言いそうな表情を浮かべていたからだ。「わたしが立ち会います。待ちきれませんね」

ホッチが待合室から出ていくやいなや、わたしはルースと目を合わせ、呆れ顔をしてみせてから、オフィスに来てちょうだいとジェスチャーで示した。わたしが窓際のソファーにどさっと腰を下ろすと、ルースがドアを閉めた。「あれ、なんなの？」わたしは尋ねた。「どうしてホッチはあんなに張り切ってるの？」

坐るのを断り、背筋を伸ばして立っているルースが、チェックのスカートに巻いたきちんとしたベルトの前で両手を組んだ。「昨夜オフィスに入っていったら、ホッチキス学長がすでにいたんです——わたしのオフィスに、わたしのデスクで、わたしのパソコンを使っていました」

「ほんとうに？」誰かに自分のパソコンを使われたり、自分のデスクの端に腰を下ろされたりするとルースは激怒するのだ。「どうして、彼はあなたのパソコンを使ったのかしら？」

「自分のパソコンは調子が悪い、と言ってました。ITエンジニアを呼びましょうかと訊いたんですが、そんな時間はない、この状況で〝先手〟を打たなければと言い張って。きっと、人骨が見つかったというニュースが広まった状況のことを言っていたんでしょう。ですから、二十五年前に行方不明になった女子学生の近親の連絡先を調べましょうかと訊いたんです。遺骨が見つかったのなら、大学からお悔やみを申しあげるべきですから。でも、彼は——」ルースが深く息を吸い、他人の愚かさに耐えるだけの力をかきあつめた。「近親者がまだ生きているかどうか怪しいし、そもそも、ほかにもっと重要なことがあると言ったんです」

「ほかにもっと重要なこと？　彼がそう言ったの？」

ルースが唇をきつく嚙《か》んでうなずいた。「重要なのはこの状況で〝先手〟を打つことだ。〝噂話をこちらの都合のいいようにコントロールすればワイルダー・ライターズ館の評判を落とさずにすむ〟と言ったんです。そしてわたしに、プレスリリースを用意しろと命じました。かの勇敢なヒューゴ・ボスを偲《しの》ぶ追悼式を今週末に開催するのはじつにふさわしいことと考える、なぜなら氏は行方不明になった哀れな女子学生の捜索中に命を落としたが、その女子学生の遺骨がついに本学に帰還を果たしたのだから、と」

「そういうこと」わたしは言い、窓の外に目をやった。ねっとりした灰色の雲が大昔にこの山山を形成した氷河の幽霊みたいに尾根に垂れこめている。「あの言い伝えね」

ルースの眉毛が眼鏡の縁を越えてぴょんと上がる。「それって実際にあったことなんですよね？　モスは氷の洞窟のそばの尾根で死んでいるところを発見された。モスが教えていた数人の学生たちによれば、彼は例の女子学生を捜しにいって氷で足を滑らせ、頭を打ったとか」

「ええ、それが実際に起こったことよ」と応じるが、わたしも現場に居合わせた学生のひとりであったことは言わない。ルースもこの事実は知っているはずだが、わたしたちのあいだでは一度も話題になったことがなかった。「それにしてもホッチはつくづく図太いわ。追悼式の一部として人骨を発見する計画をあらかじめ立てていたみたいにワイルダー・ライターズ館の宣伝に利用しようとしてるんだもの。それにあなたのパソコンを勝手に使ったあげく、勤務時間後にプレスリリースを用意しろと命じるなんて図々しいにもほどがある。イベントは中止すべきだというのがわたしの意見だって、彼に伝えてくれた？」

「ええ、伝えました」とルース。「でも聞く耳をもたなくて。わたし、けさは早い時間帯にオフィスに来たんです。ホッチが気を変えてくれているといいなあと思って。ところがミズ・ビショップから出席を伝えるメールが届いたとたんに、招待に応じるという返事が次から次へと舞い込んできて。あなたはわくわくしています？」

その質問に不意を衝かれる。「追悼式に？　やめてよ、まさか！　計画の段階からありえないと思ってたんだから。大雪になってここから動けなくなったら、大勢の招待客をどうすればいいの？」

「わたしが言いたいのは」ルースが辛抱強く言う。「レイン・ビショップが来ることにわくわくしてるかってことです。彼女、あなたの友だちだったんでしょう？　彼女とは長いあいだ会ってないんですよね？」

「大学卒業以来、一度も会ってないの」わたしは言い、窓の外を見やった。厚い雲が山全体を覆っていて岩山塔やブライアウッド山の大半がもう見えない。なにかがわたしたちのところにやってくるような気がした——冬の嵐よりもっと不吉なものが。「だから彼女に会えたら嬉しいわ。ただ、それがどんなに大変なことか自覚してるといいんだけど……メイン州から猛吹雪のなか、ずっとひとりで運転してくるんだもの」

「レイン・ビショップについて聞いた話から察するに」とルースが言う。「彼女を止められるものはそう多くなさそうですね」

6

あの頃

新入生の履修登録をしようと、わたしたちは早めにワイルダー会館に行ってみたけれど、玄関ドアには鍵がかかっていて小さなカードが貼りつけてあった。「履修登録の開始は正午。それまでいっさい登録は受け付けません」。カードが貼られているドアの少し上のところには〝W〟が重なりあったデザインのモノグラムが彫られていた。

「あなたのロケットに彫られている模様と同じね」わたしは畏敬《いけい》の念に打たれて言った。まるでレインが意志の力でこの模様をドアに彫らせたような気がした。

チルトンが馬鹿にしたように笑い、「そりゃそうよ。レインはワイルダー家の人間なんだから」と太陽が昇るのと同じくらい自明の理だとでも言いたげに説明した。

「うちの祖先のひとりが大学の共同創設者だったの」レインが肩をすくめて認め、その拍子にロケットが揺れてきらめいた。「それにWはわたしのミドルネームでもあるの。ワイルダー家の女性たちはみんな、自分のモノグラムの真ん中にWというロゴを大きく入れる。だから家族の銀器類にはどれも同じロゴが入ってるのよ。それに家族全員がブライアウッド大学に進学する」

「お母さまもここに通っていらしたの？」わたしはレインに尋ねた。

「あたしたち三人の母親は全員、ここに通ったのよ」チルトンが言い、わたしの全身にさっと目を走らせた。わたしは自分が着ているGAPのジーンズとくたびれたTシャツを意識せずにはいられなかった。「あなたのお母さまは違うんでしょうけどね」

わたしは弱々しく微笑んだ。母は二年間クイーンズ・カレッジに通ったけれど、わたしを妊娠して仕方なく退学したのだ。そのあとナッソー・コミュニティ・カレッジの夜間クラスに通って経営学の学位を得ていたが、チルトンにその話はしなかった。

「ということは、誰が最高の先生なのか、みんなはもう知ってるのね。どの先生の英語入門をとるべきかも」

「最高の先生なんて、いない」レインが冷たく言い放った。「新入生は〈イチセミ〉を受講しなくちゃならなくて面倒なんだけど、それが昔からの伝統なの。芸術史入門は昔からみんな履修する概論よ。あとの入門科目は、どれも退屈」

「そうなの」がっかりして言った。わたしの一年生の履修計画は——計画などと呼べる代物《しろもの》ではなかったけれど——すべての入門科目を受講することだったからだ。英語入門、世界史入門、哲学入門、そしてもちろん謎めいた一年生向けのセミナー、通称〈イチセミ〉も。たとえ世界中の知識の寄せ集めだとしても、すべての入門科目を受講すれば教養ある博識な人になれるような気がしていた。それに専攻は英文学にしようとも考えていた。わたしにブライアウッド大学を勧めてくれた高校時代の英語教師が、英語はあなたの得意科目だし、あの大学は英文学部が有名だからと言ってくれたのだ。でも大学のカタログには、文芸の授業を受けるには入門科目の受講が必須と書いてあった。もしかするとほかにもいろいろとルールがあるのかもしれない。「どうすれば英語入門から次の課程に進めるの?」わたしは尋ねた。「英語入門の受講は文芸の授業を受けるための必須条件なのよね?」

「あなた、高校で上級コースをなにか受講した?」レインに尋ねられた。

「ええ……受講したわ——上級英語と上級歴史と……」

「完璧《パーフェクト》」わたしの心にぬくもりをもたらすような笑みを浮かべてレインが褒めてくれた。

「じゃあ、大学進学適正試験《SAT》はどうだった?」

「数学はあまりよくなかったけど、読解はけっこうよかった」

「けっこうよかった?」チルトンが眉尻を上げて尋ねた。

「七百八十点」わたしは言った。

「七百八十点? あたしたちふたりより、いいスコアよ」

「あたし、テスト不安症なの」ドディーがそう言って下唇を噛《か》んだ。

「それに、ディスレクシア」チルトンがつけくわえた。「読み書きに困難があるのよね。言っておくけど、あたしのスコアは──数学と読解、両方とも──相当よかったんだから。あたしが英語入門を選択しないのは、夏休みにチョート校で入学前教育《プレカレッジ》の授業を受けたからよ」

「あたしはディスレクシアだから英語の補習を受けなくちゃいけないみたい」ドディーが溜息をついた。

「それがいいわ、ドロシー・アン」レインがやさしく微笑んだ(もちろんドディーもニックネームなのだと、わたしはようやく理解した)。「もっとも、わたしたちのなかには〈レイヴン・ソサエティ〉に入りたい人もいる。そのためには特別な履修が必要なの」

「〈レイヴン・ソサエティ〉?」わたしは尋ねた。昨夜、わたしの部屋の窓にぶつかった鴉《レイヴン》を思いだして不安になったのだ。

「〈レイヴン・ソサエティ〉はね、優秀な学生しか入れない文芸団体なの」レインが説明を始めた。「もちろん、レイヴンっていう名前の由来はエドガー・アラン・ポオの詩よ。その団体に入れれば、ヒューゴ・モスが担当する上級セミナーを受講できる」

「あの有名作家の?」わたしは尋ねた。そういえば高校の英語教師が、ブライアウッドでヒューゴ・モスが教えていると言っていた。

「それに、素晴らしい人よ。彼がいるからわたし、ここに来たんだもの。モスに指導してもらえれば作家としてのキャリアが拓《ひら》けるかもしれない。だけどモスは忙しくて学生の提出物を読めないから、ハヴィランド学部長が代わりに読んでどの学生が上級セミナーに入るかを決めてるの。だからなんとしても彼女のロマン主義の講義を受けなくちゃならない。その次に、同じくハヴィランド学部長の『ゴシック小説と十九世紀文学』の講義を受ける。それからようやく三年生のときに執筆した短編を提出するのを認められて、それを彼女が読んで〈レイヴン・ソサエティ〉に入れる学生を決める。そこで選ばれれば、晴れてモスの上級セミナーを受講できるというわけ」

「でも、原稿は匿名で提出するんでしょ?」ドディーが尋ねた。「それだとハヴィランド学部長には、どの学生がどの原稿を書いたのかわからないんじゃない?」

レインが溜息をつき、友人の無知さ加減を大目に見てあげると言いたげに天を仰いだ。「もちろん表向きは誰が書いたかわからないことになってる。でも、たとえばあなたが三年間ハヴィランド学部長の講義を受けたら、先生はちゃんとあなたの執筆スタイルを把握するわ。だからわたしたち、彼女の科目をすべて受講しなくちゃならないの。そうじゃなくても、彼女は最高の先生よ――ブライアウッド大学ではモスの次に。というわけで、あなたはどうするつもり、七百八十点?」そう言うと、レインがふいにこちらを向いた。「あなた、物書きなの?」

これまで誰からもそう尋ねられたことはなかったし、どう答えていいかもわからなかった。

とにかく本を読むのが大好きだったので本に関わることがしたいとは思っていた。小学校四年生のときから物語や詩を書いてきたし、コンテストで優勝したこともある。でも、だからといって物書きなのか？　物書きになるには本が出版される必要があるのでは？　それにこうしてレインから注意を向けられているときに、〝わたしは物書きです〟などと応じれば偉そうに聞こえるかもしれない。ついさっき、わたしにぬくもりをもたらしたものがいまではわたしを凍えさせている。凍った湖の上に立っていて、質問に正しく答えないと足下で氷が粉々に砕け散るような気がした。

「えっと、その、詩を少し書いてるの」わたしは認めた。へたくそなという言葉をつけくわえたいという衝動を抑えて。

「そう。だったら」そう言うと、彼女になんらかの権利があることをわたしが証明したようにレインが満足そうな表情を浮かべた。「あなたは物書きなんだから、きっと〈レイヴン・ソサエティ〉に入ってヒューゴ・モスの上級セミナーを受けたくなる。そのためにどうすればいいかは、わたしが教えてあげる」そう言ってレインが青銅色のドアノブに手をかけた。するとついさっきまで鍵がかかっていたのに、しかも正午まであと十五分もあるというのに、ドアが彼女のためにひらいた。祖先の土地を取り戻す聖戦から帰還した騎士さながら、堂々となかに入っていく。

「正しく答えたわね」チルトンから言われた。「あなたが小説を書いてると返事をしたら、レインはライバルが出現したと思ったでしょう。言っておくけど」わたしの横を通りすぎながら、さりげなくスカーフをなびかせるように背中越しに言葉を残していった。「レインと張り合おうとは思わないことね」

薄暗い玄関ホールに入ると、新入生は自分のグループが呼ばれるまで控えの間で待つように、と書かれた紙が置かれていた。レインはその指示を無視して右に曲がり、天井がアーチ形の細長い大広間に入っていった。オークの梁《はり》、鹿の枝角でつくられたシャンデリア、細かい模様のタペストリーの下に、オークのテーブルがずらりと並んでいる。どのテーブルにもワイルダー家の〝W〟の文字が美しく彫られていた。テーブルで書類の準備をしていた職員や学生の助手たちが、まるでワイルダー家の銀器を盗んでいる現場を見つかったようにいっせいにこちらを向いた。正面のテーブルにいた白髪まじりの女性だけが立ちあがり、左手首の腕時計を軽く叩いた。マニキュアを塗っていない先の丸い爪が腕時計のクリスタルガラスに当たってこつこつと音を立てる。

「履修登録が始まるのは十五分後よ。玄関ホールで待っていなさい」

「そうなんですか！」レインが大きな声をあげ、心底驚いたような表情を浮かべた。「先着順だから確実に履修登録するためにいつも早めに行くことにしていたって、母から聞いたので。ひょっとしてミス・ヒギンズですか？　うちの母が一緒に化学の授業を受けていたと思うんですが。母の名はローレル・ワイルダー・ビショップです」強調した〝ワイルダー〟という名前がアーチ形の大広間に鳴り響いた。

女性が唇をきつく結ぶと、口元の皺《しわ》にはみでた口紅が広がって赤いひび割れが浮かびあがった。いかにも不愉快そうだ。ほかの新入生と一緒に待っていなさいと言われるに違いないと、わたしは身構えた。すでに新入生たちがぞろぞろと玄関ホールに入ってきていたからだ。わたしが大広間から出ていこうとすると、背後から声が聞こえた。「列には並んでよろしい。ただし登録が始まる正午までは待っていなさい」

「ありがとうございます、ミス・ヒギンズ。あなたがよくしてくださったと母に伝えておきます。きっと資金集めのオークションの件で連絡がいくかと……」と言ったときには、レインはもう彼女の前を通りすぎ、ほかのテーブルに視線を這《は》わせていた。ドディーとチルトンがそのあとをぴったりとついていく。

「あなたの友だちも当然、受講したい科目《クラス》のテーブルの前で待たなくてはなりません」〝クラス〟と言いながら、彼女がこちらをじろりと見た。わたしが彼女と同じ階級《クラス》に属するのかどうか、はなはだ疑問だと言わんばかりに。

「ええ、わかっています」レインが応じた。「自分だけ受けられればいいだなんて考えていません。友だちと一緒に待ちます。ただハヴィランド学部長のロマン主義のクラスが定員に達してしまうのが心配で。学部長の授業を受けてほしいと母が強く希望していたものですから」

「そういうことなら」ミス・ヒギンズが敗北の吐息をつく。「友だちも列に並んでかまいません。でも、いいですね、登録できるのは――」

「正午の鐘が鳴ってから」レインが歌うように言い、わたしを大広間へと引き戻し、小声でつけくわえた。「守らなければ、なんじはトガリネズミ（英語のトガリネズミには「口やかましい女」という意味がある）になるであろう。母が言ってたんだけど、ミス・ヒギンズは小動物の餌をずっと噛《か》んでるみたいな臭いがしてたんですって。さあ、ハヴィランド学部長のロマン主義クラスのテーブルを捜しましょう」

「あたしは経済学の列に並ぼうかな」チルトンが言った。「経営学を専攻してほしいって、父から言われてるのよ」

「でもそんなことしたら上級セミナーに入れないわよ、チル。それに、わたしにはあなたが必要なの。経営学と英文学の両方を専攻することもできるんでしょ？」

「だと思うけど」チルトンが大きく息を吐き、わたしに傲慢《ごうまん》な視線を向けた。ほらわかったでしょ、彼女にはあたしが必要なのよ、とでも言いたげに。

「あなたは天文学の列に並べばいいわ、ドディー。科学のなかではいちばん簡単だし。そもそも上級セミナーになんて興味ないでしょ」

「あたしは詩を書いてて――」

「とても可愛らしい詩よね。でも忘れちゃダメよ。あなた、英語の補修授業を受けなくちゃならないんだから」

ドディーがレインにではなく、わたしに向かって顔をしかめた。あなたのせいでディスレクシアになったのよ、とでも言いたげに。そして「未来の詩人」と書いてあるプラカードが立つテーブルからそっと離れていった。一メートルほどの間隔で並んでいるテーブルには披露宴のセッティングみたいに、文字が印刷されたカードが置かれていた。テーブルの向こうには学生の助手がレポート用紙とペンをもって坐っている。わたしたちはいくつかのセクションの前を歩いていった。英語入門や、少ししかない中級コースはどれも面白そうで魅力的だった——「アメリカの田園文学《パストラル》（ホーソン、ポオ、エマソン）」、「屋根裏の狂女（十九世紀の女性作家たち）」、「おとぎ話と魔法（児童文学の歴史）」。レインの言うとおりだ。こうした科目は無味乾燥とした英語入門よりずっと魅力的に思えた。やがて手書きのカードが置かれたテーブルのところにきた。「ロマン主義」。サブタイトルなし。美しい筆記体で教授の名前だけが記されている。E・ハヴィランド。

「ロマン主義——って、キーツやシェリーのこと？」わたしはレインに尋ねた。「あんまり読んだことがないんだけど」正直なところキーツやシェリーは一作も読んだことがなく、ただ〝ロマン主義の時代〟が意味するところをぼんやりと把握している程度だった。

「もちろん、キーツやシェリーも含まれるけど」レインが答えた。「でもね、なんて言うか、ある種の……雰囲気があるの。大丈夫、あなたもきっと好きになるから」

レインはそのカードの正面に立ってテーブルの向こうに坐っている娘《こ》に微笑みかけたけれど、無視された。その娘は鉛筆《ペンシル》を削っては目の前に並べる動作を繰り返している。わたしたちを寄せつけないための杭垣《くいがき》を立てているようだ。

「わたしたち、ハヴィランド学部長の講義に登録したいの」レインが脅迫めいた有無を言わさぬ口調で告げた。

「受付が始まるのは正午です」その〈ペンシル・ガール〉とでも呼び名をつけたい娘が視線を

上げずに応じた。「まだ正午になっていません。正午の鐘が鳴ったら受付を開始します。あなたの名前を記入するのはそれからです。正午、鐘が鳴ってから」

レインがチルトンとわたしを横目で一瞥《いちべつ》してから、彼女のほうに身をかがめた。「つまり、あなたは正午にならないとわたしの名前を記入できないのね。でも正午になって鐘が鳴ったら、あなたは字の書き方を思いだして、魔法がかかったようにわたしの名前を書けるようになるというわけ？」

「ええ」彼女はそう応じると、鉛筆の列を少し動かした。「それがルールです。登録が始まるまで、あなたの名前を記入することはできません。正午、鐘が鳴ってから」

「おとぎ話みたい」レインがチルトンとわたしに言った。声が大きかったので、鉛筆の向こうにいる娘にも十分に聞こえたはずだ。「橋の下の怪物《ブリッジ・トロール》が、英雄を通すまいとしているんだもの」

レインが女子学生のほうにぐっと身をかがめ、つけくわえた。「きっと、三つの質問を用意してるのね」

女子学生が視線を上げた。前髪が不揃いにカットされている。分厚い眼鏡のせいで目が異様に大きく見える。先週、わたしが霧のなかを慌てて歩いていたときに見かけたワークスタディの学生だ。いや、霧のなかでぶつかったとき、幽霊かと思ったと口走ってしまった相手だ。彼女がこちらに視線を向けて眉根を寄せた。「登録する学生がいくつかの受講条件を満たしているかどうか、一人ひとり、確認することになっています」

「どんな条件？」

彼女がひび割れた唇を舐めた。「英語入門の受講」

「いくつかのって、あなた、言ったじゃない」レインが〝いくつかの〟という単語を強調して声を荒らげた。「じゃあ、その科目だけ履修してればいいのね」

「受け付けられる科目はそれだけです。ほかの科目で認められたいのであれば、教授の承諾を得なければなりません」

「それなら英語入門の科目をどれか選んで先に登録をすませるべきじゃない?」わたしはそう言い、横に並ぶテーブルのほうを見やった。英語入門のテーブルにはどこも登録しようとする学生たちの列がすでにできている。

「馬鹿言わないで」レインがわたしにそう言うと、女子学生のほうに向き直った。「ここにいる友人はね、高校で上級英語を受講していたし、テニスンの『シャロットの姫』に造詣《ぞうけい》が深いのよ。おまけに、その詩はハヴィランド学部長のお気に入りなの。つまりね、ロマン主義の授業は彼女のためにあるようなものだってこと。それに――」そう言うとレインがさらに身をかがめたので、その娘と鼻がくっつきそうになった。「わたしがハヴィランド学部長の趣味を知ってるのはね、たまたま、うちの母と親友だからなの。だから学部長は、ネルが自分の授業を受けられないと知ったらさぞ怒るでしょうねえ」

「それなら、あなたの友だちは学部長から覚書《おぼえがき》をもらっておくべきだったんです」女子学生は言い、わたしを見てつけくわえた。「だってあなたの友だちは今週、ずっとここにいたんだから」

あの悪夢に出てきた気味の悪いカラスが顔にぶつかってきたように、わたしはびくりとした。この一週間、人から見えない存在になっていたような気がしていたので、まさか自分が観察されているとは露《つゆ》ほども思っていなかったのだ。

レインが愛らしく微笑んだ。「でもね、ハヴィランド学部長はご不在だったの。メイン州のビーチの沖合にわが家が所有する島があって、そこでうちの家族とすごしていたのよ。カクテルを飲みながら授業の話をして、丸一週間、セーリングを楽しみながらキーツやシェリーを暗唱していたんだから」レインの口調には説得力があったので、彼女の家族が所有する島のビーチで自分もカクテル片手にすごしている光景が頭に浮かんだ。きっと雨の日には網戸付きのポーチでトランプゲームのピノクル（それか、それ以外にお金持ちが遊びそうなこと）をしてすごすのだ。もしかすると、もうひとりのわたし――悪夢に出てくる霞の娘――はわたしが霧のなかに閉じ込められているあいだ、そんなふうにすごしていたのかもしれない。でも〈ペンシル・ガール〉はレインの話にとりあわなかった。

「登録リストに名前を記入する前に、英語入門を受講しているという証明、もしくはそれに準ずるものが必要となります。それに、そろそろ正午だから――」

そのとき正午の鐘が鳴り、彼女の声がかき消された。「ではいまから受付を開始します。必要書類をもっていない人は、列から外れてください」

「あなたはここに並んでて」レインがわたしに言った。「わたし、ハヴィランド学部長に会ってくる。わたしたち全員の分の受講許可をもらってくるから」

「あたしのは不要よ」チルトンが言い、わたしを肩で押して前に進みでると、〈ペンシル・ガール〉の前のテーブルにピンク色の紙を叩きつけるように置いた。「チョート校の成績証明書をもってきたから」

わたしときたら、どうして高校の成績証明書をもってこなかったの？　それにもうひとつ、知っておくべきだったことがある。どの科目を受ければ次に受けたい科目とその次に受けたい科目の扉の鍵を開けられるかということだ――「オズの魔法使い」で黄色いレンガ道を歩いていくように。

〈ペンシル・ガール〉がチルトンの名前をおそろしく時間をかけて丁寧に書いているあいだに、英語入門に並ぶ横の列はペースよく前に進んでいった。しばらくすると列のいちばん前にいた学生の助手が「定員に達しました！」と叫び、列の動きが止まった。テーブルの上のカードが裏返されて「受付終了」になった。〈ペンシル・ガール〉がチルトンやほかの学生の名前を記入しているあいだに、ほかの英語入門の科目もひとつずつ定員に達した。この列から離脱して、どこかの英語入門の列に並ぶべき？　でも、わたしが列から離れたあとでレインが戻ってきたらなんて言われるだろう？　そうなったらわたしが特別ではないことが彼女にバレてしまう。わたしは〝シャロットの姫〟なんかじゃない。わたしはナッソー郡マサペクア出身の、ただのエレン・ポートマンだ。その正体は霧に呑みこまれて姿が見えなくなった娘にすぎない。

〈ペンシル・ガール〉は目の前の用紙の十六人の欄のうち、すでに十二人の名前を書いていた。わたしはレインの姿を捜したけれど、どこにも見えない。

「まだ、そこにいたの？」戻ってきたチルトンに尋ねられた。彼女はたくさんの登録カードをもち、団扇《うちわ》みたいにして扇《あお》いでいる。「このままだと最悪の科目しかとれなくなるよ」

「わかってる！」わたしは悲痛な声をあげた。「でもレインが――」

「レインはね、あれこれ言うけど本気で言ってるわけじゃない。べつに彼女自身のせいじゃないの。あの人はそうやって育ってきたってだけ。母親は酔っ払ってありとあらゆる約束をするけれど、翌朝にはもう忘れてる。新しい夫がいるところなら国中どこにでもついていくし、気が向けばレインを連れていくこともある。だからレインに悪気はないんだけど、このまま彼女の言いなりになっていたら、あなた、結局崖から突き落とされて岩の上で粉々になるよ。レインには安全ネットがあるけどね」

わたしは呆気にとられてチルトンを見た。これほど冷淡に友人を切って捨てる物言いにショックを受けたのだ。そのとき、髪がぼさぼさで黒いジーンズに黒いレザージャケットという恰好のスリムな男子学生が列の前で身をかがめて「トルーマン・デイヴィス」と言ってポケットから片手を差しだした。「これが成績証明書――」

彼がぴちぴちのジーンズのポケットから折りたたんだ書類を取りだすようすを、わたしは催眠術をかけられたように眺めていた。視線を上げると目が合い、彼がウインクをした。その瞬間、全身がぱっと火照《ほて》った。彼はわたしのためにわざと時間稼ぎをしているのだろうか？　だが、しばらくすると〈ペンシル・ガール〉が〝身分証明書〟も提示できないのであれば列の横にどいてくださいと言った。けれど、彼は身分証明書を提示して成績証明書を回収し、登録できた学生リストの十三人目に名前を無事に記入された。十四番目は長いロシア風の名前の持ち主で、彼女は〈ペンシル・ガール〉のために一文字ずつ名前の綴《つづ》りを言った。〈ペンシル・ガール〉があまりも強い筆圧で書いたせいで鉛筆の芯が折れてしまい、新しい鉛筆に手を伸ばした。わたしはそれを見て、テーブルの上にある鉛筆をひとつ残らず払い落としたい衝動に駆られた。レインならきっとそうする。目の前にある障害物をすべて払いのけるはずだ。そのとき、レインがこちらに歩いてくるのが見えた。長身でブロンドの優雅な女性を横に引き連れ、砕氷《さいひょう》船《せん》の船首で学生の群れを切りひらくようにまっすぐに歩いてくる。

「よかった」わたしは声をあげた。「レインが来たわ。隣にいるのはきっとハヴィランド学部長よ。だから少し待ってくれ――」

ところが列のいちばん前には十五人目の学生が立ち、折りたたんであるピンク色の成績証明書をすでにひらいていた。「すみません」わたしは頼んだ。「友だちのためにずっといちばん前で順番待ちしてたんですけど、いま、その友だちが来たんです」

「おれもいちばん前だ」そう答えたのは職員用カフェテリアにいた、あのうっとうしい新入生だった。管理人の息子で、わたしがうっかり無礼なことを口走ったのでかなり傷ついていたあの男だ。いいじゃない、すでに彼には嫌われているのだから、もう失うものはない。

「でも彼女、先生と一緒なのよ」わたしは説明してみせた。「ほら、こっちに来るでしょ」

ところが、彼女は来なかった。レインとハヴィランド学部長は立ちどまり、長身でふさふさした白髪のライオンのような風貌の男性と話しはじめた。わたしが『指輪物語』を読みながら想像した魔法使いのガンダルフのようだった。レインがなにか言うと彼は頭をのけぞらせ、高高と声をあげて笑った。

「あれが、かの偉大なるヒューゴ・モスよ」チルトンが囁《ささや》いてきた。「ハヴィランド学部長とは恋仲だったという噂もある。彼女がここでモスの学生だったときに」

「間に合ってよかった」管理人の息子が言った。「おれの名前、書いてもらえますか？　ベン・ブリーン」

「ブリーン《Breen》」の綴りの最後にeはつきますか？」〈ペンシル・ガール〉が尋ねて新しい鉛筆を手にとった。

「つかない。ベネディクト・エドウィン・ブリーンの代には、もうeは省くようになったから」

「じゃあ、ベネディクト・エドウィン・ブリーンという名前で書くほうがいいんですか？」

「好きにすればいい。時間稼ぎをすれば、この娘の友だちは滑り込めると思ってるのか？　それとも、自分も潜り込ませてもらえるとでも？」

「そんなの、フェアじゃないわ」わたしは抗議した。「だって彼女はもう先生と知り合いなんだもの。きっと人気のある科目はもう全部、定員に達してるんじゃないかしら」

「西洋古典学の科目はまだたくさん空きがあるみたいだよ」そう言うと、ベン・ブリーンがわたしに尋ねた。「きみ、ラテン語を履修してたと言ってたよね？」

「美術史入門には、まだ少し空きがあるよ」とチルトン。「大講義室でおこなわれる授業だから。それにホッチキス教授の〈イチセミ〉にも空きがある——人気がある先生じゃないけど」

「それなら、大丈夫そうね」わたしは応じた。そして大学での勉学の選択肢がすでに母国語として使われていない言語、満杯の大講義室、不人気の教授へと狭められていくことに愕然とした。

〈ペンシル・ガール〉がペン・ブリーンのフルネームを書き終えたちょうどそのとき、レインがやってきた。チルトンの言うとおりだ――レイン・ビショップにはつねに安全ネットが用意されているけれど、ほかの人間は眼下に岩が連なる崖から転落するしかない。レインがテーブルに到達したところで「ねえ」と声をかけた。「もう、あとひとり分しか残ってないの。だからわたしは西洋古典学のところに行って、ラテン語に登録するわ」

「あら、それはいいわね」レインがぼんやりとした口調で言い、列の先頭に向かった。

列のうしろに並ぶ学生たちが不満の声をあげたが、堂々としたハヴィランド学部長にじろりとにらまれると、そそくさと散っていった。レインはわたしの横を通りすぎると、テーブルに置かれた黄色いレポート用紙をくるりと逆さにして、自分のほうに向けた。

「ちょっと！」〈ペンシル・ガール〉が抗議の声をあげた。「そんなことしちゃダメ！」

だが、レインは自分がしたいことは必ず実行する。わたしはラテン語の列に向かうべきだったのに、催眠術をかけられたみたいにその場に立ち尽くし、彼女が流れるような大きな文字でネル・ポートマンと記入するようすを見ていた。レインはわたしにつけたばかりの名前――eのないネル《Nell》――を、自分の名前の代わりに書いたのだ。

「でも――」

「フェアでしょ」片手を振りながらレインが言った。そしてハヴィランド学部長のほうを向いて、こう断言した。「わたしは来年、先生の講義を受けます」

「馬鹿なこと言わないで、レイニー。自分の名前をそこに書きなさい」

「でも――」〈ペンシル・ガール〉が抗議しようとしたが、ハヴィランド学部長から青い瞳で一瞥《いちべつ》され、口をつぐんだ。おとなしく従ったように見えたけれど、ハヴィランド学部長がその場を離れ、レインが身をかがめて自分の名前を書くと、〈ペンシル・ガール〉がわたしを睨《ね》めつけた。細心の注意を払って登録手続きを進めていたのに、あなたのせいで台無しになったと言いたげに。わたし自身はといえば、今回はレイン・ビショップの安全ネットのおかげで命拾いをしたのかもしれないが、それでも受けた衝撃はまだ消えていなかった。

7

現在

今夜、招待客が続々と到着する前に少し身体を休める必要があることはわかっていたけれど、自宅に戻ったときにはまだ神経がぴりぴりしていた。そこでメールへの返信をすませると学期末恒例の仕事の山を少しずつ崩し、翌月の会計監査に関する最高財務責任者《CFO》からの土壇場の要請に応じることにした。午後三時を回った頃、シャワーを浴びて黒いベルベットのスカートとワインレッドのシルクのブラウスに着替えた。二年前に開催予定だったカンファレンスのために購入したのだが、ロックダウンのせいで中止になってどちらも着る機会がなく、タグがついたままだ。この前こんなふうにドレスアップしたのはいつだったろう……ずいぶん前の話だ。髪をフレンチツイストにまとめてニーハイブーツを履くと、戦闘に向けて気を引き締めている中世の騎士のような気がした。闘う相手が誰なのかはよくわからないが。

ホッチは新しく生まれ変わったワイルダー・ライターズ館が迎える住居付き作家の第一号として卒業生を選びたいと言い張っていた。ミランダ・ガードナーやレイン・ビショップといった商業的に成功している作家を選べば卒業生や理事を惹きつけ、寄付金を集められるという思惑だ。つまり学生のことなどホッチの眼中《がんちゅう》にはない。よって、このままいけば追悼式は単なる見世物になりさがる。就職活動の面接第一弾のようなものだと考え、有力者に会いたいからと出席することにした卒業生もいるはずだった。

ミランダ・ガードナーが住居付き作家に選ばれずに失望したとしても、わたしとしてはかまわなかった――彼女は大学時代、自分さえよければいいというご都合主義者だったし、ミステリ作家としてベストセラーを出してからもブライアウッド大学に支援を寄せてこなかったからだ。それに彼女が住居付き作家としてはお粗末な候補であるというれっきとした理由もあった。真剣に彼女を候補として考えているようなら、その理由をホッチに話さなければ。

それでもランス・ワイリーが住居付き作家になりたいという願望をもっているのなら、気の毒だとは思う。彼は大学時代、精神的にもろかったし、最後に話したときにはロックダウンでつらい時期をすごしていると言っていた。ダーラ・ソコロフスキーに関してはＳＮＳの投稿から、いろいろな作家の別荘を渡り歩いているようすがうかがえた。だから誰が住居付き作家になろうが、彼女はもうあまり気にしないはずだ。というより、わたしはそうあってほしいと願っていた。ダーラはその気になれば、じつに忌憚《きたん》のない意見を声高に述べることがあるからだ。

わたしは車の後部座席に一泊旅行用のバッグを放りこむとキャンパスめざして運転を始めた。古い体育館の横にある西側の通用門から入り、ワイルダー会館の裏手の駐車場でホッチの赤いジャガーと、ナンバープレートにChill-AX（チルトンのChillに「まったりしている」という意味のあるChillaxをかけている）という活字が入っているチルトンのモスグリーンのメルセデス・ベンツのあいだに車を駐めた。数カ月前、追悼式の準備委員会で会ったとき、チルトンがそのナンバープレートについて「娘たちがプレゼントしてくれたの」と説明していた。「洒落てるでしょ？　娘たちはあたしが穏《チル》やかだと思ってるのよ」と冷淡《チル》なチルトンは言ったものだ。チルトンの長女のエマは合格したら必ず入学するという条件付きでブライアウッド大学への入学を認められたばかりだったが、のちにエマ本人は皮肉っぽい口調で、わたしにこう説明した。あのナンバープレートのほんとうの意味は、少しでもまったりしている相手がいるとママが斧《ax》を振りあげるからなんですよ、と。

チルトンとホッチはキッチンで〈メザミ〉から届いたクーラーボックスを開け、ケータリング料理を取りだしていた——働いているのはチルトンだけだったが。ホッチはといえばキャビアや輸入物のパテの味見をしている。「ありがたや！」チルトンが大げさに耳障《みみざわ》りな声をあげた。それがジョークなのかどうか、昔からよくわからない。「常識のかけらをもちあわせてる人が来てくれて、助かった。ねえ、あたしの案に賛成してほしいの。あたしたち、それぞれ自分が使っていた部屋に泊まるのがいいんじゃない？　レインもきっと自分の部屋に宿泊したいと思っているはず。ほら、四年生になった頃、タワールームにどうしても移りたいって言い張ってたわよね？」

「レインはタワールームが大好きだった」わたしは応じた。そういえば四年生になる直前、レインから求められてキャンパスに来たことがあった。わたしはワークスタディをしていたので休み中もキャンパスへの立ち入りを認められていたし、学部長室のドアの鍵を入手できたからだ。「でも、いまではあまりこだわっていないかも」

チルトンの額《ひたい》の静脈が脈打っている。彼女の顔はいつも完璧に平静で、動くのは額だけ。あのひとは〝ボトックスかなにか〟を注射しているんですかと、ルースから訊かれたことがある。そのとき、わたしはこう応じた。チルトンは子宮にいる頃から顔の筋肉をコントロールする術《すべ》を身に付けてきたから、そんなことをする必要はないはずよ、と。いま、チルトンはスパから出てきたばかりのようにつるりとした顔をしている。顎先のあたりまでの長さの髪は若い頃のブロンドの色そのままだし、ウールのスラックス、千鳥格子のブレザー、クリーム色のシルクのブラウスはすらりとした体型にぴったり合っている。一見したところカントリークラブでゴルフ三昧のコネティカット州のマダムのようだが、実際には猛烈に働く書籍編集者で、ロックダウンの期間中はリモートで仕事をこなしつつふたりのティーンの娘の自宅学習の面倒を見ていたし、ブライアウッド大学の資金集めのためにバーチャルでイベントを開催していた。数カ月前、チルトン本人からこう聞いたことがある。そのあいだずっと体幹を鍛えるワークアウトも欠かさず続けてきたのよ、と。

「そりゃ、もちろん」彼女の弁護士の夫が準備した免責条項でも繰り返すかのように、チルトンが言う。「準備期間になにを優先すべきか、一から検討し直したわよ。でも、せっかく久しぶりに再会するんだから、あたしたちが一緒にすごせる時間をできるだけ長くすることを最優先にすべきだと思うの。レインはきっと自分が使っていた部屋を希望するわよね」あなたのほうがレインの好みはよく知っているでしょと言いたげに、チルトンが最後のせりふを強調した。チルトンはいまだに昔のことを根にもって嫌味を言っているのかもしれない——ロングアイランド出身の田舎者が図々しくもレインの親友という地位を自分から横取りした、と。

ホッチが割って入った。「ミズ・ビショップはおそらくフェローズ・スイートを希望するんじゃないか。あそこがいちばん気持ちのいい部屋だし、住居付き作家が暮らすことになるのもあの部屋だ。あそこが気に入れば、ワイルダー・ライターズ館の住居付き作家第一号になってほしいというこちらの提案を受け入れてくれるかもしれんぞ」

チルトンが鋭い視線でこちらを見たので、わたしは問題点を察した。「それはヒューゴ・モスが暮らしていた部屋のことですか？」答えはわかりきっているにもかかわらず、わたしは尋ねた。「レインはもしかすると……」そこまで言うと、わたしは口ごもり、チルトンがわずかに大きく目を見ひらいた。彼女がこんな表情を浮かべるのは、内心パニックにおちいってわめきたくなっているからだ。「おこがましいと感じるかもしれません」と、わたしは必死で言葉を選んで説明した。「恩師の部屋を奪いとるようで申し訳ないと思うのでは」

ホッチが両手を上げた。「では、どうすべきなのかね――あとは、きみたちガールズで決めてくれ」地元のパン屋でわたしたちが最後のサワードウブレッドをめぐって言い争いをしているみたいに、ホッチが匙《さじ》を投げた。「わたしはダーラ・ソコロフスキーを迎えにポキプシー駅まで車で行かなくてはならん。運転する予定だった学生が家庭の事情で急に来られなくなったのでね」そう言うと、学生の言い訳など信じていないと言わんばかりに憤然《ふんぜん》たる表情を浮かべた。

「はい、それはもう、わたしたちガ、ー、ル、ズでどうにかします」チルトンが応じた。「もうお出かけになってください、ホッチ。ダーラは待たされるのが嫌いですから」

ホッチが出ていくと、ついてきて、とチルトンがわたしを手招きして狭い廊下のほうに歩きだした。わたしたちは木製の戸棚の列の横を通りすぎていった。この建物が邸宅だった時代は執事が使う食器棚だったそうだが、寮になってからは学生の郵便受けとして利用されてきた。つい、四年生のときに自分が使っていた棚のほうに目を向けてしまう――自分宛ての郵便物や学内の通知が入っているかのように。でも当然、どの棚も空っぽだ。戸棚の列をすぎると、ワイルダー会館が寮としても使われていた頃には学生や教職員が暮らしていた部屋が続く。わたしたちが四年生のときにはヒューゴ・モスがここで暮らしていた。わが大学の下宿部屋、と彼はここを呼んでいた。町には仮の住まい《ピエダテール》があり、メイン州には別荘があることを忘れてもらっては困るよと言わんばかりに。

チルトンがひらいたドアのところで立ちどまると、その向こうに改修が終わったばかりの居間が見えた。この前、わたしがこの部屋を見たのは改修工事が始まったときだったから、もう五年前になる。いま、背もたれの高いソファー（〝チェスターフィールド〟とモスは呼んでいた）の生地は緑色のベルベットに張り替えられ、古風な修道院《ミッション》スタイルのテーブルと椅子は磨かれて蜂蜜色に輝き、暖炉には樺《かば》の薪《まき》が詰まれ、カシミヤのショールがさりげなく投げかけられたモリスチェアが炉床のほうを向いている。部屋全体が古風な魅力（わたしが教える学生たちなら〝ダークアカデミア〟っぽいと言うだろう）を保っていて、暖炉の上の壁からは牡鹿《おじか》の剝製《はくせい》の頭が突きだしている。わたし自身が業者への発注書に連帯で署名したのでわかっているのだが、ホッチがこの部屋の改修の予算に糸目をつけなかったのはレイン・ビショップの機嫌をとって住居付き作家になってもらいたいという魂胆《こんたん》があったからだ。でも、その努力はまるで逆効果だった。レインがこんな部屋に宿泊したがるはずがない。チルトンでさえドアのところで室内に入るのをためらっている。「どう思う？」彼女が尋ねてくる。「人骨が発見されたから、彼女、戻ってくることにしたのかしら？」

もっと声を潜めてほしいとわたしは片手を振って、「まだ上の階に清掃スタッフがいるかも」と小声で言う。

わかってないわね、とでも言いたげにチルトンが天を仰いだ。「確認したに決まってるでしょ。雪がひどくなる前に帰りなさいって、あなたのアシスタントのルースがもう全員、自宅に帰したわ。でも自分で確認したいのなら一緒に上に行きましょ」そう言うと、彼女は踵《きびす》を返し、また廊下を進み、わたしがあとをついてきているかどうか確かめもせずに裏階段を上がりはじめた。もちろん、わたしはあとを追う。わたしたちはふたりともモスの部屋から逃げだしたかったのだ。裏階段は狭いうえに急で、このワイルダー会館がその昔、個人――レインの名家の祖先たち――の邸宅だった頃、ハウスキーパーたちが長年トレイや洗濯物を運んできたせいで踏面《ふみづら》が傷んでいた。その後、上階はブライアウッド大学の寮となり、まだ夜間の外出が禁止されていた頃には学生たちがこっそり出入《ではい》りする際にこの階段を利用していた。わたしたちが入学した頃にはもう門限がなくなっていたけれど、それでも深夜にこそこそ外に出るときにはどの段がきしんで音を立てるかがわかっていれば、ほかの寮生に外出を知られずにすんだ。

チルトンはきしむ段を避けるような気は使わなかった。「まったく、この階段を歩くのは命懸けよね。ここは使用禁止にしないと――さもなきゃ、せめて滑り止め用にカーペットを敷かないと」

階段にカーペットを敷く工事の発注書に署名したはずなのにと、わたしはチルトンのあとを追いながら考えた。でも今週末のために業者に工事を急《せ》かすほどのことではない。階段のいちばん上に着くと、わたしは大きく息を吐いた。レインがいつも身にまとわせていた〈シャリマー〉のローズの香りがふっと漂ってくる。彼女、もうここに到着したの？　だが廊下を歩きはじめると、その香りはすぐに消えた。わたしは廊下を歩きながら、チルトンが開けておいたドア越しに室内をのぞきこんだ。ぱりっとした白いシーツとふかふかの羽毛布団でベッドがととのえられ、壁にはハドソン・リバー派の風景画の複製や植物画が額装されて飾られている。以前はそれぞれの部屋に異なる趣《おもむき》があったけれど、そんな多彩な雰囲気はもうない。わたしたちが寮として使っていた頃は壁に自分の好きなポスターやアートプリントを飾ったり、ランプにタッセル付きのスカーフをかけたり、四柱式寝台の上にインドのタペストリーを垂らしたりしたものだ。トルーマンは自室のドアに牡鹿の頭骨を飾っていたし、ハロウィーン・パーティーのあとにはオレンジや黒のクレープ紙のリボンをぶら下げていた。それに、わたしたちは作家の名言——ヘミングウェイの「酔って書き、しらふで編集せよ」、ドロシー・パーカーの「書くのは大嫌いだけど、書き終えるのは大好き」など——を紙に書いて廊下の壁に画鋲《がびょう》で留めていたものだが、いま壁紙は田園の羊飼いの男女を描いた模様の二色刷りのものに張り替えられている。チルトンが壁紙の一箇所に目を留め、足をとめた。

「ここ、仕事が粗いわね」チルトンが舌打ちをした。

「ホッチが急《せ》かしたせいよ。タワールームの改修が終わっているかどうか怪しいものね」

わたしたちは歩いてきた廊下を振り返り、ひとつだけドアがひらいていない部屋のほうを見た。チルトンが大きく息を吐いてまた廊下を歩きだし、わたしもそのあとを追う。閉じたドアの前まで行くと彼女が脇に寄り、そのドアをわたしに開けさせた。ドアノブに手をかけると、四年生の新年度が始まる一週間前にレインがここに立っていたときの光景が脳裏によみがえった。ついにたどり着いたわね、ネル。わたしたちが頑張ってきたこと、夢見てきたことはすべて、この瞬間につながっていたのよ。

わたしはつるりとした真鍮《しんちゅう》のドアノブの感触を味わいながら、ドアを開ける——

陽光がさんさんと廊下にあふれだし、チルトンとわたしを照らしだす――長年、ここに閉じ込められていて誰かが解放してくれるのを待っていたように。日没寸前の夕陽が山の岩肌から滝のように流れ落ち、床から天井まである鉛枠ガラスから琥珀《こはく》色《いろ》の波となってなだれ込む。この黄昏《たそがれ》の光景を初めて見たとき、わたしは不思議に思ったものだ。どっしりとした岩の重みが迫ってくるようなこの部屋に暮らしたがる人なんているのかしら? これではまるで雪崩《なだれ》の通り道で暮らすようなものだ。

「人骨が発見されたからだと思う?」

一階にいたときと同じ質問をチルトンが繰り返した。でも、わたしは質問の意図を勘違いした。このあふれんばかりの光――わたしがドアを開けてすぐ緋色《ひいろ》に変わった光――が山から吐きだされるように射してくるのは人骨が発見されたせいなのか、と。そしてわたしと同様、チルトンも高い天井の部屋の垂木《たるき》に目を向けていることに気づいた。

「でしょうね」わたしは気を取り直して言う。「人骨が発見されたというニュースが広がってから、彼女、出席しますと連絡を寄こしたんだもの。これだけ長い歳月、音信不通を続けてきたんだから、ほかの理由なんてあるはずない」

「もしかしたら、あたしたちに会いたくなったのかも」チルトンが言い、得意そうな顔をした。「先週、彼女にメールを送ったのよ。あなたに会えるのを心待ちにしているとか、パンデミックのおかげで大切な人がいることのありがたさを痛感するようになったとか伝えたから、もしかするとレインもおんなじふうに感じたのかも」

「パンデミックの期間もレインの生活にはほとんど変化はなかったはずよ。大学を卒業してからずっと島で隠遁《いんとん》生活を送っているんだもの」

「彼女が島からまったく外に出ていないとか、誰も訪ねてこないとか、どうして知ってるの?」チルトンが尋ねてくる。

「あなた、彼女の家に行ったことある?」わたしは尋ねた。「さもなきゃ、卒業後、どこかで彼女を見かけたことある? 姿を見かけた人がいる? 誰かが目撃していたら噂が耳に届いているはずでしょう」チルトンの顎先にわずかに皺《しわ》が寄り、わたしは図星を指してしまったことを申し訳なく思う――二十五年前、チルトンにとって第一の親友が彼女のもとから去ってしまったことを。「どうしてわたしたちと距離を置いているのかは、あなたにもわかっているわよね」わたしは少し口調をやわらげた。「ここに来る気になったのは、やっぱり人骨が見つかったからよ。だって、それが誓約の一部だもの」

もし、彼女の死体が発見されたら、わたしたちはブライアウッドに戻ってきて、全員で目の前の問題に対処する。

チルトンは慎重に顔の筋肉をコントロールしているけれど、さすがに顔から血の気が引くのは隠せない。唇まで白くなっている。「あたしたちはずっと誓約を守ってきた。そして、いまになって人骨が発見された。けれど二十五年前、〈ルミナリア〉の最中にひとりの娘が行方不明になったのは周知の事実。だから、あたしたちの誰もパニックにおちいる必要なんてない」とチルトンが言う。

「ほかにも発見された物があるの」建物のなかにはほかに誰もいないことがわかっているのに、わたしは声を潜めた。「レインのロケットよ。人骨のそばにあった」

チルトンが大きく目を見ひらいた。「どうして知ってるの？」

「けさ鑑識チームが洞窟からロケットを引きあげたとき、その場にいたのよ。ロケットはベン・ブリーンに渡された」

「ベン・ブリーン？　彼が担当なの？」

「彼はいまや、署長よ」まるでチルトンがベンのことを信用ならないと疑ったように、わたしは慌ててベンの弁護に回った。でも、彼女は警察での地位などどうでもいいと言いたげに、感心したそぶりも見せずに先を急いだ。

「よかった。それなら、わたしたちに疑いがかからないようにする権限がベンにはあるってことでしょ」

「ベンはそんなふうに考えていないと思うけど」

チルトンが疑わしそうな顔をする。「あなたはいつだってベンのことをボーイスカウトの少年みたいに考えてる。でもあたしに言わせれば、ベンは大学に入学してからチャンスを最大限に利用してきたのよ。いまは郡の議員選に出馬しているそうだし。もっと高い政治的野心をもっていても、あたしは驚かない。それにレインのロケットが洞窟から発見されたからといって、なにかが立証されるわけじゃないよね。だって彼女はあの洞窟にそれはもう夢中になっていたんだから。ほら、四年生になったばかりの頃、一緒に洞窟に行ってほしいってしつこかったじゃない？　あたしはもちろん行くのを断ったけど、あなたとトルーマンとベンは一緒に出かけた。それでレインが〈マーリンの水晶洞窟〉を発見したって思ったのよね。そのとき洞窟のなかでロケットを落としたのかも」チルトンが大きく息を吸い、すぼめた唇から吐きだした――マインドフルネスのコーチから教えてもらった呼吸法に違いない。「きっとうまくいくわ。レインがここに着いたらよく話しあって――」

タイヤが砂利道に入ってくる音が聞こえたので、チルトンが窓から駐車場のほうを見やった。目を輝かせているその表情から、レインが来たのかもしれないと思っていることがわかる。レインが急にやってきて交響曲を指揮するマエストロよろしく、わたしたちそれぞれにすべきことを命じてくれると期待しているのだ――最後にそうしたように。でもチルトンが肩を落としたので、レインが来たわけではないことがわかった。わたしも窓の外を見ると、ファーのふちどりのあるパーカー、脚にぴったりとしたレギンス、防寒ブーツという恰好でリムジンから降りてくる女性が見えた。

「ランディ」チルトンが軽蔑するような口調でゆっくりと言う。「アスペンにスキーにお出かけするような服装しちゃって」

「彼女はいまミランダで通してるのよ」わたしは訂正する。「彼女から何回かメールが来たの。自分のことを紹介するときには〝ミランダ・リー・ガードナー、ベストセラー作家〟として、その下に受賞歴をリストアップしてほしい、その点については周知徹底してくれって」

チルトンが鼻を鳴らした。「あたしにとっては、彼女はいつだってペンシルヴェニア州ドイルスタウン出身のランディ・リー・ガードナーよ。彼女、レインから推薦文を寄せてもらうって約束して出版社にリムジン代を払わせたのかも……」

もうひとり車から降りてくるのが見えたので、チルトンの声が尻すぼみになる。最初は細くて長い脚しか見えなかった。スキニーの黒いジーンズに黒いバイクブーツを履いている。その脚を見たとたんに、わたしの胸が高鳴る。

「トルーマン」チルトンがそう言うと、ミランダの名前を言ったときのように見くだす口調を続けようとしたけれど、うまくいかなかった。「なんでランディと一緒にいるのかしら？　彼女には我慢ならないはずだけど」

「街から車で一緒に行こうって誘われたのかも」そう言う自分の声がいらだっているのが、われながら気に入らない。「自分で旅の手配をいっさいしないで誰かの車に乗せてもらおうとするなんて、いかにも彼らしい」一年生の春休みのあと、キャンパスに戻る列車のなかでトルーマンとばったり会ったときも、彼の荷物はレザーのショルダーバッグとベースだけだった。彼の話によれば、グランドセントラル駅で最後の十ドル紙幣をマリファナに使ってしまったという。そのせいでポキプシー駅から大学までのタクシー代がなくなったけれど、誰かが乗せてくれるはずだとトルーマンは高をくくっていた。そしてその誰かはレインになった。幌をオープンにしてメイン州からずっと運転してきた黄色の一九六八年式マスタング・コンバーチブルで、彼女がポキプシー駅で待っていたのだ。ネルに偶然会えるかもしれないと期待して駅に寄ったのだと、レインは説明したという。この一件からもわかるとおり、トルーマンにはレインと共通点があった。彼にはいつだって安全ネットが用意されていたのだ。

「さもなきゃ、ランディがついに長年の思いをとげて、ついに彼を引っかけたのかも」とチルトン。「彼女、一年生の頃からずっとトルーマンのことが好きだったでしょ。それなら駐車場に行って、彼を救出してあげないと」

すれ違いざまわたしに軽くぶつかってから、チルトンが慌ててドアの外へ出ていった。わたしはしばらく窓辺にたたずみ、トルーマンが両腕を頭上に伸ばし、山々のほうに身体をひねるようすを見ていた。夕陽が目鼻立ちのくっきりした顔を照らしだす。最後に彼を見たときから流れた二十五年の歳月が深い皺を刻んではいたけれど、その顔はまったく老けてはいなかった。強烈な陽射しが歳月を焼き尽くし、わたしの記憶にある青年を復元したみたいだった。わたしは窓のほうに近寄った。そうすれば歳月の隔たりに橋をかけ、向こう岸で彼と一緒になれるかも。ガラス窓が息で曇ったので、曇りを拭おうと手を上げた。するとその動きに気づいたのか、彼がこちらを見あげた。彼の瞳にはまだ陽光がきらめいていて、それに呼応して、わたしの身体のなかでも火花が散った。なのに彼が表情を曇らせたとたんに、その顔から陽光が消えた。彼が身体の向きを変え、建物のほうに歩きだした。わたしは暗い部屋のなかでひとり立ち尽くす。レインの部屋。トルーマンが瞳を輝かせたのは、その昔、ここがレインの部屋だったからだ。彼はわたしのことをレインと間違えたのだ。でも勘違いに気づき、彼の陽光は死んだ。もちろん、失望して。陽光のいたずらか、一瞬、彼がおびえているように見えた——たったいま、幽霊を目にしたように。

8

現在

玄関ホールへと階段を下りていくと、新入生のときに履修登録の列に並んだオークの羽目板が張りめぐらされたあの部屋には煌々《こうこう》と明かりが灯《とも》り、さまざまな音が満ちていて、物憂《ものう》い思いが吹き飛ばされた。駅から戻ってきたホッチが、黒く長いマント姿が印象的なダーラだけではなく、ランスも連れてきていた。きまり悪そうなランスの横に立っているのは、ラインベックからやってきた年配のカール・ヴァン・エッテン夫妻で、やはり最後の最後になって出席を表明した招待客だ。夫のカール・ヴァン・エッテンはあらゆる大学の式典で必ず披露するスピーチ——妻のベティとは大学入学後、新入生の春のダンスパーティーで知り合ったこと、大学時代のルームメイトの叔父の紹介でウォール街に職を得たこと、いま娘は妻が一年生のときのルームメイトが経営する法律事務所で共同経営者になっていること——を、ランスに聞かせているようだ。わたしの人生でもっとも重要な人脈はすべてブライアウッドで築いたのだよと、彼は話をまとめるだろう。ランスを救出してあげるほうがよさそうだけれど、いまはヴァン・エッテン夫妻に向かってふさわしい微笑みを浮かべられそうにない。そこでわたしは人の輪の横を通り、松やヒイラギの枝が飾られている大広間の奥へと歩いていった。二十五年前には登録カードが置かれていた長いテーブルは壁のほうに寄せられていて、森のような深緑色のテーブルクロスがかけられている。ケータリングのスタッフがチーズの盛り合わせ、カナッペ、クリスタルのデカンタ、パンチボウルなどを並べている。暖炉脇の最上級の——モスがいつも坐っていた——椅子にはミランダが鎮座していて、トルーマンが炉床のほうに身をかがめている。そちらのほうに歩いていったところ、途中でエミリー・ドーズとばったり会った。わたしより二年早くモスの上級セミナーを受けていた先輩だ。パンデミックの期間はいかがおすごしでしたかと尋ねると、大変だったわと応じてきた。彼女の妻は救急救命室《ER》の医師で多忙をきわめていたので、エミリーは九歳と十一歳の子どもたちと一緒に自宅ですごしながら、新聞記事の締め切りを必死になって守っていた。そうやって仕事をこなしつつ、子どもたちのリモート学習のようすを監督し、家族の食事の支度をしなければならなかったという。

「正直なところ、どうやって切り抜けられたのか自分でもよくわからない」エミリーが話した。

彼女が妻子の写真を見せてくれたので、その大変さが伝わってくる。エミリーは妻と子どもたちを愛している。赤毛には少し白髪がまじっているし、口元にも目元にもストレスによる皺《しわ》が寄っているけれど、彼女はあの時期を懸命に乗り越えたのだ。

「大変なご苦労をなさったんでしょうけれど、お元気そうでよかった。とても素敵なご家族ですね」わたしは言う。

彼女が身をかがめ、わたしの手に触れた。「ありがとう、ネル。ときどき思いだすのよ。わたしたち、ぎりぎりのタイミングでここから脱出したんだなあって。だって、あれからモスは

――」

　エミリーが最後まで言い終えないうちに、二年前から舞台芸術科の講師として雇われているアダム・スキャンロンがシェリー酒の入ったグラスをわたしにもってきた。「辛口ですよ」そう言うと、琥珀色《こはくいろ》の液体の香りを嬉しそうに嗅ぐ。

「いまでもシェリー酒がふるまわれることなんてあるのね」ケンドラ・マーティンが言い、わたしたちの会話に加わった。蠟燭《ろうそく》が灯るなか、宝石みたいに深みのある色合いの刺繡《ししゅう》入りショールを肩にかけている。彼女の横に立っているだけで、そのぬくもりが伝わってきた。

「ブライアウッド大学の伝統だもの」そう言うと、ふたりよりそれほど年齢が上ではないのに急に老け込んだような気がした。あまりにも長いあいだここですごしてきたので、わたしはブライアウッドの伝承や伝統の生き字引になりつつあるのだ。

「なにもかも投石刑にして追っ払うべきだ。男だけの社交クラブも廃止すべきだね」背後から深みのある低い声が聞こえてきた。「家父長制度を思い起こさせるべく、あれもこれも残したってわけか」

　アダムが忍び笑いを漏らした――自分は若すぎて、家父長制度やジェンダーや人種の問題とは無関係だとでも言いたげに。それからうしろを振り向き、トルーマンの顔を二度見した。

「あれ、もしかすると、トルーマン・デイヴィス？　ザ・レイヴンズでベースを弾いてましたよね？」

「なんの因果か、そのとおり」トルーマンが言い、こちらを見た。わたしの気分を見さだめようとしたのか一歩踏みだすのを渋っていたけれど、ようやくわたしをハグした。彼の両腕は鋼《はがね》のように硬い。何時間もベースを弾きつづけるのが楽なことだと思うのか？　おまえは軟弱なやつだとベンから批判されたとき、彼がそう言い返したこともあった。

「ネリー」わたしの耳元でトルーマンが低い声で囁《ささや》く。そのニックネームでわたしを呼ぶのは、彼だけだ。

「あなたにとっては、ネリー学部長なのね」大学時代の四年間、ふたりでからかいあっていた口調に戻ってしまう。わたしはトルーマンとハグしたまま、ケンドラとアダムのほうをちらりと見た。ふたりが視線を交わしているようすから、社会的地位もあるいい歳《とし》の女のふるまいとして適切かどうか、こちらを値踏みしているのがわかる。

「やあ、相棒」トルーマンがアダムとケンドラのほうに視線を向け、観客を前に演技を始めた。「彼女、手強いかい？」

ケンドラがうなずく。「ええ。先学期、わたしの授業で成績に不平を言ってきた学生がいたんですが、ポートマン学部長のおかげでなんとか切り抜けられました。落第にならずにすんだんだからありがたいと思いなさいと、その学生にはっきり言ってくれたんです」

「履修不備判定が出て、学部長室の外で待っている学生たちはオーディションを受ける前みたいに神妙な顔をしていますよ」とアダム。「というより、処刑前ってとこかな」

わたしは笑った――頰が火照《ほて》っていることに気づかれませんように。「そこまでドラマティックじゃないでしょう、アダム。落第や留年に慣れてほしくないだけよ。悪い習慣になりかねないから――」

「そのとおりだ」ホッチが言いながら、こちらに近づいてきた。「ここのところ、彼女はすっかり学生に甘くなってね。きのうなど期限を何週もすぎているのに、学生の退学取り消しを受け入れたところだ」

「大変な学期だったんです」ホッチがニーナ・ローソンのことを話しているのだと察し、わたしはいっそう頰を紅潮させて説明した。ニーナが退学取り消しの申請をしたことに、ホッチは気づいていたのだ。「一年間、一度も対面授業に出席していない学生も何人かいるんです。学生たちはいろいろストレスを感じて――」

「わかるわあ」ミランダが言い、椅子から立ちあがった。「この前の本では、あたしもあやうく締め切りを破りそうになったんだ」

わたしはミランダのほうを見ながら、わかるもんですかと胸のうちでつぶやく。わたしの学生たちは新型コロナ感染症流行の影響で高校最後の学年をふいにしたのだから。プロム、卒業前の宿泊旅行、卒業式といったものをすべて体験できなかったのだ。「あなたは締め切りをきちんと守る人だった」わたしは社交辞令で言った。ミランダは今回のライターズ館にかぎっては気前よく寄付してくれた。だからホッチはミランダに愛想よくしてほしいと思っているはずだ。「あなたはいつだってワークショップの課題を最初に提出していたもの」

「そのとおり」トルーマンがなにかを思いだしたのか指を鳴らした。「モスがきみにニックネームをつけてなかったっけ?」

「器用《ハンディ》なランディ」赤ワインが入ったグラスを二脚もち、チルトンがこちらに歩いてきた。

「あなたがベストセラー作家になるって、モスは予言した。で、そのとおりになった！」チルトンはグラスを一脚ミランダに渡し、彼女を祝して乾杯するかのようにグラスを掲げた。でもわたしの記憶では、モスは違う表現をしていた。きみなら万人受けするベストセラーを量産するだろう、と言ったのだ。

「モスは少し……権威主義的な物言いをしたようですね」とケンドラ。「わたしなら、学生がどんな作風の作品を書きそうかなんて予想しませんが」

「苛烈になることもあったよね」ミランダが応じた。「怪異譚の課題が出たときのこと、覚えてる？」

「忘れるもんですか」チルトンが言い、手を震わせながらワイングラスを口元に運んだ。

「なんの話です？」アダムが尋ねる。

「モスにはね、お気に入りの課題があったのよ」ミランダが説明を始めた。「〝これまでいちばん恐ろしい思いをしたときのことを書きなさい〟という課題が。偉大な作家たちは誰もが自分の心の奥底に潜むもっとも大きな恐怖を題材に小説を執筆したというのが、モスの持論だった」

「さもなきゃ、僕たちを死ぬほどビビらせたかったんだよ」トルーマンが合いの手を入れた。

「モスは最低な男だった」そう言うと、トルーマンは暖炉のほうに少しずつあとずさりをして、片腕をマントルピースのほうに伸ばした――モスお得意のポーズだ。「なんだって、あいつを追悼しなくちゃならないんだ?」

一メートルほど横に立っているホッチが激怒しているようすが伝わってきた。ホッチがヒューゴ・モスの弁護を始める前に、ミランダが口をひらいた。「でも、あたしが作家になれたのはモスのおかげだよ。冷酷なまでに批評されたけど、だからこそ作家として向上できたし、面《つら》の皮も厚くなった」そこでミランダは笑った。「編集者だってモスほどうるさく要求してくるのはいなかったし、あそこまで辛辣なレビュワーもいなかった。出版業界に足を踏みいれる前の準備運動としては最高だったね」

「わかる」ダーラが会話に加わってきた。「モスはあたしが書いた詩や物語の文章の半分に線を引いて消した。彼に鍛えられたから、あたし、消去詩を綴《つづ》るようになったんだもの」ダーラは長い黒のマント、黒のタイツ、黒のバレエシューズという恰好で、自分自身も消去しているようだ。大学時代も細身だったけれど、いまは骸骨みたいに痩せ細っている。

「モスのおかげでキャリアが拓《ひら》けたのは、僕も同じだ」と、ようやくヴァン・エッテン夫妻から解放されたランスが会話に加わってきた。「モスの上級セミナーのせいで、心に深い傷を負ったんだ。おまけに、そのあとでモスの身にあんなことがあったから、僕、春学期は精神科病院にずっと入院していた。でも、そのおかげで回想録を書く材料ができたというわけさ」

「ストレスやメンタルの問題に苦しんでいる大勢の学生に、あなたの回想録を薦めてきたのよ」わたしはランスに言った。「きのうも、ある学生に渡したところ」

ランスがこちらに顔を向けた。ダーラは以前より痩せているけれど、ランスは丸々と太っている。後退する髪の生え際と桃色の唇があいまって赤ん坊のようだ。彼はわたしの言葉を聞き、顔を輝かせた。「ほんとに?」

「ええ。春にライターズ館がオープンしたら、ぜひ講演にきてほしいわ」

わたしはホッチのほうを見て招待に口添えしてくれることを期待した。でも彼はケータリング業者がシャンパングラスを並べているビュッフェのテーブルのほうに気をとられている。

「まだ乾杯はできないと注意しておこう」そう言うと、ホッチがビュッフェのほうに歩きはじめた。「まだ全員揃っていないからな」

「レイン・ビショップがまだ来てないっていう意味だね」ミランダがそう言ったところで、アダムとケンドラがわたしたちのグループから外れた。すると、アダムはすぐに演劇好きの卒業生ふたりにつかまった。わたしたちだけになった、とわたしは思う。ランス、ダーラ、トルーマン、チルトン、ミランダ、そしてわたしが、ぬくもりを求めて身を寄せあうようにして暖炉の炎の前で円を描いて集まっている。それでも、わたしはまったく炎の暖かさを感じなかった。

ふいに肩を叩かれ、ぎょっとした。振り返ると、ルースがふちまで氷と琥珀色の液体を入れたグラスを手にしていた。わたしは彼女からハイボールのグラスを受け取り、年代物のウイスキーのピートの香りを嗅いだ。「ほんとにあなたって、わたしの心が読めるのね。もうシェリー酒には我慢できないと思ってたところ」そう礼を伝え、人の輪のほうを向いた。「チルトンのことは知ってるわよね? わたしのクラスメイトのほかのメンバーに会ったこと、あったかしら」わたしは円を描いて立っている友人一人ひとりの名前をルースに紹介した。それぞれの説明に、ルースが堅苦しくうなずく。暖炉の炎が反射し、彼女の眼鏡が仮面の役割を果たしている。

「招待客リストを見ましたから、全員の名前は存じあげています。多額の寄付のお心遣いに感謝いたします」紹介が終わると、ルースが礼儀正しく言った。「必要なものがあれば、いつでもおっしゃってください」

「いまネルに渡したスコッチをもらえるかな？」トルーマンがいたずらっぽく笑いながら言った。「香りだけで上物《じょうもの》だってわかるよ」

「改修工事の業者が地下室でたまたま見つけたんです」とルース。「ヒューゴ・モスのお気に入りのスコッチでした。ホッチキス学部長から、スコッチは保管しておきなさいと指示があって――」

「特別ゲストのためにね」その先をわたしが続けた。「その特別ゲストにはみんなも含まれてるのよ。わたしがとってくるわ、ルース。まだ地下室にあるの？」

ルースがこちらを見たけれど、すぐには返事をしない。彼女の話をさえぎってわたしが代わりに話したことに腹を立てているのか？　だが彼女はうなずき、「ええ。でも地下室には鍵がかかっていて。招待客は地下に行くことを禁じられていますし、足下の悪い階段ですから、どなたかが滑ったりしたらうちの保険ではカバーできませんし――」

「わたしが鍵をとってくるわ、ルース」わたしは話をさえぎり、地下室に潜む危険に関する長く退屈な話を終わらせようとする。「責任はわたしがもちます」そう伝えると、ルースはうなずいたが、まだ不満そうだ。「ほかに、なにか確認してほしいことがある？」

「外はもう大雪なんです」とルース。「町から来ているケータリング業者に帰っていいと伝えていいでしょうか。業者は残るべきだとホッチキス学長はおっしゃっていますが、じきに運転が危険になりそうなので」

窓のほうに目をやると、下枠にはすでに雪が数センチも積もっていた。ガラスには暖炉の前の人の輪のなかにたたずむわたしの姿が映っている。一瞬、自分だけが暗く寒い戸外に立っていて、室内の楽しそうなようすを覗《のぞ》き見しているような気がした。「ホッチの面倒はわたしが見るから」そう言って自分だけがよそ者だという心から離れない不安を振りはらう。「遠くまで運転しなくちゃならない人には、帰宅するよう伝えてちょうだい。あなたもよ、ルース。あなたの家はそれほど遠くないけれど――」

「いざとなったら、わたしは寮の空き部屋に泊まれますから」ルースがそっけなく言った。「町から来た女性たちには、もう帰ってくださいと伝えます。キャンパスに暮らしている学生たちが手伝いに残れますし」ルースがミランダ、ランス、チルトン、トルーマン、ダーラのほうを見た。「みなさんは雪の心配は無用です。あしたの追悼式のために、今夜は宿泊なさるんですよね？　でも、ご留意ください。雪がこのまま降り積もるようなら追悼式は中止になるかもしれませんが、ここから動くことはできないかと。あした、早い時間帯にここを発つ計画はお立てになりませんよう」

きっぱりそう言うと、ルースが背を向けて去っていった。まだ一メートルも離れていないのに、ミランダがすぐに物真似を始めた。「〝あした、早い時間帯にここを発つ計画はお立てになりませんよう〟――だって！　なんだか変わった人ねえ。彼女、いっつもシャーリイ・ジャクスンの小説に出てくる家政婦みたいな話し方するわけ？」

ダーラが小声で笑うけれど、ランスは居心地が悪そうな顔をして、トルーマンはただにやりと笑うばかりだった。「ここに閉じ込められるんなら」トルーマンがわたしと腕を組みながら言う。「あのスコッチをとりに行かないと」そう言う彼の笑顔と腕のぬくもりに、よそ者だというさきほどの寒々とした感情がかき消された。トルーマンと並んで大広間を横切って歩きながら、さっきのはいかにもミランダらしい排他的な態度だったと振り返った。大広間はすでに数十人の招待客でにぎわっている。ホッチが望んでいたほどの大人数ではないけれど、レインが出席するという知らせを直前にメールしたことやこの悪天候を考えれば、まずまずの人数だ。トルーマンが大広間を歩いていくと周囲の招待客の顔に、あのロックスターだと気づいた表情が浮かぶ。なにしろトルーマンときたら、どこからどう見てもロックスターだからだ。漆黒のもじゃもじゃした髪、ひょろっとした体格、そして黒いバイクブーツという恰好を見て、ヴァン・エッテン夫妻やモリス・レイバン夫妻といった理事やパンチボウルを囲んでにぎやかに談笑している名誉教授といった高齢の客でさえ、こいつはただものではないと察したらしい。トルーマンは注目を浴びながらもすばやく身をかわすのはお手の物だと言わんばかりに、全員に会釈して手を振った。彼が組んでいる腕に力を入れたので、有名人として認識された彼の火照《ほて》りが伝わってきた。キッチンに入ると、その場の平均年齢が急に下がった。ケータリング業者の黒いユニフォーム姿の若いスタッフたちが作業の手を止め、呆気にとられてこちらを見た。わたしが地下室に続くドアの鍵を開けると、髪の毛をうしろで丸くまとめて唇にピアスをつけている若者も魚のマリネから視線を上げて、こちらを見てきた。「あれっ、トルーマン・デイヴィスですよね？　二年前だったか、バーニングマン（ネバダ州の砂漠で開催される音楽とアートの祭典）で観ましたよ」

「おい、相棒、やめてくれ。思いだしちまったじゃないか。まだ砂でざらついてるんだよ、僕のけつ《アス》……」そこで言葉を止めると、トルーマンがドアを開けてわたしを先に通した。「アストン・マーティンが」と言い直し、ドアを閉める。そのとたんに、わたしたちは暗闇のなかに立ち尽くすことになった。

「ちょっと」壁のスイッチを押し、ライトをつけた。「噂になるわよ」

彼はにやりと笑い、わたしより先に階段を下りていく。「僕の評判はもうとっくに地に堕ちてるよ」

「わたしの評判のことを言ってるの」そう言い返し、階段を降りきると周囲に目を走らせた。天井からは裸電球がひとつぶら下がっていて、じめじめとした暗い空間に小さな明かりの輪を浮かびあがらせている。わたしは携帯電話を取りだしてライトをつけ、壁に並んでいる金属製の棚に向けた。清掃道具や缶詰などの保存食品と一緒に〝保存文書〟と記された箱がいくつか並んでいる。それに、壁にくっつけて重ねてある箱もあった。湿気が多い地下室の床で濡れてしまわないように箱を棚に載せるのをメンテナンスのスタッフに頼むこと、と頭のなかでメモをとる。

ふたりでスコッチのボトルを捜しはじめると、トルーマンが笑い声をあげた。「きみの悪評が立ったら大変だな！　教養学部長、不品行なミュージシャンと地下室でいちゃつく現場を目撃される」

「いちゃつく？」わたしは繰り返す。「四十七歳の元同級生同士が？」

「キッチンの若い連中を見たら、歳をとったなあと実感したよ。僕たちもここにいたとき、あんなに若く見えたのかな」

「もっと若かった」そう応じると、新入生が寮歌を歌う行事でトルーマンがテーブルに飛び乗ったことを思いだす。

「四六時中、あんな未熟な連中に囲まれていてよく我慢できるな」

「あら、そっちこそ」と言い返した。「それとも、最近あなたのファンは高齢化が進んでるとか？」

「舞台の上から見ると、僕のファンは霞《かす》んで見えるんだ」そう言ってから、トルーマンが「ああ、ここが隠し場所だ」と声をあげた。〝1996〜7、課題〟とラベルが貼ってある箱の横にスコッチが入ったケースを見つけだしたのだ。「モスのたぬきじじい、このスコッチには目がなかったからなあ。こんなに埃《ほこり》だらけになるまで長いこと、ここに保管されていたとは驚きだ」

「ルースの話では、〝無機物《デッドマター》〟って書かれたラベルの箱に隠してあったのを文書保管係が見つけたそうよ」

「彼が遺した書類を分類するのに、どうしてこんなに時間がかかったんだい？」壁の前に積みあげられた箱を眺めながら、トルーマンが尋ねてきた。

「予算削減よ。二〇〇八年から、大学は財政難におちいってたの。そのあとようやく立ち直りかけたところに、こんどは新型コロナウイルス感染症の流行が拡大して入学者が急減」

「レインが山ほど寄付してくれたのかと思ってた」

「寄付してくれたわ。でも、わたしたちが在籍していた頃に寄付してくれたお金は、奨学金や教員の研究や建物の改修に充てているの。文書保管にまでは予算が回らなくて。ほら、ホッチはレインの名前を利用して寄付をつのっていたでしょう。そのおかげでライターズ館の計画は軌道に乗った。でもフルタイムの文書保管係を雇ってモスが遺した文書を学術的に利用してもらうには、やっぱり資金が足りないのよ」

「普遍的な価値なんかないんだから、モスの文書を保管するためにレインが金を出したがらないのは当然だよ。というより、そのライターズ館とやらに彼女が資金を提供したいと思ったことのほうが驚きだ。彼女からメールをもらったときには腰を抜かしたよ――」

「彼女からメールがあったの？　いつ？」

「きのうの夜」トルーマンはそう言うと、ケースからもう一本ボトルを取りだした。「彼女、ほんとうに来ると思う？」彼がこちらを向くと、わたしの携帯電話のライトが彼の瞳の輝きをとらえた。なにかに心を動かされると、いつだって彼は瞳を輝かせる――詩の一節、一筋の光、レインの笑い声に胸を鷲掴《わしづか》みにされるのだ。

「どうかしらね。来るとは思ってなかったけれど、例の人骨が発見されたことだし……」

「彼女はここに来たいんじゃないかな。すべてがあきらかになっても、彼女は僕たちに丸投げするような真似はしたくないはずだ」

「この前、彼女はそうしたじゃない」

「きみなら万事をうまく処理してくれるとわかっていたからさ」この暗く狭い場所にはふさわしくないほど強い視線で、トルーマンがわたしをじっと見つめる。彼の肉体が発する熱を間近に感じ、全身が火照って息ができなくなる。「そして、きみはきちんとやってくれた」彼はそう言うと、もっと近づいてきた。一瞬、彼がまたハグするのではないかと思ったけれど、彼は両手にボトルをもっている。「でも、さすがの彼女も、こんどは僕たちにまかせきりにはしたくないはずだ。事実が明るみに出たら――彼女が発見されたら――僕たち全員でここに戻ってくると誓ったんだから。そう誓約させたのは彼女だ。彼女からのメールにはこう書いてあったよ。〝約束を思いだして〟とね」

　わたしは笑みを浮かべようとする。「レインと彼女の誓約。わたしたち、十回以上は誓約させられたわね」

「彼女はこの誓約を守る。絶対に」

「そうね。彼女、もう到着しているかもしれないから、戻りましょう」

　彼はわたしの言葉を最後まで聞かずに急に階段を駆けあがり、肩でドアを開けた。キッチンにいた数人の学生からの質問をうまくかわす声が聞こえてくる。彼が大広間に戻っていき、その声がどんどん小さくなる。わたしは地下室の階段の下に立ったまま、失望した自分をなだめる。当然よ、トルーマンは彼女のために来たのだから――トルーマンは自分のものだと一年生のときに彼女が宣言してからずっと、彼にとっていちばん優先順位が高いのはレインなのだから。

9

あの頃

登録の期限ぎりぎりに履修カードを提出すると、ミス・ヒギンズが眉根を寄せてリストを確認した。それから口をひらき、あなたの銀行口座に不備があるので財務部に行きなさいと告げてきた。わたしは顔を真っ赤にしてルームメイトたちのほうを振り向いたけれど、みんな遠くに立っていて、いまの会話が聞こえたようすはない。「あとで合流するから」大声で言った。「ちょっと用事ができて……」そのあとの言葉を濁しつつ言い訳を考えているうちに、みんなはドアの外に出ていった。

そのあとは学内のオフィスからオフィスへと足を運んでは列に並び、銀行口座に不備がある理由を突きとめようとした。母が授業料を支払うのをやめたのか？　大学がわたしへの奨学金の支給を取り消したのか？　ところが結局のところ、必要な用紙にわたしが署名するのを忘れていただけだとわかった。深刻な問題ではなかったので胸を撫《な》でおろすと書店に向かい、こんどはレジの列に並んだ。ハヴィランド学部長の講義を受けるには山ほどの本を購入しなければならないことがわかったときにはショックを受けた。ワーズワース、ブレイク、キーツ、シェリー、バイロン卿のハードカバー。サー・ウォルター・スコットとトマス・ハーディの分厚い小説。エドマンド・バークやメアリ・ウルストンクラフトの難解で長大な学術書。それにハヴィランド学部長が執筆した短い研究論文『ロマン主義の精神』。ラテン語の科目では必要な教科書は一冊（高校時代に使っていた『ウィーロックのラテン語』）だけだったし、西洋古典学の教科書は借りればすむので助かったが、分厚い美術史の教科書――うちの母親なら〝ドアストッパー〟と呼ぶに違いない――を買ったら、図書館で十日間も働いて稼いだお金がすべて消えてしまった。

本が入った重いバッグをやっとのことで肩にかけ、寮に戻ることにした。山から下りてきた空気がひんやりと冷たく、淡い菫《すみれ》色に暮れなずむ空がすれ違うブライアクリフ・カレッジの学生たちの紫色のスウェットシャツと調和している。ところが寮に近づくと、エラ・フィッツジェラルドが絞りだすように「サマータイム」を切なく歌う声が聴こえてきた。胸が締めつけられ、目頭《めがしら》が熱くなる。黄昏《たそがれ》どきの孤独が声という形で姿をあらわしたのかも。視線を上げると、その曲が東棟から流れてくるのがわかった。誰かがステレオのスピーカーを窓枠に置き、外に向けて音楽を流しているのだ。

ほかでもない、レインだった。レインがシングルレコードをかけているのだ。彼女がわたしを引き寄せるために――ふいに織物《ウェブ》がひるがえり、大きく広がり漂いて（テニスンの詩「シャロットの姫」の一節）――網を投げているのだ。

続き部屋に入っていくと、真ん中の部屋は東洋の後宮《こうきゅう》風のインテリアに変わっていて、色が塗られた竹衝立《ついたて》が置かれ、焚《た》いたお香の芳香のなかシルクのスカーフがたなびいていた。床の絨毯《じゅうたん》には刺繍《ししゅう》入りのクッションが散らばり、壁にはタペストリーが掛けられている。

バッグを下ろして自分の狭い部屋をのぞきこみ、ここがいつもの続き部屋かどうか確認した。そこにはたしかにわたしの修道女の独居房があったし、昨夜窓から舞い込んできたカラスの羽根がまだ落ちたままになっていた。この羽根はこれからいいことがあるという前触れだったのかもしれない。わたしは後宮を通り抜け、音楽――と複数の声――が聞こえてくるもうひとつの一人部屋に入っていった。

真ん中の部屋が後宮のようだったのに対し、レインの部屋はトルコの高官の私室のようだった。キャンドルの炎が揺れ、深紅の布がベッドを覆い、その背後の壁の書棚には古書が並んでいる。レインはショートパンツとTシャツの上にシルクのキモノを羽織り、窓際のベンチに坐り、陶磁器のティーカップからなにか飲んでいたけれど、紅茶ではなくバーボンのような香りがした。ドディーとチルトンはベッドに坐り、壁にもたれている。チルトンは脚を組み、ドディーはぬいぐるみの人形みたいに両脚をまっすぐ前に突きだしていた。

「帰ってきたのね」ドアのあたりでもじもじしていると、レインから声をかけられた。「カクテルアワーに間に合わないんじゃないかって気を揉んだのよ」そう言うとレインはデスクの上の〈サザンカンフォート〉のバーボンのボトル、クラッカーの〈トリスケット〉の箱、〈チーズ・ウィズ〉のディップの缶を指さした。「部屋に戻って、グラスかなにかもってきて。一緒に飲みましょう」

わたしは自分の部屋に戻り、合格通知と一緒に送られてきた大学のロゴ入りマグカップを手に慌ててみんなのところに戻った。そうしないと、わたしがいない隙に三人のルームメイトが忽然《こつぜん》と姿を消してしまうような気がして怖かった。みんな、わたしのことを待っていてくれたんだ——そう思うと胸がはずんだ。それなら空っぽの胃にバーボンを流し込んで胸やけを起こしたってかまうもんか。覚悟を決め、聖餐式《せいさんしき》のワインさながらバーボンをごくりと飲み込んだ。

「そうこなくっちゃ」レインが満足げに言った。「これから始まる夜のために栄養をとっておかないとね。今夜は新入生の合唱《キャロリング》と篝火《かがりび》があるのよ」

冗談でしょ。「それって……ずいぶん古臭くない?」

冗談どころではなく、それは大規模におこなわれる学校の団体行事だとわかり、わたしは怖気《おじけ》づいた。高校時代は対抗試合前の壮行会、アメリカンフットボールの試合、ダンスパーティーといったイベントがどれも苦手だったからだ。それでも当時は退屈そうな顔をして、上から目線でわたしには関係ないという顔をしていればすんでいた。レインも同じように尊大な態度をとってくれることを願ったけれど、彼女は目を大きくひらいてこちらを見てから重々しい声で断言した。「昔からの伝統よ。伝統は大切。そろそろ東棟のラウンジで合唱のミーティングが始まるから、出かけましょう。うちの寮歌を作曲して、ほかの寮より大声でじょうずに歌わなくちゃいけないの。遅刻したら、つまらない歌詞を歌わされるはめになる」

わたしはマグカップに残っていたバーボンを慌てて飲み干し、みんなのあとを追って真ん中の部屋に入った。ドディーが衝立の向こうで身をかがめ、スウェットシャツに着替えはじめた。「あなたも着たほうがいいわ」レインがそう言うとキモノを脱ぎ、色褪《いろあ》せたブライアウッドのロゴ入りスウェットシャツを椅子の背からつまみあげて着替えた。あまりにも古いので紫色がラベンダーに褪せていて、金の糸で刺繍《ししゅう》された記章はほつれている。三人とも同様に年代物のスウェットシャツを持参していて、どれも母親や叔母や大叔母のおさがりに違いない。「これ、どうぞ」レインが新品のスウェットシャツを渡してくれた。「ブライアウッドに入学したとき、指導教官が送ってくれたの。でも、わたしは一枚もってるから、これはあなたにあげる」

わたしはスウェットシャツを着て、ジッパーを上げた。もごもごとお礼を伝えた。分厚いフリースは温かく、素肌の腕に心地いい。急ぎ足で階段を下りながら、寮のミーティングはすでに盛り上がっていた。ラウンジは学生でいっぱいで、なかに入っていくと寮のミーティングはすでに盛り上がっていた。わたしはうしろのほうに紛れ込もうとしたけれど、レインがわたしの手をつかんで高く掲げ、大声で歌いはじめた。その声は大きく、思いのほか高く愛らしかった。「ロウ、ロウ、ロウワン、わたしの心はあなたのもの——」

寮母がクリップボードから視線を上げ、静かにしなさいと言ったが、ほかの女子学生たちもレインと一緒に歌いはじめたので、その声はかき消された。十回以上は繰り返される同じフレーズを、わたしはできるだけ真似ようとした。そのなかには昔から歌い継がれてきたと思われるフレーズもあった。「輝かしい大学時代、愉しい毎日、人生でいちばん短い歓びのとき」といった感傷的な歌詞のなかには、レインが歌いながら考えだしたものもあるようだった。ほかの数人の学生が新しい歌詞に大声でメロディーをつけると、レインもそれを繰り返し、やがて新たな歌の一部になっていった。すると全身黒ずくめのスリムな男子学生——登録のときに見かけた彼だ——がテーブルに飛び乗り、トーキング・ヘッズの「サイコ・キラー」のメロディーに乗せて歌いはじめた。

ロウワンの新入生、ケ・スク・セ
ファ・ファ・ファ・ファ・ファ・ファ・ファ・ファ・ファ・ファ・ファ、ベター
ロウ　ロウ　ロウ　ロウ　ロウ　ロウ　ロウ　大きく漕ぎだせ《ロウ・アウェイ》

レインは嫌がるはずと思ったのに、彼女までテーブルに飛び乗ると、彼の歌に合わせて寮の応援歌を熱唱した。部屋全体が上下に揺れ、パンクのビートに合わせて全員が飛び跳ねた。最後の節にくると、レインとスリムな男子学生が拳《こぶし》を振りあげ、手をつないだまま学生たちのなかにジャンプした——桟橋から氷で覆われた湖に飛びおりる子どもみたいに。ふたりが互いの顔を見つめあうと、わたしの胸が嫉妬でちくりと痛んだ。ふたりのあいだに焦げそうなほど熱いエネルギーが生まれていたからだ。レインにはどうしてこんな真似ができるの？　蛾を誘う炎みたいにみんなを惹きつけてしまう。レインがあの男子学生に会ったのは、きょうが初めて

だという確信があった。それに、彼がもうレインのものであることもわかった――彼女にその気があるのなら。

熱狂する学生たちの群れから、自分がひとりだけ離れたところにいるような気がした――小瓶のビネガーの表面に浮いている一滴の油みたいに。でもレインが通りすぎざま私の手を握り、引っ張った。そして、わたしたちはいっせいに寮から外に向かって駆けだした。そのあいだもずっと大声で歌いつづけ、隣の寮に行くと相手は自分たちの寮歌を、わたしたちは自分たちの寮歌を歌った。どうやらこの合唱の目的は、対抗する寮の学生たちにも自分たちの歌を歌わせて仲間にすることらしい。わたしたちの寮は勝ちつづけ、仲間は数百人へと膨れあがり、全員が中庭になだれ込んだ。そこには篝火のための巨大な炉が用意されていて、点火されるのを待っていた。上級生たちが樽から注いだビールを飲みながら、自分たちの寮歌を歌っている。それでも、わたしたちの寮歌の激しいビートは不屈だった。わたしたちは中庭で咆哮《ほうこう》し、歌い、拳を突きあげた。やがて、みんなの心臓の鼓動がひとつになった。自分だけ部外者だというあの感覚はもうすっかり消えていた。それどころか、これほどの一体感を覚えたことはなかった。わたしの一部はいつも隅のほうに立っていて、観察し、批評していたからだ。いったん口をつぐんでしまえば、もう――

ふと振り返ると、彼――ベン・ブリーン――の姿が見えた。群衆から離れたところにぽつんと立ち、ポケットに両手を突っ込んだまま歌わずに眺めている。

一瞬、わたしも集団から外につまみだされたような気がして――怒りがこみあげてきた。自分だけ分別があるような顔をしてあんなところに立ってるなんて、いったい何様のつもり？彼のほうがわたしたちよりましな人間だとでも思ってるの？　そう憤慨《ふんがい》すると、わたしはいっそう声を張りあげて歌い、拳をいっそう強く突きあげ、仲間たちと一緒に雄叫《おたけ》びをあげた。徐徐に上級生たちもわたしたちの寮歌を歌いはじめ、ひとりの四年生がレインに松明《たいまつ》を渡した。きみが行列の先頭に立って山を登り、岩山塔をめざせと言う。わたしも行列に加わり、レインのあとを追いながら、こう考え直した。きっとベン・ブリーンはキャンパスで暮らしてはいないのだ。寮にも入っていないから、当然、彼には参加資格がないのだ。彼のことを悪く考えてしまった後悔と恥ずかしさがこみあげてきたけれど、行列はくねくねとうねりながら、どんどん山に向かっていく。わたしは振り返り、人込みのなかにベンを捜そうとしたものの、姿はもう見えず、空へと舞いあがる残り火のように夜の帳《とばり》に溶けていた。

10

現在

地下室から上がってくると、ありがたいことにキッチンには誰もいなかった。彼にとってはジョークだったのかもしれないけれど、いまはロックスターとなったトルーマン・デイヴィスと〝いちゃついている〟とからかわれるのは嬉しくもなんともない。彼としては、そうなったら「学部長、やるね」と学生たちの認識を変えられるとでも思ったのだろうが、そんなことになれば過去の自分が手に入れられなかったもの、過去の自分がなりえなかったものを痛感させられるだけだ。わたしはスコッチを新たにグラスに注ぎ、パーティーに向けて気持ちを立て直してから大広間に戻った。

みんながわたしの噂話に花を咲かせているのではという心配は杞憂《きゆう》に終わった。わたしがこの場を離れていたことにも戻ってきたことにも、誰も気づいていない。みんなお喋りに夢中だ。暖炉のそばのテーブルではミランダが銀髪の本好きの女性たちのグループに君臨し、最新作にサインしている。ファンに囲まれたミランダはまさに水を得た魚のようで、手首を優雅に動かして金のペン先の万年筆でサインしたり、マニキュアを塗った指先がよく見えるように右胸のところで手を広げてはお世辞を言われて胸を打たれたことを示したり、いちばん映《ば》える角度を探して携帯電話のレンズに向かって身をかがめたりしている。その横にはチルトンが坐っていて、唇に礼儀正しい笑みを浮かべたまま次の本のタイトルページを開けてサインの準備をしている。いかにも甲斐甲斐しく働く編集者という風情《ふぜい》だけれど、彼女はミランダの担当編集者ではない。

わたしは室内を見まわし、ランスがトルーマンと一緒にいることに気づいた。トルーマンは書棚に寄りかかり、年下の数人の教授と学生のケータリング要員の大半に囲まれている。ダーラはビュッフェの横に立ち、ヴァン・エッテン夫妻を前に大げさな身振り手振りでなにやら話していた。彼女の青白い顔は漆黒の髪と黒いタートルネックにふちどられていて、自作の消去詩の解釈を無言劇《パントマイム》で静かに表現しているようだ。

ホッチはといえば、高齢の卒業生や理事に囲まれていた。さぞご満悦なことだろう。モスが担当した最後の学生たちが寄付金を寄せるためにこうして集まり、モスが後世に素晴らしい遺産を遺したことを証明し、ライターズ館を存続する価値を体現しているのだから。ところが、実際のホッチはさほど嬉しそうではなかった。緊張した面持《おもも》ちで、落ち着きなく腕時計と玄関ホールへ交互に視線を走らせている。気を散らしているのはホッチだけではないらしく、ダーラが飲み物のお代わりをもらいにいくと、ヴァン・エッテン夫妻は眉を上げ、いかにも年配の夫婦らしく意味ありげに視線を交わした。ミランダのファンのグループのふたりの女性は頭を寄せてなにやら小声で話しては窓のほうを見ている。戸外ではすでに窓枠より高いところまで雪が積もっていた。わたしがホッチのほうに歩きはじめると、洒落た服装の女性が携帯電話から視線を上げて尋ねてきた。「あたしの天気予報アプリはどうして動かないの?」

まるで、わたしがＩＴエンジニアのような口ぶり。

「山が近いので、電波が安定しないんです」忍耐強い笑みを浮かべて応じる。「ワイルダー・ライターズ館のＷｉ－Ｆｉにつなげば安定すると思いますよ。パスワードは、Wilder です」

「それからね、うちのスタッフはもう帰らなきゃならないって、ホッチに言ってくれる? 彼ったら乾杯がすむまで待ってくれって言うのよ。でもそれって、もう三十分前に終わってるはずなんだけど」

誰だかわかった――マーゴット・ドゥブリエス、〈メザミ〉のオーナーだ。「キャンパスで暮らしている学生以外のスタッフは全員帰宅するよう、ルースが伝えたはずですが」

「ルースはそうしようとしたんだけど、ホッチに止められたのよ。正直なところ——」彼女が身を寄せてきて声を潜める。「ホッチのことは好きだし、仕事の件では感謝してるけど、雪のせいでここに閉じ込められるわけにはいかないのよ。あしたの午前中はベビーシャワーのケータリングの準備があるし」

「わかりました」そう応じながらも、この雪の調子ではあしたのベビーシャワーも中止になるだろうと考える。「学長に話してきます」

わたしはホッチのほうに歩きながら室内にルースの姿を捜した。相手が学長だからといって、ホッチとの口論で引き下がるのはルースらしくない。せめて、わたしのところには相談に来るべきだったのに……と、そこまで考えて、自責の念とともに思いだす。自分がずっとトルーマンと一緒に地下室にいたことを。もしかすると、ルースはわたしたちの邪魔をしたくなかったのかもしれない。わたしはホッチのグループへと近づき、彼の横にそっと割り込んで腕に触れた。彼がぎょっとして身をすくめたので、飲み物がこぼれる。極度に緊張している証拠だ。

「ゲストのなかに、天候を心配している方がいらっしゃるようです」わたしはホッチに話しかけ、レストランのオーナーが責められないよう説明した。「そろそろ、乾杯してはいかがでしょうか……そして帰宅なさる方には、安全運転でお帰りくださいとお伝えになっては」

「三十分前にそう伝えるつもりだったんだ」ホッチが引きつった顔で微笑みながら、絞りだすように言う。「きみの友だちが時刻どおりに着いてさえいれば、こんなことにはならなかった。

彼女から連絡はないのか？」

「この悪天候で到着が遅れているんじゃないでしょうか」そもそもレインにここに来る気があればの話だが。「とにかくいまは彼女が事故にあっていないこと、それにスタッフ全員が無事に帰宅できることを願いましょう」

「やむをえんな」ホッチが忌々《いまいま》しげに言う。「ケータリング業者にシャンパングラスを配るように言ってくれ。それから、きみのロックスターの友人にスコッチを鯨飲《げいいん》するなと伝えてくれ。あれは高級品だ」

わたしはマーゴに乾杯の準備をするよう身振りで伝え、トルーマンのほうに向かった。ボスの命令で学生たちが乾杯の準備を始めたせいで、ひとり置き去りにされている。

「ホッチのやつ、いまにも脳卒中でぶっ倒れそうだな」トルーマンはそう言うと、背後の書棚に隠しておいたスコッチのボトルからグラスにお代わりを注いだ。ボトルはもうほとんど空になっている。彼のファンと分けあっていたのならいいのだが。

「レインが来ないから、がっかりしてるのよ」そう言うわたし自身が、もう十分に飲みすぎていたので、つい尋ねてしまう。「あなたもがっかりしてる？」

トルーマンが肩をすくめてせいいっぱい気にしていないふりをする。「いかにも彼女らしいじゃないか──自分の登場を待ちわびてみんなが噂しているなか、最後にばーんと登場する──『グレート・ギャツビー』のパーティーの場面のようにね。だから、彼女はもうここに到着してるのかも。僕たちは彼女が演出する舞台で脇役を演じていて、当人はもう舞台裏にいるのさ」彼がグラスを窓のほうに掲げると、わたしはレインの存在を感じた――雪のなかをさまよいながら登場する最適のタイミングを計っているのかもしれない。

ウェイターがシャンパングラスを載せたトレイをもってやってきた。わたしがグラスを一脚とると、トレイをもっていたのはニーナ・ローソンだった。「ありがとう、ニーナ。足首の具合はどう？」足を見やると足首に包帯を巻いている。

「大丈夫です」ニーナはそう応じながらも、少し動いた拍子に顔をしかめた。

「寮まで無事に帰れるかどうか、心配でしょう？」

ニーナが首を横に振る。「そこまで心配してません。ただ、きょう、寮のわたしのフロアには誰もいないので、ちょっと気味が悪くて」彼女がトレイをトルーマンのほうに差しだすが、彼はシャンパングラスをとろうとせず、ハイボールのグラスを掲げて見せる。

「ちゃんぽんに飲むべからず、身体に毒だ」と、トルーマンがやわらかい口調で言う。するとニーナが飲み物に毒を混ぜたなと言われたかのように、おびえた笑みを浮かべた。

「彼のことは気にしないで」わたしはニーナに言う。「飲みすぎると、こんなふうになるの」

ニーナがわたしとトルーマンの顔を見比べた。「おふたりは大学時代のご友人なんですか？」

トルーマンのほうが早く返答した。「親友だ」そう言って、わたしにスコッチが入ったグラスを掲げる。

「幸運なおふたりです」ニーナが恥ずかしそうに言う。そしてボスからにらまれているのを察すると、少し足を引きずりながら慌てて立ち去った。

いまの返事は本気なの？　そう尋ねたくてトルーマンのほうを向くけれど、グラスを鳴らす音がして、わたしたちはホッチが立っているほうに視線を向けた。ホッチは部屋の正面に設けられた演台に立ち、シャンパングラスの端にナイフをぶつけている。さらにまたグラスを鳴らすと、その涼やかな音符が宙で震えた。

「レイディース・アンド・ジェントルメン」そう言ってから、ホッチが後悔したようなふりをして、つけくわえた。「そして、ノンバイナリーのみなさんとそのあいだのみなさん、このような本降りの雪の夜にお集まりくださり、ありがとうございます。悪天候のため、何人かお越しになれなかった方もおいでですが、おそらくヒューゴ・モスはこのような雰囲気を好むでしょう。それに彼なら、悪天候にひるむようなこともありますまい。二十五年前、日没間近に、ヒューゴ・モスは嵐のなか行方不明になった学生を捜しにいきました。なぜなら、彼はそのような果敢な行動を起こす男だったからです」ホッチは〝男〟という単語を強調した――性差別の典型的な発言だという批判は許さんと言わんばかりに睥睨《へいげい》しながら。わたしが周囲に目をやると、ケンドラ・マーティンと目が合った。やっていられないと言いたげに、彼女が天を仰ぐ。わたしは笑いを押し殺し、休暇が終わったら彼女とランチの約束をしようと頭のなかでメモをとった。「彼はまさに勇猛果敢な教師でした。たしかに厳しい教師であったかもしれませんが、そのおかげで作家やアーティストを輩出したのであります」

　とくに個人名を挙げるわけではなくホッチがグラスを掲げると、ミランダが坐ったまま背筋を伸ばし、まるで自分について語られているように顎をつんと上げた。わたしの隣でトルーマンがふんと鼻を鳴らす。

「それこそが、ここワイルダー・ライターズ館で継承していきたい伝統であります。それこそが、今夜お集まりくださったみなさんが支援してくださっている伝統なのです。その伝統《トラディション》にこそ——」

トルーマンが鼻歌を低く歌いはじめる。ミュージカル「屋根の上のバイオリン弾き」の「しきたりの歌《トラディション》」だ。

「——みなさん、今宵、グラスを掲げましょう。ヒューゴ・モスと彼のような者たちに……」

ホッチがしばらく間《ま》を置くと、わたしの耳にモス本人が乾杯の最後のせりふを締めくくる声が聞こえてくる。われわれに乾杯、そして、われわれのような者たちに乾杯、と彼は授業の最後によく言っていた。ごくわずかしかいない者たちに！　わたしは自覚していたよりも酔っていたらしい。ホッチが乾杯の挨拶を終えたとき、〝ごくわずかしかいない者たちに〟という言葉まで聞こえたような気がした。シャンパングラスがいっせいに掲げられ、グラスをぶつけるチリンチリンという音と「乾杯《ヒア》！　乾杯《ヒア》！」という声が聞こえてくる。トルーマンが最後の乾杯の掛け声を繰り返すとわたしににっこりと笑い、こうつけくわえた。「日々、どんどんわずかになっていく者たちに」

乾杯が終わると大勢の招待客がいっせいに出ていった。ヴァン・エッテン夫妻が先頭に立ち、そのあとに理事や高齢の教授たちが続いた。幅の広いオークのドアが大きくひらかれると雪が突風となって冷気とともに吹き込んできて、車のドアを勢いよく閉める音やメリークリスマスという挨拶、安全運転をという声が聞こえてきた。ケータリングを手伝っていた学生たちのあいだからどっと笑い声があがり、それに続いて叫び声もあがる。膝の高さまでの吹き溜まりのなか、学生たちは群れをつくって押しあったり雪の玉を投げあったりして、礼儀正しい行動を強制された数時間の埋め合わせをするように大声で話しだした。去っていく彼らのうしろ姿を見ていると、わたしまで解放されたくなる。でもそのとき、ニーナが彼らと一緒にいないことに気がついた。

大広間では残った者たちが暖炉のそばで身を寄せあっていた。今夜ここに宿泊するわたしのクラスメイトのほかに、ケンドラとアダムもいる。ふたりとも教員のアパートメントに暮らしているので居残ることにしたようだ。ホッチはミランダから大きな椅子を奪いとって横に彼女を従えて、雷鳴轟《とどろ》く嵐のなか尾根をひとりさまよっていたモスとばったり会ったときの話を披露している。わたしは前にもその話を聞いたことがあった。たしかにモスはそんなふうにして夜間に散歩をするのが好きだったたし、その事実はよく知られていたので、彼が尾根で命を落としたときには誰もそれほど意外には思わなかったのだ。

トルーマンが空いている椅子を肘で押し、隣に坐ってくれとわたしに合図を送ってきた。わたしは外部から眺めているだけのよそ者じゃないと、自分に言い聞かせる。が、そのとき、学生の集団のなかにニーナがいなかったことを思いだした。「ちょっとキッチンで確認したいことがあるの」わたしは言う。「すぐ戻ってくるから」

キッチンのドアを開けると、ひそひそ声が聞こえてきたのでドア口で足を止めた。小さいキッシュが詰められたタッパー容器から、ルースとニーナが視線を上げる。「軍隊を食べさせられるくらいの量があるんですよ」気に入りませんねという口調で、ルースが言う。「だからニーナに、いくつか寮にもっていきなさいって言ったんですが」

「あたし、乳糖不耐性なんです」ニーナが申し訳なさそうに言う。「それにこの容器は重たくて、とても寮までは運べません」

「手伝ってくれるスタッフは、ほかにいないの？」わたしは尋ね、山ほどの料理を載せた容器やトレイに目を走らせた。ホッチが二倍の数の招待客が来ることを期待して大量に注文したに違いない。ニーナが身をすくめ、ルースが唇を尖らした。

「ドゥブリエスとかいうあのケータリングの女性は、スタッフに残業手当は支払えないと言ってました。それなのにホッチが遅くまで引き留めてしまって」そう言うと、ルースが手際よくラップを引いてカットし、ハムをくるんだ。「残業代はいりませんと言って、ここに残って働いてくれたのはニーナだけなんですよ。残る義務なんかないんだから、いつでも帰っていいのよと言ったんですが」

「お手伝いするのは全然かまいません」ニーナが言い、両手でふきんを握りしめた。

ルースとわたしは視線を交わした。ニーナは見るからに不安そうだ。きっと寮までひとりで戻るのが心配なのだ。

「寮まで送っていくわ」わたしはニーナに言う。「あなたはロウワン寮だったわよね？」

ニーナがうなずき、唇を噛むと泣きだしそうな表情を浮かべた。

「そうしてもらいなさい」ルースが急《せ》かす。「あとは、わたしひとりで大丈夫だから」

「お友だちと話したいんじゃありませんか？」ニーナがわたしに尋ね、裏口のコート掛けからコートをとった。「ルースから聞いてたんです、あなたが久しぶりに旧友と再会なさるんだって。トルーマン・デイヴィスと友だちだなんて信じられません」

「旧友よ」わたしはコートを着ながら言う。

「すごいことですよね」ニーナが言い、明るいオレンジ色のダウンジャケットを着てピンク色のポンポンハットをかぶる。「中学の頃、彼はお気に入りのシンガーみたいなものでした。母が彼のアルバムを全部揃えていたんです」

わたしはスノーブーツを履きながら微笑んだ。こんなお世辞を聞かされたら、トルーマンはぞっとするだろう。

「それにレイン・ビショップとも知り合いなんですか？　ここに入学したあと、『取り替え子』を読んだんです。そうしたら、ここが神秘的な場所に思えてきて。ほんとに、あんなふうだったんですか？」

「神秘的？」わたしは繰り返し、雪が降る戸外へと足を踏みだした。ポーチの明かりが白く輝く雪を扇形に照らしだしているけれど、その外に広がるのは低木やベンチを覆い隠すほの暗い雪のマントだけだ。「ええ。そんな雰囲気があったわ。あなたがそんなふうに思えないのなら、残念だけれど」

「伝統や儀式がみんなに一体感をもたらすって、あなたが言っていたことが少しわかりはじめてきたところです」ニーナが歩きながら言う。雪かきをしていないので、どこが歩道なのかよくわからない。じきにニーナの薄い靴がびしょ濡れになり、痛めた足首で歩くのがむずかしくなりそうだ。「じつは、きのう洞窟に落ちてからメッセージが届くようになって」

「どういう意味?」そう尋ねると同時に、うなじの産毛が逆立つのがわかる。「どんなメッセージが届くの?」

「あれですよ、インスタグラムやツイッターの」

「ああ」そう言うと、わたしはほっとした。でも彼女が次に言った言葉に、うなじを氷の針で刺されているような気分になった。

「あたし、行方不明の娘《こ》を見つけましたよね。だから、どうしてそこにいることがわかったんだって、みんな訊いてくるんです」

「でも、あなたはなんにも知らなかったじゃない!」思わず激しい口調で言ってしまった。彼女が身を縮め、わたしから距離を置く。「だって、あなたがあそこに行ったのは、洞窟のそばに何人か学生がいるのを見たような気がしたからなんでしょう?」

雪片が載っているまつ毛越しに、ニーナが横目でこちらを見た。わたしは学生たちと長年接してきたので、言いたくないことがあるようだと察する。「それは、その、何人かいるのが見えたような気がしたんですけど、洞窟のほうに歩いていったのは、それだけが理由じゃないんです。ホッチキス学長と会いたくなくて」

「退学取り消しの件についてなにか言われるのが怖かったから？」

「まあ、そのような……」

「ごめんなさいね、ニーナ」彼女が身を震わせていることに気づき、そう謝ると、自分のスカーフを外して彼女の肩をくるんだ。「その件は心配しなくていいわ。あの洞窟に落ちたときには、さぞ怖かったでしょう——」あのあたりの洞窟の寒さを思いだし、わたしは身震いをする。

「でも、あそこに人骨があることは知らなかったはず。どうして見つけられたの？」

「なんだか導かれたような気がするんです」とニーナ。「あの娘の亡霊に」

わたしは大きく息を吸って肺に冷気を満たし、三つ数えてから吐きだした。ニーナの話の亡霊みたいに、白い息がふーっと宙に舞いあがる。「そう、でも」ありったけの威厳をとりつくろって声を出した。「わたしは幽霊なんて信じていないけれど、信じていたら、でかしたってあなたを褒めたかも。だって、あなたは人骨を見つけたんだもの。鑑識がじきに身元を判別すれば、あの可哀そうな娘さんのご家族も判明して」——彼女に家族はいなかった——「いったいなにがあったのか、わかるはず。そのあと、彼女はきちんと埋葬してもらえるわ。そして墓石には彼女の名前が彫られる」——あなた、彼女の名前を胸のうちで言うことさえできないのよね——「そうなれば彼女は安らかに眠れるし、あなたも安らかになれるはず」

「でもネットではみんな、そんなふうには言っていません」ニーナが言い張った。「骨が見つかったから、氷の洞窟の娘は解き放たれて、自分を殺した相手に復讐を始めるって、そう言ってるんです」

「殺したなんて、誰が言ってるの?」わたしは強い口調で言った。「彼女は転落したのよ。あなたと同じように。事故だったの」

「そうなのかもしれません……でもさっき、コートのポケットから携帯電話を取りだしたら、こんなものが入ってたんです」そう言って、ニーナがポケットからなにかを引っ張りだした。暗くてなにも見えない。もしかすると、ニーナの精神状態はだいぶ悪化しているのかも。幻覚が見えて、目に見えない証拠をでっちあげるところまで精神的に追い込まれているのかも。そう思ったけれど、彼女がなにかを手渡してきたので、でっちあげではないことがわかる。ふたりのあいだの暗い空気に突然、翼が出現したような気がする。そしてわたしには、自分の手のなかにあるものの正体がわかっている。

11

現在

なにかの拍子でポケットに羽根が入る可能性はいくらでもあるわ。わたしはそう言ってニーナをなだめた――キャンパスにはそこらじゅうにカラスがいるし、ケータリングのスタッフが悪ふざけをして入れたのかもしれないでしょ、と。それからさよならを言い、凍死しないうちに早く室内に入りなさいと急《せ》かしてから、ニーナがIDカードを読み取り機に通して寮のドアの鍵を開けるようすを見守った。わたしがこの寮に暮らしていた頃には、こんなセキュリティシステムがなくてよかったと思いながら――

あったところで役には立たなかっただろうけれど。

――わたしは立ち尽くしたままロウワン寮の東棟に降りしきる雪を見あげて、わが身の愚かさを痛感した。いったい、なにを待っているの？　レインが使っていた部屋に明かりが灯《とも》ること？　ジャズの旋律が流れてきて、この冷気が夏のそよ風《サマーブリーズ》に変わること？　玄関ドアからレインが軽やかに出てきて、この夜を笑い声と活気で満たしてくれること？

もう彼女がここにいるような気がすると、トルーマンは言っていた。

四階に明かりが灯るけれど、そこは東棟ではなく玄関ホールの上の部屋だ。ニーナが部屋に入ったのだろう。彼女が自室に戻ったことを目視できるまでここにいてよかったと、わたしは頭を切り替えた。ここにたたずんでいたのはニーナの無事を確認するためだったのだと自分に言い聞かせ、ロウワン寮に背を向けてワイルダー会館に戻ることにした。のろのろと歩きだしてはみたものの、あの羽根はどうしてニーナのコートのポケットに入ったのかと考え、寒気《さむけ》を覚えた。強風が真正面から吹きつけ、雪が顔に当たって目がひりひりと痛む。わたしの行く手をなにかが阻んでいるのか――

顔を上げたものの、いまどこにいるのか判然としない。わかるのは風が吹きすさぶ暗い平地にいることだけ。いつものキャンパスの風景が雪と闇で一変し、足下を照らしだす明かりもない。防犯のために、キャンパスに十年前に設置された街灯はどこ？　去年、街灯をつけっぱなしにするのは環境にやさしくないという一部の学生からの抗議を受けてセンサーライトを導入したはずだ。ということは、知らないうちに歩道から外れてしまったのかも——

　それとも人感センサーが検知しないほど、わたしは目に見えない存在になってしまったのか。怪談を披露しあってはみんなで怖がっていた、都市伝説に出てくるキャンパスの幽霊になってしまったのかもしれない——屋根をうろつく一年生の自殺者や氷の洞窟の娘に。

　一陣の突風が吹いてきて雪のカーテンがめくれあがり、一瞬、遠くに明かりが見えた。でも遠すぎて、どこの明かりかぴんとこない。ひょっとすると誰かが戸外にいるのかも。明かりを見て安堵《あんど》した気持ちが恐怖心に変わる。こんな悪天候のなか、外に出たがる人などいるはずがない。そもそも明かりをもったまま、どうして動かないの？　わたしを見張っているのか。

　そこまで考えてから、自分がどこにいるのかようやくわかった。山の麓《ふもと》の窪地《くぼち》にいたのだ。すぐ先には湖があるから、このまま歩いていたら凍った湖面に乗ってしまい、湖に落ちていただろう。つまり、さっき見た明かりは森の向こうにあるワイルダー会館から漏れていたのだ。あの明かりはわたしを導く灯台だ。そう気を取り直して雪が降り積もる平地を横切り、低い松林を抜けていった。このあたりの雪はそれほど深くない。やさしく降り積もっていて、松の枝が小麦粉をふるいかけられたように見える。ワイルダー会館に近づくにつれ、胸がときめいた——長い旅路のあと、ようやく自宅に戻る道を見つけた旅人みたいに。戸外で立ち尽くしたま
ま、煌々《こうこう》とした室内をのぞきこんでいる少女になった気分だ。ところが建物に近づいていくと、大広間には人気《ひとけ》がなく、もぬけの殻だった。もうみんな自室に引きあげてしまったのか。

そこにミランダとホッチが舞台に登場する役者よろしく奥の廊下から姿をあらわした。ホッチの険しい顔から想像するに、なにか言い合いをしているようだ。だが、相手を激しく非難しているのはホッチではない。ミランダが彼のほうに身を乗りだし、低い声でしつこく話している。同意できないことを言われているのか、ホッチの顔が徐々に紅潮する。いまにも心臓発作を起こしそうだ。ミランダもそう考えたようで、彼の腕に触れた。だがホッチはその腕を振りはらい、ミランダを平手打ちするかのごとく高く手を上げた。

だが結局はその手を下ろし、吐きすてるようになにか言ったので、ミランダがたじろいだ。ホッチが背を向け、部屋から出ていった。すぐに正面玄関のところで扇形の光が広がり、ホッチが外に出てきた。上着の裾をひるがえらせ、帽子もかぶらないまま急ぎ足で歩きはじめる。それから足を滑らせて転倒し、悪態をついた――わたしが観ていた無言劇《パントマイム》に音が生じる。彼が立ちあがり、建物の裏手の駐車場へと消えていく。ホッチの姿が見えなくなると、物影でなにかが動いた。きのうの〈ルミナリア〉のローブを着た人影のように見えたけれど、吹きすさぶ雪にすぐさまかき消された。わたしが建物のなかに入ろうとしたところ、窓辺にミランダがいたのでぎょっとした。わたしを見張っているように窓ガラスのすぐそばに立っていたうえ、なにより驚かされたのはその顔だった。にんまりと笑っていたのである。

玄関にたどり着いてドアを大きく開けると、敷石に雪が勢いよく吹き込んだ。大広間に人の姿はなく、暖炉の炎は燃えさしとなり、じきに燃え尽きそうな蠟燭《ろうそく》の溶けた蠟は固まり、カウンターには空になったグラスやボトルが散らばっている。呪いをかけられて打ち捨てられたあとの『眠れる森の美女』の城の光景みたいだ。わたしは思わず、クラスメイトたちが上階で寝入っているところを想像して――

やがて建物の裏手から人の声が聞こえてきた。わたしは裏口のほうに歩いていき、途中でモスが暮らしていた部屋のドアの前で立ちどまった。授業に遅刻してドアを開けると暖炉脇の大きな椅子にモスがふんぞり返っていて、わたしが書いた物語の原稿を肉厚な手でもち、こう言ってくるような気がした。これはこれはミス・ポートマン、ご出席賜《たまわ》り光栄だ。すると、いつもモスの右側の椅子に坐っているレインが視線を上げ、わたしにウインクするのだ。でも実際にドアを開けたところ、室内からウインクしているのは牡鹿《おじか》の頭部の剝製《はくせい》のガラス製の目だけだった。その下ではミランダが暖炉脇の例の大きな椅子に坐り、膝に一冊の本を載せている。その両脇にはランスとチルトンが坐っていた。トルーマンは長椅子に寝そべり、ダーラは開け放した窓の横に立ったまま煙草を吸っている。

「ようやく帰ってきた」そう言うとトルーマンが膝を折り、わたしが長椅子に坐れるようにスペースをつくった。「ミランダがビッグニュースを発表したんだよ。聞きそびれたね……というより、きみはもう知ってるのかな。ワイルダー・ライターズ館の住居付き作家第一号に、ホッチがミランダを指名したんだ」

わたしはミランダのほうを見た。そして膝に載っているのが本ではなく写真立てであることに気づいた。「いいえ、もう決定していることすら知らなかった」ホッチが決定を先延ばしにしていたのは、レインに授与したかったからだ。レインのカルト的な人気があれば入学志望者の数が急増するし、卒業生の寄付も増やせると当てにしていたのだ。ということは、ホッチは考えを変えたのだろうか？　それにしても、なぜミランダを選んだの？　たしかに彼女は世間によく名が知られてはいるけれど、創作プログラムの権威を高めるほどの文学的な影響力はないのに。もしかするとさっきミランダとホッチは、この件で言い争いをしていたのかもしれない。「おめでとう」遅ればせながら、わたしは言う。「あなたの講義を受けられるんだから、うちの学生たちは幸運だわ」

「大学の講義を引き受けたら、詰まっている執筆スケジュールに支障が出るんじゃないの？」ダーラが尋ね、窓の外に煙草の吸殻を投げ捨ててから、こちらを振り返った。その顔はさらに青ざめていて、唇には血の気がない。

ミランダが肩をすくめた。「べつに。講義なんてそれほど大変じゃないでしょ。あたしたちの原稿を読むのに、モスがひいひい言ってた覚えはないし」そう言うと、ミランダが視線を落とし、膝の上の写真立てを見た。そこには〈ルミナリア〉のときに岩山塔の前で撮影した写真が入っている。上級セミナーのメンバー――レイン、トルーマン、チルトン、ドディー、ベン、ダーラ、ランス、ミランダ、そしてわたし――と一緒にモスが写っているのだ。わたしたちはみんな蠟燭をもち、長いローブを着ている。背景の空は紫色とオレンジ色に染まり、冠雪した山頂の上空にはすさまじいまでに鮮やかな夕焼けが広がっている。

「最近の学生は教師に求めるレベルが高いのよ」わたしはそう言うと、ケンドラがオレンジ色のフォルダーにまとめた住居付き作家候補の書類を思い起こした。そして写真のほうに目をやると、ありえないくらい若いみんなの顔が並んでいる。「いまの学生はわたしたちの頃ほどのんきじゃないんだから」

トルーマンがふんと鼻を鳴らした。「僕らだってみんながみんな、のんきだったわけじゃない。レインは違ったよ」

「レインはモスを崇《あが》めてたよね」チルトンが同意した。「少なくとも、彼女は最後まで崇拝してた」

「モスは僕たちのことをクズ扱いした」ランスがふいに口をひらき、頬を紅潮させた。「あいつが言うことはいちいち無礼で口汚かった。僕が書いたものを読んで、気が触れていると言ったんだぜ」

「でも彼、あなたが書いたものだとは知らなかったでしょ」とミランダ。「あたしたちみんな、匿名で提出したんだから」

なにを馬鹿なと言いたげにトルーマンがまた鼻を鳴らし、グラスにお代わりを注いだ。「あの匿名制度こそ、最大のでっちあげ《フィクション》だったじゃないか。誰の作品かは一目瞭然だった。叙情的な詩みたいな散文は、ダーラのもの。ラヴクラフトっぽい怪物の形で表現される忌《い》まわしい両親が出てくるのは、ランスの小説で――」

「リアリズムに徹したノワールは、間違いなくトルーマン」とランスがつけくわえる。自分の大学時代の執筆の傾向に関するトルーマンの解釈に気を悪くしたようすはない。

トルーマンがうなずく。「ああ、僕は次世代のレイモンド・チャンドラーだと自負していたからな。そしてチルトンの作品はいつだって、メイン州の住宅街を舞台にしたチーヴァー風の小説だった。で、ドディーのは喋るリスが登場するお上品なファンタジー。唯一区別がつかなかったのはレインとネルの作品だ」

「レインのほうがいい作品だった」わたしは応じた。「見分けるポイントは、そこよ」そしてトルーマンに反論の隙を与えず、慌てて言う。「ベンはいつだって悪党たちが罰を受けるストーリーを書いていた。きみの世界観には旧約聖書の倫理がにじみでているって、モスから言われていたわよね。トルーマンの言うとおりよ。わたしたちはみんな、モスがどの作品について話しているのかよくわかっていた。それでも匿名で提出するっていう建前《たてまえ》があったから、みんな遠慮せずに批評できたんじゃないかしら」

「モスは僕たちをそそのかしてた」トルーマンが応じた。「誰かがものすごく手厳しいことを言ったときのあいつの顔、覚えてるだろ」

「あいつはモンスターだった」ランスが声を張りあげた。「なんだって、あいつに栄誉を授けなくちゃならないんだ?」

「そうすればお金が入ってくるからよ」わたしは説明する。「ミランダ、あなたのほうがいい講義をすると思うわ」そう口では言ったものの、確信しているわけではない。するとトルーマンがわたしの本心を代弁してくれた。

「モスよりひどい講義ができるやつなんていないさ」空になったグラスを乱暴にテーブルに置

き、トルーマンがつけくわえた。「それにレインは絶対、講義をしたいなんて思っちゃいない。だから彼女が今頃になってやってくるとは思えないんだよ。道路だって雪でもう通れないだろうし」

トルーマンがふらふらと立ちあがった。ドアのほうから物音が聞こえたので、彼がそちらを見る。だが、その表情はいま言ったばかりのせりふを裏切っている。まだレインが来ることを願っているのだ。その顔に失望の色が走ったので、レインが来たわけではないことがわかった。ドアのほうを見ると、敷居のところにルースが立っていて、ふきんで手を拭っている。

「ルース！」わたしはぎょっとして声をあげた。「もうとっくに帰ったんだと思ってた！」

「食べ物の保管をしていたんです。残り物を捨てたくなかったので」ルースはそう応じると、室内の煙草の臭いに気づいたらしく、コースターが載っていないコーヒーテーブルについたグラスの跡をうんざりしたように横目で見た。「そろそろ失礼します。その前になにかご用がある方がいるかどうか、うかがおうと思って」

「こんな悪天候のなか帰宅するなんて無茶よ。スペアの部屋があるから泊まっていったら？」

ルースが首を横に振った。「グラウンド整備係のチャーリーが除雪車で送ってくれることになってるんです。それで帰宅できますし、あしたの朝はまた彼がここまで送ってくれますから。そのときにはシャベルをもってきて、みなさんの車の周りの雪かきをします。ただ――」

ルースが先を続ける前に、ミランダがその先を言った。「わかってる、それまであたしたちはここから出るような真似をしちゃいけないんでしょ。とにかく、あたしは絶対に外に出ないから。じゃあ、そろそろ部屋で休むことにしようかな。いずれにしろ来年の春には、どこかの部屋があたしのものになることだし」ミランダはそう言うと、この部屋のインテリアを選ぶ権限がすでに自分にあるかのように気取って写真立てを炉棚に戻した。

「まだ部屋の支度ができていません」ルースがすげなく応じた。「あなたの部屋は正面階段を最上階まで上がって右手にあります――昔、あなたが使っていた部屋です」そう言ってから、ルースがチルトンのほうを見た。「ミズ・プライアーのご指示どおりに、みなさんそれぞれに昔使っていた部屋を用意しました。荷物はもう運んであります」

「あら素敵」ミランダが言い、立ちあがった。「図々しいかもしれないけど、あなたと少しばかり相談しておきたいことがあるの。春の準備について……」

「それはまだ先にしてもいいでしょ？」わたしが口を挟んだものの、ミランダはルースの腕をとって玄関のほうに連れていき、浄水器や食事の好みについて小声で話しはじめた。侮辱を受けたルースの背中がこわばっている。ミランダがルースのことを経験豊富で有能なエグゼクティブ・アシスタントではなく、ワイルダー会館の家政婦みたいに扱っているからだ。

「やれやれ」チルトンが吐息をついた。「ホッチはモンスターを生みだしたわね。それにしても、なんだってミランダを選んだのかしら？　あなた知ってた？」チルトンがこちらを向き、尋ねてくる。

「いいえ」わたしは応じる。「てっきり、ホッチはレインに――」

「受賞した賞の数なら、あたしのほうが十倍多い」ダーラが声をあげた。「それも全部、文学の賞よ。いったい、ミランダはなにを教えるつもりなんだろ？　殺人事件のプロットの練り方？　作家近影のためのポーズのとり方？」

「それにしてもミランダはどうして住居付き作家なんかになりたいんだろうね？」ランスが疑問を口にした。「これまでのベストセラーで、たんまり稼いでるはずなのに」

「ここに車で来る途中、誰も自分の作品を真剣に扱ってくれないとさんざん愚痴ってたよ」とトルーマン。「さだめし文学賞をもらって箔《はく》をつけたいんだろ」

「彼女はレインになりたいのよ」わたしが言う。「昔からずっとそうだった。ここでレインの代わりになれば、彼女に近づけるような気がするのかも」

「これまでにもほかの誰かがレインの代わりになれたような口ぶりじゃないか」とトルーマン。

「いいえ、そんなことは誰にもできない」そう言ったそばから、われながら苦々しい口調に驚いた。「ちょっとルースのようすを見てくるわ。ミランダに長々と説教されて死んじゃってるかも」そう言うと慌てて部屋を出て、舌の先まで出かけていた言葉を呑みこんだ——トルーマン、あなたにとっては誰もレインの代わりにはなれなかったのよね。そして大広間へと足早に歩きながら、こう自問した。わたしときたら、いったいなにを期待していたの？　レインが戻ってくること？　彼女が来なければ、ついにトルーマンがあきらめてわたしのほうを向いてくれること？　どちらの期待のほうが大きく裏切られたのか、自分でもよくわからない。

　玄関ホールでは、ルースがコートを着ていた。

「ミランダはもう部屋に上がったの？」わたしは小声で尋ねた。

ルースがうなずく。「万事問題ないかどうか確認しに、一緒に部屋に来てくれと言われたんですけど、チャーリーが待っているのでと説明して断りました」

「ほんとうにごめんなさいね、ルース。彼女にはあとで説明しておくわ。彼女の世話を焼くのは、あなたの仕事じゃないんだって」

「わたしのことはいいんです。ただ、うちの学生を教えるには、彼女は不向きじゃないでしょうか。講師の仕事を真剣に考えているとは思えません」

わたしは階段を見あげてミランダが身を隠していないことを確認してから、ルースに身を寄せて囁《ささや》いた。「わたしもそう思うの。冬休み明けにホッチに話してみるわ。考えを変えてくれるかも」

「レイン・ビショップが来て、その役目を引き受けると言ってくれないかぎり、ホッチは頑として譲らないでしょうね。わたしたちには――」

そのとき悲鳴が聞こえて、会話が中断した。その音に足がすくんで、すぐに行動を起こせない。立ち尽くしていると、上階からまた悲鳴が聞こえてきた。大広間から出てきたトルーマンが、あとからついてきたチルトンと一緒に階段を一段おきに駆けあがる。

「こんどは、なんの騒ぎ?」チルトンがわたしの横を走り抜けて言う。「シーツの品質が悪くてむかついたとか？　蜘蛛《くも》がいたとか？」

そうジョークを飛ばしはするものの、目に浮かんだ恐怖の色は隠せない。あの頃、あんな悲鳴を聞いたとき、チルトンも一緒にいたからだ。その彼女が直視できるのなら、わたしにもできるはず。彼女のあとを追って階段を上がっていくと、ミランダの姿が見えた。自分の部屋のひらいたドアのほうを指さして甲高い声をあげている。でもトルーマンがベッドの手前に立っていて、その奥にあるものが見えない。なんであれ、そんなものを見ずに部屋から出ていきたいという衝動を覚えた。とはいえ、見ずにすませるわけにはいかないことが、この世には少なからずあるものだ。

トルーマンが身体をずらしたので、ミランダがパニックを起こした原因が視界に入った。真っ白い羽毛布団に血痕と黒い羽根が飛び散っている。それが死骸であることを理解するまでに少し時間がかかった。やがて自分が目にしているものの正体をようやく把握した。ベッドの真ん中にカラスの死骸が置かれているのだ。首が不自然な角度で曲がり、漆黒の瞳がまっすぐにこちらを見つめている。

「どうやって入ってきたのかしら」チルトンがわたしの背後に来て言った。

「窓から」そう言い、トルーマンが壊れた窓を指した。「嵐のせいで進む方向がわからなくなったのさ」

彼の声はわびしいことこのうえなく、亡くなった子どものことを話しているみたいに聞こえる。突然、トルーマンが笑い声をあげるとベッドから黒い羽根をもちあげ、まだドアのところで縮こまっているミランダのほうを見た。

「ほら、ランディ」そう言うと、彼は血痕がついた羽根を高く掲げた。「きみは選ばれたんだよ」

12

あの頃

初めて黒い羽根の儀式を見たのは、一年生の春学期の最後の週だった。レインはその儀式のことを知っていたに違いない。その日、彼女は日の出とともに起床し、これから一緒に朝食をとりに〈ヌーク〉の学生交流室に行くわよと宣言したからだ。

午前八時、ハヴィランド学部長が学生交流室に入ってきた。春物の緑色のリネンのスーツを威厳たっぷりに着こなし、いつものようにプラチナブロンドの髪をきっちりとシニョンにまとめて襟の折り返しにライラックの小枝をピンで留めている。さらに手元には奇妙な花束があった。最初は黒い花ばかり集めたのかと思ったけれど、よく見ると黒い羽根の束だった。彼女の姿はおとぎ話に出てくる花嫁めいて見え、これから邪悪な魔王と結婚式を挙げそうだった。

ハヴィランド学部長のロマン主義の講義を受けはじめてから、わたしはそうした奇妙な伝承にすっかり詳しくなっていた。キーツの『聖アグネス祭前夜』、ゲーテの『魔王』、コールリッジの『クリスタベル姫』、E・T・A・ホフマンの『砂男』、それにブロンテ姉妹の迷信めいた恐怖の味わいがある小説、エドガー・アラン・ポオの背筋が凍るような物語など、ロマン主義の下地に民間伝承の趣《おもむき》が添えられた作品が学部長の好みだった。そして宗教めいた激しい情熱をあらわにして文芸作品の一節を音読したり、モーツァルトやベートーヴェンの曲を聴かせたり、ハドソン・リバー派の画家トマス・コールやフレデリック・エドウィン・チャーチが描いた大自然のなかに身を置いているようなそぶりを見せたりした。

「毎年、五月祭の五月一日に〈選考発表《セレクション》〉があるのよ」これはなんの儀式だろうと疑問に思っているわたしの胸のうちを読み取ったのか、レインが小声で教えてくれた。春学期を迎える頃には、レインはもうわたしの考えなどお見通しという状態になっていたのだ。

授業がない日のこの時間帯にしては、寮生の郵便受けの前に大勢の学生が集まっていた。愛校心を発揮しなくちゃダメよとレインに連れだされて観た演劇の舞台、ダンスの独演会、美術展などで見かけた顔もいくつかあった。みんな上級生だ。たぶん三年生だろう。そして学生交流室には下級生も大勢坐っていた。そのなかにはロマン主義の講義を一緒に履修しているダーラ、よく文芸読書会に参加しているランディ・ガードナー、そして〈イチセミ〉で顔を合わせたところ「ちょっとした話」を執筆しているんだと打ち明けてくれた内気なランス・ワイリーもいた。おまけにベンの姿まであった。寮で生活しているわけではないのに、壁にゆったりと背を預けて立ち、郵便受けのほうをずっと見ている。レインが彼に手を振り、わたしの耳元で囁《ささや》いた。「あなたの〝ラテン・ラヴァー〟が来てるわよ」

「〈選考発表《セレクション》〉ってなに?」わたしは頬を赤らめ、尋ねた。ベンとわたしがよく一緒に図書館でラテン語を勉強しているので、〝ラテン・ラヴァー〟などという呼び方を思いついたらしい。

「〈セレクション〉なんて、シャーリイ・ジャクスンの小説のタイトルみたいね」

「〈レイヴン・ソサエティ〉に入れる合格者が発表されるのよ」レインが応じた。「ひいてはモスの上級セミナーを受講できるかどうかも決まる。志望者は全員、作品を執筆して、匿名で提出するの。ハヴィランド学部長は優秀だと認めた原稿をあの箱に入れる。そして、選んだ学生たちのリストを見ながら、いわば勝者となった学生たちの郵便受けにこれから黒い羽根を入れていくのよ――ほら、箱を運んでいる娘《こ》、見て」レインが言い、ハヴィランド学部長のうしろを歩いている女子学生に顎をしゃくった。「橋の下の怪物《ブリッジ・トロール》よ。ハヴィランド学部長の講義にネルを登録させまいとした娘。いったいいくつ大学の仕事を掛け持ちしてるのかしら。あれじゃあ、いっつも不機嫌なのも無理ないわ」

　その娘は例のワークスタディの女子学生だった。ハヴィランド学部長の講義の登録手続きを担当していた娘で、霧のなかでぶつかりそうになったとき、「幽霊かと思った」とわたしが口走ってしまった相手だ。そして彼女は実際、じつに不機嫌そうだった。抱えている箱がずいぶん重そうだ。彼女はハヴィランド学部長のあとを追い、大学の郵便室の裏手に向かった。そのあいだずっと、まるで地球の深部へと下りていくかのようにうつむいている。

「あの娘《こ》の名前はブリジットよ」ドディーが言い、わたしたちにコーヒーとイングリッシュマフィンをもって戻ってきた。「ブリジット・フィーリー」

「ほんとに？　ブリジットっていうの？」レインが尋ね、面白がるときにはいつもそうするように、眉を釣りあげた。「ほらね、彼女、橋の下の怪物《ブリッジ・トロール》になるべくして生まれてきたのよ……ドディー、ストロベリージャムはどこ？　とってきてちょうだい……ねえ、見て」ドディーがジャムをとりに戻ると、レインが小声で言った。「エミリー・ドーズがいる」そう言うと、そばかすのある長身の赤毛の女子学生に会釈した。カーキ色のパンツに皺《しわ》くちゃのリネンのブラウスを着て、背中を丸めて立っている。「それにステファニー・チャンも」短いテニスのスコートにピンク色のポロシャツという恰好のいかにも体育会系の女子学生が、エミリーの横に立っている。わたしもこのふたりとは文芸クラブ主催の読書会で一緒になったことがあった。

「ふたりとも〈レイヴン・ソサエティ〉に選ばれるんじゃない？」とチルトン。

「ステファニーは選ばれるでしょうね」レインが思案顔で言った。「でも、エミリーは……どうかな……」

「エミリーは〈ザ・レイヴン〉の編集長だよ」チルトンが大学の文芸誌の名前を挙げた。

「そうなんだけど」レインが応じた。「彼女って……いかにも努力家って感じよね。ハヴィランド学部長の好みとは思えない」

「だって、原稿は匿名で提出するんでしょう？」ジャムをもって戻ってきたドディーが尋ねた。

「そうよ」とレイン。「でもハヴィランド学部長には、どの作品をどの学生が書いたかが、手にとるようにわかるはず。だからわたし、ネルと一緒にロマン主義の講義を確実に受けられるよう、手を打ったのよ」

わたし自身は、ずっともやもやしていた。たしかに授業は楽しかった——本音を言えば大好きだった——けれど、キーツやシェリーやバイロン卿を読むことが、はたして文芸作品の創作法の勉強になるのか、はなはだ疑問だったのだ。ハヴィランド学部長はいつも作品を生みだした芸術家について熱く語った。まるで彼らが神から啓示を受け、天与の才にも恵まれた稀《まれ》な人たちであり、短命である場合も多いその人生を芸術の神ミューズに捧げ、ときにはヴィクトリア時代の三大病——結核、狂気、飲酒——のいずれか、あるいはそのすべてに苦しんで死ぬことを運命づけられているかのように。

「わざわざ芸術家に選ばれたいと思うやつなんて、いるもんか」ベンがそう言っていたのを思いだした。以前、レインがベンのことをわたしのボーイフレンドだと勘違いして、彼と一緒にグループ勉強をしたときに、こう言い放ったのだ。「おそろしくみじめな人生を送った、みじめな連中ばかりだぜ」

「選ぶのは本人じゃないんだよ、相棒」とトルーマンが応じたものだ。「芸術家に生まれついたら、芸術を生みだすしかないのさ」

「〝書かずにはいられないから、これからも書くしかないのです〟」わたしがシャーロット・ブロンテの言葉を引用すると、レインがにっこりと笑ってくれたものだ。

「ということは」わたしはあの五月の朝、学生交流室でまた新たな伝統行事について学びつつ、疑問を口にした。「ハヴィランド学部長は提出された作品のよしあしを判断するんじゃなくて、学生の人となりで選考しているってこと?」

でも、そのときレインがシーッと言った。ハヴィランド学部長が郵便室から出てきたのだ——選ばれた学生の郵便受けに黒い羽根が届けられたという意味だ。ステファニーとエミリーが自分の郵便受けのほうに歩きはじめた——同時に確認しようと協定を結んだかのように。ふたりがキャンパスで一緒にいるところはよく見かけていた。文芸クラブのミーティングでは並んで坐っていたし、池では腕をからめてスケートをしていたし、図書館では黒い頭と赤い頭を寄せあうようにして仲良く勉強していたのだ。そしてわたしはふたりの純粋な友情をうらやましく思っていた。だって彼女たちはふたりきりだったからだ。ドディーやチルトンのような取り巻きはいないし、トルーマンやベンのようなボーイフレンドもいない（ただし、ベンはわたしのボーイフレンドではなかったけれど。わたしたちはあくまでも勉強のパートナーだった）。チルトンが一度、あのふたりは同性愛者だと言ったことがあった。するとレインが、それって〝減点の対象〟になるはずよ、と応じたのだ。そして、こう言い添えた。なんにせよ、あのふたりは似た者同士よね、と。わたしは心配になってきた。もしかすると、ひとりが選ばれて、もうひとりは選ばれないという事態を迎えるのかもしれない。

学生交流室のあちこちから失望の溜息が聞こえ、わずかに快哉《かいさい》を叫ぶ声もあがった。ひとりの女子学生がアナグマの巣穴でもあるかのように自分の郵便受けの狭い取り出し口におそるおそる手を伸ばして、血が凍るような悲鳴をあげた。わたしは思わず、郵便受けのなかに生きたまま閉じ込められたオオガラスが彼女の指をつついている光景を思い浮かべた。

「それって……？」もうひとりの女子学生が尋ね、胸に手に当てた。

悲鳴をあげた女子学生が一枚の黒い羽根を引きだし、勝ち誇ったようすで頭上で振った。やがて黒い羽根があちこちで舞いあがり、まるで空からオオガラスの大群が学生交流室に飛来してきたようだった。生きたままついばまれるのを怖れるように慌てて逃げだす学生もいた。わっと泣きだす女子学生もいれば、自分の郵便受けを叩きつけて壁を蹴りあげる男子学生もいた。なんて残酷なのかしら。こんなものを見世物にするなんて。

　エミリー・ドーズとステファニー・チャンは凍りついたかのように郵便受けの前で立ち尽くしていた。室内でこのふたりを見ているのは、わたしたちだけではなかった。少し離れたところでは羽根を引きだした女子学生たちが集まり、一塊《ひとかたまり》になっていた。無情《アンカインドネス》だ――そういえばポオの詩「大鴉《レイヴン》」について論じあった授業で、オオガラスの群れ《アンカインドネス》という表現を教わったことがあったと、わたしは思いだした。するとレインが小声でカウントを始めた。「ワン、ツー、スリー……」

　エミリーがステファニーのほうをちらりと見た。ステファニーの郵便受けはエミリーの隣にあった――ドーズとチャンはアルファベットが近いからだ。それでふたりは知り合ったのかもしれない。友だちというものはそんな偶然をきっかけにできるものだ。わたしがたまたまレインと同じ続き部屋に入居することになったように。

　ふたりの女子学生はそれぞれ自分の郵便受けのほうを向くと鍵の暗証番号を同時に回しはじめた。右に、左に、そしてまた右に。静まりかえった学生交流室に突然、時限爆弾のタイマーのように、その音が響きわたった。最後のカチッという音で、ふたりは目を合わせてうなずくと、自分の郵便受けに視線を戻した。

「フォー、ファイブ、シックス……」レインが小声でカウントを続ける。

　ステファニーが郵便受けのなかに手を伸ばし、長く黒い羽根を引きだすとエミリーのほうを向いた……エミリーが頭を横に振って肩をすくめた。ステファニーがカラスの鳴き声のように耳障《みみざわ》りな咆哮《ほうこう》をあげた。この光景をどう見ているのか知りたくて、わたしはレインのほうを盗み見た。レインは室内全体にさっと目を走らせ、また1から8までカウントを始めた。「羽根はこれで八枚、出たわ。あのセミナーにはいつも九人しか入れないのよ。ギリシャ神話のミューズの人数だから」

ステファニーがわっと泣きだし、友人をひしと抱きしめた。エミリーの長い赤毛に顔を埋める前に一瞬、ステファニーの表情が見えた。「たいしたことじゃないよ、エム。たいしたことじゃない」ステファニーは言いつづけたけれど、エミリーの郵便受けのほうに視線を向けると、その表情が一変した。彼女はエミリーを押しのけると郵便受けのなかに手を突っ込み、黒い羽根を引きだした。羽根は生命をもっているように宙で震えている。エミリーが頭をのけぞらせ、笑った。

「よくあんなことできるわね！」チルトンが渋々ながら賞賛を送った。

「あたし、すっかり騙されちゃった」ドディーが言い、引きつった笑みを浮かべた。「エミリーはどうして、あんなふうにからかったりしたの？」

「ステファニーがどうするのか、知りたかったんでしょ」レインが応じた。「ほんとうの友だちかどうか、調べたかったのよ」

「なら、望みのものが手に入ったわけね」とチルトン。「あんないたずら、あたしには絶対にしないでよ」

レインはなにも言わなかった。ただ、わたしのことをじっと見た。その表情から――彼女は心底驚くと目を細く狭めて頬骨を鋭く浮かびあがらせる――わたしが目撃したことを、彼女も目撃したことがわかった。ステファニーはエミリーをハグしたとき、誰にも見られていないと思ったのか、満面の笑みを浮かべたのだ。友人が失敗したことがわかって内心、歓喜したのだ――勝利をおさめたのが自分であることにも。

13

現在

「ジョークのつもりで、誰かがこんな真似をしたの?」ミランダが強い口調で尋ねた。「あんたの仕業《しわざ》?」とわたしに言ってから「さもなきゃ――」とダーラのほうを向く。「あんたの仕業でしょ。自分が住居付き作家になれなかったから、嫉妬したんだね?」

ダーラが息を呑んだ。その口が完璧な円を描き、すでにやつれている顔が能のお面のようになる。「あたし、住むとこならあちこちにあるのよ。ここには必要ない」

「そう?」ミランダがとりすまして言う。「暴行事件の話、聞いたわよ。カンザス大学を追いだされた経緯もね。誰があんたなんか雇いたがるもんですか。あんたが手に入れたことがあるのは奨学金、それに特別研究員と住居付き作家の地位だけ。でも、いまは他人の別荘を渡り歩いてる。どうやら、あんたのしょぼい本じゃあ、たいした稼ぎにならないようね」

ダーラが殴られたかのように身をすくめた。「べつに、あの学生を殴ったりなんかしてない。彼女、成績の件で顔を近づけて文句を言ってきて、あたしはただ横を通りすぎようとして……ほんのちょっと押したかもしれないけど」そう言うと、ダーラがわたしのほうを向いた。「どんな感じかわかるでしょ。あの手の学生は偉そうに要求ばかりしてくるんだもの」

「そりゃ……」そこまで言いかけて、やめた。「わたしはかっとして学生を押したことは一度もないけれど、いま問題になってるのはそこじゃないでしょう？」そう言ってミランダのほうを向いた。「どうしてダーラにこんな真似ができたっていうの？　ダーラはさっきまでずっと、あなたと一緒に一階にいたのよね？」

「彼女、トイレに行ったんだよね」とミランダ。「何回も。大学時代みたいに下剤を飲んでトイレに駆け込んでるのかと思ったけど、ほんとはあれをここに置きにきたのよ」そう言うと、ミランダが震える指先でカラスの死骸を指した。

「そんなふうに考える根拠はないでしょう」わたしはヒステリックな学生——本心では押しやりたいところだけれど、ぐっとこらえる相手——に対応するときに使う分別のある声で言う。

「これはどう見ても、カラスの事故」

「モスとあの娘《こ》の身に起こったことも、あんたはそれで片づけたよね」ミランダが脅すように低い声で言う。

「いま、その話を蒸し返さなくてもいいでしょう」そう応じて室内を見まわす。「ここをきれいに片づけたら――」

「あんた、ずいぶん長く留守にしていたよね」ミランダが言い、こちらに来るとわたしの胸に指先を突きつけた。「あんたならこのブツを戸外で拾って、あたしのベッドに置けた」

「なんだってわたしが――」

「あんたの大切なレインの地位をあたしが奪ったから、我慢ならなかった」

「何人《なんぴと》も、レインの代わりにはなれない」

かすれた低い声が聞こえたので、トルーマンかと思った。でも声が聞こえたほうを見ると、わたしの横に立って目をぎらぎらさせていたのはチルトンだった。身なりのきちんとしたコネティカット州の上品なマダムにしか見えないけれど、実際は苦労を重ねて身を立てたプロの編集者だ。

「そりゃ、きみには無理だ」トルーマンが言い、反対側のわたしの横に立った。

ミランダがわたしたち三人を交互に見た。「そりゃ、あんたたち三人は結託するよね。あんたたち三人とレインだったよね？　グループの中心にいたのは。それに、あんたたち三人だけが最後までモスと一緒にいた――」

チルトンが警告するような視線をドア口に向けると、ルースが立っていた。白髪まじりの頭にまだ雪片が残っている状態で、ベッドの上のカラスの死骸を仰天して見つめている。ルースはやっぱり帰宅していなかったのだ。「ミズ・ガードナーは今夜、タワールームでお休みになってはいかがですか」ルースが口をひらいた。「ミズ・ビショップのために支度をすませてあ

ります から」

「あたしがレインの部屋を使ったら、ネルは嫌がるだろうね」ミランダが吐きすてるように言う。

「どうぞ、使ってちょうだい」わたしは言い、ルースのほうを向いた。「いろいろ気を使ってくれてありがとう、ルース。また帰りが遅くなって悪かったわ。チャーリーは待ってくれている?」

ルースが首を横に振った。「先に帰ってと伝えたんです。わたしは今夜、この部屋に泊まりますよ。掃除すれば、きれいになりますから」

「でも、窓が壊れて――」わたしが言いかける。

「少し新鮮な空気が入るほうがいいですから」ルースが言い、窓の隙間に分厚いカーテンを引いた。

「あなたがそれでいいのなら」わたしは妥協する。「誰かにミランダの荷物をタワールームに動かしてもらうわ。あそこはいまでも最高の部屋よ。レインが春学期に戻ってこなかったとき、みんなで相談してドディーに使ってもらうようにしたこと覚えてる?」

ミランダが青ざめた。「覚えてない」

「あなた、ドディーのこと忘れたの?」わたしは無邪気をよそおって尋ねる。「可哀そうなドディー。みんな、彼女のことをよく忘れたわよね。卒業式の朝、ローブを着て一階に集合したとき、あやうくドディーを置き去りにして出かけそうになったもの……ドディーがいないって、誰が気づいたのかしら?」そう言うと、わたしは円を描くようにして立っている面々を見ていく。あの朝の記憶がよみがえったのか、全員の顔が青ざめている。

「あたしよ」チルトンが表情をこわばらせたまま、唇をほとんど動かさずに言う。「『ドディーはどこ?』って、あたしが訊いたの」

「そしたらミランダが『彼女のせいで遅刻しちゃう』って言ったんだ」ランスが唇を震わせてつけくわえる。「それでチルトンが彼女を呼びに部屋に上がっていって、ドアのところでドディーの名前を大声で呼ぶ声が聞こえて――」

「それで僕が上がっていったら、体当たりしてドアを壊してくれないかってチルトンに頼まれたんだ。返事がないからって」とトルーマン。

「そしたらチルトンの悲鳴が聴こえた」ランスが言う。「それで全員で階段を駆けあがっていったら――」

トルーマンがランスの肩に手を置き、わたしたちは全員その場に立ち尽くし、あの朝の記憶に口をつぐんだ――ようやく全員で追悼することができたのだ。わたしたちがみんなで卒業するはずだったあの日、ドディーがタワールームの垂木《たるき》で首を吊っていた光景を脳裏にありありとよみがえらせて。

ランスがミランダの荷物をタワールームに運んでいくと、トルーマンはルースが持参したバケツにカラスの死骸を入れる役を買ってでた。「こいつをもって自撮りして、インスタにあげようかな」誰も面白がらない冗談をトルーマンが口にする。チルトンがベッドからシーツを剝《は》がしはじめ、わたしは玄関ホールの収納室に箒《ほうき》と塵取《ちりと》りをとりにいく。部屋に戻ってくると、チルトンがシーツ類を丸めて——できるだけ身体から離して——運んでいた。かたやルースは新しいシーツをベッドにかけている。

「ここで寝ても、ほんとうに平気？」わたしはシーツの隅をもち、ルースに尋ねた。「あんなことが……」カラスの死骸があったという証拠がまだ残っているのではと、マットレスに目を這《は》わせた。どうやら血痕はシーツに付いただけだったらしい。

「ただ可哀そうな鳥がいたってだけですから」ルースが言い、舌打ちをした。「嵐のせいで迷ったんでしょう。こんな夜に戸外ですごしている動物はみんな可哀そうですよ」

「そうね」わたしはうなずいた。「あなたがここに泊まることにしてくれて安心したわ。ナイトガウンをもってきましょうか？」

「車にいつも一泊用の旅行鞄を入れてあるんです」ルースが言い、床に置いてあるキルトの花柄のバッグのほうに顎をしゃくった。「急に旅に出かける気分になったときのために、トランクに入れっぱなしにしてあるんですよ」

ルースが冒険家になったところを想像してうっかり笑みがこぼれそうになり、表情を引き締めた。彼女が気まぐれで車で旅に出るところなど想像できない。「さすが、実務家のルース。それにしてもゲストのなかに失礼な態度をとる人がいてごめんなさいね。あなたを……」

「メイド扱いしてる、ですか？」ルースがその先を続け、ベッドにトップシーツを広げた。ふわりと浮きあがったシーツが彼女の顔を隠す。池に舞い降りた白鳥みたいにシーツがベッドに落ち着いた頃には、彼女の顔はもう計算された無表情になっている。さらに眼鏡の分厚いレンズが招待客のふるまいをどう思っているのか、その真意を覆い隠す。「気にしてません。ずいぶん前に学びましたから。本物の自分を見てくれる人なんていないって」

「わたしは見てるわ」そう言ってシーツの表面をならし、マットレスの下に織り込んだ（ルースはシーツをきちんと織り込んでほしいタイプに思えたからだ）。「あなたは仕事ができるし、学生たちにやさしい。そのへんの教授陣より賢いし、あなたならホッチよりうまく大学を運営できるはずよ」

彼女の顔に居心地が悪そうな表情が浮かんだので、この話はもうしないことにする。ルースはお世辞を言われるのが嫌いで、そこも彼女の偉いところだ。わたしは箒と塵取りで窓の下に散らばったガラスの破片を掃くことにする。でも窓際まで行ってみると、割れたガラスの破片はなかった。

わたしは自分の部屋――大広間の上に位置する最後の空き部屋でタワールームの手前にある――のドアを開け、不快なサプライズが待っているのではと身構えた。でも室内に割れた窓ガラスはないし、ベッドにカラスの死骸もない。唯一意外だったのは部屋が整然としていて落ち着いていることだ。わたしがこの部屋に暮らしていた頃、室内はカオスそのものだった。ありとあらゆるスペースに本や書類が積みあげられ、ベッドも例外ではなかった。壁には上級セミナーでモスに提出する小説の概略や注意点、それにワークショップで指摘された修正点などを書きだした付箋やインデックスカードがびっしりと貼ってあった。どこを見ても紙だらけで、自分の巣をつくっているような気がしたものだ。わたしはこの部屋にいると、大学卒業後はなにをする計画なのと問いかけてくる母の声を無視できた。あたしたちみたいな人間には、書く仕事なんて無理なのよ。週に一度、わたしが玄関ホールの公衆電話から電話をかけるたびに、母からそう釘を刺されたものだ（当時、携帯電話が普及しはじめていたけれど、わたしにはそんな経済的余裕はなかった）。大学のお金持ちの友だちみたいに、働かなくても好きに使えるお金があるわけじゃない。だから経営学の学位をとるべきよ――さもなきゃ、そんなに学校が好きなら教員免許をとりなさい。

　母が合理的だと考えている選択肢について説明すると、レインにニューヨーク州のモットーを使ってこう言われた。志を高くもて、さらなる高み《エクセルシオール》へ！

　わたしは部屋を横切ってベンチのほうに行き、その上にある窓枠に手を這《は》わせた。昔のままだ。すべての部屋のリフォームは終わっているはず……なのに、木材の仕上げが終わっていない。というより、窓枠そのものにいっさい手がつけられていない。チルトンの言うとおりだ――リフォームは見せかけだけの手抜き工事。だから、わたしが窓枠に彫った文字がそのまま残っていたのだ。掃除をした人が気づいて穴を埋めないように、とても細く彫り込んだので目に見えないけれど、わたしは指先でその感触を確かめた。さらなる高み《エクセルシオール》へ！　指でなぞっていると、文字をピンで彫っている途中に指を刺してしまった記憶がよみがえる。手にもっていたペンが滑って指に刺さったときには、彫った部分から自分の血が木材の内部に染み込むところを想像したものだ——血の誓約みたいに。

あれは一種の誓約だったのだ。結局、わたしはさらなる高みをめざして博士号を取得し、大学教授になり、教養学部の学部長という地位に就いた。母の言うことを聞いていたら、今頃はロングアイランドの高校教師をしていたはずだ——ときどき、そのほうが幸せだったのかもと思わなくもないが。

ドアのノックの音にぎょっとして、現実に意識を戻した。部屋を横切り、相手の名前も聞かずにドアを開けた。誰がそこにいるのか、察しがついたのだ。勘は当たった。トルーマンとチルトンが廊下に立っていて、前回このドアをノックしたときと同様、良心の呵責《かしやく》にさいなまれているような顔をしている。

「話しあわないと」チルトンが前置きなしにそう言うと、部屋に入ってきて一脚しかない椅子に腰を下ろした。トルーマンは窓際のベンチに坐った。わたしはドアを閉め、ふたりの前にあるベッドの端に腰を下ろした。それからタワールームに隣接する壁のほうを指し、口だけ動かして声に出さずに言った。隣が、ミ、ラ、ン、ダ、の、部、屋、だ、か、ら、と。

「彼女ならいま、玄関ホールの横の浴室で世界一長いシャワーを浴びてるとこ」チルトンが言う。「ほら、配管に水の流れる音が聞こえるでしょ」

たしかにポコポコという音が聞こえてくる。四年生のときにここで暮らすようになってから、しょっちゅう聞いた音だ。

「ホッチときたら金に糸目をつけずにリフォームしたくせに、年代物の配管の交換はしなかったようね」とチルトン。「でもまあ、おかげでミランダがシャワーを終えるタイミングがわかるけど」

「ダーラはなにしてるの?」わたしは尋ねる。

「キッチンにお菓子をあさりにいった。ランスは部屋でノイズキャンセルのヘッドフォンつけてよくわからない瞑想をしてるとこ」

そう言うと、チルトンがわたしからトルーマンへとさっと視線を動かした。とうとう戦友ふたりと一緒になったと言いたげだ。レインもいなければ、ドディーもいない。わたしたちはあの晩最後まであそこに残っていて、あのとき起こった出来事によって永遠に結ばれている。

「あなたたちのどっちかがミランダのベッドにカラスを置いたの?」チルトンが尋ねてくる。

「僕は絶対にやってない」とトルーマン。

「わたしがそんな真似するはずないでしょう」わたしが言う。

そりゃそうよねと言わんばかりに、チルトンが首を横に振った。「あれって、いかにもレインがしそうなことじゃない?」そう言って懐かしそうな顔をした——鳥の死骸を置く性癖が可愛らしい美点であるかのように。

「レインがしそうなこと?」トルーマンが尋ねた。

「ほら、ワークショップでダーラの発言に、レインがものすごく腹を立てたことがあったでしょ? そのあとレインときたら、ダーラのベッドに首を切り落としたトナカイのチョコレートを置いたのよ」

「首を切り落としていようがいまいが、チョコレートのトナカイを血まみれのカラスの死骸と一緒にはできないわ」わたしは反論した。

わたしが言ったことを無視して、チルトンがトルーマンのほうを向いた。「あなた二年生のとき、レインと別れたでしょ。そのときベースの弦を全部、レインに外されたよね」

「二年生のときに彼女と別れたの?」わたしが尋ねると同時に、トルーマンが言う。「彼女もここにいると思ってるんだな? でも、ここにいるのなら、どうして僕たちの前に姿を見せないんだ?」

「ついに彼女が発見されたから、わたしたちがどうするのか、ようすを見てるんじゃないかしら」とチルトン。チルトンもやはり彼女の名前を口に出せないのだ。

「誰も行動なんか起こすはずないだろ?」トルーマンが尋ねる。「なにもしない。それが僕たちのすべきことなんだから」

「人骨と一緒にレインのロケットが発見されたのよ」チルトンがわたしの顔を見すえて言う。「ネルからなにも聞いてないの? ロケットが洞窟から引きあげられたとき、ネルは現場にいたんですって。もしかするとレインはあたしたちが誓約を破って、実際にあったことを話すんじゃないかと心配してるのかも」

トルーマンが首を横に振った。「僕たちが絶対に話さないことくらい、レインにはよくわかってる。それにそんな真似をしたら、彼女の将来だけじゃなく、僕たちの将来も潰すことになる」

「でも最初に口を割った人間だけが自分の得になるように取引できるでしょ」チルトンが反論し、先を続けた。「ネルはね、もうベンと話をしてるのよ」

「べつに取引なんかしてない！」わたしは声をあげる。「彼は捜査の責任者よ。ふたりで話すのは当然でしょう」

「あいつ、喋っちまうと思う？」トルーマンが尋ねる。「カトリックの少年聖歌隊みたいにクソまじめなとこ、あるからな」

トルーマンの声ににじむ敵意に驚く。彼とベンは喧嘩腰で話すことがよくあった。ベンはトルーマンの粗野なふるまいが気に入らなかったのだ——というより、わたしたちの誰かでも粗野なことをしようものなら腹を立てた。でも、トルーマンはいつだってベンの非難を受け流し、気にしていないという態度をとっていた。あれはずっと演技をしていたのか。

「わからない」わたしは正直に言う。「ベンのことはもうよくわからないの。でもロケットが洞窟のなかに落ちていた理由を、レインに説明してもらう必要があるとは言っていた。だから指摘したの。ロケットが洞窟に落ちていた理由はいくらでもあるでしょって。その洞窟は、わたしたちが四年生のときに行ったことがあるとこなんだもの——〈マーリンの水晶洞窟〉よ」

「ああ、そういえばレインは僕たちから離れてひとりで……」そう言うと、トルーマンがなにかに思いいたったように口をつぐむ。そして首を振り、言い直した。「なにがあったのか、レインが話してくれるだろう。そのために彼女は戻ってくるのかも——」

階下の玄関ホールのほうからドアのひらく音が聞こえて、トルーマンが口を閉じた。

「ミランダさまのお出ましよ」チルトンが言う。「バスルームから出てきたんでしょう」

玄関ホールのほうから聞こえてくるミランダの足音に、わたしたちは耳を澄ます。段板を踏む音がよく聞こえる。階段にはカーペットを敷くべきですとホッチに言わなければ。夜、誰かが帰ってくると、階段の音で全員にバレてしまったものだ。この建物では秘密を保つことなどできない。

ミランダがタワールームに歩いていき、部屋のドアを閉める音が聞こえるまで、わたしたちは待った。ようやくチルトンが口をひらこうとしたけれど、トルーマンが自分の唇に指を一本立て、押しとどめた。静寂のなか、ミランダの立てる物音がよく聞こえてくる。ワイルダー会館のどこの部屋よりも、この部屋とタワールームのあいだにある壁は薄い。当時、レインはこう推測していた。きっとあなたの部屋はタワールームの続き部屋の居間か育児室だったのよ。大学が節約して、壁で仕切って部屋を分けたんじゃないかしら、と。

わたしたちのあいだに秘密がいっさいないのはいいことよ、とレインは言っていた。

ベッドスプリングのきしむ音が聞こえると、もう部屋から出ていっても安全だと、トルーマンがチルトンに身振りで示した。先に外に出たチルトンのあとを追い、トルーマンが同じリズムで歩きはじめた。万が一足音を聞かれても、きっと歩いているのはひとりだけ——おそらくわたし——だとミランダは思うはず。大学時代に活用していたトリックを、トルーマンは覚えていたのだ。

14

現在

部屋に戻り、持参したナイトガウンではなくブライアウッド大学のロゴ入りスウェットの上下に着替えた。また騒動が起こったらいつでも飛びだせる服装にしておくほうがいい。ベッドに潜り込んだとたんに、玄関ホールのほうから階段を上がってくる足音が聞こえてきた。さだめしレインがやってくる可能性について誰かが相談しにきたのかも。そう思ってじっと待ったけれど、足音は部屋の前を通りすぎていった。誰かがタワールームのドアをノックする音、それに続いてルースがぼそぼそと話す低い声。起きあがって部屋のドアを開けてみると、廊下でルースがタワールームの閉じたドアの前に立ち、ティーセットを載せたトレイをもっているのが見えた。

「ルース、そんなことしなくても――」わたしは言いかけた。

「彼女から頼まれたんです」ルースが聞こえないほどの小声で言う。

ミランダが勢いよくドアを開けた。ひらひらしたチュニックに竹や麻などの自然素材で編まれたようなヨガパンツという恰好だ。「オーガニックのカモミールティー、見つけてくれた?」ミランダがそう尋ね、ルースがもつティートレイに目をやった。トレイを受け取ろうと手を差しだそうともしない。

ルースの口元が引きつるのが見えたので、わたしが代わりに応じた。「地元の小さな紅茶会社にいつも注文しているの。だからお茶はすべてオーガニックよ。お気遣いありがとう、ルース。ミランダのためにわざわざもってきてくれて。あとはわたしがやるわ。あなたはもう休んでちょうだい」

わたしがタワールームのなかにトレイを運んでいくと、ルースがドアを閉めた。ミランダが二脚セットで置かれている椅子の片方にどさりと坐り込む。わたしはナイトテーブルに目をやった。所狭しと各種ボトルやチューブが並んでいる——ビタミンやミネラルのサプリメント、ナイトクリーム、睡眠薬の〈アンビエン〉に抗不安薬の〈ザナックス〉。ヨガをすれば効果てきめんとはいかないようだ。わたしはボトル類を横に押し、トレイを置くスペースをつくってからブライアウッド大学のロゴ入りマグカップ二個にお茶を注いだ。「一緒にいい？」そう言うと返事を待たずに空いているほうの椅子に坐った。

「もう断れないでしょ」そう応じる彼女にマグカップを渡した。「あれほど不快な経験をしたあとだもの、どうせ寝られそうにないし——っていうか、あんたたちが互いの部屋をこそこそ出入りする音が聞こえてきて、落ち着かないったらありゃしない。寝室を舞台にしたフランスの笑劇《ファルス》かと思ったわよ」そう言うと、ミランダが意地悪くつけくわえた。「さっき、トルーマンがあんたの部屋からこっそり出ていく音が聞こえたよ」

「ずいぶん耳がいいのねえ」わたしは応じる。「それなら、チルトンが一緒だったのもわかったでしょ」

ミランダが肩をすくめ、お茶をひと口飲んだ。「そうだったかな。トルーマンはよく、あんたの部屋を出《で》入《はい》りしてたよね。いつも思ってたんだけど、あんたたちふたりは……」そこまで言うと、ミランダがひらひらと手を振った。わたしたちが密通をしていたとほのめかしたいのか――さもなければ右手に光る巨大なエメラルドを見せびらかしたいのだ（そういえば去年、右手用の指輪を自分で購入したと彼女はブログに書いていた）。

「トルーマンはレインとつきあってたのよ。知ってるでしょ」

ミランダがまた肩をすくめ、お茶をもうひと口飲む。「それでも、彼はあんたの部屋に入り浸ってた。あんたの部屋のドアがひらいて、閉じて、それから彼が室内を歩きまわる音が聞こえたものよ。大学時代、彼、ごついバイクブーツを履いていたから、あの足音は間違えようがなかった」

「わたしたちはただの友だちだった。レインが執筆で忙しいときにお喋りしにきていただけ」

「まあ、たしかに彼女はいつだって執筆してたよね。彼女が描いてドアに貼った漫画、覚えてる？――ほら、ヴァージニア・ウルフがデスクに坐ってて、吹き出しにはこうあった。〝ただいま執筆中。邪魔するんじゃないわよ〟」

「あれはメアリー・シェリーの絵だったし、吹き出しは〝邪魔しないで、パーシー〟（パーシーはメアリー・シェリーの夫の名前）だった」

「なんにせよ、レインときたらずいぶんうぬぼれてる。あたしは当時そう思ってた。でもいまは、あたしがそのメッセージを貼って放っておいてもらいたいところよ。それにしても、トルーマンは可哀そうだったよね。レインとつきあってれば心労が絶えなかっただろうし、ドアにメアリー・シェリーの漫画を貼られて追いだされるなんて気の毒すぎる。あんたに慰めを求めたのもむべなるかなよ。もちろん、あんたもいつだって執筆してた。モスから何度も書き直しを命じられて、あたしたちに休む暇なんてなかったもの。でも、あんたはトルーマン・デイヴィスに邪魔される分にはかまわなかった……だから彼の予備の女《セカンド・チョイス》になったわけ？」

「さあね。ミランダ、あなたは住居付き作家の件で、ホッチのセカンド・チョイスになっても気にならないの？」わたしは愛らしい声で尋ねた。「レインが彼の本命《ファースト・チョイス》だったこと、知ってるでしょ？」

「レインにはここに来るつもりなんかないこと、あたしたちにはよくわかってる。あの職を引き受けるつもりなんて端《はな》からなかったのよ。あたしが引き受けるって申し出たとき、ホッチは胸を撫《な》でおろしたはず」

「妙ねえ」わたしは言い返す。「わたし、ここに戻ってきたときにたまたま、あなたたちふたりが大広間にいるところを見たの。ホッチはほっとしているどころか、かんかんに怒っているみたいだったけど」

わたしの反撃にうろたえたらしい。ミランダがまたお茶をひと口飲み、返答するまでの時間稼ぎをした。「ああ、あれね。もっといい条件にしてほしいって交渉してたのよ。でも、ホッチはその……あたしの条件にキレちゃったのよ。それでも、ホッチがほっとしていたのは事実。

あんたも安心したでしょ?」

「わたしが?　どうして?」

「だってレインがほんとうに戻ってきたら、あんたはまた彼女の影のなかで生きていくしかないから。だけど、あんたはもう独《ひと》り立ちした存在。大学でまた彼女の日陰に身を置くだなんて、屈辱だよね?　それにトルーマンとの件だけじゃない。あたしはいつも、あんたのほうが書き手としてはましだと思ってた。なのに、あんたは力を発揮するのを怖れていた。誰かと競争するのがレインには耐えられないってわかってたんだよね。だから彼女とあたしはそりが合わなかった。でも、あんたは——あたし、覚えてるのよ。一年生のとき、あんたが〈ザ・レイヴン〉のコンテストのために書いた小説のこと。あの小説を実際に書いたのはレインだっていう噂が流れたよね」

「ただの噂よ」わたしは無愛想に応じた。「あなたにもよくわかってるでしょう」

「うん」そう言うと、ミランダがしかめ面《つら》をする。「でも、あたしはね、あのとき噂を流した張本人はレインだと思ってる。エミリー・ドーズがあんたたちふたりを呼びだしたときのこと、覚えてる?」

「ええ」わたしは言い、立ちあがる。「ふたつの小説のあいだには共通するイメージやフレーズがいくつかあった。たしかに、わたしはまごついたけれど、わたしたちはラッキーだった。ふたつの小説が誌面で発表される前に共通点があることにエミリーが気づいてくれたおかげで、レインもわたしも学部長から盗作の罪を問われずにすんだから。結局、レインが寛容にも自分の小説をコンテストから取り下げてくれた。あなたはきっと、去年、自分もそんな幸運に恵まれたかったと思ってるのね」

「去年？」そう尋ねるミランダの顔から、笑みが滑りおちる。

「去年、あなたの本は出版中止になった。その理由は、あなたがカンファレンスでアドバイスをした作家の作品の一部をまるまる剽窃《ひょうせつ》したことが出版社にバレたから。だからあなたはどうしてもここの職を手に入れたかったんでしょう？　盗作事件があきらかになったら、あなたに書いて欲しがる出版社はもう出てこない」

「どうして――？」ミランダが言いかける。

「うちの卒業生のひとりが、あなたの本を出している出版社に勤めてるのよ――というより、元出版社と言うべきかしら？　彼はね、ここのキャリア・サービス・プログラムを利用して、その出版社で最初のインターンシップを得たんだけど、わたしがその手助けをしたの。聡明な若者でね、彼とはずっと交流を続けていたの。その彼とランチを食べていたら、去年の夏の――その――事件について教えてくれたわけ。わたし自身は、この件をホッチに伝える必要はないと思っていたけれど、もう、そういうわけにはいかなくなった。あなたがどんな手を使って取り入ったのかは知らないけど、ホッチもさすがにこの件は見すごせないはず。ブライアウッド大学は盗作にいっさい寛容を示さない主義だから。盗作を犯した者に住居付き作家の地位を与えることなど、ありえない」

　この件に関してはミランダがいっさい反論してこなかったので、わたしはおやすみなさいと挨拶をした。ドアから出ていこうとすると、ミランダが捨てぜりふを思いついた。「あんたが書いた小説の題名は『取り替え子』だったよね？　あれは忘れられないなあ。だって、レインが書いた大作とまったく同じ題名だったもの」

15

あの頃

〈レイヴン・ソサエティ〉とモスの上級セミナーに入るエリートコースを進むうえで昇らなければならない梯子《はしご》の次なる段は、二年生になったらハヴィランド学部長のゴシック小説の講義を履修することだった。課題書となった『オトラント城奇譚《きたん》』と『ユドルフォ城の怪奇』を読むにつれ、わたしは秘密の通路や黒いベールで覆われた恐ろしいものや人が出てくる悪夢にうなされるようになった。それにメアリー・シェリーの『フランケンシュタイン』も読んだ。十月のある嵐の日、ハヴィランド学部長はこの本が執筆された経緯を説明した。当時、メアリー・シェリーは十八歳で――受講していたわたしたちの大半より一歳だけ若かった――恋人のパーシー・ビッシュ・シェリーと継妹のクレア・クレアモントと一緒にスイスに旅行に出かけ、レマン湖畔の別荘でバイロン卿とその友人のジョン・ポリドリと知り合った。

「春休みに四輪馬車で旅をしているところを想像してみましょう。途中、険しい山を越えていかなくてはなりません――」

　学部長がそう言うと、話の内容に合わせるかのように本部棟の教室の床から天井まである窓の向こうで稲妻が光り、ブライアウッド山を照らしだした。

「さらに、その年には春も夏もありませんでした。インドネシアで火山の噴火があったせいで太陽が見えなくなっていたのです……それに自分がヨーロッパを代表するふたりの思想家の娘で、恋人は将来有望な詩人で、その友人のバイロン卿はすでに詩の世界では当代随一のロックスターで、いわば十八世紀のミック・ジャガーであるところを想像してみましょう。天候のせいで、あなたたちは別荘にとどまることを余儀なくされ、とくにすることもありません。仕方なく互いにドイツの怪異譚を音読したり、お酒を飲んだり、いちゃついたり、長い哲学談義に花を咲かせたりしています。そして、ある嵐の夜」――ここでまた天候が音響効果に協力するかのように雷鳴を鳴り響かせる――「バイロン卿がコンテストをしようと言いだします。いちばん恐ろしい物語を書けるのは誰か競おうじゃないか、と。そこで、あなたたちはいっせいに小説を書きはじめます――ただしクレアは参加しませんでした。クレアが小説を書けるとは誰も期待していませんでしたが、『フランケンシュタイン』の一八三一年版のまえがきによれば、メアリー自身も最初はアイデアが浮かんでこなかったそうです。でも、その夜遅く、メアリーは当人が呼ぶところの〝白昼夢〟のようなものを見ました。その夢のなかで〝想像力が、勝手にわたしに取り憑《つ》き、わたしを導いた〟あと、〝蒼白い顔をした学生がみずからの邪悪な技術によってつくりあげたひどく醜い、忌《い》まわしい化け物〟を見ました。そして彼女は、その化け物がベッドの脇に立って黄色い目でこちらを見ているところを想像したのです」そのとき稲妻が光り、ハヴィランド学部長の顔が緑色に翳《かげ》った。「ことほどさように、わたしたちは悪天候、運命の愛、悪夢といったものからインスピレーションを得るわけです」

レインのほうを見やると、彼女もまた稲妻に打たれたかのように異様に明るく輝いていた。授業中、彼女はいっさい発言をしなかったけれど、授業が終わるといつもならお喋りを始めるのに、そのまま教室に残ってハヴィランド学部長にいくつか質問をした。それから本部棟の大理石の階段を下りるといつものように〈ヌーク〉に寄ってランチをとろうとはせず、傘もレインコートもない状態でふらふらと歩きはじめた。そして降りしきる雨のなか、寮で雨宿りもせずにミラー湖の畔《ほとり》に行き、岩山塔の上空で光る稲妻を立ったまま眺めはじめた。

「あのままじゃ、雷に打たれちゃう」ドディーが心配を口にした。

「さもなきゃ、ひどい風邪を引く」チルトンがつけくわえた。

当然のことながら、わたしたちは彼女のあとを追った。チルトンとドディーは〈L・L・ビーン〉の頑丈なアノラックにゴムブーツという出立《いでた》ち、トルーマンは二年生になってから愛用しているケープ付きのオーストラリア製ランチャーコートにつば広の帽子を合わせていた。かたやわたしはといえば、びしょ濡れのスニーカーにスウェットシャツという恰好。ベンまで一緒にやってきて、黄色いレインコートを着て背中を丸めて少し離れたところに立ったまま、室内に入ろうとレインを説得するわたしたちを不機嫌そうに見ていた。でもレインはただ首を横に振り、稲妻からエネルギーを吸収しなくちゃならないのと言い張った。押し問答のあと、ついにわたしの頭にアイデアがひらめいた。

「〝そうしたければ、頭がおかしくなったように走りなさい。ただし、卒倒しないこと〟」わたしはそう引用した。

　するとレインがぱっと目を輝かせ、こちらを向いてやはり引用を始めた。「〝わたしの不幸な結末からの忠告です……卒倒の発作には用心なさい……気絶には用心なさい……〟」

「〝そうしたければ、頭がおかしくなったように走りなさい。ただし、卒倒しないこと〟（以上の引用はいずれもジェーン・オースティン著『愛と友情』の一節）」わたしたちはふたりで声を合わせて言った。

「ジェーン・オースティンのあの作品を読んでいたのは、あなただけよ」そう言ってレインがわたしと腕を組んだ。「ジェーンならきっと、雨から逃げだしなさいと言うでしょうね」

「ご明察」わたしは同意し、寮のほうに彼女を導いた。「それに温かい紅茶も飲みなさいって」

　ロウワン寮の続き部屋に戻ると――二年生になっても同じ続き部屋を使えるようにレインが裏で手を回してくれたのだ――ドディーが紅茶を淹《い》れ、トルーマンがウイスキーを入れたスキットルをもってきて、みんなで回し飲みをした。わたしたちは蠟燭《ろうそく》を灯《とも》し、山々からの雷鳴が轟《とどろ》くなか『フランケンシュタイン』を順番に音読した。トルーマンが「〝若い頃には、自分はなにか大きなことをなしとげる運命にあると信じていました〟」と音読すると、ベンがその少しあとの文章を音読した。「〝しかし、研究を始めた当初は支えとなったこの気概も、いまとなってはわたしをいっそうみじめな気持ちにするだけです〟」

「これって、野心なんかもたないほうがいいっていう意味？」ドディーが尋ねた。

レインが答えた。「天国で仕えるより、地獄で君臨するほうがいいっていう意味じゃない？」

ベンが首を横に振った。「度を越すなっていう警告かも……」

わたしたちはそんなふうに議論を続けた。どちらの道に進むべきか——偉大なるものをめざして危険な山道を登るのか、穏やかな生活へと続く小道を選ぶのか——を選ぶ力が自分たちにあるように。議論を続けているあいだ戸外ではずっと嵐が吹き荒れていて、わたしたちもレマン湖の畔《ほとり》の別荘にいるような気がした。

「これ、みんなで参加すべきよ」そう言うレインは蠟燭の光を浴びて輝いていた。「〈ザ・レイヴン〉がコンテストを開催してるの。だから怪異譚を書いて応募して、誰が優勝するか試してみましょうよ。モスはいつも怪異譚の創作を課題に出すんですって。だからモスの上級セミナーに入る前のいい練習にもなるし」

「あたし、怖い話は好きじゃない」ドディーが言った。「怖いのは苦手」

「そんなの言い訳でしょ」レインがそっけなく応じた。「参加する人は？」

「乗るよ、当然」とトルーマン。「いくつかホラー小説のアイデアがあるんだ」

チルトンが肩をすくめた。「ワノサキーのキャンプファイアーで怪談は山ほど聞いてきたから、いくつかひねりだせそう」

そうと決まるとレインはさっそく執筆に着手すべく、そそくさと自室に向かった。ドディーとチルトンは夕食をとりにカフェテリアに行くと言った。「おれは図書館に行って、あしたの授業のラテン語の翻訳をすませるよ」ベンがわたしに言った。「きみも来る、ネル？」

わたしたちが一緒に勉強するルーティンを破るのを、ベンが嫌がっているのはわかっていた。でもふいに自分がラテン語のひとつの名詞にすぎないような気がした――格変化のように彼の規則を守らなければならない存在に。「もうすませた」嘘をついた。「あした、また授業でね」

ベンはしばらくぐずぐずして、トルーマンが自分と一緒に部屋から出るのを待っていた。でもトルーマンが床に寝そべり、レインの部屋のドアをじっと見つめはじめたので仕方なく出ていった。レインに部屋から閉めだされるとトルーマンはいつも部屋から出ていくので、今回もそうするはずだと思っていたのに、彼は続き部屋に残ったままマリファナ煙草に火をつけた。

「あれはさすがだったね」彼はマリファナ煙草を吸いながら言い、吐きだした。「ジェーン・オースティンの戯言《たわごと》を引用するとは」

わたしが肩をすくめると、彼にマリファナ煙草を渡された。わたしは一服し、お世辞を言われた嬉しさをごまかそうと息を吐きだしてから返事をした。「『愛と友情』はレインのお気に入りなの。読んでる人はほとんどいないでしょうね」

「ときどき、彼女に関して知っておくべき暗号があるような気がしてさ。彼女が指示を出しても、それが全部ちんぷんかんぷんのギリシャ語で書かれているような気がするんだ」

だから彼はここにとどまっているのだ。レインの秘密の暗号を解く鍵をわたしがもっていると踏んで。でも、レインは自分のいないところで自分の話をされるのを好まない。わたしは彼女の部屋の閉じたドアのほうをちらりと見た。

「そこにいると声が聞こえない」トルーマンがわたしのほうに身をかがめた。わたしが振り返ると、彼の顔が急に近づいてきた。彼はマリファナ煙草の端に火をつけ、口にくわえたままいっそう顔を寄せてきた。わたしは彼に近づくことも離れることもせず、ただじっとしていた。同意するというよりは驚きのあまり、わずかに唇をひらく。彼がこれをレインとするところを見たことがあった——ショットガニング、とふたりが呼んでいた行為だ。親密なものだろうと想像していたし、実際、それは親密だった。わたしの唇に触れそうなほど、彼が唇を近づけてきて、吸ったマリファナ煙草の煙をわたしの口のなかにふーっと吐き入れる。それを吸わなければならないことを、わたし自身は忘れていたけれど、肺が覚えていた。まるで餓えていたかのように肺が煙を深々と吸い、そのまま長いあいだ吐きださずに溜めているうちにめまいがして、あたりが暗くなった。

また周囲が見えるようになると、彼はもとの場所に戻っていて、たったいま起こったことは想像にすぎないような気がした。彼は立ちあがると例のへんてこなコートをさっと着て、帽子をかぶった。帽子のつばを左目のほうに傾け、ふたりだけの秘密だよと言いたげにウインクをする。そして去っていった。わたしは唇に指を当て、身じろぎもせずに坐っていた。唇が熱い。そのままずっと坐っていたところ、玄関のほうからドディーとチルトンの声が聞こえてきた。ふたりと話をせずにすむよう、わたしは慌てて立ちあがって自室に戻った。そして勉強しようとした——ベンにはもうすませたと嘘をついたけれど、ラテン語の翻訳の課題がまだ終わっていなかったのだ。それにゴシック小説の講義に備えて『フランケンシュタイン』を読了しなければ。ところが、いくら読んでも単語がごちゃまぜになってまったく頭に入ってこない。そこでベッドに横になり目を閉じると、すぐに眠りに落ちた。でも、その夢でさえぼんやりと霞んでいた。

わたしは大学の門の前に立っていて、見あげると金属製の先の尖った装飾が空に溶けていた。門に入ろうと鉄のかんぬきに手をかけると、その手はぼやけていた。門の向こうに、こちらに背を向けて立っているぼんやりとした人影があった。こちらを振り返ると、誰だかわかった。霞の娘、取り替え子だ。ブライアウッドでの居場所をわたしが奪った相手が、正当な権利を取り戻しにきたのだ。振り返った彼女の姿は——恐ろしかった。彼女はわたしだったけれど、わたしのスペアの継ぎはぎでできたモンスターだったのだ。ところどころにレインのスペアの継ぎはぎも見えて、陰惨でおぞましい。

ぎょっとして目を覚ますと、彼女がベッドの横にぬっと立ち、歯をむきだしたまま黄色い目でこちらを見ていた。わたしは必死で目をこらした。すると椅子にかけておいたスウェットシャツとビーズのネックレス、時計付きラジオの光るデジタル数字が継ぎはぎになって幻影となって浮かびあがり、不吉に見えただけだとわかった。

わたしはランプをつけて幻影を追い払ったものの、脳裏には残っていた。頭のなかから幻影を消すにはノートを取りだし、そこに書きだすしかない。ペンの下で飛ぶように生まれていく単語の数々はよく見えなかった。それでも、自分の生き写し——自分の本来の場所を取り戻そうとしている霞の娘——につきまとわれる娘の物語をつなぎあわせた。彼女が霞の娘の身体のどこか——片脚、片手、片目——を見て、そこにピントが合うたびに、彼女の身体の同じ部位が機能と感覚を失っていくのだ。最初に手の感覚がなくなり、次に耳が聞こえなくなり、やがて髪や爪が抜け落ちる。そして彼女が最後に霞の娘のほうを見た瞬間、それは自分自身の姿となっている。やがて視界がぼやけ、自分自身が霞の娘になったことに気づく。霞の娘に取って代わられたのだ。

物語を最後まで書き終えると、窓からはさんさんと朝の陽射しが差し込んでいて、雨が上がっていた。嵐を素材にして自分の物語を書き尽くしたような気がして、わたしはベッドに倒れ込み、午前八時から始まるラテン語の授業や朝食をとる時間をすぎてもこんこんと眠りつづけた。目覚めるとデスクの椅子に誰かが坐っていた。わたしが書いた霞の娘が生命をもって出現したのかと思ったが、それはレインだった。わたしのノートをめくり、書きあげたばかりの物語を読んでいる。ナイトテーブルにはスタイロフォームのコップに入ったコーヒーとイングリッシュマフィンが置いてあった。

「具合が悪いのかと思った」レインが振り向きもせずに言った。「でも、あなた、忙しかったのね。だけどおかしいわ」そう言うと、彼女がこちらを向いた。「あなたは詩人だと思ってたのに、小説家だったなんて」

「あなたにお題を出されたおかげで、ひらめいたの」わたしは言い、黄色い目をもつ幻影を追い払おうと瞬《まばた》きをした。すると、彼女の瞳にただ太陽が映っているだけだとわかった。「出来がよくないでしょ」

「ドディーみたいなこと言っちゃって」レインが言い、目を伏せて暗い顔をした。それはレインが『くまのプーさん』のキャラクターにちなんで命名した〝イーヨーの顔つき〟で、ドディーが自分を卑下《ひげ》するときに浮かべる表情だ。「これ、すごくいい出来よ……でも自分と生き写しの霞の娘って……わたしがあなたに話したアイデアだったわよね？」

「え……そんなことないと思うけど」最近、霞の娘の悪夢にうなされているの。一年生のときに、レインにそう話したことを思いだしたけれど口には出さなかった。

レインが肩をすくめた。「きっと、わたしの神話の海を漂っていたアイデアのひとつだったのよ。あなた、これをタイプして〈ザ・レイヴン〉の創作コンテストに応募するつもり？」

「わたし――」

「提出すべきよ」レインが言い、わたしにスウェットシャツを放り投げた。「さあ、起きて。図書館でベンと会う約束でしょ。彼、カフェテリアでわたしに詰め寄ってきて、あなたの体調はどうか、どこにいるのかってしつこく訊いてきたのよ。ラテン語の授業を欠席したのは雨に打たれて風邪を引いたせいだろ、それならきみのせいだって、すごい剣幕だった」そう言うと、ドアのところでこちらを振り返り、つけくわえた。「彼、可愛いところあるのよね。あなたにはすごくやさしいんだから」

それはどうだか。ベンからは口うるさく批評ばかりされているような気がしていた。ベンとは図書館で何時間も一緒にすごしていたし、帰りは必ず寮まで歩いて送ってもらっていた（彼の考えではキャンパスは安全な場所ではなかった）。一度もキスされたことはなかったし、どこかに一緒に出かけようと言われたこともなかった。一緒に出かけるのは図書館と〈ヌーク〉

だけだ。

わたしは起きあがって着替えをすませ、書きあげたばかりの物語を図書館に行く前にタイプすることにした。昼間読むと、きっとお粗末な話に思えるはず。そう覚悟していたけれど、白い紙に黒い文字を勢いよくタイプし、とらえどころのない霞の娘を紙に打ちつけると、そこはかとない満足感を覚えた。もしかすると、これでもうあの娘はわたしの夢に出てこないかもしれない。

タイピングを終えると紙の束を大きな封筒に突っ込んでキャンパスを横切り、本部棟の三階にある〈ザ・レイヴン〉の編集室にもっていた。オフィスのドアは閉じていたけれど、金属製の格子窓に、差し入れ口から提出物を差し込みなさいと指示が書かれていた。原稿を細長い溝に入れると、自分の手で大学の鉄門の下から原稿を滑り込ませたような気がした。これで霞んだあの娘はきっと自分の道を歩めるようになる。コンテストで優勝できてもできなくても、そんなことはどうでもいい。なにより重要なのは、わたしがあの娘という悪霊を追い払ったことなのだから。

三日後、〈ザ・レイヴン〉の編集室に来てくださいという通知が郵便受けに入っていた。わたしは編集室に向かって二階分の階段を上がりながら期待せずにはいられなかった。コンテストで優勝しましたと言われるはず。そうでなければ編集室に来てほしいなどと言ってくるわけがない。わたしは懸命に笑顔を引っ込めてから編集室のドアを開けた。

そこにはレインがいた。デスクの手前に坐り、その奥にはエミリー・ドーズが坐っている。

片側にはミランダ・ガードナーが膝にノートをバランスよく置いて坐っている。ミランダはこの編集部で副編集長の地位を獲得し、チルトンを大いに悔しがらせたものだ。レインとエミリーはチョート校の思い出話をしながら笑いあっていて、ミランダはいらだったような表情を浮かべている。続き部屋の奥からは誰かがタイプしている音が聞こえてきた。

「ようやく、お出ましになったわ」レインが言った。「ネルから話を聞けば、この問題はすべて解決できるはずです」

「問題って、なんの？」わたしは尋ね、納得がいかないという奇妙な感覚を押し殺した。わざわざ呼びだされて、部屋の隅に溜まっている綿埃《わたぼこり》をきれいに掃除しろと命じられたような気がした。

「盗作問題について少しばかり質問があるの」ミランダが歯切れよく言った。

エミリーが溜息をついた。「ランディは言い方が大げさなのよ」そう言うと、たしなめるようにミランダを見た。「ただね、ふたつの提出物に類似点があることがわかったの。どちらも非常によく書けていて――」

「ひとつは非常によく書けている」ミランダが訂正した。「もうひとつは盗作」

エミリーが唇をすぼめ、デスクから一束の紙を取りだしてわたしに見せた。「これはあなたが書いたものですか、ネル？」

わたしは自分が書いた原稿を見た。タイトルに「取り替え子」とある。

「そうです」わたしは認めた。「三日ほど前に書きあげたばかりです」

「あなたはほかの作品から単語やフレーズをいくつか無断で借用しましたか?」ミランダが尋ねてきた。

「ノー」わたしはそう応じたものの、いかにも自信なさそうに語尾を長く引き伸ばしてしまった。自分の夢からフレーズを借用したってこと? あの霞の娘の口から出た言葉だっていうこと?

「自信がないようね」ミランダが小馬鹿にした口調で言った。「あなたは一部を盗んだのですか、あるいは盗んでいないのですか?」

「ノー!」こんどは自分でも耳障《みみざわ》りなほどの大声で言った。「そんなことはしていません……少なくともそんな自覚はありません。ストーリーは自分が見た夢をヒントにしたんです。『フランケンシュタイン』を読んだあと、シェリー夫妻やバイロン卿みたいに怖い話を書いてみないかって提案されて……ひょっとして……『フランケンシュタイン』の一節が混じってたんでしょうか?」

顔が真っ赤になるのがわかった。無意識のうちに『フランケンシュタイン』のフレーズを借用してしまったのか? ブライアウッド大学は盗作を犯した人間には厳しい処分をする。そうなったら、わたしはもう奨学金を給付してもらえないだろう……それどころか、退学処分になるかもしれない。

「『フランケンシュタイン』ではありません——わたしが見るかぎりでは」エミリーが言い、ミランダのほうを見た。

「言及している箇所はいくつかあります」ミランダが言った。「でも、問題はそこじゃない。レイン・ビショップが提出した作品の一部と、完全に一致する箇所があるの。ほら、ここ」ミランダがわたしの前にべつの紙の束を置いた。一部が黄色の蛍光マーカーで強調されている。

目を通すと、自分が書いていない文章のなかに自分が書いたフレーズが混じっていることがわかった。わたしが書いた物語が粉々に壊され、盗まれ、ほかの誰かの物語となって出現したみたいだ。エミリーとミランダがじっとこちらを見つめている。フランケンシュタインがつくりだした怪物の黄色い目さながら、わたしを非難している。「どういうことなのか、わかりません……」わたしは言った。

「ここの部分は、あなたが考えた言葉ですか?」ミランダが黄色で強調された一節を指さした。

「ええ、でも……」

「ということは、レイン・ビショップがあなたの文章を盗んで自分の物語に織り込んだと、そう言いたいのですか?」

わたしは凍りついた。これはレインが書いた物語なの? わたしはレインのほうを見たけれど、彼女はまっすぐに前を向いている。

「わたしは――いえ――レインはけっして――」

「では、あなたが彼女から盗んだのですか?」ミランダが尋ねた。その口調には有頂天といってもいい響きがあったうえ、唇には薄笑いが浮かんでいる。

「もしかすると――」またレインのほうを見たが、彼女はやはりこちらを見ようとしない。

「そうとは自覚せずに、彼女が話してくれた言葉を使ってしまったのかもしれません」そう言ってからつけくわえた。「わたしたち同じ続き部屋に暮らしていますし、いつもお喋りしていますから……」

レインが溜息をついた。「まさに同じことを、わたしもエミリーに話していたところなの。あなたが来る前にね、ネル」彼女がついにこちらを見た。その顔は穏やかで、同情がにじみでている。「わたしたちは親友で、なんでも包み隠さず話せる仲で、なにもかも共有しているんですって説明していたのよ――だって、あなたがいま着ているのも、わたしのスウェットシャツだし！」

自分が着ている服に視線を落とし、彼女の言うとおりであることがわかり、ぞっとした。このブライアウッド大学のスウェットシャツは色褪《いろあ》せた年代物で、レインが母親から譲り受けたものだ。なんだってわたし、これを着てきたの？「わ、わたしが言いたいのは――」

「もちろん、あなたに悪気があったわけじゃないわ」レインがそう言うと、わたしの手をとり、ぎゅっと握った。「無意識のうちの行為だったのよ。だってどちらがなにを借りているのかさえ、わからないくらいだもの。わたしたちすごく仲がいいから、きっと似たようなアイデアやフレーズを思いついたのね。だから学部長に報告する必要なんてないわ」

学部長？　学部長に報告すべきかどうかという話し合いが、もうもたれたってこと？

エミリーとミランダが目くばせを交わした。「あとはふたりにまかせて――」エミリーが言いかけた。

「あなたがたのどちらかひとりが原稿の提出を取り下げなければなりません」ミランダが断言した。

「わたしが――」と言いかけたけれど、レインがひんやりとした手でわたしの手を強く握った。

「いいえ、わたしが取り下げます」レインがきっぱりと言った。

しばらく沈黙が続き、続き部屋でタイプしているのが誰であれ、その手が止まるのがわかった。

「ほんとうに、それでいいんですか?」エミリーが尋ねた。

「はい」レインが答えた。「ネルは優勝にふさわしい。彼女、このためにそれは努力してきましたから」

「そういうことなら」エミリーが言った。「おめでとう、ネル。あなたが〈ザ・レイヴン〉短編小説コンテストで優勝しました――」

「この小説はオリジナルだと、ネルが宣誓すればね」ミランダが割って入り、一枚の書類をわたしに突きだした。「宣誓書に署名できる、ネル?」

口が乾くのがわかったが、わたしはうなずき、用紙を見た。目の前の文字がぼやける。震える手で署名を始めた。最初に〝エレン〟と署名したが、上から×印を書き、あらためて〝ネル〟と署名した。もう自分の名前さえわからなくなったような気がした。

視線を上げると、誰かが続き部屋のドアのところに立って書類の束をもっていた。「手紙のタイピングを終えました」その娘が言った。

「間《ま》が悪いったらありゃしない、ブリジット」ミランダがきつい口調で言った。「いま打ち合わせ中だって、わからないの？」

ミランダがほかの学生にそんな口のきき方をすることに驚き、わたしは間の悪さに同情する視線をブリジットに送ろうとした——わたしたちはふたりともミランダ・ガードナーに過去のことをあげつらわれていたから。するとブリジットがわたしに向かってにやりと笑った。少なくともあたしは盗用の罪で責められてなんかいないと言わんばかりに。ずっと盗み聞きしていたに違いない。

翌日になると、わたしが盗作したにもかかわらず、レインがわたしに同情して身を引き、コンテストに応募した自作の小説を取り下げたという噂がキャンパスじゅうに広がっていた。

16

現在

部屋に戻ると身体がぶるぶる震えているのがわかった。なにをいまさらと自分をたしなめる。わたしはこれまで何度も盗作を疑われた学生たちと対決してきたし、かんかんに怒っている親御さんたちにも対処してきた。どうしていまさらミランダ・ガードナーに悩まされなくちゃならないの？

ミランダは他人の弱みにつけこむがうまいから。そういえば学生時代、ミランダはあちこちのグループやクラブのようすを観察しては、誰と誰の仲がよくて誰と誰が競いあっているかを巧みに探りあてて人の弱みを握っては利用していた。だから当時、レインがわたしに同情してコンテストへの応募を取り下げたという噂を流した張本人はミランダではないかと、わたしは疑っていた。ミランダはとにかく計算高くて、その資質はミステリ作家としては役立っている。やっぱりどう考えても、ミランダが住居付き作家の地位を得るためにホッチに圧力をかけたとしか思えない。問題は彼女がほかになにを企《たくら》んでいるか、だ。

わたしはブライアウッド大学のスウェットシャツを着たままベッドに潜り込んだ。部屋が冷えきっているので分厚いフリースがありがたい。緊張をほどこうとしながら夜の音に耳を澄ます。自宅とは違う音が聞こえてくる。配管の音にくわえて蒸気をあげるラジエーターが熱よりも騒音を吐きだしている。戸外では風が泣き叫び、窓に雪をぶつけている——窓から侵入しようとするように。

目を閉じるとカラスの死骸の映像が浮かぶ。頭が片側にねじれている——

可哀そうに、嵐のなかで迷ったんでしょう。

わたしが夢のなかで迷っているのと同じだ。

わたしは北極圏の荒れ地をさまよっている。氷と吹き荒れる雪に呑みこまれ、見分けられるのは地平線に浮かぶ暗い人影だけ。突風が吹くたびに見え隠れするその人影は霞の娘で、わたしは彼女を追って荒れ地を進む——おのれがつくりだした生き物を追い、ヴィクター・フランケンシュタインが北極圏の氷上を進んでいくみたいに。わたしはフランケンシュタインと同様、断固としてこの事態を終わらせようとしている。そうすればこれ以上、人を傷つけずにすむからだ。重い足取りで彼女を追うが、寒さのせいで脚にはもう感覚がないうえ、顔は凍傷でうずくように痛い。でも、わたしにはわかっている。彼女がわたしを誘い込むようなそぶりをして姿を見せつけながらも、つかまらない程度に一定の距離を保っているので、実際にはいくら追いかけても距離が縮まらないことを。そのまま北極圏の荒れ地の奥深くへとおびき寄せられ、ついに足下の氷が割れる。氷の破片がわたしを乗せたまま漂流し、氷原に座礁する。そのときようやく、彼女がこちらを振り向き、顔をあらわにする。ひび割れていて、フランケンシュタインがつくりだした生き物のように継ぎはぎがある顔を――

卵の殻みたいに頭がぱっくり割れてた。

ガラスが割れるような音が聞こえて、ハッと目が覚めた。夢に出てきた氷原の上にいるような気がしたが、もちろんベッドで横になっている。窓がひらいているので、凍えそうに寒い――

窓を開けっぱなしにして寝てしまったのか。

わたしは起きあがり、窓を閉めようとしたけれど、少し歩いたところで耳を澄ました……一階のどこかでドアがひらき、閉じる音。誰かが外に出た――それとも入ってきた? 戸外では風がむせぶような音を立てているし、ひらいた窓からは雪が舞い込んでいる。こんな悪天候のなか外に出ていく人がいるはずはない。緊急事態でもないかぎり……

キャンパスで大惨事が生じた光景が頭に浮かんで、慌てて室内履きをつっかけた。ナイトテーブルから携帯電話を引っつかみ、部屋のドアを開ける。いったん足を止めて耳をそばだてるけれど、もう風の音しか聞こえない――そのとき階下からドアがばたんと閉まる音が聞こえた。正面玄関のドアだ。

携帯電話に目を落とす。じきに午前六時。携帯電話のライトをつけ、正面階段に向かった。この階段には照明と滑り止めのカーペットが必要だとホッチに伝えること、と頭のなかでメモをとる。一階に下りていくと玄関ホールのコートラック下の重厚なオークのサイドボードに置かれたランプが灯《とも》り、吹きつける風に大きな音を立てるドアの一部を照らしだしていた。わたしはひんやりと冷たい濡れた床を急いで歩いていく――ここにもカーペットは敷かれていない。そして玄関のドアノブをつかみ、侵入者を驚かせてやろうと勢いよく開けた。でも人の姿はなく、玄関に雪が吹きつけるだけ。わたしはポーチに出て降り積もった雪に足跡かなにかのへこみがないか確認した。でも雪が吹き荒れていてよくわからない。そのままそこに立っていると、正面の歩道の奥のほうのセンサーライトが点灯した。雪が激しく降りしきっているせいで、誰の――あるいはなにかの――存在をセンサーが検知したのかどうかはわからなかった。けれど歩道の奥へと次々にライトが点灯し、目に見えない侵入者が逃げていく足跡を示す。やがて森のほうに近づいたあと、すべてのライトが消えた。そのあとも、わたしは一分ほどそこに立ったままあたりを眺めていたが、誰であれ、その人物はもう去っていた。

わたしが建物のなかに戻ると、奥のほうから物音が聞こえた。トルーマンに違いない。書斎にスコッチを捜しにきたのだ。

書斎にトルーマンの姿はなかったが、何者かがそこにいたようだった。床に写真立てが落ちていて、周囲にガラスの破片が飛び散っている。さっき聞こえてきたのは、このガラスが割れた音だったのか。

写真を拾いあげて引っくり返した。それはミランダが昨夜膝に載せていた写真で、〈ルミナリア〉のときに岩山塔の前で撮影したものだ。上級セミナーの全員が集まっている。わたしは携帯電話のライトに写真を近づけ、それぞれの顔を照らしだす。みんなものすごく若くて寒さで肌を上気させていて、目にはまだおびえが見られない。でもトルーマンだけはサングラスをかけているので、目の表情がわからない。サングラスのレンズには写真を撮影するふたつの人影が映っている。もっとよく見ようと目をこらすと、背後から足音が聞こえた。

慌てて振り返ると、ライトが長身の人影の目をくらました。フランケンシュタインがつくりだした生き物に松明《たいまつ》で脅されたように、彼が腕をさっと上げて目にかざした。「オーケイ、オーケイ」降参したふりをして、トルーマンが言う。「最後のスコッチをあさりにきた現場を見つかっちまったな。武器を下ろしてくれ。こっちは丸腰だ」

わたしがライトを少し下げると、半分ほど残っているスコッチのボトルがテーブルに置いてあるのが見えた。トルーマンがその前の長椅子にどさりと坐り込む。「きみも眠れなかったんだね」

わたしはライトを床に向け、ガラスの破片をよけながら長椅子のほうに歩いていく。「誰かが玄関のドアを開ける音が聞こえたの。そのあと物音が聞こえたからここに来てみたら、これがあった」わたしはフレームが割れた写真立てをテーブルに置いて、トルーマンに見えるようライトで照らしだした。「あなただったの？　外に出た？」

「まさか」トルーマンが言い、写真を見た。「きみが玄関ホールにいる音が聞こえたから、正面階段から下りてようすを見にきたんだ。きみが聞いたのは、僕たちの若い頃の夢が砕け散った音だったのかも」

「そんなこと言わないで」彼の横に坐り、片づけていなかったグラスのひとつに指一本分のスコッチを注いだ。「あなたは本物のロックスターよ。きのうの夜、学生たちはあなたに夢中だった」

「母親がファンだからサインしてくれって、頼まれたよ」彼が渋い顔をする。「ザ・マウンテン・ゴーツのジョン・ダーニエルだと勘違いしている学生もいた。最悪だったのはオタクの男子学生が、僕の情報は全部あの『ジェパディ！』ってクイズ番組で覚えてたってことさ」そう言うとこちらを向き、わたしと目を合わせた。「違う。最悪なのはグラミーを受賞できなかったこと、セールスが落ちてきたこと、気位《きぐらい》だけ高い歌手みたいに愚痴をこぼしてここに坐ってることだ」

「ロックダウンの期間中はミュージシャンにはつらかったでしょうね」

「音楽業界の仲間たちのインスタグラムを見るとつらかったね。スタジオの加工写真や、〝#内面にインスピレーションを見いだす〟とか〝#芸術が救う〟とかいうハッシュタグが目につくだろ。それにロックダウン中にニューアルバムを発売したとか、二曲くらいは新曲を出したとか。世界規模の大災害を創作活動のチャンスみたいにとらえてる連中がいたんだよ」

「チルトンはもっぱら体幹を鍛えてたみたいよ」

彼が口いっぱいのスコッチにむせた。

「まだ手遅れじゃないはず」わたしはやさしく言う。「あなたが大学時代に書きはじめた小説を完成させるタイミングはいまなのかも」

「やってはみたんだ。卒業してから――すっかりまいってたときに――西部まで行って森の小さな山小屋にこもってアメリカの偉大なる小説を書こうとしたんだが……なんにも浮かばなかった。これっぽっちも。僕の頭のなかのストーリーは絶対に書きあげられない」

「でも挑戦はしてみたってことでしょう」わたしは励ます。「それからあなたはシアトルやサンフランシスコのクラブで演奏を始めた。とてもロマンティックなことが――」

「起きたかもな。僕が頼んだときに、きみが来てくれていれば」

わたしはボトルに手を伸ばし、指一本分、またグラスにスコッチを注いだ。「最初にレインに頼んで断られたから、わたしに頼んできたんだと思ったの」

彼がわたしをじっと見つめる。「どうしてそんなふうに――」彼は言いかけるが、その質問には答えたくない。と、そのとき大きな悲鳴が聞こえた。

「なんなんだ」トルーマンが言い、ふらつきながら立ちあがった。

そのまま書斎から飛びだし、裏階段に向かった。わたしもあとを追う。角を曲がると、トルーマンが階段の下で膝をついているのが見えた。なにかを――いや誰かを――見つめているけれど、彼の身体が邪魔で奥が見えない。階段を半分くらい上がったところでダーラがうずくまって口に手を当てていて、もう片方の手で手すりを握っていた。リズミカルに身体を揺らし、泣き叫んでいる。そこにランスがやってきて、おとなたちを盗み見る子どものように手すり越しに下を見た。トルーマンが立ちあがると、階段からまっさかさまに落ちて、手足を伸ばした身体が見えた。両脚が不自然な角度に伸び、階段のいちばん下の段に頭が載っている。ミランダだ。さっき彼女のベッドで見つけたカラスと同様、首の骨が折れている。

17

現在

「亡くなってる?」わたしは尋ね、一歩踏みだした。

「だと思う」とトルーマンが応じた。「息をしていないから」

ダーラの泣きわめく声がいっそう騒々しくなる。

「ダーラ」わたしはきつい声で言ってから、ミランダのほうに近づき、その首に指を当てた。脈はない。「なにがあったの?」

ダーラが大きく目を見ひらき、ミランダの死体からこちらにさっと視線を移し、「知らない！」と叫んだ。「どうしてあたしに訊くの？　ただ階段を下りてきたら、ミランダがこうなってるのを見つけただけなのに」

そう言うと、ダーラがまた泣きわめきはじめた。わたしは視線を上げ、ランスを見る。「あなたは知ってる？」

「知らないよ。僕はダーラの悲鳴を聞いて駆けつけただけだから」

ほかのみんなも同様だった。チルトンとルースはどこ？

「わかった」わたしはそう言って携帯電話を取りだしたけれど、画面を見ると電波が届いていない。「キッチンに行って固定電話で警察に通報してから、大学の警備室にも連絡してくるわ。トルーマン……」と声をかけた。こちらを見あげた彼の目の瞳孔《どうこう》はひらき、顔から血の気が引いている。「あなたはここで一緒にいてくれる？　その……ミランダと。誰も彼女に触ったりなにかを動かしたりしないように見張ってて」

トルーマンがうなずき、壁にどさりともたれかかる——ミランダの青ざめた顔からほんの数十センチのところで。

「なにかで顔を覆ってあげたら？　せめてまぶたを閉じてあげるとか？」ダーラが震えながら立ちあがった。

「ダメ」わたしは厳しい口調で言う。「警察はなにも動かしてほしくないはず。それにダーラ、これから階段を上がって着替えたりしたいのなら、気をつけてね。もう、ほかの誰にも転落してほしくないから。この……」死の罠《デス・トラップ》階段、とチルトンは呼んでいた。でも、当のチルトンはいったいどこにいるの？　それにルースは？　あのダーラの悲鳴を聞いたら死人だって目を覚ますはずだ。

キッチンの固定電話で911のダイヤルを押した。オペレーターから状況を尋ねられたので名前と居場所を伝えてから、女性が階段から転落しました、息をしていないようで脈も感じられませんと言う。するとオペレーターから、できるだけ早く警察官と救急車をそちらに送りますが、この大雪ですから何時になるかはわかりません、除雪車はすべて出払ってしまっていますし、あちこちに倒木があって通行不能になっているので、と言われる。「とにかくそのままお待ちください」とオペレーター。「遺体を動かさないように」

大学の警備室とホッチにも連絡しなければならないが、その前にチルトンとルースの身の安全を確かめることにした。大広間を横切りながら窓の外を見やると、雪はもうやんでいて地平線にオレンジ色の細い線が見える。その美しい光景に一瞬われを忘れた。彫刻のような曲線美をつくる雪の吹き溜まりとつららに朝焼けが射し、橙色《だいだいいろ》に輝いていて、わたしが初めてここに来たときと同様、キャンパス全体に魔法がかかっていた――なにかが復活したみたいに。つかのまもの思いに耽《ふけ》ってから慌てて頭を切り替え、階段を上がった。

チルトンの部屋をノックするが、応答はない。一分以上待ってから、わずかにドアを開けた。チルトンはこちらに背を向け、ベッドで横向きになって寝ていた。わたしはベッドに歩いていき、彼女の肩に手を置いた。彼女がぴくっと動き、身体を回転させて仰向《あおむ》けになる。わたしの悪夢に出てくる例の顔が見えた――あの霞の娘ののっぺらぼうの顔。するとチルトンがピーチ色のサテンのアイマスクを外して耳栓を乱暴に引っ張りだし、「なんなの？」と不機嫌に言った。

「恐ろしい事故があったの」わたしは答えた。「ミランダが裏階段から転落した」

「それで――？」

「亡くなった」と明言した。相手がほかの人ならもっと穏やかな口調で伝えただろう。でもこれまでの経験から、チルトンは傍《はた》から見るよりもずっとタフなことがわかっていたし、厳しい現実を突きつけられるほうが能力を発揮することもわかっていた。それに、いますぐ彼女に能力を発揮してもらわなければならないことも。「じきに警察が来る予定」

チルトンが震えを抑えようと歯を食いしばり、うなずいてから羽毛布団を勢いよく払いのけた。ピンク色のフランネルのナイトガウンがあらわになる。そのレースのスモックと薔薇《ばら》のつぼみの細かいプリント柄があまりにも無垢《むく》に感じられ、一気に大学時代に引き戻された。全寮制の高校に通っていた女子学生たちはまったく同じブランドの古風なフランネルのナイトガウンを着ていたのだ。ドディーはテディベアとハート柄のを着ていた――タワールームの垂木《たるき》にぶら下がっているのをわたしたちが発見したときにも。

チルトンが着替えを始めたので、わたしは彼女の部屋を出て、ルースが泊まっている部屋のドアをノックした。チルトンと同様、ルースもきっと室内にいるはず。アイマスクをして毛布にくるまっていたからミランダが階段から落ちた音もダーラの悲鳴も聞こえなかったんですと、理由を説明するに違いない。

ところが室内には誰もいなかった。ベッドもきれいにととのえられていて、ルースがここにいたことを示す証拠はナイトテーブルのティーカップにまだ半分残っているカモミールティーの香りだけだ。キルト地の旅行鞄がジッパーを閉めた状態で、飼い主を待つ忠実なペットさながらととのったベッドの足元に置いてある。ルースは早起きしたの？　正面玄関から外に出ていったのはルース？　釈然としないまま正面階段のほうに向かった。

玄関ホールに着くと、ルースがオーバーコートを脱いでいるところだった。まだショール、帽子、ミトン、スノーブーツは身に着けている。

「ああ、よかった！」彼女の姿を認めてほっとして、わたしは声をあげた。「どこに行ってたの？」

「さっき着いたチャーリーの除雪車のところに。わたしたちを連れだしてくれるかどうか確認したくて。なにかあったんですか？　昨夜はみなさん夜更かししていたのに、こんなに早起きするなんて」

あなただって夜更かししていたでしょう。そう指摘したかったけれど、いまは一刻を争う。

「恐ろしいことが起こったの。ミランダ・ガードナーが裏階段から落ちて、首の骨を折って……亡くなった」

ルースが呆然と立ち尽くしたまま荒い息を吐いたので、眼鏡のレンズが曇った。「ああ、お気の毒に！」ようやく言葉を絞りだす。「あの睡眠薬のせいですか？　ナイトテーブルに薬がたくさん置いてあったの、ご覧になりました？　睡眠薬のせいで無遊状態で歩くことがあるって聞いたことありますけど」

「その可能性もあるでしょうね。死因については警察が調べるはず。警察には通報したんだけど、大学の警備室にはまだ知らせてないのよ」

「わたしが知らせておきます」ルースはそう言うと、パンツのポケットから携帯電話を取りだした。

「電波、来てる?」わたしは彼女の携帯電話の画面をのぞきこむ。

「ダメです。でも、外の発電機のそばなら電波が入るかも。ホッチキス学長にはあなたから連絡するのがいいと思います。きっと……」

そのあとは、こう言いたいのだと察しがつく。ホッチキス学長はさぞ大きなショックを受けることでしょう。さもなければ、ホッチは動揺するでしょう、くらいのことは言うはずだ。でも、わたしたちふたりにはわかっている――けっして口には出さないけれど――住居付き作家の地位を寄こせとミランダからずっと圧力をかけられていたホッチは、この知らせを聞いておそらく安堵《あんど》することが。


キッチンの固定電話からホッチに電話をかけたが呼び出し音は鳴らず、すぐにボイスメールに切り替わった。仕方なく二階に上がってシャワーを浴び、フリースのレギンス、厚手のセーター、キルティングベストに着替えた。いざというときはさっと外出できる服装になったので心強くなる。正面階段を下り、ドアを開けた。雪が波の形に降り積もり、凍りついた大海原《おおうなばら》のように山を森林限界まで真っ白に染めている。玄関から外に続く歩道は見えない――ついさっきまで陽射しが滝みたいに流れ落ちていたのに。雪が降りしきっているので、誰かがここから逃げだしたとしても足跡はじきに雪で覆われてしまう。

全員が大広間に集まっていた。ビュッフェのテーブルには湯気をあげるコーヒーポットが置かれていて、マフィン、ペイストリー、ロールパン、果物、個別パックのヨーグルトなども揃っている。ルースがバスケットにパンを並べていた。

「〈アクロポリス〉のフォティーニが気を回してくれて、チャーリーにパンやなにかをもたせてくれたんです」わたしが近づいていくと、ルースが言う。「お気の毒なミズ・ガードナーが亡くなった場所から近いので、警察はキッチンに出入りしてほしくないはずですよね。だから急いでキッチンに入って、必要と思われるものをすべてここにもってきたんです。まあ、これで朝食はどうにかなりますが、ランチはどうなることやら。チャーリーの話では積雪はすでに一メートルを超えていて、今夜にはもっと積もるだろうって。警察は無事に調査を開始して、次の嵐がくるまでにミズ・ガードナーの遺体を動かしてくれると思います?」

「わからない」わたしは正直に言い、マフィンとコーヒーカップを手にとった。「警察が事故だと考えるかどうかによるかも」

「事故じゃないなら、なんなんです?」ルースが強い口調で尋ねた。「ナイトテーブルに錠剤が入ったボトルがずらりと並んでいたこと、警察には伝えたんですよね? 彼女、カラスの件で動揺して大量に薬を飲んでから、ふらふらと階段の踊り場のほうに歩いていったんじゃないでしょうか——あの裏階段は足下が危ないから使用禁止にすべきですって、ホッチには伝えていたんですよ――」

「大丈夫」わたしはルースに言い、彼女の腕に手を置く。ルースがこれほど動揺しているのを見るのは初めてだ。「チャーリーに電話して、ホッチの家に寄ってここに連れてきてほしいって頼んでくれる？　電話をかけてみたんだけど、ずっと連絡がとれなくて」

「昨夜はだいぶ飲んだみたいですから、さもありなんです」ルースが言い、口をすぼめた。「ホッチを迎えにいくよう、チャーリーに言っておきます」

トルーマンが暖炉の火を熾《おこ》したけれど、暖炉を囲んでいるみんなはあいかわらず北極遠征隊のような恰好をしている。チルトンはタートルネックの上にフェアアイル柄のセーターとキルティングベストを重ね着し、厚手のコーデュロイのパンツを穿《は》いている――大学時代、冬になると毎年判で押したように着ていた服とほとんど変わらないプレッピースタイルだ。ダーラは黒っぽいセーターにショールを何枚も身体に巻きつけ、タイツの上にレッグウォーマーを穿き、袖口で両手を隠している。ランスは毛羽立《けばだ》ったぶかぶかのセーターを着ているので、刈りとられずにその場で毛糸を編まれた羊みたいに見える。以前は嵐のなかデニムのジャケット姿で歩いていたのを見かけたことがあるトルーマンでさえ、フランネルのシャツを二枚、重ね着している。必要とあれば、ここから犬橇《いぬぞり》で脱出できそうな恰好をしているのはわたしだけではない。

「僕たち、あとどのくらい、ここにとどまっていなきゃならないの？」わたしが腰を下ろすと、ランスが尋ねてくる。「可哀そうなミランダの遺体が裏階段でどんどん腐敗しているのに」

「警察がなにを望むかはわからないけれど、ミランダは当分あのまま放っておかれるんじゃないかしら。いずれにせよ、この大雪だからあなたは身動きできないでしょ。そもそも追悼式のために、きょうはここに滞在するつもりだったんだし」そう言ってから追悼式は中止せざるをえないことに気づく。でも、もうあちこちにメールを送るエネルギーは残っていないし、これ以上ルースの仕事を増やしたくない。

「旧友たちと週末をすごせる機会だって考えればいいのよ」チルトンが淡々と言った。「ただし、亡くなった友人も一緒だけど」

「どうやら」そう言って、トルーマンが暖炉の炎を棒で掻《か》きたてた。「警察がミランダを連れていくまでは、ここで寝ずの番をするしかなさそうだな。たしか、彼女には家族がいなかった。ここに来る車のなかで、両親はともに亡くなってるし、妹とは疎遠になってると言ってたから。自分の読者が家族のようなものだって、そう言ってたよ」

耐えられないほど悲しい話に思えて、誰もしばらくなにも言わない。やがてランスが出し抜けに口をひらいた。「前のときみたいに警察は僕たちを厳しく尋問すると思う？　あの頃はまだ世間知らずの学生だったのに、犯罪者扱いされたよね。質問攻めにされたけど、モスがあの可哀そうな娘を追いかけていったとき、そもそも僕は現場にいなかったんだぜ。そのせいであれ以来、警察恐怖症になったよ」

「あのときとは話が違う」チルトンが応じた。「今回は、あきらかに事故だもの」

「あのときだって、事故だった」ランスが泣き叫ぶ。

彼の泣き声が裏手の駐車場に車が入ってくる音で破られた。

「きっと警察よ」わたしは言い、立ちあがった。

キッチンに向かい、びくびくしながら裏階段のほうを見た。誰かが階段に続くドアを閉めたようだ。警察はいい顔をしないかもしれないけれど、ミランダのだらりとした身体を見なくてすむのでありがたい。裏口のドアを開けると、パトカーから三人の人影が降りてくるのが見えた。全員がごつい警察のジャケットを着ている。ランスのせいで頭があのときの記憶でいっぱいになっていたので、警官のひとりがこちらを見て、それがベンだとわかると思わず笑って尋ねたくなった。そんな恰好でおとなの真似なんかして、どうしたの？ どうしてわたしたちと一緒に室内にいて、暖炉のそばでびくびくしていないの？ でもベンのいかめしい顔を見て、彼は文字どおりわたしたちの一員ではなかったのだと思い知る。そしてみんな、すっかりおとなになっていることを痛感する。いくら学生気分でふるまったところで、まだ学生だからと手加減してくれる人はいないのだ――とりわけベンにそんな気は毛頭ないはずだ。

18

あの頃

「どうして彼女の罪に目をつぶって好き放題させておくんだ？」〈ザ・レイヴン〉の編集部での出来事を話すと、ベンにそう言われた。わたしたちは図書館でゴシック小説に関する小論文の課題に取り組んでいた。ベンは課題書のなかから、お気に入りの『ジキル博士とハイド氏』を選んでいた。わたしが選んだのは『ドリアン・グレイの肖像』だった。「彼女の狙いがわからないのか？　自分が被害者に見えるように工作したんだよ」

「彼女のせいじゃない」わたしは言い返した。

「本気で言ってるのか？」そう言い、彼がペンを置いた。「レインはきみのアイデアを盗んでおきながら、もとから自分のアイデアだったときみに思わせたんだぞ」

「その逆じゃないって、どうしてわかるの？　わたしが彼女のアイデアを盗んだかもしれないでしょう？」

「だって、きみは絶対にそんな真似はしないからだ」ベンがぶっきらぼうに言った。「きみは善人だけど、レインは違う。彼女は望みのものを手に入れるためなら平気で他人を利用する。それに彼女はどうしてもコンテストで優勝したかったんだよ。例のくだらない上級セミナーに入る足掛《あしが》かりにするために」

「だとしてもコンテストで優勝したかったのなら、なぜ応募を取り下げたの？」わたしは指摘した。

「まだ、わからないのか？　レインはふたつ、得をしたんだ。みんな、優勝すべきだったのは彼女の小説だと思っている。そして、きみこそが盗作の犯人だと思っている。つまりね、彼女はきみを競争相手から蹴落としたのさ」

「あなたには彼女のことがわかってない」そう言いはしたものの、内心、彼に善人と言ってもらって嬉しかった。それでも彼の言うとおり、なにもかもレインが仕組んだことだったのかどうかは自信がもてなかった。「レインはね、ものすごく複雑な子ども時代を送ってきたの。お父さんは彼女を捨てたし、お母さんはアルコール依存症になった。だからいつも想像上の友だちをつくって遊んでいたって、レインから聞いたことがある。そうすれば孤独感をまぎらわせることができるからって」

「哀れな金持ち娘」ベンが嘲《あざけ》った。

「意地悪な言い方しないで、ベン。裕福な家庭の出身だからといって、問題を抱えていないとはかぎらないのよ」

ベンが派手に鼻を鳴らしたので隣のテーブルにいる学生からにらまれた。ベンがテーブル越しにこちらに身を乗りだし、小声で言った。「いや、違うね。連中はいつだって他人に問題を押しつけて、あとは知らん顔さ。感化されやすい世間知らずのルームメイトに、本人が書いた小説なのに盗作したと思い込ませることくらいお手の物だよ」

「わたしは感化されやすくなんかないし、世間知らずでもない」そう言い返したものの、善人だと言われたときとは違い、図星を指されたという自覚があった。

彼の意見が棘《とげ》となって胸に刺さり、期末試験の一週間前になっても実際に試験が始まっても、それはわたしをさいなんだ。そして気づくといつもレインのことを観察していた。あるとき、わたしたちは二十四時間使用可能な自習室で夜遅くまで勉強していた。レインがそれぞれに役割分担をさせて、見事な学習チームを編成したのだ。わたし自身は手書きの文字がいちばん読みやすいという理由で、暗記カードの作成をまかされた。チルトンは数学が得意なので予定表の作成。ドディーがおやつ担当になったのは、レインがほかの面ではいっさい彼女を信用していなかったから。トルーマンは眠気覚まし用にコーラとカフェイン錠の調達。どうしてみんな彼女の命令に嬉々として応じるのだろうと、わたしは不思議に思いはじめた。

ときどき、ほかのグループや二人組を観察することもあった。エミリー・ドーズとステファニー・チャンはいつも一緒に勉強していて、同じ本をふたりでのぞきこんでいた。ランディ・ガードナーは女子学生だけのグループに君臨していて、みんなでダイエットソーダを飲んだり、ノートに蛍光マーカーで印をつけたりしていた。わたしと一緒にギリシャ語の授業を受講している内気な女子学生の三人組、カーラとジョスリンとトビーは互いにクイズを出しあい、誰かが「わかんない。どれもちんぷんかんぷんのギリシャ語にしか思えない」と言うと、くすくす笑っていた。

あの娘たちのグループに加わるのも悪くないと、わたしは考えはじめていた。彼女たちは来学期には寮を出ていく予定だったので、四人で一緒にキャンパスの外で暮らさないかと誘われていたのだ。そうすれば順番に料理を担当したり、ココア片手にポップコーンを食べながら夜更かししたりできる。わたしは西洋古典学と教育学の二科目を専攻できることになったので、モスの上級セミナーに入りたくて奮闘した過去を忘れようとした。わたしがレインの小説を盗作したとみんなが思っているのなら、もうチャンスはない。

そして春学期の教育学の履修登録をすませると、カーラにこう伝えた。あなたたちと一緒に寮から出たいと思ってはいるけれど、母がお金を出してくれるかどうかわからないので確認するまで待ってほしい、と。支給されている奨学金には家賃補助が含まれていなかったからだ。そこで〈ルミナリア〉の日に寮から母に電話をかけた。電話ブースのじゃばらの木製ドアを閉めると、棺《ひつぎ》のなかに閉じ込められたような気がした。それでも寮を出ても生活できるかどうか母親に尋ねる会話を立ち聞きされたくなかったし、来学期は続き部屋では暮らさないことをレインに知られたくもなかった。

六回目の呼び出し音で、母が電話に出た。仕事のあと友人と飲みに出かけて帰宅したところだったらしく、息が荒い。たしかにわたし自身、これまではこの時間帯に電話をかけたことはなかった。なにかあったのと、母に尋ねられた。冬休みだから、あした帰ってくるんでしょ?

わたしは母に、まず教育学の履修登録をすませたことを伝えた。母がよろこんでくれると思ったからだ。そのあとで友人から一緒に暮らそうと誘われていることを伝えると、こう言われた。「新しいお友だちをつくるのはいいことよ。でも、寮を出て暮らすだけのお金の余裕は絶対にない。というより、この話をするのはあなたが帰ってきてからにしようと思ってたんだけど……」

奨学金でカバーできない授業料を払うのがほんとうにきついの、それでクイーンズ・カレッジの事務局に確認したら、あそこなら奨学金を全額支給してもらえるし、秋学期からの登録もまだ可能なんですって、と母が続けた。

「あたしたち、ずいぶん倹約してきたでしょ。それにクイーンズなら家から近いから……」母は長々と話を続けた。この話を切りだす準備をしていたらしい。息苦しくなって電話ブースのドアを開けたけれど、それでも自分が地面の下に沈み込んでいくような気がした。木製の狭いブースには数十年にわたって落書きされたイニシャルや絵が刻まれていて、わたしの墓場にふさわしいような気がした。

話を終えると電話を切った。冬休みにまた話しあうことになったけれど、母の気持ちが固まっているのはよくわかっていた。自分が木の一部になったようだった——樹木に変身したオウィディウスの物語の娘さながらに。ただ、わたしは好色な神に追われているわけではない。金銭的な事情で、夢の世界から現実世界に引き戻されただけ。べつにたいした悲劇ではない。クイーンズ・カレッジに通って、ラテン語と英語を高校で教える資格をとればいいだけの話。そのほうがましなのかもしれない——レイン・ビショップの力に支配される周回軌道から外に出られるのだから。わたしはそう考え直し、続き部屋に向かって階段を（木偶《でく》の坊みたいに）上がっていった。

部屋に入ると、わたしが周回軌道から外れたことを実証するかのように室内は豆電球や星のペンダントで飾られていた。レインは〈ルミナリア〉に備えてわたしたちにヒイラギで冠を、毛布でローブをつくらせ、ホットワインも調理させていたのだ。

「帰ってきた！」わたしが部屋に入っていくと、レインが声をあげた。「あなた抜きで出発しなくちゃならないんじゃないかと、やきもきしてたの。はい、これ、あなたのローブ」

「やめておくほうがよさそう。なんだか咽喉《のど》が痛くて」わたしは言った。

「馬鹿言わないで。ホットワインを少し飲んだら、これを着てちょうだい。尾根で篝火《かがりび》を焚《た》くの。そうすれば身体も温まるわ」

レインは蒸気ローラーと化していた。ベンの言うとおりだ。彼女は自分のことしか考えていない。他人のことなど意に介していないのだ。わたしは反論しようかと思ったけれど、いずれにしろ、わたしが折れるまで堂々巡りが続くだけだ。それに、これがわたしにとって最後の〈ルミナリア〉になるかもしれない。レインが先頭に立ち、「神の御子《みこ》は今宵《こよい》しも」と声をかぎりに歌い、樺《かば》の枝にヒイラギと金紙を巻きつけた杖を振り回した。わたしは浮かない顔でそのあとに続いた。重たいローブと金銭的な現実がずっしりと肩にのしかかり、自分が今年の儀式の生贄《いけにえ》になるような気がした。数週間前、みんなで『ウイッカーマン』という映画を観てからというもの、レインは人身《ひとみ》御《ご》供《くう》やフォークホラー（民間伝承などを題材にしたホラー映画のジャンル）についてずっと語っていた。そして〈ルミナリア〉という催しは、生贄を篝火にくべて旧年を追いだし、新年の象徴として岩山塔で烽火《のろし》を上げるのが目的なのだと説明した。すっかり自己憐憫《れんびん》に浸っていたわたしは、こう考えた。こうなったら、冬至の前の晩に栄光の炎のなかに身を捧げるほうがましかもしれない。そのあと人身御供になった娘としてブライアウッドの伝承となって尾根をさまよいつづけて、未来の学生たちを怖がらせるのだ——ここに通うだけの金銭的余裕があって、母親や祖母も卒業生で、ここにいるべき学生たちを。

ようやく山頂に着いた頃には、自己憐憫に耽《ふけ》ったあまりかえって興奮していた。そこで樺の枝の杖を炎のなかに放り投げ、暗がりのほうに歩いていった。途中で、この山道がキャンパスに戻る道ではないことに気づいたものの、かまわず歩きつづけた。ハイマツ帯を抜けてごつごつとした岩場をすぎると、氷の洞窟のところにやってきた。地面のあちこちに亀裂が走り、餓えた洞窟がわたしを呑みこもうと大きく口を開けている。

岩につまずき、つんのめって両膝を打った。思わず長く大きな悲鳴をあげ、胸に溜まっていた悲しみと怒りをすべて吐きだした。すると岩々が絶望の声をあげているように、洞窟から人のものとは思えない木霊《こだま》が返ってきた。わたしの悲鳴の反響が聞こえなくなってからも、ほかの泣き声――もっと弱々しく、もっと悲しそうで、もっと荒々しい嗚咽《おえつ》――が大地の底のほうから聞こえた。わたしは四つん這《ば》いのまま、手元の岩がぼろぼろと崩れるところまで亀裂に近づいた。ドラゴンが吐く氷みたいに冷たい息が顔に吹きあがり、なにかに呼ばれた気がして立ちあがって、それを直視しようとした――レインや母親やベンとも正面切って話しあうべきだったのだ。でも、いまとなっては手遅れだ。身体がよろけ、亀裂の端でぐらついた。そのまま冷気に引っ張られ――

そのとき背後から人の手が伸びてきて、むんずとつかまれた。

「そこまで」闇のなかから声が聞こえた。「落ち着いて」

それはレインで、わたしを引っ張り戻してくれた。「こんな洞窟のそばでいったいなにしてるの？　あやうく落ちるところだったじゃない」

「道に迷っちゃって」そう言うと、いかにも真実らしく聞こえた。「ここにいるって、どうしてわかったの？」

「あなたが篝火から離れて歩きはじめたから、ついてきたのよ。落ち込んでるみたいだったから。そうしたら、あなたの悲鳴が聞こえた。なにかあったの？　トラブルでもあった？」盗作の件であなたに怒ってるの。そう言うこともできたけれど、結局、母親から言われたことや、ブライアウッドをやめてクイーンズ・カレッジに転校するつもりであることを説明した。そこもいい学校なの、そこで高校教師の資格を取得できれば申し分のないキャリアを始めることができるし。そう言って話を終えると、レインが笑いだしたのでぎょっとした。

「お馬鹿さんね」レインはそう言うと、わたしの肩に腕を回し、亀裂の端から遠ざけた。「わたしの信託財産から足りない授業料を払ってあげる。だから、あなたはどこにも行かないの」

19

現在

ベンは若い女性警官と白いつなぎを着た白髪まじりの女性と一緒だった。年配のほうの女性が事務的に、すぐに遺体を見せてくださいと要求してきた。するとベンがパートナーの警官に、建物のなかにいる全員を大広間に集めてくれと言った。その女性警官がすれ違いざま、こちらを一瞥《いちべつ》した。わたしは彼女に一度、スピード違反で車を止められたことを思いだした。授業に遅れそうなんですと言ったところ、注意するだけで見逃してくれたのだ。その彼女の目つきは険しく、以前、寛容にわたしのことを見逃したのを後悔しているとでも言いたげだ。ベンがわたしに、こちらはドクター・スシラン、アルスター郡の監察医補佐だと、もうひとりの女性を紹介した。わたしは裏階段に続くドアを開け、すぐにミランダの顔から目をそらした。最後に見たときより顔がいっそう紫色になっている。

「誰か遺体に手を触れましたか？」ドクター・スシランが尋ねてきた。

「わたしだけです」わたしは応じる。「脈を確かめました。ほかに彼女に触れた人はいません」

「あなたとミスター・デイヴィスは現場を見た最初のふたりですか？」

「いいえ。最初に発見したのはダーラ・ソコロフスキーです。そのあと、トルーマンとわたしが書斎から駆けつけました。ダーラの悲鳴が聞こえたので」

「きみとトルーマンは書斎でなにをしていたんだ？」ベンが問いただす。

「ふたりとも眠れなくて……」そこまで言いかけて余計なことまで喋りそうになり、慌てて口をつぐんだ。自分に腹が立つ。ベンに冷たい視線を向けられたせいで説明義務があると思ってしまったのだ。

監察医がベンからわたしに視線を移した。「マーラは犠牲者が階段から落ちるのを見たんですか？」

「ダーラ、です」わたしは訂正する。「いいえ。そうは思いません。見ていないと言っていました」

「彼女の証言はおれがとる」ベンが言う。「ではドクター・スシラン、どうぞ仕事を始めてください。いまの時点でなにか推測できることはありますか?」

「転落したケガで死亡したと思っていいでしょう。脊椎の骨折か脳出血か……ひとつ、興味深い疑問があるわね」そう言うと、ドクターがしゃがみ、ミランダの死体の位置を確認した。「なぜ仰向《あおむ》けに倒れたのか、です。階段の踊り場で誰かと鉢合わせして驚いて背中から落ちたように見える。あるいは――」

ベンが彼女の代わりにその先を続けた。「押されたか、だ」


わたしたちが大広間に入っていくと、ルースがベンのパートナーの警官と話していた。その女性警官はルースに微笑んでいる。「ああ、ブリーン署長」ルースがこちらを見て言った。「いまヴェガス巡査に話してたんですけど、わたし、彼女のお母さまのこと存じあげてるんです。動物保護施設でボランティア活動をなさっているんですよ。で、いまは、わたしがキッチンから少し食料をもちだした理由を説明していたところで。犯罪現場を通るのはよくないことは知ってましたけど――PBSやブリットボックスでよくミステリドラマは観ていますから――お客さまにお腹を空かせてほしくなくて」

「それはかまいませんよ、ミズ――」

「ルースと呼んでください。以前、お目にかかったことがありますよね。わたし、ロータリークラブで開催される公共安全に関する講演会に毎年通っているので」

「ああ、それで見かけたお顔だと――」

「それにもちろん、あの気の毒な学生が洞窟に落ちた金曜日にも、あなたをお見かけしました。まさかこんなに早く、ここに呼び戻されるとは」

「ルースのおかげで大広間に集まっているみんなは気持ちを落ち着かせられているの」わたしは言い、興奮状態にあるルースをなだめようとしているベンに助け船を出した。

「目撃者全員が一堂に会していれば、刑事さんはすごく助かるんですよね？　それとも個別に話を聞きたいですか？　それなら書斎が使えます。暖炉の火は熾《おこ》してありますから、もう暖かくなっているはず」ベンが溜息をつき、わたしはルースの眼鏡の分厚いレンズの奥で視線が神経質にあちこちに動いていることに気づいた。「ああ！　書斎も犯罪現場の一部なんですね？　気がつきませんでした！　でも出しっぱなしになっていたコップの輪染《わじ》みがテーブルにつかないように片づけたほかには、いっさい手を触れていませんから」そう言うとルースがベンのほうに身をかがめ、共謀するかのごとく囁《ささや》いた。「誰かが――というより、誰かふたりが――書斎で寝酒を飲んでいて、写真立てのガラスが割れていました」

「情報をありがとう、ルース」ベンが言う。「どうぞ、坐ってください。まず全員から話を聞き、それから必要とあれば個別に話を聞きます」

明確な指図に満足し、ルースが人の輪から少し外れたところで背もたれがまっすぐの椅子に坐った。

「よお、相棒」トルーマンが声をかけ、ベンに近づいていく。「ついに再会の輪に加わってくれて嬉しいよ」

ベンの顔から血の気が引いた。そばかすが浮かびあがって見え、若返ったようだ。彼が口をきつく結んで立ったまま体重を移動させると、腰に差したホルスターが垣間見えた。そのとたん、この部屋のなかでは彼が唯一のおとなとなり、残りの全員が法という強い光を浴びて身を縮めている子どもになる。

「雲行きは怪しいようだがな」ベンはそう言うと、べつの背もたれがまっすぐの椅子に腰を下ろした。「だからといって驚きはしないが」

「でも、あなたがこの件を担当するのは、その、不適切なんじゃない？」ダーラが言う。「だって、あたしたち友だちでしょ」

「それはどうかな、ダーラ」そう言うと、ベンがメモ帳を取りだした。「おれたちがほんとうの友だちだったのかどうか、はなはだ疑問だ」ベンがわたしを見て、その見解にわたしも含まれていることを明確にする。「とにかく、この猛吹雪《もうふぶき》やらなんやらで、いま警察は人手不足でね。だからきみたちにはおれで我慢してもらわないと。だが安心してくれ。ミランダの身になにがあったのか真相の究明はするが、おれたちの過去が捜査の邪魔になることはない」

「ミランダは転落した」チルトンが言う。「それは間違いないでしょう？　あの階段は死の罠《デス・トラップ》だって、口を酸っぱくして言ってたのよ」

「殺人の可能性は排除できない」ベンが答える。「だから、まずダーラから話してもらおう。どういう経緯で死体を見つけたのか」

ダーラが青ざめた。「あたしはただ水を飲もうと思って、階段のほうに行っただけで――」

「どの部屋にもミネラルウォーターのボトルを何本か置いてあります」ルースが口を挟んだが、黙っていてくださいと言わんばかりにベンからじろりとにらまれた。

「レモンが欲しかったの」ダーラが理由をあきらかにした。「水にはいつもレモンを絞ることにしてるのよ。毎朝六時半に目覚ましをセットして、起きたらすぐにレモンウォーターを飲むのが日課なの。だから階段を下りていったら、ミランダが――」そこまで言うと、ダーラが言葉に詰まる。

「それに、ランス」ベンが言い、ダーラの話にいっさい応じずにランスのほうを向いた。「きみはダーラのすぐうしろにいたと聞いたが」

「僕は眠りが浅いんだ」ランスが説明する。「だから悲鳴が聞こえたときには、大学時代に……ほら……可哀そうなドディーを見つけたときに戻ったような気がしてハッと目が覚めた。あの瞬間のことは忘れたくても忘れられなくて、いつも意識の底にあるよ」

「だろうな」ベンが言い、わたしたちの誰にも向けないたぐいの同情をこめた視線で初めてランスを見た。「忘れられるとは思えない。で、きみは、チルトン?」

「あたし、ずっと眠ってたの。耳栓をしていたから。子どもが生まれてからはちょっとした物音にも敏感になってしまって」そう言うと、わたしたち全員を上から目線で見まわした。「あなた、子どもはいるの、ベン?」

「いや」短く応じると、ベンがトルーマンのほうを見た。「で、トルーマン。きみはよく眠れるのか?」

「ああ、赤ん坊みたいにね。つまり二、三時間おきに咽喉《のど》が渇いて目が覚めて、イライラするってことさ。あのときは昔モスが使っていた書斎で、再会を祝してネルとグラスを傾けていた」

ベンがぐるりと向きを変え、こちらを見た。「それで、なんだってきみは一階にいたんだ、ネル？」

「正面玄関のドアがひらく音が聞こえたから、確認しにいったの。あれはルースだったんじゃないかしら」わたしはルースのほうを見た。彼女は微笑み、ベンに説明する。除雪車がそろそろ来るはずだと思ってようすを見にいったんです、と。

「それで除雪車は見えたんですか？」

「ええ」ルースが応じる。「チャーリー——チャーリー・グランディン——が約束してくれたんです。まずはこのあたりの除雪をするって。彼は約束を守る人です。〈アクロポリス〉に注文したペイストリーまで届けてくれました。なにしろ昨夜の騒動のあとでしたから、みなさん少し甘いものが欲しいんじゃないかと思って」

「騒動？」ベンが尋ねた。

わたしは説明を始めようとしたけれど、ベンが手を上げて制止した。「ではミランダの部屋に連れていってもらおうか、ネル。その騒動やらについて、移動しながら説明してくれ」

ほかの人から事情を聞いてもらうべく、ベンはヴェガス巡査を大広間に残していった。わたしは階段を上がりながら、ミランダのベッドにカラスの死骸があった話をベンに伝えた。

「誰かが故意に死骸をベッドに置いたと思うかい？」学生時代にミランダが暮らしていた部屋に着くと、ベンが尋ねてくる。

「たまたま窓から入り込んだというよりは、その可能性のほうが高いと思う」わたしは応じ、ドアを開けた。冷たい風が壊れた窓にかかっているカーテンを大きく揺らす。「メッセージのような気がしたもの」

「なんのメッセージ？」ベンがそう尋ねると、わたしのあとから部屋に入り、窓のほうに歩いていった。

「郵便受けに黒い羽根がないと、〈レイヴン・ソサエティ〉には入れなかったでしょう？　だからカラスの死骸は選ばれたという意味を伝えているんじゃないかしら……なにか悪いことに」

「つまりその羽根は、彼女がじきに死ぬという印《サイン》だと思ってるのか？」ベンが疑わしそうに尋ねる。

「わからない」わたしは認め、彼のあとを追って廊下に出た。そしてタワールームのほうに歩きながら、ルースがミランダにもってきたティートレイを代わりに受け取ったことを説明した。

「エグゼクティブ・アシスタントの仕事にはお茶をもってくる仕事が入ってるのか？　警察署のスタッフにコーヒーをもってきてくれと頼む勇気は、おれにはないが」

「あなたみたいに進歩的な人ばかりじゃないのよ。それに、思いやりがある人ばかりでもない。もちろん、そんなことはルースの仕事じゃないわ。ただね、彼女は細《こま》やかな配慮ができる人なの。それに今回のイベントに関しては一から十まで関わっていた。ルースはきっとなだめようとしてくれたのよ――」

「逆立っている羽根《ラッフルド・フェザーズ》を」いらだっている気持ちを伝えようと、わたしが言おうとしていた表現を彼が代わりに言った。

「ごめんなさい、不安になるともじる癖があって」

　彼はタワールームのドアの前で立ちどまり、こちらを鋭く見た。「なにが不安なんだい、ネル？」

　わたしは笑う。「ワイルダー・ライターズ館の披露パーティーがおこなわれるはずだった週末に人が亡くなったのよ。それにそちらの監察医が指摘したとおり、彼女は押されて転落したように見えた」

「だとしたら、ミランダを押しそうな人間は誰だと思う？」

「住居付き作家の地位を獲得したというミランダの発言を心からよろこんでいる人は、ひとりもいなかった」わたしは答える。「ダーラとランスはふたりとも住居付き作家に応募していた。そしてルースは、ミランダが応募しても脈はないと考えていた。ホッチがレインを望んでいたから」

「それなら、なぜ、やつはミランダを選んだんだ？」

「ホッチが望んでいたとは思えないのよ」そう答え、ホッチとミランダが口論しているようすを窓越しに見かけたことを説明した。「彼女、脅迫するネタをもっているみたいだった。つまりね、ホッチの弱みを握っていたのかも」

「じゃあ、その弱みとはなんだ?」彼がドアを開けて尋ねてくる。室内は散らかっていて羽毛布団が床で皺《しわ》くちゃになっている。ベンが割れた薬のボトルの横に膝をつき、しげしげと見た。

「ティートレイをもってきたときに、ナイトテーブルにこのボトルが並んでいるのに気づいたわ。錠剤はボトルいっぱいに入ってた」わたしは言い、ナイトテーブルの上で横倒しになっているボトルを指さした。「でも、いまは両方とも空っぽ。何者かがミランダにオーバードーズさせたのかも」

「薬毒物検査をすればオーバードーズかどうかわかるはずだが、アンビエンやザナックスをあれほど大量に服薬していたら階段まで歩いていくのは無理だな」

彼が立ちあがり、ベッドに近づく。脇にはルイ・ヴィトンのトートバッグが置かれ、その中身がシーツの上に転がっている。「ミランダはなにか捜しものをしていたのかしら」

「あるいは何者かが、彼女の所持品をあさっていたかだ」そう言うと、ベンがポケットから青色のラテックスの手袋を取りだして手にはめ、ベッドに散らばっているフォルダーのひとつを開けた。数字が縦に並んでいるスプレッドシートがある。わたしはベンの肩越しに内容に目を走らせ、なんの書類か悟る。

「ワイルダー会館の改修にかかった費用の報告書よ」

「ミランダ・ガードナーはどうやってこの情報を入手したんだ?」

「さあ。予算の申請はすべて大学の財務部に行くの。だから財務部にアシスタントでもワークスタディの学生でも、知り合いがいればどうにかなる。ミランダは大学時代もそんな情報を見つけるのが得意だったし」

ベンがべつのフォルダーを開けた。こちらには領収書が入っている。彼が手袋をはめた手で、そのうちの一枚をもちあげる。玄関ホールのタイルの張り替えを請け負った地元の建設会社の領収書だ。もう一枚はカーペットの張り替え工事の領収書で、内訳には正面階段と裏階段、それに二階の廊下のカーペットの工事が含まれている。

「おそらくミランダは地元の業者から領収書を入手したんだろうが、どうして業者が彼女に流したのかな」ベンがじっくりと領収書を見てから明細書を確認した。「金額が違う」そう言うと、わたしを疑わしそうに見る。「会計の不審な点に気づいたことは?」

「いっさいないわ」かちんときて、わたしは言い返した。「気づいていたら報告していた。でも今週末、ここに来てから、いくつか妙な点があることには気づいてたの――注文したはずのカーペットが敷かれていないとかね。それにチルトンは玄関ホールの壁紙が安物みたいだって言ってた」

「チルトンは壁紙の専門家なのか?」ベンが小馬鹿にしたように言った。

「問題なのは、改修工事の支出に関して誰かがケチったのかもしれないっていうこと」

「そしてきみは、その誰かが学長かもしれないと考えている」

「証拠がこれだけしかない状態で、彼を責めたくはないけれど……」わたしはベッドに散らばっている書類のほうに手を振った。「ミランダも、そう考えたのかもしれない。ホッチが寄付金を使い込んでいる証拠をつかんでいたのなら、彼女はそれを利用して住居付き作家の地位を得ようとしたのかもしれない」

「そうなれば、ホッチにはミランダを殺す動機があることになる。おれが学長ならミランダ・ガードナーが講師の職ごときで満足するとは思わないね」

「そうね」わたしは同意する。「ホッチを脅迫するのをやめるとは思えない」

「で、おたくのご高名な学長はどこにいる？」

「それが、わからないのよ。携帯電話に電話しても応答がなくて。ルースがグラウンド・キーパーに連絡して、ホッチが自宅にいるかどうか確認してもらってる。でもホッチがミランダに脅迫されて悩んでいたのなら、財務部に行って有罪の証拠をすべて隠滅するんじゃないかしら」

「財務部にパトカーを送るよ」

「歩いていくほうが速いわ」わたしは立ちあがった。アドレナリンがみなぎってくる——どうしても外に出たいという強い衝動も湧きあがった。「鍵はもってる」

「オーケイ」しばし迷ってから、ベンが言う。「行こう」

20

現在

ふたりで一階に下りると、ベンが財務部のようすを見てくるとヴェガス巡査に言い、監察医の調査状況を尋ねた。わたしは玄関ホールに向かい、コートを着てブーツを履いた。

「どこに行くの？」

顔を上げるとトルーマンがこちらをじっと見ている。アーチ形のドア口に浮かぶ彼のシルエットは案山子《かかし》のようだ。薪《まき》ストーブの熱のように、ぴりぴりとしたエネルギーが全身から発散している。

「ベンのために本部棟のオフィスの鍵を開けにいくの」

「一緒に行ってもいい？」トルーマンが尋ねてくる。「ずっとここにいてチルトンの子どもたちの話とか、ダーラが最後に住んでいた家の話とか、ランスの瞑想がもたらす効果の話とかを聞かされてると、僕まで裏階段から身を投げだしたくなる」

「あの階段は立入禁止だ」ベンが言い、トルーマンの脇を通って玄関ホールに向かった。「使えるのは正面階段だけだが、どうしても身を滅ぼしたいならほかの所轄でやってくれ。いまんとこ、うちは人手が足りなくて対応できない」

「きみたちについていってもいいだろ？」トルーマンが尋ねる。「なにかのときには役に立つぜ」

「手伝いなら無用だ。財務部で、もうひとりの警官と落ち合うことになってるから」ベンが応じる。「そもそも、おまえがなんの役に立つ？　犯人に歌でも歌うのか？」

「犯人？　ってことは、おまえ、ミランダが殺されたと思ってるんだな？　彼女を殺したのが誰であれ、そいつが本部棟にいると？」ベンの嫌味を無視して、トルーマンが尋ねる。「ホッチか？　あいつが殴り合いに耐えられるとは思えないけど」

ベンがうんざりしたようにトルーマンを見てから、玄関のドアを勢いよく開けた。「おまえにつきあってる暇はない。行こう、ネル」

大学時代に戻ったような気がした。ベンはいつだって深夜のどんちゃん騒ぎや危険な行為とは距離を置いて別行動をとっていたし、わたしにもそうしてほしいとそれとなく態度で示していた——わたしの忠誠心と節度を試しているように。あの頃、もっとベンの言うとおりにしていれば事態は大きく変わっていたはずと考えずにはいられない。「あなた、雪のなかを歩けるような服装をしていないでしょ」ベンのあとを追いながら、トルーマンに言った。

ところが、トルーマンはコートラックに掛けてあったパーカー——ランスのものだろう——を引っつかむと、わたしのあとを追ってドアの外に出た。

「しょうがないな」トルーマンがついてきたのを見て、ベンが言った。「なら、途中でいくつか質問に答えてもらおう」

トルーマンがよろける。足下が滑ったのか、質問に答えろとベンに言われたせいなのか。

「昨夜はネルと一緒にいたと、そう言っただろ」トルーマンが応じる。「この点についちゃ、ネルが請け合ってくれる」

「それより前にミランダと寝酒を飲んで、おまえが薬を盛ったのかもしれない」

「なんだって、僕がミランダにそんな真似を？」トルーマンが声をあげた。「たしかに彼女にはイライラさせられることもあったが、べつに反感をもっていたわけじゃない。というより」

――そこまで言うと、トルーマンが首をすくめて横目でこちらを見る――「彼女、ちょっとばかり僕に気があったみたいでね。きのうの朝電話をかけてきて、車で大学まで送ってあげると言われたから、ありがたく乗せてもらったんだよ」

「なるほど」そう応じた口調が淡々としていたので、ベンがその事実をすでに把握していたことがわかる。「で、ここまでの道中でどんな話をしたんだ？」

「もっぱら、ミランダが喋ってた」トルーマンが言い、肢の長いアオサギみたいにひょこひょこと雪の上を歩きだす。降り積もった雪に埋もれるとブーツでは踏ん張りがきかないらしく、スキニージーンズはすでにびしょ濡れだ。とはいえ、歩道の上だけはそれほど雪が積もっていない。大学が数年前、雪が溶けやすいコンクリートで舗装をおこなったからだ。しばらくするとベンが歩道から外れ、わざとトルーマンを歩きにくくさせようと山の麓《ふもと》に向かって歩きだす。ベン自身はスノーブーツとゲイターを履いているので歩きやすそうだ。「出版社やアマゾンのアルゴリズムについて、ああだこうだと不満を並べてたよ。それに文学界のお偉方が自分にふさわしい賞賛をちっともしてくれないと、愚痴ってたね。ほら、ミランダは……」

そこまで言って、トルーマンが言いよどむ。自分が故人の話をしていることを思いだしたに違いない。するとベンがすばやく話の糸口をつかんだ。「おれは彼女のことをそこまでよく知らなくてね。でも、彼女が他人の情報を集めるのが好きだったことは覚えてる。おまえについても、どんな情報を握ってたんだか」

「僕の？」そう言ってトルーマンが引きつった笑い声をあげた。「なあ、相棒、大きな秘密なんかないよ。四六時中、大衆の目にさらされてるんだぜ。たしかにミランダからは、シドニーでドラッグを押収されたことをいじられたよ。シアトルでパパラッチを殴ったことも――」

「それに、おまえがオークランドで殺した少女のことも？」

今回ばかりはトルーマンが横滑りして、雪のなかでうつぶせに倒れそうになった。わたしはあたりを見て、その理由を察した。ベンがわたしたちをミラー湖の畔《ほとり》に連れてきたうえ、トルーマンを氷の上に立たせたのだ。わたしは手を差しだし、彼を引きあげようとした。トルーマンと目が合う。

「あれは事故だった」トルーマンがわたしに言う。「ずいぶん前の話だ」

「それでも彼女が亡くなったことに変わりはない」とベン。「危険運転致死罪だったな。彼女を轢《ひ》いたとき、制限速度を超えていた」そう言うと、ベンがわたしのほうを向いた。「十七歳のアンマリー・モロウはその日、バンドの練習があったからいつもより早く登校していたんだ」

「僕はライブの帰りだった」トルーマンがわたしをひたと見すえたまま言う。「あたりはまだ暗くて――」

「おまえは酔っ払っていた」

「その事件、新聞で読んだ記憶がないけど」わたしはそう言い、大学を卒業してからの数年間、トルーマンに関する記事が掲載されていないものかと紙面に目を走らせていたことを思いだした。「あなた服役したの、トルーマン？」

ベンが笑った。「いや、逃れたよ。ちょうどその頃、レコード会社と大きな契約を結んだところだったから、そこの弁護士連中が罰金の支払いと地域ボランティアだけですむように手を回したんだ。おまけにマスコミで報じられないよう、事件を揉み消した」

「あの娘《こ》のことは毎日、考えている」そう言い、トルーマンがわたしから目をそらし、凍った湖のほうを見やった。「彼女の顔が夢に出てくるんだ」

「苦悩する哀れなアーティスト」ベンが嘲笑《ちょうしょう》する。「あの件についちゃ、おまえはいっさい公表しなかった。情報をリークするわよと、ミランダから脅されたのか？　先行きが明るくないおまえのキャリアにとっちゃ、泣きっ面《つら》に蜂《はち》だよな」

トルーマンが不思議そうな表情を浮かべてベンのほうを見た。「なあ、相棒、どうしておまえは僕のことがそんなに憎いんだ？　おまえになんかしたか？」

ベンの顔に雪が吹きつけ、礼儀というううわべをはぎとり、怒りだけを浮かびあがらせた。わたしはふいにベンが銃をもっていて、薄く氷が張る湖面へとトルーマンを追い詰めていることに気づく。そこで手を伸ばし、ベンの腕に触れようとしたけれど、彼はさっと身を引いた。

「ネルに訊け」ベンは言い、わたしたちを置き去りにして先を歩いていった。「おれになにをしたのか、彼女に訊け」

「あいつ、いったいなんの話をしてるんだ？」トルーマンが尋ねてくる。

「気にしないで」わたしは言い、トルーマンに手を差しのべた。「過去のことは過去のことよ」

彼の目におびえの色が走り、そんなことは無理だと訴えた。それでもトルーマンはわたしの手を見て、かろうじて笑みを浮かべた。「僕がモンスターだってわかったのに、どうしておびえて逃げださないの？」

「わたしは人様にあれこれ言える立場じゃないもの」わたしは応じた。「さあ、行きましょう。ミラー湖では絶対にスケートをしてはならないって、大学は厳格なルールを定めてるの。それを大目に見ている現場を目撃されたら、クビになっちゃう」

雪に覆われた人気《ひとけ》のないキャンパスを眺めて、トルーマンが笑った。「そんなことになったら、僕も良心がとがめるよ」そう言って、彼がわたしの手をとる。そして、わたしたちは同時に相手から目をそらした。ほかにも数々の罪を犯していて良心がとがめていることを、どちらも相手に悟られたくないのだ。わたしはそう思いながらトルーマンの先を歩き、氷から遠ざかった。


ベンが本部棟の前に立ち、手袋をはめた手にふーっと息を吐きかけながら足を踏みならし、ブーツから雪を払い落そうとしていた。「巡査は雪のせいで、ここまで運転してくるのに難儀しているらしい」ベンがそう言い、わたしたちが組んでいる腕を横目で見た。

「待っているほうがいい？」わたしは尋ねた。

ベンが首を横に振った。「おれだけ入れてくれ。きみたちふたりはここで待っていればいい」

「馬鹿言うな」トルーマンが言う。「こんな寒いところで待ってられるか」

「オフィスの鍵はわたしが開けなくちゃいけないでしょ」わたしは言い、ロックセンサーに自分のＩＤカードを差し込んだ。「それにあのドアの鍵を開けるには、ちょっとコツがいるの。

トルーマンは〈ローズ・パーラー〉で待っていて――」

「十九世紀の求婚者みたいに？　よせやい、僕も一緒に行く。万事休すとわかったときのホッチの顔を見てやりたい」

「おれのすぐうしろにいろよ」ベンが不承不承言い、玄関ドアを開けた。「でも邪魔はするな」

雪が降りしきる戸外から室内に足を踏みいれると、氷の宮殿に入ったような気がした。半円形の明かり採り窓から白くなめらかな光が射し込むだけで、室内は薄暗い。わたしはきのうの朝ここにいたけれど、建物全体が長年放置されてきたかのようにいまは冷え冷えとして、隙間風が入ってくる――

「待って」階段を上がりはじめたベンに、わたしは声をかけた。「おかしいわ。この隙間風、どこから入ってくるのかしら？」

「大学の暖房代を気にしている暇はない」ベンが言い、階段をまた上がりはじめた。

彼に返事をせずに裏口のほうに回ると、隙間風の原因が見つかった。地階に続くドアがひらいていて、閉まらないように突っかい棒で支えられていたのだ。わたしはしばらくその暗い階段を見やった。顔にじめじめした冷気を感じる。

「管理人が開けておいたんだろう」ベンが言い、ドアを閉めた。「おやじもよくこうしてたよ。鍵を回しても、ドアがうまくひらかないことがあるからね。さあ、行こう。ホッチのオフィスに」

わたしはドアに背を向け、ベンのあとを追った。そして、今週末は管理人が休暇をとるので、きのうの朝、このドアに鍵をかけたことを思いだした。

四階に着き、学長と学部長のオフィスが入っている続き部屋のドアをノックした。

「ホッチキス学長？」ベンが声をかけた。「いらっしゃいますか？　警察です」

「覚えてる？　生物科の建物で実験用マウスをいっせいに逃がして、学部長のオフィスに呼び出しをくらったことがあったよな」トルーマンが言う。わたしは彼に微笑もうと横を向くけれど、彼の目に浮かぶ表情はあまりにも哀れだった。どんなあやまちを犯しても埋め合わせができた頃に戻りたいという切望が、ありありとにじみ出ている。その顔を見ていると胸が痛み、わたしは思わず立ちどまった。ベンがイライラと手を差しだしてきて、IDカードを寄こせというそぶりをしたけれど、わたしは首を横に振り、ごそごそと自分の鍵を捜しだした。二年前、電子キーではなく昔ながらの鍵を使うことにするとホッチが宣言したのだ。震える手で鍵穴に鍵を差し込む。鍵の金属の臭いに神経が逆撫《さかな》でされ、わたしは必死で落ち着こうとする。

待合室のオフィスにはルースのデスクがあるが、そこはFBIにガサ入れされたようなありさまになっていた。パソコンは電源が入ったままで、いつもきちんと整理されているデスクにはフォルダーや書類が散乱し、ファイルが収納されている抽斗《ひきだし》が開けっぱなしになっている。こんなありさまを見たら、ルースはかんかんになって怒るに違いない。

わたしのオフィスに続くドアは閉じているけれど、ホッチのオフィスのドアはひらいている。ベンがわたしの横を通りすぎ、銃を取りだした。その冷たい金属臭が室内に広がる。

「ホッチキス学長」ベンがいかにも警官らしく大声をあげ、ひらいたドアに向かって言った。

「そこにいるのなら、両手を上げてこちらに出てきてください」

ベンのことが誇らしく思える。大学時代に知っていた内気な管理人の息子がとうとうここまで来たのだ！　と同時に、恐怖が波のように押し寄せてくる。返事がないので、ベンが身体を横に向けて室内に入り、右手で銃を握り、左手でそこにいろとわたしたちに指示をする。それから降伏するように両手を下ろしつつ、室内へと消えていく。金属臭による吐き気を押し殺しながら、わたしもあとを追う。室内に入ると、悪臭の源《みなもと》がわかった。ホッチのデスクの上に血が溜まっていたのだ。粉々になったホッチの頭蓋骨から漏れだした血が。

21

あの頃

ルームメイトが授業料を払ってくれることになったとは、どうしても母には伝えられなかった。そんな施《ほどこ》しを受けるには母はプライドが高すぎる——そこでレインがある計画を思いついた。

「こんどの二月の二十一歳の誕生日に遺産を相続するんだけど、節税対策のために慈善団体に寄付してくださいって、会計士からずっと言われてるの。そしてワイルダー家は代々、ブライアウッド大学に寄付してきた。だから大学で奨学金の基金を設けて、あなたがもらえるように手を回すわ」

カフェテリアや授業に行く途中、わたしはレインと並んで歩きながら彼女の策謀に耳を傾けた。雪が降りしきる冬のキャンパスはきらきらと輝き、その純白さをまばゆく見やると同時に、弁護士とか税金とか寄付金とかいう話に目が眩《くら》む思いがした。レインはわたしたちより一歳しか年上ではなかったけれど（彼女の母親にあちこち引っ張りまわされたせいで進級が一年遅れていたのだ）、数世代にわたって受け継がれてきた資産とひたむきな性格の持ち主だった。彼女はワイルダー家の最後の子孫だという責任を重く受けとめていた。彼女にはきょうだいもいとこもいなかった。そして祖母はレインの母親を飛び越して、孫のレインにワイルダー家の全財産を相続させることにしたのである。

「わたしって、アッシャー家の人みたいでしょ」レインは好んでよくそう言った。「ひび割れた家に暮らしながら、屋敷が崩れ落ちるのを待っている。それなら富を分配したっていいわよね」

それでも、そんな計画がほんとうにうまくいくのかどうか疑問だった。二十一歳の小娘が奨学金制度のルールを好きなように決めることなど、認められるのか？　そもそも、彼女の弁護士がそんな真似を許さないのでは？　わたしはといえば遺贈や遺言や追加条項に関する知識は、ヴィクトリア朝文学の講義で読んだ『荒涼館』で仕入れた程度だったし、その小説では多額の資産相続は誰にとってもいいことなどひとつもなかった。しかし、レインはヴィクトリア朝に書かれた小説のヒロインとは違い、ひるまなかった。彼女の二十一歳の誕生日、わたしたちは同窓会館に集まってマティーニでお祝いした。その翌日、レインとわたしは〈ローズ・パーラー〉でハヴィランド学部長とホッチキス副学部長、それにレインの弁護士ミスター・ハンフリーズと会合の場をもった。弁護士は白髪頭《しらがあたま》の高齢の男性で、ツイードのスーツを着たその姿はコメディドラマの「ギリガン君SOS」に登場する億万長者サーストン・ハーウェル三世のようだった。レインはダージリンの紅茶を飲みながら寄付金計画のあらましを説明した。モス・ライターズ館という呼称の創作活動の拠点を設けるほか、住居付き作家にかかる費用、ワイルダー会館の維持費、そして創作活動をおこなう学生一名に授与する全額支給の奨学金、そのすべてに資金を提供する。彼女は計画を説明しながら、長く細い指で宙に円を描いた。ホッチキス副学部長がその話を聞きながら、あからさまに目を輝かせた。

「本学にとって、どれほどの財産になることか!」彼が感嘆の声をあげ、薄手の磁器のティーカップをソーサーに置くと、カップがぶるっと震えた。「そうなれば入学者も増え、資金集めにもはずみがつく——それにしても、ほんとうにモス・ライターズ館という名称でいいのかね?」

「ヒューゴ・モスの栄誉を後世に残したいんです」レインが答えた。「モスの講義は受けたことがありませんが、著書は読んできましたし、素晴らしい先生だという評判を耳にしておりましたので」

「崇高な志《こころざし》だ」ホッチキス副学部長はそう言ったものの、後味が悪そうに唇を舐めた。「とはいえ自分の家族の栄誉のために、ワイルダー・ライターズ館にしてもいいのでは?」

〈ローズ・パーラー〉はアフタヌーンティーとクッキー目当ての学生たちで混雑していた。そばのテーブルにはヴィクトリア朝文学の講義を一緒に受講しているランスとダーラとランディがいた。さらにランディときたら、わたしたちと同席しているといってもおかしくないほど、すぐ近くに坐っていた。そこでミスター・ハンフリーズがハヴィランド学部長になにか小声で言うと、彼女はうなずき、学長室に移動しましょうと提案した。そして、これから先の話し合いの内容はきっとあなたには退屈でしょうとつけくわえ、やんわりとわたしに退席をうながした。

「いえ、いけません」レインが即座に制した。「ネルは関係者なんです。一緒にいてもらわなければ」

わたしに選択肢などあるはずもない。気が進まなかったけれど、同行するしかなかった。ブライアウッド大学の学長バック・エインズリーのことは公式の場でスピーチするところか、ゴルフコースでボールを打っているところか、愛犬のキャバリア・キング・チャールズ・スパニエルをキャンパスで散歩させているところしか見たことがなかった。わたしたちが学長室に入ると、弁護士とホッチキス副学部長と同じようなツイードのスーツを着た学長が弁護士を旧友のように出迎え、今年の夏の〝ザ・クラブ〟での釣りはどうだったかねと尋ねた。それからレインのほうを向いて満面の笑みを浮かべたが、レインのルームメイトだと紹介されたわたしのほうはろくに見もしなかった。

「ネルは素晴らしい作家なんです」わたしたちがそれぞれ布張りの椅子に坐ると、レインが口をひらいた。「〈ザ・レイヴン〉の短編コンテストで優勝したんですから」

学長のデスクに置かれた深赤の革のマットみたいに頬が真っ赤になるのがわかった。学長の耳にも〝盗作〟の噂が届いているかもしれない。ところが、ハヴィランド学部長がめずらしく満面の笑みをわたしに向けた。その笑みは彼女が詩の韻文やターナーの風景画について語るときにしか披露しないものだった。「意外な話ではないわ、ネル。あなたは文学の研究で素晴らしい才能を見せていましたからね。洗練された美的感覚の持ち主よ」

とはいえ、彼女の授業でこれまで得た最高の成績はBプラスだった。わたしは褒め言葉への礼をもごもごと述べ、また紅茶をひと口飲んだところでふいに尿意をもよおした。あとどのくらい、この部屋にいることになるのか。かたやレインはといえば驚いたことに、わたしと話すときと変わらない気楽な口調でエインズリー学長と話している。話題が奨学金への贈与に関する詳細へと移ると、ホッチキス副学部長が待合室に向かって「バブズ」と声をあげた。すると濃紫色のツイードのスーツを着た女性がメモ帳を手にしてあらわれた（ベアトリス・アン・ベテルマンズというのが彼女の名前だった。いまでも彼女のイニシャル――bab――を書類の最下部に見かけることがある）。

お代わりの紅茶がまた注がれ、膀胱にいっそう不快感がつのるなか、バブズが計画の詳細のメモをとりはじめた。寄付金の受託者はレインとふたりの大学関係者が務めるという。「ひとりはぜひ、ハヴィランド学部長に就任していただきたいのですが」レインが言った。

「光栄だわ」ハヴィランド学部長が応じた。「でも、わたしが退職したら？　そのときは教養学部長を任命してはどうでしょう。そうすればわたしの退職後、次の学部長が自動的に寄付金の受託者になる。それにこれは提案だけれど、学長も含めるべきではないかしら。異なる立場の大学関係者がふたり、資金の運用を監視できますから」

「それがいい」ホッチキス副学部長が賛成した。「それなら、ひとりの職員が自分の地位を利用するような状況を招かずにすむ。ところで、名称についてだが……」

「ワイルダー・ライターズ館という名称になっても、ヒューゴは気にしないでしょう」ハヴィランド学部長がレインに言い、ホッチキス副学部長のほうを見た。「そんなことにこだわるような人ではありませんから」

ミズ・ベテルマンズが契約内容をタイプするために退室すると、わたしはレインのほうを盗み見た。ホッチキス副学部長がヒューゴ・モスの名前をセンターに冠することになぜ反対したのか、理由を尋ねたかったのだ――が、そのとき、ふと思いだした。ほかの〈イチセミ〉はすぐ定員に達したのに、ホッチキス副学部長の講義には遅くなっても登録できたことを。ヒューゴ・モスはとりわけ人気がある教授だが、ホッチキス副学部長はそうではない。だから嫉妬しているのだ。それはじつに単純明快な構図だったけれど、わたしにはショックだった。年上のおとなたちにも、わたしみたいに自信をもてず嫉妬を覚える人がいるとは。

わたしの膀胱にとっては果てしなく長い時間を経て、ようやく秘書が山ほどの書類をもってきてレインたちに配った。部屋全体が沈黙に包まれるなか、レインが注意深く書類に目を通しはじめた。わたしは全員を待たせてトイレに行きたいという衝動に駆られたけれど、レインはじっくりと時間をかけて書類を読み、弁護士から借りた〈モンブラン〉の万年筆で書類の余白に書き込みをしたり、記されているフレーズや単語に打ち消し線を引いたりしている。そんな彼女を眺めていると、バブズがすべてをタイプし直すのにあとどのくらい時間がかかるだろうとしか考えられなかった。レインがようやく最後まで文面を読むと顔を上げ、万年筆の先端の白い雪のマークを唇に当てた。その光景はまさに〝執筆中の女学生作家〟の写真そのものだった。

「ひとつだけ、条項を追加したいんですが」レインが口をひらいた。「自分で書き足していいですか、それとも口述します？」

ベアトリス・アン・ベテルマンズが丁寧にタイプした原稿に走り書きされた字を見て、こう応じた。「ミス・ビショップ、わたしがよろこんで書き留めます」

彼女がメモ帳の新たなページをめくると、レインが口述を始めた。「〝ワイルダー・ライターズ奨学金の委託者として、エレイン・ワイルダー・ビショップは奨学金の初の受給者を選ぶ権利をここに有する〟……これでいいかしら、ミスター・ハンフリーズ？」彼女はそう言うと、弁護士のほうを向いた。「法律家っぽい言い回しになってます？」

「立派な弁護士になれますよ、ミス・ビショップ」ハンフリーズ弁護士が応じた。「でも、よろしければ、あなたの意図が明確になるよう、いくつか修正を加えましょう――みなさんの異論がなければですが」そう言って、弁護士が一同の顔を見た。ホッチキス副学部長が坐ったまま軽く腰を浮かして口をひらきかけたが、ハヴィランド学部長に鋭い視線を向けられ、口を閉じた。寄付金の使い道についてほかの人間がどう考えていようと、その内容に口出しできないほど、レインは多額の寄付を申し出ているに違いない。

ハンフリーズ弁護士が修正箇所を小声で秘書に伝えはじめると、「奨学金の受給者をどうやって選ぶつもりなのかね?」とエインズリー学長が尋ねた。「匿名の作品を審査する? それともコンテスト?」

「それは次回、相談しましょう」レインが答えた。「ただ今年に関しては、ネルで決まりです。ほかの候補者などありえませんよね?」

長い沈黙が続いた。きっと誰かが異論を唱えるはずだと、わたしは身構えた。レインの動機は一目瞭然だった。ツイードのスーツを着た男性陣の誰かひとりが、寄付した奨学金を自分のルームメイトに受給させるのはいかがなものかと指摘するに違いない。彼らがわたしに視線を浴びせているのを感じた。奨学金を寄こせと、わたしがレインに迫ったと疑っているのか。するとエインズリー学長がホッチキス副学部長と視線を交わすのが見えた。そして、ふたりでハンフリーズ弁護士のほうを見た。

「えー」エインズリー学長が言葉を発した。「ミス・ポートマンには待合室で待っていただこうか。その、奨学金の詳細に関する話し合いが終わるまでは」

まるで外部の力によって宙に浮遊させられたように、わたしはぱっと立ちあがった。

「その必要はないと思います」レインが断じた。

でも、わたしはここから一刻も早く出ていきたかった。白髪頭の男たちとの話し合いは、もうレインにまかせたい。奨学金がもらえなくたってかまわない。いまの一時間で、贈与だの追加条項だのという世界では自分が完全な部外者であることを痛感したのだ。ロングアイランドにとっとと戻って、クイーンズ・カレッジに通うほうがまだましだ。待合室に出ると、デスクにベアトリス・アン・ベテルマンズが坐っていた。わたしはそのまま廊下に出て三階分の階段を下りてトレイルウェイズのバス停に直行し、ハイウェイを走ってスロッグスネック橋を渡って自宅に戻るほうがよかったのだろう。ところが、誰かに行く手をふさがれた――ピンク色のセーターとコーデュロイのスカートを着た娘がファイルの抽斗《ひきだし》をいっぱいに引きだし、身をかがめている。そのせいで彼女をよけて向こう側に行くことができなかった。

「失礼」わたしは言った。

こちらに顔を上げたのはブリジット・フィーリーだった。またもや、彼女のお出ましだ。わたしはブライアウッド大学に入るときと同様、出るときにも通行料を払わなければならないのか。

「失礼」わたしは繰り返した。「通してもらえる?」

「待合室で待っていなさいと言われたはずよ」そう言うと、彼女はファイルの確認作業に戻った。

彼女が坐っている場所のすぐ横の壁に通風孔があった。立っているわたしの耳にも室内の低い声がぼんやりと届いている。低くしゃがんでいれば室内の会話は丸聞こえのはずだ。盗み聞きするなんて無作法よ。そう言おうと思ったけれど、彼女のほうが先に口をひらいた。

「お金持ちのルームメイトがいるのって最高でしょうね。でもあなた、怖くないの？　あなたに貸しができたら、彼女、それを利用するよ」

「そんなこと、レインがするはずない」わたしは言い返した。「そんな人じゃない」

彼女が辛辣《しんらつ》な同情の目でこちらを見た。「あたしみたいに地味で目立たない人間にしか、彼女が横柄な態度をとらないとでも思ってるの？　彼女があたしのこと、なんて呼んでるか知ってるよ。橋の下の怪物《ブリッジ・トロール》。えらく気が利いてるよね。でも、あなた、あとどのくらい彼女のお気に入りでいられると思う？　こんどはなにを盗まれて大目に見るつもり？　それに」と、わたしの顔に浮かんだショックの表情を見て、ブリジットがつけくわえた。「あなたが書いた物語の筋、あたし、知ってるよ。前の学期は〈ザ・レイヴン〉のコンテストの事務を手伝ってたからね。あなたの原稿が提出されたのは、レインの提出より一日早かった。一年生の授業が始まる前の週、霧が立ちこめた人気《ひとけ》のないキャンパスにいるっていう描写があったから、あなたの創作だってわかったんだ。あたしとぶつかって幽霊だと思って悲鳴をあげたときのことも書いてあったし。つまりね、レインはあなたのアイデアを盗んだんだよ。いくつもの文章を一言一句違《たが》わずに」

「でも、彼女はコンテストへの応募を取り下げたわ」

「あなたへの親切心からそうしたように見せかけてね。そしてみんなには、あの小説を書いたのは彼女だと思わせた。ほんと、ずる賢いやり口だよ」意地悪な口調でそう言ったものの、そこには賞賛の色がにじんでいた。「一度も疑わなかったの？　彼女があなたに奨学金をあげるのは、そうしておけば、あなたから盗みつづけることができるからだって」

「そんな馬鹿な――」わたしは言いかけたけれど、エインズリー学長室のドアがひらいてどっと笑い声が聞こえてきた。ブロードウェイのショーを満喫して会場から出てきた観客のような陽気さだ。わたしはばつの悪い顔をしてレインのほうを向いた。これではまるで、わたしが盗み聞きをしていたようだ。ブリジット・フィーリーはすでにファイリング・キャビネットを閉めてキャスター付きスツールに坐ったまま自分のデスクにくるりと戻り、そ知らぬ顔でキーボードを叩いている。

「きみへの奨学金が承認された」ホッチキス副学部長が宣言した。「じつに幸運なお嬢さんだ」

「わかってます」すねたような声を出してしまった。「ええ、おっしゃるとおりです」わたしはレインと目を合わせて、ここから出てきたいと伝えようとした。でも彼女はハヴィランド学部長と談笑していた。ハンフリーズ弁護士とエインズリー学長はレインの一言一句を聞き逃すまいとしている。ただホッチキス副学部長だけがこちらを向いた。「わたしはほんとうに幸運だと思っています」わたしはホッチキスに言った。「レインは素晴らしい――」

「人物だ。だがね」彼はそう言うと、身をかがめてわたしの耳元に唇を寄せ、わたしにしか聞こえないほどの低い声で告げた。「きみは全力で期待に応えなければならない、ミス・ポートマン。ヘマをするんじゃないぞ」

22

現在

ベンが振り向き、吐き気をもよおしたらしいトルーマンを怒鳴りつけた。「犯罪現場を汚染しないうちに出ていけ！」

トルーマンがよろめきながら廊下に出たけれど、わたしはショックのあまり床に釘付けになったまま、目の前の陰惨な光景を呆然と見やった。

ベンが携帯電話を取りだして電話をかけ、本部棟の四階に監察医を寄こせと大声で命じた。電話が終わると、わたしは声の震えを抑えられないままベンに尋ねた。ホッチは自殺したの？「あるいは、誰かが自殺のように見せかけたかだ」ベンはそう言うと、デスクの上の銃を指した。「ホッチがこのモデルの銃をもって近所の射撃練習場にいるのを見たことがある。彼がオフィスに銃を保管していたかどうか、知ってる？」

わたしはうなずく。でもベンがデスクのほうを見ていて、こちらに視線を向けていないこと気づいて説明を始めた。「ええ。バージニア工科大学で銃乱射事件が起こったあと、ライセンスを取得しようとレッスンを受けはじめたの。そして学長に就任すると、自分のオフィスに銃を安全に保管できるよう、大金をかけて保管庫を買った。万が一、銃の乱射事件が起こったらヒーローになろうと思ったんでしょうね。銃があればわたしやルースも安心すると思っていたみたいだけど、正直なところ、わたしは怖くて仕方なかった」

「怖く思うのが当然だよ」ベンが言い、めずらしく思いやりを示した。「恐ろしいまでに射撃がへたくそだったからな。あれじゃあ、たまたま現場にいた無実の人間まで射殺しかねない——さもなきゃ、犯人に武器を提供するかだ」

「誰かが自殺に見せかけたんだと思う?」

「わからない」ベンが答えた。「血が飛び散っているようすから見て、撃たれたときデスクにはファイルが出してあったんだろう。教えてくれないか——どこにも触れずに——これはなんの書類だ?」

わたしは一歩デスクに近づき、血の臭いで吐き気をもよおさないよう歯を食いしばり、血痕がついたファイルを見た。「大半がライターズ館関連の書類ね——立案、資金集め、趣旨書、改修工事——」

「ということは、ファイルを確認していたんだな。自分が横領していたことがバレる証拠を捜していたわけだ」

「それなら証拠を丸ごと処分すればいいんじゃない?」

ベンが首を横に振り、ポケットから鉛筆を取りだした。その先端の消しゴムのところを使い、書類の山のいちばん上にある紫色のフォルダーの表紙をひらく。そこには地元の建設会社に宛ててタイプされた手紙があり、ワイルダー会館の屋根の改修工事への入札に対する礼が述べられていた。わたしは身を乗りだし、血の悪臭を嗅ぐまいと息を止め、もっとよく見ようとする。ベンが鉛筆の先を器用に扱って書類を慎重にめくったので、その下にある書類が見えた。資金集めのイベントのための予算申請書だ。その大半は〈メザミ〉のケータリング代、そしてワイルダー会館のカーペット代だ。

「申請書にはどれも、きみとの連帯で署名が入っているんだな」

「ええ。教養学部長として、わたしは学長とレインと一緒に信託財産の管理をして――」そこまで言いかけて凍りついた。「まさか……」死体越しにベンと視線を合わせた。わたしに対する彼の評価はすっかり落ちている。わたしが横領犯だと疑っているの？

身を切られるような時間《とき》が流れるあいだ、ベンがじっとわたしを見つめつづける。やがて首を横に振った。「きみ、ウサギ小屋みたいに狭い部屋に住んでるだろ。ずっと見てたんだ」そう言ったとたん、わたしへの関心を失っていないと認めたことに気づき、ベンが頰を赤らめた。

「横領している人間が住む家じゃない」

疑われていないことがわかって安堵《あんど》し、わたしは視線をそらした。と当時に、ベンがわたしの住まいを知っていることに驚く。「ミランダのフォルダーのなかにも、まったく同じ請求書があったわ。ただ彼女がもっていたのは、大学への請求書と業者からの請求書の原本だったけれど」

「ホッチが大学に水増し請求して差額で私腹を肥やしていたという証拠を、ミランダは握っていたに違いない」

「ということは、彼は実際に横領していたわけね。でも、いったいなぜ？　ホッチは資産家だと思ってた」

「たしかに資産家のような暮らしぶりだったな」ベンが言う。「高級車、豪邸……おそらく給料だけじゃ、そんなライフスタイルを送れなくなったのさ」

「そういえばパンデミックの期間中、一時的に大学から給与が支払われなかったことがあったんだけど、あのときは怒ってたわ。昇給を期待していたのにこれはなんだって。でも、どうして今頃になってファイルを見直していたのかしら。それも日曜の早朝に――あるいはワイルダー会館から直接ここに来たのなら、土曜の深夜に」

「ミランダがどうして情報を入手したのか、調べようと思ったのかも」そう言うと、ベンが予算申請書のフォルダーに視線を戻した。「これを見て」ベンはそう言い、申請に応じるという財務部からの承認の書類を指さし、鉛筆の先の消しゴムを突きだし、いちばん下にあるイニシャルの列を指す。大文字でＪＲＷとタイプされている。「それはジャニス・ウェルズのサイン。うちのＣＦＯよ」

「じゃあ、このｎｍｌは？」ベンが尋ね、小文字で記されたイニシャルを指す。

「それはタイピングを担当した人のイニシャル――ああ！」思わず声をあげた。「それはニーナよ。ニーナ・マリー・ローソン。彼女は財務部で働いているの」

「洞窟に落ちた娘？」

「そう。彼女、わたしにこう言ってたの。ホッチを避けようとして洞窟のほうに歩いていったんです、って。彼女、ホッチの講義を受けるのをやめたから、気まずく感じていたのかもと想像していたけれど……」わたしは振り返り、待合室に続くドアのほうを見た。ニーナがわたしのオフィスから出ていったとき、ホッチのオフィスのドアはずっとひらいていたかしら？　わたしは視線を落とし、壁に埋め込まれた通風孔を見やった。そしてブリジット・フィーリーが壁の反対側で身をかがめて盗み聞きしていたことを思いだした。わたしがニーナに言ったことが、ホッチには聞こえていたのか？　あのとき、わたしはなんと言った？

気が変わって悩みを相談したくなったら、いつでも歓迎するわ、ニーナ。

「ホッチの授業での発言に、ニーナは不快感を覚えたんだと思っていたけれど、もしかすると仕事中になにかを目にしたのかもしれない。彼女、秋学期には財務部でワークスタディをしていたし、〈メザミ〉でもアルバイトをしていたのよ」

「つまり彼女は本来の請求書と、ホッチが財務部に宛てた請求書に食い違いがあることに気づいたわけか」

「そうかも」わたしはそう言うと、デスクの紫色のファイルの下に緑色のファイルがあることに気づいた。緑色のファイルは学生用だ。わたしはうっかり手を伸ばしたけれど、ベンのほうが先に手を伸ばして鉛筆の先でファイルをひらいた。すぐに合点がいく。「それはニーナの個人情報のファイルよ――二日前には、わたしのデスクにあった」そう言い、わたしは最初のページを見た。そこには彼女の学生ＩＤ番号、連絡先、そしていちばん上に寮の部屋番号が記されている。「ニーナが情報提供者になってミランダにすべての情報を流していたのではと疑って、ホッチは寮まで行ってニーナを問いただしたのかもしれない」

ロウワン寮でひとりぼっちですごしているニーナを想像した。わたしはニーナの個人情報に目を通し、携帯電話の番号を見つけると、自分の携帯電話の連絡先に登録した。電話をかけると呼び出し音が鳴り、ボイスメールの応答が聞こえてきた——ニーナ本人が「ハーイ。悪いけど、メッセージを送ってね。ボイスメールはチェックしないから」と言う声が。わたしは思わず悪態をつき、電話を切ってニーナにメッセージを送った。

ポートマン学部長です。このメッセージを読んだらすぐに電話かメッセージをください。わたしはメッセージを送信し、追記する。べつにあなたに問題があるわけじゃないの。ただ、あなたが無事かどうか知りたいだけ。そして心配そうな顔の絵文字を送る。

「彼女のことが心配だわ」わたしは言い、ベンのほうを振り返った。彼はデスクでホッチのパソコンの画面を見ている。

「ホッチのパスワード、わかる?」

「MrPresident2016」と、わたしはすらすらと答えた。「彼、自分のメールへの返信をルースにまかせたの。それでルースにパスワードを教えたのよ。で、ルースは我慢できなくて、わたしにも教えてくれたというわけ」なんというナルシシスト、とルースは言っていたものだ。

「ニーナが無事かどうか確認したほうがよさそうね。きのうの夜、ホッチが彼女の寮の部屋に行っていたら? ホッチが彼女を怒鳴りつけていたら? 彼女を傷つけていたら?」あの暗くて人気《ひとけ》のない建物と、昨夜のニーナのやつれた顔を思い起こす。ニーナに戻ってきてもらい、ワイルダー会館に宿泊させればよかった。

「警官をひとり送ろう……」そう言うベンの声の自信のなさから、地元の警官はすでにあちこちに派遣されているうえ、道路の状況が悪いせいで州に応援を要請するのはむずかしいことが伝わってくる。「ひとりで行っちゃダメだ」

「彼女をひとりにしておくわけにはいかない」と、ドア口に姿をあらわしたトルーマンが言った。「寮には僕が行こう」

「おまえになにができるって言うんだ」こちらに近づいてくるトルーマンに向かって、ベンが言い放つ。

「わたしがロウワン寮に行く」ベンがそれ以上言う前に、わたしは口を挟んだ。そしてオフィスから出ていこうとしたけれど、ドアの手前でベンから呼び止められた――行くなと言いたいのか。だがそうではなく、ベンはわたしに一枚の名刺を渡した。

「おれの携帯の番号だ。裏側にはヴェガス巡査の番号も書いてある。なにかトラブルが起こったら――」

「おまえの名刺？」皮肉たっぷりにトルーマンが言う。「リンクドイン《LinkedIn》で互いにフォローしあおうってわけか？」

わたしはドアを開け、階段に向かった。もうこれ以上、トルーマンとベンの言い争いを聞きたくない。すると背後から足音が聞こえ、振り返るとトルーマンがいた。わたしは階段を下りながら、ニーナのことが心配なの、ホッチがニーナに会いに行っていたかもしれないと説明しない。

トルーマンはなにも言わずにじっと耳を傾け、階段のいちばん下までくるとわたしのほうを向いた。その目はなにかを問いかけているけれど、それはニーナやホッチに関する質問ではない。

「さっき、ベンはなんの話をしていたんだ？　僕がベンになにかしたって言ってたが」

わたしはいらだたしそうに大げさに溜息をついてみせるとドアを開け、冷気のなかに足を踏みだした。室内にいるあいだに戸外は鈍色《にびいろ》となり、空が低くなったかのように荒れ模様の雲が垂れこめ、巨大な泡のなかに密封されたような気がする。雪にふちどられた樹木や建物が、安っぽい土産のスノーボールのなかの古風で趣《おもむき》のあるキャンパスのミニチュアモデルのように見える。わたしは雪がそれほど積もっていない歩道をきびきびと歩きだす。トルーマンがわたしに追いつこうと必死になり、尋ねた内容を忘れてくれればいいと願いながら。

でも、彼はしつこかった。

「ベンはなんの話をしていたんだ？」わたしの横に来ると、トルーマンが繰り返す。「僕がきみになにをしたのか、きみに訊けって言われたんだ」

「四年生の新学期が始まるとき」わたしは根負けして言う。「ベンはわたしに……その……わたしたちの関係が……プラトニック以上のものに進むことを望んだの」そう口にしたとたん、そのぎこちない物言いにわれながらぞっとする。全員が視聴を義務づけられているハラスメント防止のビデオ教材に出てくる登場人物のせりふみたいにわざとらしい。

「ちょっと待って」トルーマンが言い、わたしの腕をふいにつかむ。そのせいであやうく足を滑らしそうになった。「きみとベンは……きみたちは……きみは……」

「わたしたちはそんな関係じゃなかったの、けっして」わたしは説明した。「どうしてわたしたちが深い仲だとみんなが思い込んでいたのか、理由はわからないけれど」

「レインだ」トルーマンが断言する。「彼女はきみたちのことを、可愛い夫婦って呼んでたよ」

「わたしたちがカップルだってレインは思いたがってた。お似合いだと思っていたみたい」

「でも、あいつとつきあっていないとは、きみは一度も言わなかった……」

「だってあなた、一度も面と向かって尋ねてこなかったでしょう」

そう応じると、彼がしばらく黙り込んだ。ミラー湖の横を通りすぎる。雪が降り積もって、もう湖面が見えない。わたしは山々の連なりのほうを見あげるけれど、やはり重い灰色の雲で山容《さんよう》は消されている。なんだか世界が忽然《こつぜん》と消滅し、このキャンパスだけが存在しているような気がした。それはわたしが大学にいるときに、ときどき襲われる感覚だった。

「それで、きみはなんて返事をしたの？」ロウワン寮に着くと、トルーマンが尋ねてくる。

「ベンから……プラトニックな関係を卒業したいと言われたとき」

「そんなふうにあなたのことは考えられない、このままの関係を続けたいって、そう言ったの――友だちでいましょうって。そうしたら、こう言われた」わたしはロウワン寮の建物の正面を眺めながら先を続けた。「きみはトルーマンのことが好きなんだろ、レインがあいつに飽きたら、あいつとつきあえるかもしれないって心の底で願ってるんだろ、と」

わたしは建物から目をそらさずにいるけれど、トルーマンがこちらをじっと見つめているのがわかる。いまなにをしているのと尋ねられたら、昨夜、どの部屋の明かりが灯《とも》ったのか思いだそうとしているのと返事をしよう。そうすればニーナの部屋がどこだかわかるから、と。でもじつのところ、わたしはタワールームをじっと見あげている。レインが暮らしていた部屋に明かりが灯り、ついに秘密を暴《あば》いたわねと非難されたような気がした。

「あいつからそう言われて、きみはなんて返事をしたの？」トルーマンが尋ねてくる。その声はハスキーで、肺に雲がかかっているようだ。

「なにも言わなかった。だって、ベンの言うとおりだったから」そう言うと、トルーマンに返事をする隙を与えず、慌てて話を変えた。「きのうの夜、ニーナの部屋に明かりが灯るのを見たの。四階の東端からふたつめくらいの窓だったと思う。行ってみるわ」

わたしはIDカードを電子ロックに差し込み、建物に入った。彼があとをついてくるかどうか振り返って確認せずに、自然にドアが閉まるにまかせる。でもドアが閉じる前に、彼が滑り込んできたのがわかった。そこでわたしはできるだけ急いで階段を上がっていく。まるで誰かが——あるいはなにかが——すぐうしろに迫っているように。

四階に着くと三番めのドアをノックしたものの、応答はなかった。廊下のほうに目をやると、多くのドアが開けたままになっている。床からは蜜蠟《みつろう》とレモンオイルの香りがあがってくる。ラジエーターの低い音。まるで山々にかかる雲がこの建物に侵入してきたように、空気は重くじめじめしていた。以前、ベンから説明してもらったことがあった。メンテナンスのスタッフが冬休みのあいだにラジエーターのエア抜きをおこなうから、そのあいだは暖房装置をフル回転しなければならないんだ、と。だからレインとわたしが冬休みに続き部屋ですごしていたときには、サウナで暮らしているみたいに暑かったものだ。

もしかするとニーナは暑すぎて寮を出たのかもしれない――でも、どこへ？

「ニーナ！」わたしは声を張りあげ、ふたたびノックした。「ポートマン学部長よ。あなたが無事かどうか気になって」

室内からかすかな物音が聞こえ、ドアがゆっくりとひらいた。

ニーナがスウェットパンツにTシャツという恰好でわたしの前に立った。髪の毛はぼさぼさだ。廊下の明かりに照らされ、彼女が目をすがめた。「ポートマン学部長？」

「よかった！　無事だったのね」

わけがわからないという顔つきで、ニーナがこちらを見た。「無事ですけど、なにかあったんですか？　なにか悪いことが起こったとか？」

その声がじつに不安そうだったので、彼女をなだめ、万事順調よと言って安心させたくなる。ふたりの人間が死んだなどと言えるはずがない。「じつはミズ・ガードナーとホッチキス学長が事故にあったの。でも、あなたには関係ないことよ、ニーナ。ただ昨夜、ホッチキス学長があなたと話をしようとしたかどうか、教えてほしいの」

ニーナは居心地が悪そうで、あきらかになにかを心配している。「昨夜ではありませんが、〈ルミナリア〉のときに学長が会いにきました」ニーナが認めた。「学長がわたしと話そうとしているのをやめるのをホッチが気にしていると、あなたに言いましたよね」

「ええ。でもあのときは、あなたが彼の講義を受けるのをやめるのをホッチが気にしているという意味だと思ったの。でも実際はそうじゃなかったのね？」

ニーナが首を横に振って目に涙を浮かべた。「はい。大学の記録を外部の人間にずっと流していたのかと、学長から尋ねられたんです。もしそうなら、それは重大な犯罪だから退学処分にする、と」

「どうして学長は、あなたが何者かに記録を流していると思ったのかしら？」

「二カ月くらい前に、学長は財務部に予算の申請書を置いていったんです。あたし、たまたまその書類を見て、イベントのための〈メザミ〉のケータリング代だって気づいたんです。それであたし、馬鹿みたいにこう口走っちゃったんです。『ああ、あのイベントのことは覚えています。あたし、あそこでケータリングのバイトをしていたので』って。すると学長がわたしのことを妙な目つきでにらみつけてきました。わたしのことがわからないとでも言いたげでした。あたし、学長の〈イチセミ〉も受けてたのに。そうしたら『きみは〈メザミ〉と財務部の両方で働いているのかね？』と訊かれました。そうです、と返事をしました。両方でバイトをしないと生活できないので、と。すると学長はこう言ったんです。『どうりでわたしの授業の成績がよくないわけだ』って」

わたしは大きく息を吸い、同僚の行動に否定的な物言いはしまいと自制したけれど、当の学長が亡くなっていることを思いだした。「ああ、ニーナ、それはひどい。ごめんなさいね。相談してくれればよかったのに」

「あたしの話なんか、誰も信じてくれないと思ったんです！」ニーナがわっと泣きだした。「さもなきゃ、学長の授業の成績が悪い言い訳をしているだけだと思われるのがオチだって。それで授業に出席するのがだんだん怖くなって、成績が下がったんです。とくに、わたしが〈メザミ〉で見た見積書と、ホッチキス学長が財務部に提出した予算申請書の金額が大きく違っていることに気づいてからは」

「それが理由で、学長の講義の受講を撤回したの？」わたしは尋ねた。そして、ホッチがノックもせずにわたしのオフィスに入ってきたとき、ニーナがとてもおびえていたことを思いだす。

ニーナがうなずく。

「どうして話してくれなかったの？」つい怒った口調で尋ねてしまう。実際には、まったく怒っていないのに。

「だって……ほんとうのことを言ったら、その……被害妄想みたいに思われる気がして。あたしがちゃんと勉強していない言い訳だって……」

「ああ、ニーナ」そう言い、わたしは大きく溜息をつく。「ほんとうにごめんなさいね。あなたがおびえているのはわかっていたの。もっと――」その先を言うのはやめる。ニーナにはわたしの自己憐憫《じこれんびん》など必要ない。「でも、もう怖がらなくていいのよ。ホッチキス学長は……」死んだと伝えていいものかどうか迷う。もっとおびえさせてしまうような気もするが、ここまで言いかけたら引き返せない。「ホッチキス学長は亡くなったの」

「まさか？　ほんとうですか？　どうやって？」ニーナが息を呑んでから早口で言う。

「死因はよくわからないんだけれど、彼が銃で傷を負っているのをわたしたちが見つけたの」

「恐ろしい！」ニーナが叫ぶ。

「そうね」そう言い、彼女の肩に腕を回す。「あなたがここにひとりきりでいるのはよくないわ。一緒にワイルダー会館に戻りましょう。今夜はあそこで眠ればいい」

「わかりました」ニーナが応じる。「ここ、やっぱりちょっと気味が悪いんです。昨夜、廊下を誰かが歩いているような物音が聞こえたような気がしました。まるで……」

「まるで、なに？」彼女が言いよどんだので、わたしは先を急《せ》かした。

「馬鹿みたいな話なんですけど、タワーの続き部屋の四年生たちが新入生全員に言ってたんです。この寮には女子学生の幽霊が出るって。その娘は自分の部屋を見つけられずにスーツケースを引きずって廊下を歩きまわってるって」

わたしの驚愕した顔を、彼女は勘違いしたに違いない。そんなくだらない作り話を怖がる人間がいるなんて信じられないという表情だと誤解したらしい。「とにかく宿泊用の荷物をまとめなさい」わたしはそっけなく言う。ニーナの話にショックを受け、どう反応すればいいのかわからない。「すぐに戻るわ」

まるでなにかを内側にとどめておくかのように口に手を当てたまま、わたしは部屋を出ると急ぎ足で廊下を歩きはじめた。トルーマンはやはりわたしたちが暮らしていた続き部屋にいた。真ん中の部屋に立ち尽くし、レインが使っていた部屋のドアを見つめている。彼女から閉めだされたとき、よくそうしていたものだ。

「トルー」わたしは言いかける。もう待つのをやめたらどう、だって彼女はけっして戻ってこないのだから。そう言いたかったけれど、口をひらく前に、彼がこちらを振り向く。

「きみは言うべきだったんだ。きみの気持ちを僕に言うべきだった」

彼の声に怒りがにじんでいるので、わたしはたじろいだ。でも、目に涙が浮かんでいるのを見て理解する。ついさっきわたしがニーナにそっけない言葉をかけたときと同じで、彼が怒っているのはわたしではない――自分自身に腹を立てているのだ。

彼がわたしの横をさっと抜けて廊下に向かったので、わたしはあとをついていった。また口を手で覆い、ヒステリックな泣き声を漏らすまいとする。自分の部屋を見つけられずにスーツケースを引きずって廊下を歩きまわっている娘は、一年生の初日のわたしのことかもしれない。わたしは自分自身の亡霊になっていたのだ――安物のスーツケースさながら自分の過去を引きずって。

23

現在

戸外では雲がいっそう黒ずみ、低く垂れこめている。腕時計に目を落とした。まだ午前十一時をすぎたばかりなのに、キャンパスには永遠に薄暮が広がっているようだ。本降りとなって吹き荒れる雪のせいで前がよく見えない。天候のことを考えるのをすっかり忘れていた。もう現実との接点を見失っているのかもしれない。

ワイルダー会館に着くと裏口からキッチンに入った。ルースがガスコンロの前に立っていて、たくさんの鍋が湯気をあげている。わたしは裏階段のほうをちらりと見て、ミランダの死体がもうないことを確認してほっとした。

「ケータリング業者から電話がありました。きょうは来れないそうです」とルースが口を尖らせた。つまり、このくらいの雪で移動をあきらめるのは甘いと言いたいのだ（授業が休講になった日でもルースはいつもオフィスにいる）。「それにポートマン学部長、ご友人たちを悪く言いたくはないんですが、あそこにいる人たちは卵の茹で方も知らないみたいで」

「みんな、まだ大広間にいるの？　警官もまだいる？」

「最初のはイエス、次はノー」ルースが応える。「アリーナ・ヴェガスという警官は、本部棟に来てくれと電話で言われて出ていきました」そう言って、ルースはおいしそうな香りのするシチューをぐいぐいとかきまぜる。「だから誰も外出しないようにわたしが見張ってますって、伝えたんです」ルースが木のスプーンで鍋のふちを叩いて顔を上げた。眼鏡のレンズが湯気で曇っている。

わたしはキッチンテーブルのほうを見た。トルーマンとニーナがトレイからチーズとクラッカーを皿に載せている。「みんなの分も、もっていってあげて」わたしはトルーマンに声をかけた。「わたしもすぐに行くから」

トルーマンがトレイをもちあげ、ニーナがキッチンの回転ドアを押した。トルーマンがわたしのほうを振り返る。「みんなに、僕の口から言ってほしいのなら――」

「わたしが行くまで待ってて。すぐに行くから」そう言ってから、木のスプーンでシチューをすくって味見をしているルースのほうを向いた。「ルース、あのね、悪い知らせがあるの。ホッチが……ホッチが亡くなった」

ルースがスプーンを落とし、熱いシチューがガスコンロの上に飛び散った。手で口を覆う。

「ええっ！　なにがあったんです？」

「トルーマンとオフィスに行ってみたら、ホッチがデスクで頭を撃たれていたの」

「まさか、そんな」ルースが言い、首を横に振った。「ホッチがオフィスにあの銃を保管しているのが、ずっと気に入りませんでした」そう言い、ふきんでガスコンロを拭きはじめた。

「人間、魔が差すことってあるんですね」

「警察はまだ自殺とは断定してないのよ」

「なら、なんだって言うんです？」ルースが尋ね、ふたたびシチューをかきまぜた。「自殺じゃないなら」と言い、湯気でレンズが白くなった眼鏡でこちらを見た。「このキャンパスにいる誰かが殺人犯だってことですよね」

そのとき空《から》になったトレイをもってニーナが戻ってきた。「みなさん、あっという間に食べてしまって。お代わりがあるかどうか知りたいそうです。あと、ランチは何時頃になりそうかって」

ルースの唇が白くなる。「警察が階段から遺体を動かすまで、わたしはキッチンにも入れなかったんですよ」

「大丈夫よ、ルース。わたしがもう少しクラッカーをもっていって腹ペコのオオカミたちをなだめておくから」わたしはクラッカーの箱をつかみ、カッティングボードに残っていたブリーチーズの塊《かたまり》をもちあげた。「ニーナ、キッチンでルースの手伝いをしてくれると助かるんだけど」そう言うとルースのほうを振り向いて、ニーナをキッチンにとどめておいてほしいという視線を送る。

キッチンの外に出ると、大広間からモスの書斎に移動したみんなの声が聞こえてきた。書斎に入ると、部屋を変えた理由がわかった。この建物のなかではモスの書斎がいちばん暖かいのだ。それほど広くない空間を温めるには暖炉の炎があれば十分だし、床から天井まである書棚が戸外に対する絶縁体の役割を果たしている。わたしは暖炉のそばのモリスチェアに腰を下ろし、この部屋で初めて椅子に坐ったとき、膨大な本の数々に外界から守られているように感じたことを思いだす。ここにいるときには、どんなバイトをやっていけるかと心配する必要はなかった。母に言わせれば〝取るに足らない〟単位を取得するためにどんな仕事をすればいいのかとか、大学を卒業したあともレインが友だちでいてくれるかとか、自分がなりたい人間になれるかとか、あれこれ悩まずにすんだのだ。

みんなの顔を順番に見ていく。チルトン、ランス、ダーラ、トルーマン。みんなも二十五年前にこの部屋に置き去りにしてきた自分に思いを馳《は》せているのか。

「ショックな知らせがあるの」わたしは前置きなしに切りだした（モスの椅子に坐っていると、いつもより自分に権限があるような気がした）。「ホッチが亡くなった。ベンとトルーマンとわたしがデスクで頭を撃たれているところを発見したの」

「嘘でしょ！」ダーラが声をあげた。「誰かに撃たれたってこと？」

「それとも自殺？」チルトンが尋ねてくる。

「たしかなことはまだわか――」わたしは言いかける。

「そういうことを言う前には心の準備をさせてくれよ！」ランスが声を張りあげた。「自殺は僕にとってトリガーだから、気持ちが不安定になるんだ」

わたしはランスを見た。暖炉の炎が反射して丸々とした頰が桃色に上気している。「ごめんなさいね、ランス。でも、どうすればあなたに心の準備をさせてあげられるのかわからなくて。それに、まだ自殺かどうかもわからないのよ」

「なら、なんだって言うの？」チルトンがルースと同じことを尋ねてくる。「殺人？　誰が彼を殺すのよ？　たしかに、彼の判断にはわたしも異論があったわ。ミランダを住居付き作家に選ぶとか……やだ……」そこまで言うと、チルトンが口を手で覆う。「これって、ホッチがミランダを選んだことと関係がありそうなの？」

「まさか」トルーマンが鼻を鳴らした。「自分が住居付き作家に選ばれなかったことに腹を立てたやつがまずホッチを殺し、それからミランダを殺したとでも？」

「どちらが先に死んだのかも、わからな――」わたしは言いかける。

「幽霊の仕業《しわざ》よ」ダーラが陰鬱《いんうつ》な声で口を挟んだ。

チルトンが舌打ちをし、トルーマンがまた鼻を鳴らした。ランスがかすれた声でつぶやいた。

「なんの幽霊？」

「行方不明の娘《こ》の幽霊」ダーラが答えた。「二十五年前に〈ルミナリア〉で行方不明になった娘。遺骨が発見されてからずっと、わたしたちにつきまとってる」

「くだらない」チルトンがそう言ってコニャックを一気にあおり、お代わりをグラスに注ぐ。

「幽霊なんているわけないでしょ」

「モスは幽霊がいるって信じてた」ダーラが言い、暖炉の脇にある書棚のほうを指した。わたしは書棚に目をやる――彼はよくこの椅子に坐ってみんなにちやほやされては手を伸ばし、本を取りだしていた。書棚には彼が好きだった怪異譚のコレクションが並んでいる――M・R・ジェイムズ、シェリダン・レ・ファニュ、メアリ・E・ウィルキンズ・フリーマン、アルジャーノン・ブラックウッド、イーディス・ウォートン――どれも彼の死後、大学に寄贈された本だ。

「モスは僕たちを混乱させたいんだと、ずっと思ってたよ」トルーマンが言う。

「彼、あたしたちに怪異譚を書かせたよね」とチルトン。

「うまく書くのがいちばんむずかしいのが怪異譚だっていう理由でね」ランスがつけくわえる。

「音読させたのは、どれだっけ？」

わたしは手を伸ばし、書棚から怪異譚の短編集を取りだした。そのふるまいがモスのしぐさとよく似ているので、自分の身体のなかに彼の幽霊が棲みついているような気がする。そしてレズリー・ポールズ・ハートリーの序文を読みあげた。「〝怪異譚は文芸作品のなかでもっとも執筆に骨の折れる形式であり、おそらくは成功と失敗のあいだの中間がいっさいない唯一の分野であろう。傑作となるか、駄作となるかのいずれかだ〟」

「ずいぶんプレッシャーをかけるじゃないか」トルーマンが言う。「FとAプラスのあいだにはいっさい評価段階などないと学生に言うなんて、教師の風上《かざかみ》にも置けないよ」

「それに自分がもっとも怖れているものをお題に作品を書けと命じるなんて、サディストのすることだ」ランスが同意する。「提出させた作品を俎上《そじょう》に載せちゃあ、学期末までずっと学生を容赦なくいじめるんだから」

しばらく、ぎこちない沈黙が続いた。きっとみんな、ランスが書いた小説のあらすじを思い起こしているのだ。主人公である猟師の息子が最後には父親を殺して剝製《はくせい》にするストーリーを。ミスター・ワイリーは自分がもっとも怖れているものともっとも強く望んでいるものを混同していると、モスは尊大に批評したものだ。そして学期中ずっとランスのことを「オイディプス」と呼びつづけた。

「モスはサイテーな野郎だった」とトルーマン。

「あたしは、あのとき書いた怪異譚が自分の最高傑作だと思う」ダーラが口をひらいた。「でも書いたあとは、原稿を燃やしてしまいたかった。幽霊を呼びだしたような気がして。いまも、そんな感じがしてる。ほら、あの娘――行方不明になった――」

「ブリジット・フィーリー」わたしが口を出す。「彼女には名前があるのよ」

　まるでわたしが血まみれ《ブラッディ》マリーの名前を口にしたせいで復讐心を燃やす霊魂を呼びだしてしまったかのように、短い沈黙が降りる。

「そう、彼女」ダーラが言う。「彼女がいまよみがえって、あたしたちにつきまとって復讐してるのよ」

「どうして？」ランスが尋ねる。「どうして彼女が僕たちに恨みをもってるんだい？　僕は彼女になんにもしたことがないよ」

　厳密に言えばそれは事実ではないと思ったけれど、すでに動揺しているランスの気持ちをこれ以上かき乱したくはない。

「もちろん、彼女はあたしたち全員に嫉妬していたのよ」チルトンが言う。「ほかの学生たちもみんな嫉妬していた。あたしたちは〈レイヴン・ソサエティ〉に選ばれて、モスの上級セミナーも受けられたんだもの」

「みんながみんな、モスの上級セミナーを受けたかったわけじゃないでしょう」わたしは指摘した。「みんながみんな、作家になりたかったわけでもないし」

　チルトンが笑う。「あたしは作家になりたくなかった」

「なりたかったくせに、チルトン」やさしいと言ってもいい口調で、トルーマンが言った。

「レインが作家になりたがっていたからね。きみは彼女と一緒にいたかったんだ」

「それはあなたのことでしょ」チルトンが言い返し、顎先をつんと上げた。「あたしがモスの講義を受けたかったのは、出版業界に就職するとき力を貸してもらえるって思ったからよ」

「みんな、それぞれ理由があったんだよ」トルーマンが言う。「〈選考発表《セレクション》〉だってわざと見世物にして、僕たちの嫉妬心をあおっていたからね。でも、どうしてあの娘だけが――」

「ブリジット・フィーリーよ」運命に挑むかのように、わたしは彼女の名前を繰り返した。

「どうしてあの娘が僕たちを特別視して嫉妬するんだ?」トルーマンが尋ねる。

「だって、彼女はどうしても選ばれたかったからよ」ダーラが言う。「そのために盗もうとまでしたんだから」

「どういう意味?」そう尋ねると、チルトンが坐ったまま背筋を伸ばした。

ダーラがグループの面々の顔にさっと目を走らせ、両の指先へとセーターの袖口を伸ばした。ようやくわたしたちに注目してもらえて嬉しそうだけれど、同時に、誰かに盗み聞きされはしないかとおびえているようにも見える。「あたし、彼女がハヴィランド学部長のオフィスに入っていくのを見たんだ。オフィスには〈選考発表《セレクション》〉がおこなわれる朝まで、提出された原稿が保管されていたのよ。それで当日になったら、選んだ原稿を学部長が郵便室にもっていって、合格した小説を書いた学生の名前を助手が読みあげる」

「ブリジットはあたしたちが一年生と二年生のとき、〈選考発表《セレクション》〉の手伝いをしていたよね」

チルトンが言う。「学部長のオフィスでのワークスタディの仕事の一環だったんでしょう」

「ええ。でも彼女、三年生のときには手伝わなかった」わたしは言う。そして〈選考発表《セレクション》〉の日の朝、ハヴィランド学部長に付き添って郵便室に行ったのはベアトリス・アン・ベテルマンズだったことを思いだす。「ハヴィランド学部長はブリジットがあの仕事を手伝うと利益相反が生じると思ったんじゃないかしら。だって、彼女と同学年の学生の作品が評価されるわけだから」

「だから自分の作品を選んでもらうために、彼女は当日の朝までに原稿を取り替えなくちゃならなかった」ダーラが言う。「あたし、見たの。彼女が深夜零時をすぎた頃、学部長のオフィスに入っていくのを」

「そんな真夜中に、いったいきみは学部長のオフィスの外でなにをしてたんだ?」トルーマンが尋ねる。

「あたし本部棟に暮らしてたでしょ? あそこの〈ローズ・パーラー〉で勉強するのが好きだったの」彼女は顎を少し上げて、アフタヌーンティー用のクッキーを〈ローズ・パーラー〉の戸棚に保管しておいたことをとやかく言われたくないという意思表示をする。「で、あそこで勉強していたら、彼女が歩いていくのが見えて……」ダーラはそこでひと呼吸置き、わたしたち全員にすばやく視線を走らせた。「ブリジットが本部棟に住んでいないことは知ってたの。だけど彼女が学部長のオフィスに入っていくのが見えて、ドアの窓からのぞいたら、彼女が提出された原稿に目を通しているのが見えた。ひとつの原稿の山は高かったから、そっちはたぶん不合格の原稿が積みあげてあったんだと思う。そうなると、低いほうの原稿の山が合格しているほうだよね。彼女は高い山のほうからホッチキスで留めた原稿を取りだして、低いほうの原稿の山に置いたの。それから低いほうの原稿の山からひとつを取りだし、高いほうの山に置いた。わかるでしょ？　彼女は自分の原稿を合格の山のほうに置いたわけ。誰も気づかないわよ！　原稿には名前が記入されていないし、ただ数字が書いてあるだけだもの。その数字と一致する番号の名前と、あとで照合するだけだから。そして翌朝、あの年増《としま》の秘書が――」

「ベアトリス・アン・ベテルマンズ」名前をつける人になったような気分で、わたしは名前を伝えた。

「誰だっていいけど」ダーラが言う。「その彼女が、選ばれた原稿の数字と一致する番号の学生の名前をハヴィランド学部長に伝える。だからブリジットが自分の原稿を合格者の山に置き換えたのなら、クラスに入れたはずなのよ」

「それは怪しいな」チルトンが言う。「たしかに建前《たてまえ》では匿名制度をとっていたけど、あたしはあんなもの信じてなかった。レインの話じゃ、ハヴィランド学部長はどの小説をどの学生が書いたかがわかっていたし、これまでの成績をすべて考慮したうえで九人の合格者を決めていたそうよ。だからあたしたち、レインと一緒に学部長のすべての講義を受けたんだもの」

「どれも、いい講義でもあったし」わたしは言う。

「きみの推理にはもうひとつ、問題がある」とトルーマン。「僕たちの上級セミナーにブリジット・フィーリーがいた記憶はないんだが」

ダーラが彼のほうを見てにやにやした。「思うに、誰かがまた原稿を入れ替えたのよ。彼女が郵便受けを開けたとき、あたし、横に立ってたの。なかになにも入っていないことがわかったときの彼女ときたら、そりゃあショックを受けてた。そして、あたしが羽根を引きだしたら、憎々しげににらんできた。あたしが彼女の羽根を盗んだといわんばかりにね」

「どうして彼女、そんなふうに思ったのかしら」わたしは尋ねる。

ダーラが頰を紅潮させ、「そんなの、わかるわけないでしょ」と甲高い声で言った。「オフィスの窓からあたしがなかをのぞきこんでいるのに気がついたのかもね。だから、あたしもオフィスに入って彼女の原稿を合格の山から動かしたんじゃないかって疑ったのかも。でもあたし、そんなことしてないから」わたしはチルトンのほうを見た。彼女もわたしと同じことを考えているのがわかる――ダーラは実際にオフィスに忍び込んで、自分の小説が合格の山に入っていることを確かめたに違いない。「そんなに怒ることないでしょって、あたし、彼女に言ってやったの。誰もが作家の素質に恵まれてるわけじゃないのよって。そしたら彼女、あたしに食ってかかってきた。ものすごく意地悪なことを言ってきたから、あたし、ホッチキス副学部長に報告したの。結局彼女は、謝罪文を書かされて、そのあとはいつもあたしのことをにらみつけてきた……」彼女はぶるっと身を震わせ、嚙《か》んだ痕《あと》のある爪の上までセーターの袖口を引っ張った。「ここに着いてからずっと彼女の存在を感じるのよ――たとえば、あの写真立て」ダーラが袖口から指を一本出して写真立てに向けた。「なんでガラスが割れてるの？」

「わたしが見つけたときには、もう割れていたのよ」わたしは渋々言った。これでまたダーラの思い込みを勢いづけることにならないといいのだが。「炉棚から落ちたんでしょう」

「ほーら！」ダーラが勝ち誇って言った。「彼女が壊したのよ。自分の写真を見てほしくなくて」

「彼女、あの写真には写ってないわ」チルトンが言う。

「それが写ってるのよ」そう言うと、ダーラが写真をとりあげて表面を指さした。

「ダーラったら」チルトンが言う。「あなたが指さしてるのはトルーマンよ」

「そうじゃない。彼のサングラスのレンズを見て」

私たち全員が首を伸ばし、写真を見た。影になっているので、トルーマンのサングラスのレンズに映っているものまではよく見えない。チルトンがいらだたしそうに写真を引ったくり、明かりの下でしげしげと見た。「誰かが写ってる。でも、顔まではわからない。顔の前にカメラがあるから――まったく、昔は携帯じゃなくてカメラで撮ってたのよねえ」

わたしはチルトンから写真を受け取り、じっくりと見た。たしかにトルーマンのサングラスの左右のレンズには、それぞれ同じ人影が写っている。人影の背景には尾根の端にある石の壁がある。そこから下りの山道が始まるのだ。その人影は大きなごついカメラを顔の前に構えていて、仮面をつけているようだ。そのときわたしは角ばったデザインの赤いダッフルコートに気づく。

「これ、ブリジット・フィーリーじゃないかしら」私は言う。「彼女、こんなコートを着ていたもの。ほら彼女、〈ルミナリア〉の最中に岩山塔までやってきて、モスにメッセージを伝えたでしょう？　そしたらレインに写真を撮ってちょうだいって頼まれたのよ」

わたしは写真を見た。仮面をつけているような一対《いっつい》の人影を見ていると落ち着かない気分になる——まるでふたりのブリジット・フィーリーがいるようだ。さらに、ほかのことにも気づいた。レインがカメラに向かってにっこり微笑んでいて、その顔がスポットライトで照らしだされているように黄金色のフラッシュを浴びて輝いていることに。

「僕にはいまだに解せないんだが」トルーマンが言う。「どうしてホッチはあの可哀そうな娘にメッセージをもたせたりしたんだ？　メッセージを読んだらモスが激怒するってわかってたはずだぜ。どうしてモスの怒りの矛先《ほこさき》を彼女に向けさせたんだ？」

「ホッチはモスに恥をかかせたかったのよ」わたしが推測する。「そのためには、誰かをモスの怒りの矢面《やおもて》に立たせる必要があった。さもなければ……」わたしは写真を手にとって注意深く眺めた。どこか引っかかるところがある。

「彼女はたしかに矢面に立たされた」ランスが言う。「だから、走って逃げだしたんだよね？　ダーラとミランダと僕が下山したあとで。そのあと尾根で迷子になったんだろ？　そうだとすれば彼女が死んだのはある意味、ホッチの責任だ。そしていま、当のホッチが死んだ……」

「さらに彼女の遺骨が見つかった。やっぱり彼女は自分が死ぬことになった原因をつくった全員に報復してるのよ」ダーラが言う。「ホッチは彼女にあのメッセージをもたせて山に行かせて、モスを激怒させた。そのときあたしたちはただそばに立ってるだけで、なんにもしなかった。例の幽霊の小説とおんなじよ。氷の洞窟で死んだ娘が誰も捜しにきてくれなかったと激怒して、幽霊になって全員を殺しに戻ってくる小説と」

「その話、覚えてる」ランスが言う。「あれ、誰が書いたんだっけ」

「ドディーじゃなかった？」とトルーマン。

「ドディーじゃない」チルトンが言う。

「誰の作品であるにせよ」トルーマンが言い、両膝を叩いた。「幽霊は復讐をとげたわけだ。もう目標を達成したんだから、これにて完結さ」

「いいえ」ダーラが言い、五本の指を大きく広げた。「まだ復讐は終わってない。彼女はあたしたち全員に激怒してるんだもの。まだわからないの？　彼女はあたしたち全員に報復しにやってくるのよ」

24

あの頃

三年生の〈選考発表《セレクション》〉がおこなわれる前の晩、本部棟に行ってくれないかしらと、レインから頼まれた。自分の小説が合格した原稿の山のほうに入っているかどうか確かめてほしい、と。「どうしても知っておきたいの」レインが言い張った。「あしたまで待つなんて、とてもじゃないけど耐えられない。そもそも、みんなからの視線を浴びながら郵便受けに羽根が入っているかどうか確かめるなんて無理な話よ。べつに、わたしの原稿が不合格の山のほうにあったからって、合格のほうに移してほしいわけじゃないの。ただ合格しているかどうか確かめてきてほしいのよ」

断れるはずもない。レインから奨学金をもらえなければ、わたしはブライアウッド大学に在籍さえできていないのだから。そこで本部棟に出かけた。そのしばらく前から、ハヴィランド学部長のオフィスで新たにワークスタディを始めたおかげで鍵をもっていたのだ。わたしは支給される奨学金とワークスタディで得られる賃金で、どうにかこうにか暮らしていたのである。

「あなたがワイルダー家とそれほど親しい間柄《あいだがら》なら」とベアトリス・ベテルマンズから言われたのだ。「学内でもいい職場で働いてもらわないと」

ワイルダー家。

わたしは三年生になる前の夏休みを、メイン州ジョーンズポートの別荘でワイルダー家の人たちと一緒にすごした。いまワイルダー家の一族には、ハートフォードに暮らす九十代のまたいとこと、リハビリ施設を出たり入ったりしている母親とレインしかいないことは知っていた。レインは以前から、メイン州の別荘はエドガー・アラン・ポオの小説に出てくるような家なのよと冗談めかして言っていたけれど、実際に行ってみると、海岸近くの土手道の突き当たりにある杉の屋根板の家はアッシャー家よりおんぼろに見えた。屋根板の穴からは雨が漏れ、カーペットにロールシャッハテストみたいな染みをつくっている。壁紙は日焼けした肌のように、ところどころ剝がれている。格子天井の漆喰《しっくい》にも染みが花びらのように広がっている。この家を建てた商船長の妻がイングランドから持参した〈ミントン〉のティーカップにまで細かいひびが入っていて、レインはそうした微細なひび割れを〝クレージング〟と呼んでいた。

「ワイルダー家は二世紀ほど、ずっとクレージングを続けてきたの」レインはそう言うと、週に一度、近所の食料品店から配達されるスモーキーな香りがするラプサンスーチョンの紅茶を注いだ。ほかにもオイルサーディンの缶詰、クラッカー、〈ペパリッジファーム〉のパンやチェダーチーズ、セロリスティック、それにジンや〈シュウェップス〉のトニックウォーターといった食料品が週に一度配達されるおかげで、ワイルダー家の女性たちは生きながらえていた。配達された品は土手の端に置かれたバスケットに入れられていて、まるで透明な召使が置いていったような気がした。このおかげで彼女たちは本土から来た人と何日もいっさい顔を合わせずにすごせるのだ。レインはそこが気に入っていた。

「誰とも顔を合わせずにすむのって最高よ」晴れていれば海水浴をしたり岩場で日光浴をしたり、雨が降っていれば網戸付きのポーチで読書や執筆をしたりしてすごす長い一日の終わりに、レインはよくそう言っていた。「誰にもわずらわされず、ここで一生暮らしたいって思うことさえあるもの。ねえ、大学を卒業したら、ここで一緒に暮らさない？　わたしたちの本を執筆するの」

「トルーマンはどうするの？」わたしは尋ねた。「彼も一緒にきてもらうの？　それにチルトンとドディーは？」

レインが肩をすくめた。「トルーマンって、ときどき気に障《さわ》るのよ。彼って……うるさいでしょ。チルトンにもドディーにも、そんなところがあるし」とレインが応じた。でも、ドディーがうるさいのはいびきをかいているときだけなのに。「だけど、あなたは違う。あなたは静かでいるべきときを心得ている」

静かにすごすのを好むのは高い鼻やV字形の髪の生え際と同様、ワイルダー家の人々の特徴のようだった。レインの母親――〝ローレルと呼んでくださいね〟ミセス・ビショップはバーバラ・ピムの小説に出てくる牧師の妻のような口調で言ったものだ――は飼い猫みたいに音を立てずにこっそりと家を出たり入ったりしていた。だからローレルが家にいるのかどうか、わたしたちにはよくわからなかった。彼女はハイヒールを履いて土手道を鴫《しぎ》のようにちょこちょこと歩き、本土のバーに行っては潮が引く頃に帰ってくるのだ。「あのひとがどこで夜を明かすかは神のみぞ知るよ、とレインはよく言っていた。「朝になったら、あのひとが網にかかって酔いつぶれたマーメイドみたいに気を失ってるのを、漁師が見つけたこともあったんだから」無事に帰還した日でもローレルは夕方まで寝ていて、黄昏《たそがれ》どきになると船尾の露天甲板の上でカクテルを飲んでいることが多かった。ローレルは片手にグラスをもち、太陽が本土の缶詰工場の向こうに沈みきるまでおごそかに夕暮れを見守った。それからグラスの中身を飲み干し、こう言うのだ。「ごきげんよう《トゥードル・ルー》、淑女たち。わたしの帰宅を待たずに、先に休んでいらしてね」

待つもんですか、とレインが小声で応じるけれど、ローレルはかまわずわたしたちの横をゆらゆらと歩き、〈シャリマー〉の香水とジンの香りを残して出ていくのだった。

それでもレインは寝ずに母親の帰宅を待っていた。というのも、ある晩、わたしが水を飲みに（もうジンはこりごり！）一階に下りていくと、レインが土手のほうに目をやりながら、ビーチタオルを身体に巻きつけて甲板に坐っているのが見えたのだ。母親のために戸外のライトも必ずつけておいたし、母親のハンドバッグのなかに潮位表のコピーまでしのばせていた。

でもレインはけっして、行かないでとは言わなかった。そんな真似をすればワイルダー家の沈黙の掟《おきて》を破ることになるのかもしれない。それにふたりはたった一年前に亡くなったレインの祖母のことも、レインが母親を飛ばしてここの不動産を相続したことも、朽ちつつある家屋を修理しなければならないことも、なにひとつ話題にしなかった。だが、わたしの目から見ても防潮壁はひび割れだらけで、このまま放っておけば家ごと海に崩れ落ちてしまいそうだった。心配になってレインに相談すると、こう言われた。放っておけばいいのよ。こんな家、誰のためにとっておけっていうの？

わたしたちのために、とわたしは応じた。大学を卒業したら、ここで一緒に暮らして小説を書くんでしょう？　海中に沈んでしまったら執筆がはかどらないわ。

その言葉がレインの胸に響いたらしい。ある日、わたしたちふたりはバンゴーの町まで車で出かけて設計事務所を訪ね、家の補修をしてもらえませんかと頼んだ。すると翌週、建築業者がやってきて写真を撮ったりメモをとったりしながら、盛んに首を横に振った。

〝陰気な葬儀屋〟とローレルは彼を評し、ダイニングルームでわたしたちと一緒に業者の話を聞くのを拒否した。

そこでレインとわたし――それに炉棚の上からにらみつける肖像画の船長――だけで見積もりの説明を受けた。わたしたちはサンドレスの下に砂混じりの湿った水着を着たままという恰好だった。レインは地下水やら地殻変動やら浸出やら沈下やらといったわかりくい話をすべて理解しているといった顔で、じっと耳を傾けていた。彼が提示した見積もりの金額は〝きわめて基本的な補修工事〟のためのものだったが、うちの母の年収や四年間の学費などわたしに比較できる金額のすべてを上回るほど高かった。だが、レインは平然としていた。彼女は業者に礼を述べ、また連絡しますと言った。彼が出ていくと、彼女は書斎に置かれた年代物のローズウッドのライティングデスクの蓋を開け、書類をまとめて突っ込んだ。

「さあて、これで問題点があきらかになったわけね。あなたはまだそんな気分じゃないかもしれないけど、わたしはもうカクテルの時間にするわ」

わたしたちが船尾の甲板に行くと、そこでくつろいでいたローレルが口をひらいた。「あら、邸宅のお偉い女主人になったご気分はいかが？　漆喰やセメントをちょっと塗り込めば、ワイルダー家の歴代の傷を癒せそうかしら？」

「ほかの不動産を売却すれば――」レインが言いかけた。

「どれも限度額まで抵当に入ってるのよ」ローレルが応じ、ジントニックの入ったグラスの氷を鳴らしてみせた。「ダイヤモンドの指輪を質に入れるか、ワイルダー家の銀器を売るか、どっちか選ぶほうがいいかしら？」

「あのう、もし」わたしは思わず口をひらいた。「わたしへの奨学金がご負担になるようなら――」

「奨学金って、なんのこと？」ローレルが尋ねてきた。ということはワイルダー・ライターズ奨学金制度を創設する計画について、レインはいっさい話をしていなかったのだ。

レインが寄付金や奨学金についてそっけなく説明を始めた。ローレルはこわばった笑みを浮かべて聞いていたが、ダイヤモンドの指輪をはめた両手でグラスを強く握りはじめた。グラスが粉々になってしまうではと、わたしはひやひやした。でも彼女はレインに微笑んでから、わたしにも笑みを向けた。「まあ、すごい」そう言うとグラスを置いた。「哀れな母親にはわずかなお手当しか出さないくせに、大切なご友人さまはなんとしてもブライアウッドから追いださせないというわけね」

「そんなに大げさな言い方しないで、ローレル」レインがなだめた。「あなたが安心して暮らせるよう、おばあちゃまは配慮してくださってるし、欲しいものがあればわたしに言ってくればいいんだから」

「ありがたく、そうさせていただくわ」ローレルが応じ、ふらつきながら立ちあがった。「わが娘にお金をせびるわけね……地獄に堕ちたって、そんな真似するもんですか」そう言い放つと甲板の階段をよろめきながら下り、土手道に向かった。

「あとを追いかけなくて大丈夫？」わたしはレインに尋ねた。

レインが首を横に振った。「大丈夫。あのひと、あれでどういうわけかちゃんと帰ってくるんだから」

「奨学金のこと、話しちゃってごめんなさ――」と言いかけたが、レインが手を振ってわたしの謝罪を押しとどめた。

「遅かれ早かれ、あのひとの耳にも入ることだし、わたしはワイルダー家のお金を母の酒代より、あなたの教育費に使いたいのよ」

それで話は終わった。私たちはその夜、サイコロを使ってヤッツィーをして遊び、早めにベッドで休んだ。その晩、夢のなかで霧笛《むてき》の音が響きわたり、わたしはブライアウッド大学のキャンパスに戻り、霞の娘のあとを追いながら霧のなかをさまよった。

彼女のほうがわたしを追いかけてくることもあった。

顔に髪がかかるのを感じ、びくっと目を覚ました。彼女の湿った息が室内に満ちている。「起きて」わたしを揺さぶっているのはレインだった。「漁師たちが一時間くらい前に、母が土手道のほうに歩いていくのを見たんだけど、それから満ち潮になったそうなの」

慌てて一階に下り、玄関でゴム長靴を履いた。まだ夢を見ているような心持ちのまま、霧のなかレインのあとを追った。灯油ランタンを掲げて歩く彼女の姿は十九世紀のイラストから抜けだしてきた人影のようだった。霧を晴らすほどの威力がないライトを頼りに、わたしたちは土手に上がっていった。聞こえるのは両側から打ち寄せる波の音だけで、素足に波のしぶきがかかる。

「ローレル！」レインが声を張りあげ、続いて「お母さん！」と呼び、ついには「マーミー！」と叫んだ。その二音節は悲しげな海鳥の鳴き声のように長く響きわたった。オウィディウスが綴《つづ》った物語みたいに、わたしたちが海鳥に変身したような気がした。霧のなかに囚《とら》われた精霊が永遠に土手道をさまようのだ。ふたりで本土まで歩いていったけれど、なんの収穫も得られないまま島に戻ることになった。別荘に近づいた頃には土手道を歩いていると足首のところまで波が寄せていた。

「途中で引き返したんじゃないかしら」レインの先を歩いて別荘に入りながら、わたしは言った。「町のどこかで泊まることになさったのよ」

わたしはレインを部屋まで引きずるようにして連れてあがり、ずぶ濡れになったナイトガウンを氷みたいに冷たくなった身体から脱がせた。それから湿った漆喰の壁から壁紙を剝《は》がして新しい壁紙を貼るようにしてべつのナイトガウンを着せて（衣装ダンスに十枚以上のナイトガウンが詰まっていた）、彼女をベッドに寝かせた。わたしが部屋を出ていこうとすると、彼女がわたしの手をつかみ、一緒にいてと有無を言わさぬ口調で言った。わたしも濡れたナイトガウンを脱ぎ、少し黴臭《かびくさ》くてタルカムパウダーの香りがする黄色い花柄のナイトガウンに着替えた。そしてベッドに横になると、彼女のこわばった長い背中に自分の身体をぴったりと密着させた。彼女の背骨は激しく震えていて、しっかり抱きしめていないと皮膚から飛びだしそうだった。震えがおさまるまで、わたしはずっと彼女を抱きしめていた。しばらくすると荒い息が落ち着き、霧笛も悲痛な歌を歌うのをやめた。目覚めたときには午後の陽射しが西の窓から降りそそぎ、霧笛はグラスのなかで氷が鳴るような音に変わっていた。きっとローレルが甲板に出て日没に乾杯しているはずと思ったけれど、それは風鈴の音《ね》だった。土手道のほうに視線を向けると、ふたりの沿岸警備隊員が葬送の行進のように歩いてくるのが見えた。

「代わりに行ってくれる？」背後からレインが言った。「とてもじゃないけど耐えられない」

その九カ月後、学部長室に侵入してモスの上級セミナーに入れるかどうか調べてきてほしいといったときにも、レインはまったく同じ言葉を使った。そして別荘の階段を下り、エレイン・ビショップのようなふりをして沿岸警備隊員に対応し、ローレルの死体が港に打ち上げられたと聞かされたときと同様、わたしは学部長室に忍び込み、ふたつの原稿の山の前に立った。ひとつの山は高く、もうひとつは低かった――ギリシャ神話の下級の神に運命を分配されたように。不合格の原稿の山のいちばん上にはレインの小説があり、合格の山の上にはミランダの小説があった。その春学期はずっと一緒に創作の講義を受けていたので、わたしはどちらの原稿の内容も知っていた。レインの原稿がハヴィランド学部長に選ばれないはずはないから、きっと誰かが自分の原稿とレインの原稿を入れ替えたに違いない。それなら、わたしがレインとミランダの原稿を入れ替えればいいだけだ……が、ミランダの原稿をもちあげたとき、その下にある原稿の最初のほうのフレーズが目に入った。わたしはその原稿を手にとり、読みはじめた――ブレイン・バーレットからの数知れぬ危害にも、わたしはせいいっぱい耐えてきたが、私のことを〝橋の下の化け物《ブリッジ・トロール》〟呼ばわりするという侮辱を受けたとあっては復讐を誓うしかない。

声をあげて笑いそうになった。エドガー・アラン・ポオの文章のパクリであるのが一目瞭然だったからだ（『アモンティラードの樽』の冒頭の一節とよく似ている）。あまり長い話ではなかったので、わたしは最後までざっと目を通した。仲間うちで女王蜂として君臨する意地の悪いブレインという名前の少女と、その友人のアシュトンとヘレンの三人からいじめられる少女の話だった。やってくれるじゃない、ブリジット・フィーリー。こんなふうに原稿を入れ替えて、自力で運命を変えようとするだなんて。彼女が自分の郵便受けから黒い羽根を引きだしたら、みんな驚愕するだろう。でも、彼女が羽根を引きださなくても、誰もそれほど意外には思わない。

いっぽうミランダのほうは、自分が選ばれなかったと知ったら強く抗議するはずだ。

わたしはそれぞれの手にミランダとブリジットの原稿をもち、運命を天秤にかけるようにしてしばらく立っていた。そして結局、ブリジット・フィーリーの原稿を選んでレインの原稿と入れ替えた。

そのとき、自分が書いた小説「霞の娘」が合格のほうの原稿の山に入っているのが見えた。少なくとも、わたしは自分のためにブリジット・フィーリーが合格するチャンスを潰したわけではない。そう自分に言い聞かせたけれど、だからといって罪悪感が軽くなりはしなかった。それから、ほかの合格者の原稿も確認していった。チルトン、ベン、トルーマンは選ばれていた。意外なことに身代わりを題材にしたドディーの小説も選ばれていた。数週間前にドディーから頼まれて、わたし自身も目を通していた作品だったのでわかったのだ。自分の郵便受けに黒い羽根が入っているのを見たら、ドディーはさぞ驚くだろう!

だが、自分が選ばれなかったことを知ったブリジット・フィーリーの驚愕にはかなわないはずだ。自分の郵便受けの扉を開け、空っぽであることを知ったブリジットの顔に浮かぶ表情、それからダーラを睨《ね》めつける顔がありありと目に浮かぶ。ダーラの話から想像するに、ブリジットがわたしより先に学部長室に忍び込んだとしか思えなかった。そして、そのあとダーラが学部長室に忍び込むのを、ブリジットが目撃したに違いない。だからブリジットは、自分が上級セミナーに入れないのはダーラのせいだと責めていたのだ。その後、わたしがオフィスに侵入してレインとブリジットの原稿を入れ替えたとは夢にも思っていないはず。だからやはりブリジット・フィーリーが上級セミナーに入れなかったのは、わたしの責任なのだ。ブリジット・フィーリーが復讐のために亡霊となって姿を見せるのであれば、わたしのところにやってくるのだ。

25

現在

「誰が来るんです?」

ルースがドア口に立ったまま、わたしたちの顔をじろじろと見た。どのくらい前からあそこに立っていたの?

「ベン・ブリーン」誰かがブリジット・フィーリーの名前を出す前に、慌てて答えた。「監察医がホッチの遺体を調べたら、ここに来るそうなの」

「ああ、わかりました」ルースが言う。「この悪天候のなか、ここに来られる人がいるとは思えませんって、そう言いたかったんです。ほら、聞こえます?」そう言うと、ルースが首を傾け、視線を上げた。彼女がなんの話をしているのかわからなかったけれど、屋根や窓を無数の指が叩いているようなカリカリという乾いた音が聞こえてくる。「雪が雹《ひょう》に変わったんです。ウエザー・チャンネルは氷雨をともなう暴風になるって言ってました。停電になるかもしれませんね」

「発電機があってよかったわ」そう応じて、発電機購入の書類にサインしたことを思いだす。ホッチの横領のせいで発注から外れていないといいのだが。

「ええ、助かります」とルース。「でも万が一に備えてシチューを大量につくっておきました。召しあがりたければ、もうできています。みなさん、あまり朝食を召しあがれませんでしたよね」いかなる不満も受け付けませんと言いたげに、ルースが強い口調で言った。

「なんて気がきくの。ありがとう、ルース。心を尽くしてくれて」わたしがそう感謝すると、チルトン、ランス、トルーマンがそれぞれ、ぼそぼそと礼を言った。ところがダーラだけは腹を立てたような顔をした。

「よくもまあ、食事のことなんて考えられるわね。信じられない」呆れたという口調で、ダーラが言った。「あたしは簡単なものをいただきたいわ。紅茶とトーストに、ちょっとジャムを添える程度で――」

「あなたもわたしたちと一緒に坐るほうがいいわよ」わたしが言う。「ここでくよくよしているよりずっといい」

「そうだよ、ダー」トルーマンが言い、立ちあがった。

「あなたはシチューを召しあがりたいのではと思ったんです」ルースがダーラに言った。「タンパク質が欲しいっておっしゃってましたから」

ダーラが渋々立ちあがり、ダイニングルームに行った。彼女をなだめすかすのは久しぶりだったので懐かしい。わたしたちは三年生のとき、全員がこの棟に暮らしていて、毎晩一緒に夕食をとっていた。食事もグループの一体感を高める〝共有体験〟の一環と見なされていたのだ。わたしたちはテーブルを囲み、各自が椅子に坐ったものの、いつもモスが坐っていた端の席だけは全員が避けた。夕食の席ではひどく緊張していた思い出がよみがえる。モスはいつもテーブルをぐるりと歩いてまわり、きょうはどのくらい執筆が進んだのか、どんな作品を書いているのかと、一人ひとりに尋ねるのだ。ダーラが夕食をとらなくなると、モスからの質問に応じるストレスに耐えられなくなったせいではと、わたしたちは推測した。ところが学期が進むにつれ、ダーラがちゃんとした食事をいっさいとらなくなったことに気づいた。やがてドディーから、キャンパスの店でダーラがキャンディーの袋やソーダをたくさん買い込んでいるのを目撃したという報告があった。

誰かに相談すべきじゃない？　わたしはレインに尋ねたことがあった。クリニックに連れていくとか？　当時のわたしたちには摂食障害に関する知識がほとんどなかったのだ。

彼女は注意を引きたいだけよ。そう言うレインの声が聞こえるような気がする。ダーラが椅子に坐り、ナプキンのひだを引っ張りはじめた。

だが注目されたところで、いまの彼女にいいことがあるとは思えない。そこでわたしは話題を変え、彼女からみんなの注意をそらすことにした。ところが、その前にルースが湯気をあげる蓋つきの深皿をもってきて、ダーラのボウルにレードルで肉のシチューをたっぷりよそいはじめた。

「自分たちでやるわ、ルース」わたしは言う。「もう十二分に働いてくれたんだもの」

「自分でするほうがいいんです」ルースが言い、レードルでシチューをよそいつづけた。「わたしはみなさんとは違って作家じゃありませんから、頭のなかがいろいろなストーリーでいっぱいになるわけじゃありません。手を動かしてなにかしていないと気がすまない質《たち》なんです」

「うちの母にも、そういうところがあります」ニーナが言い、ロールパンが入ったバスケットをもってきてランスの隣に坐った。「なにか心配事があると、母は家じゅう隅から隅まで磨きあげるんですよ。でも、わたしはなにか悩みがあると、それに関するストーリーを考えたくなる。現実よりいい結末を迎えるストーリーを」

ニーナが話していると、ダーラが膝に手を下ろしてナプキンを口に当てた。甘いシトラスの香りが漂ってくる。彼女はキャンディーかなにかを口に入れ、シチューの代わりに食べているのだ——そういえば大学時代もガムドロップやグミが好物だった。

「ご愁傷さま」トルーマンが言い、ロールパンに手を伸ばした。「聞くにしのびないが、ニーナ、それはつまりきみは作家だってことだ。神のご加護がありますように」

ニーナはトルーマンに冗談を言われたように笑い、緊張したようすでロールパンにバターを塗った。「それが悪いことみたいにおっしゃいますけど、でも、みなさんはそれぞれ、創作の才能を発揮しておいでですよね」ニーナが言い、ランスのほうを見た。「ポートマン学部長があなたの回想録を貸してくださったんです、ミスター・ワイリー。まだ初めのほうしか読んでいないんですが、すっごく好きです。自分がここに属している感じがしないっていう感覚は、わたしがずっと感じていたことだったので。ほかにも同じふうに感じている方がいることがわかって、自分だけじゃないんだって思えました――本を出版して成功をおさめた方が同じふうに感じていたと思うと、心強くて」

ランスの顔がピンク色に染まり、いまにもはじけそうな風船みたいになった。「そんなふうに言ってくれてありがとう。でも僕自身は、大きな成功をおさめたわけじゃないから」

「成功したじゃないか、ランス」トルーマンが言う。「PEN賞に輝いただろ」

「それにあなたの詩は、ミス・ソコロフスキー」そう言って、ニーナがダーラのほうを向いた。ところがダーラは膝に置いたキャンディーを食べている現場を見られて、ばつが悪そうだ。

「オンラインであなたの詩を拝見したんです。素晴らしかった。あなたのような手法で摂食障害について語るのって、すごく大切なことですよね」

「ありがとう」ダーラが言い、ライムグリーンに染まった唇を舐め、口をつけていない目の前のシチューを見やった。「でも、その話をするのはあまり得意じゃなくて――」

「それにあなたがお書きになった、消しゴムで消される少女の話はすごく面白かったです」

ダーラがぱっと目を見ひらく。「どういう意味？」強い口調で尋ねた。「あたし、短編は一度も出版したことがないのに」

ニーナが困ったような顔をした。「えっと、その、あれはあなたの作品だと思ったんです。

あなたの名前をグーグルで検索したらヒットしたので。自分の一部が気に入らない女の子の話です。その物語は……ええっと……こんなふうに始まるんです。〝ダリア・ベネットは自分の鼻が大嫌いだったので、自分の顔に腹を立てて鼻を切り落とすような真似はしないでねと母親から言われたとき、それは名案だと思ったのです〟」

テーブル全体が静まりかえり、フォークやナイフがぶつかる音でさえ、鐘の音《ね》の残響のごとく消えていった。聞こえてくるのは鎧戸《よろいど》を下ろした窓にぶつかるみぞれのパタパタという音だけ。モスの授業でダーラが書いた小説のその一節を、みんな覚えていたのだ。表向きには匿名で提出されていたけれど、その小説を書いたのがダーラであることが、みんなにはすぐにわかった。

「どうして――?」ダーラが尋ねた。「あの短編は発表したことがないのに」

「そうなんですか?」ニーナが驚く。「発表すべきですよ。ものすごく面白かったですから。ただ正直なところ、ぞっとしましたけど」そう言うと、ニーナがわたしに尋ねてくる。「みなさんは同じクラスにいたとき、あの作品を読まれたんですか?」

「もう、ずいぶん前のことよ」わたしは言う。

「あの話は忘れようがありません」そう言い、ニーナがルースのほうを向いた。「自分の鼻が大嫌いな娘《こ》が、高齢の女性からコンシーラーのスティックを買うんです。これを塗れば鼻が細く見えますよ、と。そして実際、自分の好きではないところに塗ると、そこが消えてしまうんです。でも困ったことに、そのコンシーラーを使って消去したものは絶対にもとには戻せない。

だけどもちろん、その娘はそんなこと気にもかけません――」

その物語のあらすじを話すことに、ニーナが夢中になっているようすがうかがえた。たとえ彼女を押しとどめる方法を思いついたとしても、行動を起こしたかどうかはわからない。これほどいきいきしているニーナを見たことがなかったからだ。

「――だって少し細くした鼻の幅をまた広くしようなんて、思うはずがないからです。それに顎先のほくろとか二の腕のたるみとか、腿《ふともも》の付け根のぶよぶよとかも取り戻したくなるわけがない。ところが少女は自分の身体の不要な部分をコンシーラーで消して完璧な形にしたあとも、自分が醜いという感覚をどうしても拭うことができません。そしてある日、彼女は親友にものすごく嫉妬しているという正直な気持ちを日記に書きだします。ところが、その内容が恥ずかしくなり、彼女は書いたばかりの文章をコンシーラーで消します――そのスティックしか、手元に消せるものがなかったんです。すると、あっと驚き！　彼女はもう嫉妬心を覚えなくなったのです。そこで彼女は自分にとって最悪の感情やうしろめたい願望をすべて書きだすことにしました。彼女はときどきお母さんなんか死ねばいいのにと思ったり、親友の恋人を奪いたいと思ったりしたことがあったからです。そして、いわば罪を告白した文章をコンシーラーで消すと、彼女のなかの最悪の感情が消えてよりよい人間になれただけではなく、内面が醜くなくなったら外面も醜くなくなったんです。ただ、それと同時に周囲の人たちのことを忘れるようになりました――親友や恋人、悪い成績をつけられたので憤《いきどお》りを覚えている教師たち、彼女の服を勝手に着た妹、そして母親のことさえ忘れてしまうのです。そうした人たちを見ても、彼らの顔は消しゴムで消されたみたいにのっぺりしている。そしてある日、彼女が鏡を見ると――」

「そこまで！」ダーラが唐突に叫び、立ちあがった。「あたし――」ダーラがなにを言うつもりだったにせよ、その先はむせるようなガラガラという音しか聞こえない。口はひらいているのに、いっさい言葉が出てこない。やがて口元からライムグリーンのよだれが出て、テーブルにぽとぽとと落ちた。ダーラが両目を大きくひらき、みぞおちを殴られたかのように前にかがんだかと思うと、その場でくずおれた。

「窒息してる」わたしは叫び、すっくと立ちあがり、テーブルをぐるりと回ってダーラのところに走った。でもキッチンから出てきたルースが運んでいたピッチャーを放りだし、誰よりも早くダーラのところに駆けつけた。ルースは彼女の背後に回り、両腕を彼女のウエストに回し、両手を胸骨の下に置いてぐいと強く引きあげた。ダーラの口からなにかが飛びだし、びしゃっという音を立ててテーブルの真ん中に着地した。ランスが悲鳴をあげ、テーブルから椅子を離そうと身を引いた勢いでうしろにぐらつき、床に倒れた。

ダーラはルースの腕のなかでだらりとしている。顔の前に髪がかかっているので、息をしているのかどうかわからない。ダーラの髪をかきあげると、ドディーが聖パトリックの祝日に大学の社交クラブのパーティーで緑色のビールを嘔吐しはじめたので、同じように髪をかきあげてあげたときの嫌な記憶がよみがえる。でも、いまのダーラは戻しているわけではない。両の目が膨らみ、口は黙って悲鳴をあげているかのように大きくひらき、顎先に緑色と黄色の泡が垂れている。

「まだ気道がふさがっているみたい」そう言うものの、わたしはパニックに襲われている。

「もう一度やってみて、ルース」

ルースが両手を握り、強く押しあげた。すると肋骨が折れる音がして、ダーラがぬいぐるみの人形みたいにだらりと前に垂れた。「床に寝かせて。身体を横向きにして」わたしは命じる。

「咽喉《のど》に入っているものが見えるかも」

トルーマンが携帯電話のライトを点灯し、口のなかを照らしだした。チルトンが自分の携帯電話を取りだしたものの、電波が届いていないことを思いだして悪態をついた。わたしはニーナのほうを向き、キッチンの固定電話から911に通報してちょうだいと頼む。トルーマンの携帯電話のライトで照らされ、ダーラの口の奥になにかが残っているのが見えた。ダーラの口に指を二本突っ込み、ガムドロップを一粒、取りだした。窒息の原因になるほどの大きさではない。

「まだ呼吸が戻らない」トルーマンが叫び、手を重ねてダーラの胸を強く押し、心肺蘇生法を始めた。その顔は狼狽《ろうばい》して涙で濡れている。

わたしはダーラの顔を見た。唇が緑色の泡でふちどられている。ガラスのような目は天井をじっと見つめている。わたしはガムドロップに視線を落とし、鼻のあたりにもちあげて臭いを嗅ぐ。香ばしいアーモンドのような臭い。

トルーマンがダーラの口に自分の口を当てようと、身をかがめた。「待って」わたしは声をあげ、彼の腕をつかんだ。「このガムドロップ、おかしい。アーモンドみたいな臭いがするの。青酸カリを盛られたのかも。毒殺されたのかもしれない。トルーマン、彼女と口を合わせたら、あなたにも毒が回る」

トルーマンが腰を下ろし、ダーラをじっと見つめた。「いずれにしろ、もう手遅れだったようだ」

わたしはダーラが膝に載せていたガムドロップの袋を手にとり、中身を床にばらまいた。どのガムドロップにも白い粉がまぶしてある。

「消しゴムみたいじゃないか」ランスが言い、椅子ごと引っくり返った拍子に床にぶつけた頭部をさすった。「彼女、自分が書いた小説の娘とおんなじやり方で殺されたとしか思えないよ」

26

現在

「でも、こんな真似、誰にできるっていうの?」チルトンが疑問を口にした。「キャンディーに細工したりできる? そもそも、ダーラがテーブルでキャンディーを食べるのがわかってたわけ?」

「ダーラの部屋に忍び込んでキャンディーの袋に毒を混ぜることくらい、誰にだってできたはず」わたしはそう言って立ちあがった。まだガムドロップが手に残っていて、てのひらにライムグリーンがにじむ。「それにダーラが夕食にキャンディーを食べるってことは、みんな知ってた。とにかく、この——証拠の品——をビニール袋に入れて、手を洗ってくるわ」

キッチンのほうに歩いていくと、ニーナがドアのところに立ち、両腕で自分を抱きしめていた。「911には通報できた？」

「ええ、でも、この雪で道路が通行不能だと言われました。到着までしばらく時間がかかるそうです」

わたしはうなずく。「ベンがまだキャンパスにいるわ。彼に連絡して——」

「で、僕たちはそれまでどうすりゃいいんだ？」ランスがうめいた。まだ床に伸びたまま、頭をさすっている。まばらになった髪の隙間から、たんこぶが膨らんでいるのが見えた。「誰かが僕たちを殺そうとしてるんだぞ！　僕たちが書いた恐ろしい物語の筋を知ってる誰かが」

「ミランダは自分が書いた小説みたいに死んだわけじゃないでしょ——」チルトンが言いかけるが、ふいに目を大きくひらいて言い直した。「待って。彼女の小説って、詩人のエドナ・セント・ヴィンセント・ミレイの幽霊の話じゃなかった？」

「その詩人、階段から落ちて死んだんだった！」ランスが甲高い声をあげた。「ミランダの小説では、手紙をとりにきた作家を作家自身の幽霊が階段の上から押したんだよね」

「すっかり忘れてた」トルーマンが言う。「作家の死に方について話すのがモスは好きだったよな。覚えてるだろ？　あいつ、一階の部屋に暮らしてるのは哀れなエドナ・ミレイのような死に方をしたくないからだって、そう言ってた」

「僕、自分が書いた小説に出てくる男みたいな死に方はしたくない」ランスが泣き叫んだ。

「ここから出ていかないと」

「無理だってば」チルトンが制した。「ニーナの話、聞いてなかったの？　道は通行不能よ」

「歩いていく」ランスが言い張った。「町まで歩いていって、バス停で寝る」

「凍死するわよ」わたしはそう言うけれど、ランスがいっそう顔を歪《ゆが》めたので、言ったそばから後悔する。「とにかく、この部屋から出ましょう。ベンが戻ってくるまで、なにもかもこのままにしておかないと」

「食べ物もですか？」ルースが失望もあらわに言う。

わたしは口ごもった。「ダーラがほかの食べ物で毒を盛られた可能性もあるから、やっぱりこのままにしておかないと」

「彼女、わたしの料理には手もつけなかったんですよ！」ルースがきつい口調で言った。「ずっと見てたんですから。わたしのシチューには悪いところなんてありません。みなさん召しあがって、ぴんぴんしてるじゃないですか」

「僕は少し吐き気がする」ランスがつぶやく。

「わたしたちの誰にもシチューを食べる時間はなかったはず。それにダーラは間違いなくシチューに手をつけていなかった。ランス、あなたはたぶん引っくり返ったせいで吐き気がするのよ。書斎に連れていってもらうといいわ」

トルーマンがランスを助け起こしてダイニングルームから出ていった。チルトンが口をひらき、ちょっと外に出て電波が届くところを見つけて娘たちに電話をかけてくる、そのついでに車に置いてある私物をとってくる、と言う。ルースとニーナはほとんど手がつけられていない食べ物をテーブルから片づけ、可哀そうなダーラには……ルースが予備のテーブルクロスをかけ、顔を覆った。テーブルクロスがカーペットと同じ色なので、ドアのところから見るとダーラの輪郭がわからない。自分の小説で描いた登場人物みたいに消されてしまったのだ。

ガムドロップをビニール袋に入れて手を洗うと、ベンがくれた名刺を取りだして固定電話で電話をかけてみるが、すぐにボイスメールに切り替わった。そこでアリーナ・ヴェガス巡査の電話番号を押した。最初の呼び出し音で彼女が電話に出たものの、接続が悪くて声がよく聞こえない。わたしはダーラの身に起こったことを説明した。

「誰か向かわせます……できるだけ……あなたは……毒物？」途切れ途切れの声が言う。

「そうです！」わたしは声を張りあげた。「ベンに伝えてください……」そこまで言って、その先を続けるのをためらう。頭がおかしくなったと思われるかも。「ベンに伝えてください。わたしたちが書いた物語そっくりの事件が起きている、と。そう伝えればわかるはずです」

長い沈黙が降りる。接続が切れたのか——さもなければ、わたしに対応するために精神科医を呼びだしているのか——けれど、しばらくすると彼女の声がまた切れ切れに聞こえてくる。

「……一緒じゃないんですか？　彼の話では……ワイルダーに戻ると……四十……前に」

「いいえ」わたしは言う。「彼は一緒にいませんし、電話をかけても出ません」

雑音がしばらく続いたあと、広い空間で話しているように反響する声が聞こえてきた。

「……妙ですね……本部棟の玄関ドアから外を見ていますが……見えないんです……」

「なにが?」

「本部棟の外に足跡がひとつも見えないんです」そう言う彼女の声がふいに大きく、はっきりと耳に届く。「彼が忽然《こつぜん》と消えてしまったとしか思えません」


ベンがワイルダー会館にやってきたら連絡しますとアリーナ・ヴェガス巡査に約束してから電話を切り、書斎に入っていった。ランスが長椅子にだらりと横になり、刺繍《ししゅう》入りのクッションを頭のてっぺんに載せた状態で、目を閉じて軽くいびきをかいている。

「引っくり返ったせいで、頭にたんこぶができてね」トルーマンが説明する。「だからアイスバケットに残っていた氷をクッションカバーに詰めて、冷やすことにしたんだ」そう言うと、ランスのせいで氷がなくなったと言わんばかりにストレートのバーボンが入ったグラスを掲げた。いずれにしろ、トルーマンはいつだってバーボンをストレートで飲むのだが。潰れたクッションはまるで中世の帽子のようで、わたしが博士号を授与されたときにかぶった帽子とよく似ている。そのせいで、いまのランスは泥酔した宮廷お抱えの道化師のように見えた。

「冷凍庫にまだ氷のパックがあるはず」そう言って、わたしはモリスチェアに腰を下ろした。

「ルースが掃除してるから邪魔をしたくなかったんだ。きみんとこのルースはじつによく働くな」

「彼女は大学で大量の仕事をこなしてるの。全職員の仕事量を集めたってかなわないわ」そう応じてから小声で尋ねる。「ランスを眠らせておいていいの？　脳震盪《のうしんとう》を起こしているかも――」

「ランスには休養が必要だ。ダーラの死が相当ショックだったらしい」

「わたしたち全員にとっても大ショックよ」わたしは言う。「でも、そのとおりね。彼の過去を思えば、大変なショックだったはず。彼が書いた怪異譚、覚えてる？」

トルーマンが身をぶるっと震わせ、マントルピースの上に飾られた鹿の頭部の剝製《はくせい》を見やった。「ああ。忘れるもんか」

わたしたちはしばらく押し黙る。ランスが書いた小説『珍奇博物館』は継父が狩猟愛好家の少年の話だった。少年が動物を射殺するのはいやだと拒否すると、しとめた獲物を保管する仕事をしろと命じられる。そこで少年は継父が狩猟で獲得した記念品におがくずや綿と一緒に自分の怒りも詰め込む。そうしてつくった剝製を継父が経営する幹線道路沿いの博物館でこっそり売り、家から脱出するための資金を溜めようとする。だが、少年が大学進学のために剝製を売っていたことを知った継父は烈火のごとく怒り、酔った勢いで少年を追い、彼が逃げ込んだ博物館に入っていく。ところが、そこでは動物たちが生き返っていて、継父にいっせいに襲いかかってくる。数週間後、新たな展示品――〝罠猟師《わなりようし》〟――が披露される。ビーバーハットをかぶった開拓者の実物大の人形で、その目は生きているようだ。

「観光客が罠猟師のガラス製の目を見て言ったせりふ、覚えてる？」トルーマンが尋ね、牡鹿《おじか》の頭部を見あげた。

「ほんとうに生きているみたい、誰かがなかに閉じ込められているようだって言うのよね」

「ダーラの言うとおりだと思うかい？」トルーマンがバーボンをあおってから尋ねる。「大学時代に僕たちが書いた怪異譚のとおりに、ブリジット・フィーリーの幽霊が僕たちを殺そうとしてるのかな」

「彼女の幽霊がよみがえったとは思ってないわ。でも、誰かが故意にダーラを殺したのだとすれば、ミランダとホッチも故殺かもしれない」

「当時の僕たちのことを知っていて、かつ、僕たちがしたことを恨んでいる人間の仕業《しわざ》だよな」トルーマンが言う。「ベンがやったんじゃないかと、ずっと思ってるんだが」

「ベン？　わが町の警察署長？」

「いつだって正義にこだわってるだろ。あいつが書いた怪異譚、覚えてる？」

「新入生の歓迎ウィークにキャンパスの地下トンネルで消えた女子学生社交クラブの娘の話？」

「そう。そのあと、女子学生社交クラブのメンバー全員がどうなったのか、覚えてる？」

わたしが覚えているのは、メンバー全員が自室で配管がドンドンと鳴る音に悩まされたあげく、ひとりずつ地下トンネルにおびき寄せられ、結局はそこで残酷なまでに恐ろしい手口で殺されるというストーリーだった。わたしはさっき本部棟で地下に続く階段を目にしてからずっと、ベンが書いたこの小説のことを考えていたのだ。

「あの小説を読んだあと、モスが言ったこと覚えてるか?」

「周囲の人間はどいつもこいつも堕落していると思っている男は、自分自身をよく見つめるべきだって言ったのよね」

「僕たちがひとり残らず堕落していると、ベンは考えていた。だからモスが死んだあと、あいつは僕たちを責めた。モスは僕たちに復讐するために、あんな死に方をしたんじゃないかって」

わたしは首を横に振った。「たしかにベンは正義を信じているけれど、その正義をみずからの手で執行しようとは思ってないわ。それに、わたしたちが過去の出来事に対する罰を受けるべきだと判断したのなら、わたしたちを当局に引き渡すはずよ。彼は証拠をもっているんだもの——氷の洞窟で人骨と一緒に発見されたレインのロケットを」

「レインはそれより前にロケットをなくしたと主張すればいい」トルーマンが言う。「僕たち、四年生のときにベンも一緒にあの洞窟に下りていったんだから」

わたしは写真立ての壊れたフレームをもちあげ、写真のなかのレインを指さした。「〈ルミナリア〉のあの夜、レインがロケットを着けていたことは、この写真が証明してる」わたしがそう言うと、トルーマンが写真をのぞきこみ、彼女の喉元で光るロケットを見た——ブリジット・フィーリーが行方不明になる直前にレインがロケットを着けていたという証拠だ。「そもそもベンが残酷な殺人犯だとしたら、最初に殺したいのはレインのはずよ。ベンが誰よりも好ましく思っていなかったのは、レインだったもの」

「どうして、ベンの仕業じゃないって思うの?」

チルトンがドアのところに立っていた。コートを着たままで、髪にはつららが付いている――復讐をとげている氷の精霊みたいだ。

「なにが言いたいの?」わたしは尋ねる。

「トルーマンはベンについて、核心を衝いていると思う。最後にあの場にいたわたしたちのなかで、ああいう事態になったことをいちばん怒っていたのは誰?」

「ベンだ」トルーマンが断言する。「あいつは例の案に従いたくなかったんだ。ただ、ネル、きみを懐柔《かいじゅう》したくて渋々従ったんだよ」そう言って彼はわたしを見たものの、すぐに目をそむけた。

「ベンはもう、わたしを懐柔することになんか興味はないはずよ」

「そのとおり」チルトンが同意する。「だから人骨が発見されたいま、ベンは事実がすべて明るみに出ることを怖れているのよ。人骨が発見されればレインが戻ってくると、ベンは知っていた。だからレインが車を運転して町にやってくるのを待ち伏せしていたのかも――警官なんだから路上カメラにアクセスできるでしょ。それからレインの車を路肩に停めさせ、彼女を殺した」

「それで説明がつく。レインは来ると言っていたのに、結局来なかったからな」とトルーマン。

わたしはトルーマンからチルトンへと視線を移し、ふいに悟った。これまでの長い歳月、ふたりはずっとレインがいつか自分たちのもとに戻ってきてくれるという希望をもって生きてきたのだ。ひょっとすると、わたしもそうかもしれない。「もっとありそうな説明はいくらでもあるわ」わたしは低い声で言う。「それにわたしには、ベンが誰かを殺すような人間には思えない。彼はわたしたちに正義と向きあってほしいだけよ」

「それなら、ベンもそうしなくちゃ」チルトンが言う。「そうなったら、失うものがいちばん大きいのはベンよ。あたしたちがしたことが明るみに出て、彼自身もずっと黙っていたことがバレたら、彼、警察署長でいられるかしらね？　郡の議員選で当選するチャンスもなくなる。彼、あれでなかなかの野心家なのよ」チルトンが非難をこめて強い口調で言った。「それに、あたしたちが書いたストーリーを利用する計画を立てるなんて、いかにも彼らしいじゃない」そう言い、チルトンが室内を見まわす。「彼が言ったこと、覚えてる？　あたしたちが書いたストーリーは自分に甘すぎるって、そう言ったのよ。無実の被害者に自分の姿を重ねているって」

「〝自分が書いたフィクションのなかでさえ、責任をとることができない〟」ベンがいちばん独善的になっているときの口調を、トルーマンが完璧に真似して言った。「あいつ、ミランダにこう言ってたじゃないか。きみは自分のことを偉大な作家だと思い込んでるから、小説のなかの偉大な作家に自分を投影している、と」

「ダーラにはこう言ってたわ。きみは小説の登場人物みたいに自分を消したがっている、そうすれば自分の行動に責任をもたずにすむからねって」とチルトン。「彼、あたしの小説についてなんて言ったか、知ってる？」

チルトンの書いた小説がいちばん怖かったことを思いだした。四十代の女性が電話に出ると、

「ママ！」とヒステリックに叫ぶ少女の声が聞こえてくる。その声はしゃくりあげながら、誘拐されて身代金を要求されていると説明する。身代金を払わなければ殺されてしまうと聞かされ、母親は伝えられた口座番号に送金する。娘が国外に暮らしているため、電話をかけてきた相手が娘だと思い込んで送金してしまったのだ。母親がじわじわと恐怖心にむしばまれて弱っていくようすを、チルトンは見事に描ききっていた。モスでさえ、若い書き手にしては母親でもある中年女性の心理をよく描写していると、渋々認めたほどだった。

するとレインが、チルトンは生まれたときから中年なのよと、小声でわたしに言った。モスがチルトンの小説を褒めたのでむかっ腹を立てたのだ。でも、そんなレインでさえ、チルトンの小説の結末には衝撃を受けていた。

母親が身代金を送金したあと、結局、娘は元気であることがわかった――電話はぺてん、つまり詐欺だったのだ。そんな罠に引っかかった母親を、娘と父親はからかう。母親は恥ずかしく思うけれど、受話器から聞こえてきた悲痛な泣き声をどうしても忘れることができない。どうして詐欺師が娘の声をあれほどじょうずに真似られたのか？　母親は夢のなかでその声につきまとわれ、不安をつのらせて怖くてたまらなくなり、ついには娘と不和になる。いっぽう娘も悩みを抱え、家を出ていく。数年後、母親のもとに一本の電話が入り、やはり以前と同様、悲痛な声で助けを求めてくる。どうせまた詐欺に違いないと思い、母親は電話を切る――が、今回は詐欺ではなかった。娘がほんとうに助けを求めてきたのであり、母親が電話を切ると、娘は誘拐犯に殺害される。そして物語の最後で、母親はついに理解する。最初の電話は未来の娘からのもので、自分が二回とも対応に失敗したことを。一回目のときは娘に対して過保護になり、しまいには被害妄想におちいった。そして二回目は、娘が助けを求める懇願を無視したのである。彼女は重度のうつ状態におちいり、最後には電話線を巻いて首を吊り、自殺するのだ。

「あの小説が全員のなかでいちばんよくできていた」わたしは言う。「それに主人公――あの母親――は……」私は間《ま》を置き、その主人公がいまのチルトンにそっくりなことに気づく。

「当時のあなたとは似ても似つかなかった。ベンが言いたかったのは――」

「彼はこう言ったのよ」チルトンがしゃがれた声を出す。暖炉の炎に照らされ、その目はぎらついている。「きみは自分のことを賢いと買いかぶっているようだが、いつの日か、きみはその小説の母親になり、彼女の痛みを食い物にするような真似などしなければよかったと後悔するはずだって」

「そんな」それほど厳しいことを言われたら、チルトンもたまらなかったに違いない。「わたし、覚えていなかったけれど――」

「彼、あたしの作品へのコメントで、そう書いてきたのよ。そしたら、さっき――」チルトンが震える手で携帯電話を渡してきた。画面には登録されていない相手の番号からテキストでメッセージが送られている。おまえの小説の母親になった気分は?

「ベンがこれを送ったっていう証拠はないでしょう」

「じゃあ、彼はいまどこにいるの?　彼と連絡はとれた?」

「いいえ」わたしは認める。「でもヴェガス巡査とは連絡がついた。彼はいまこちらに向かっているそうよ」ベンが忽然《こつぜん》と消えてしまったとヴェガス巡査が言っていたことには触れずに、わたしはそう言う。きっと突風で足跡が消えてしまっただけの話だ。

「それにしてはずいぶん時間がかかってるよね。それにベンはなぜ、この建物を見張らせる警官をちゃんと配置しなかったの？」

チルトンの声が甲高くヒステリックになった。わたしはベンから言われたことを繰り返す——町の警察署は人手が足りず、州警察は嵐のせいで救援に来られないのだ、と。ところが、途中で邪魔が入った。チルトンの声と同じくらい耳障《みみざわ》りな音が耳をつんざく。

「キッチンの固定電話よ」わたしは言う。

「キッチンから聞こえてるんじゃないって」チルトンが言い、玄関ホールに出ていった。トルーマンとわたしはふたりとも立ちあがり、彼女を追って裏階段の下まで行く。「上の階から聞こえているみたい」とチルトン。

「昔の携帯電話の着信音に似てるわね」そう言いはするけれど、床の振動から伝わってくる音からすると携帯電話ではなさそうだ。そういえば、とわたしは思いだす。上階の廊下に固定電話が置かれていた頃、よくこうした耳障りな音が聞こえていた。でも、あの電話機は改修工事で取り外されたはずだが。

「ダーラの携帯かもしれない。調べてくるわ。チルトン、外に出てジャニーやエマと連絡をとりたいのなら——」

「どっちの娘とも、朝から連絡がとれないのよ」チルトンが言い、裏階段を上がっていった。トルーマンが彼女のあとを追い、わたしがそれに続く。

ミランダの死体が動かされたことはわかっていたけれど、彼女がここに横たわっていたときの光景を思いださずにはいられない。それにベンがミランダの小説について言っていたことも。

きみたちみたいな物書きは、死をむやみに崇《あが》めてるが、実際にはなにひとつ知らないじゃないか。

「それには同意しかねるね、ミスター・ブリーン」とモスが言い、例のごとく大きな椅子に坐ったままふんぞり返り、自分が出した課題が引き起こしたドラマに満悦した。じゃあ、ひとつお尋ねするがね、きみにも同じ物書きの気質がないのなら、どうしてわたしのクラスを受講したいと思ったのかな？

ベンが顔を真っ赤にしてもじもじとわたしのほうを見た。そのとき、わたしにもわかった。彼はわたしと一緒にいたいから、このクラスを受けることにしたのだ。

トルーマンとわたしが階段のいちばん上まで行くと、チルトンはすでに廊下を半分ほど進んでいて、壁をじっと見つめていた。電話が鳴る音は壁の内側から聞こえてくる。そこはチルトンが以前、壁紙の一部がずれていることに気づいた箇所だった。わたしはそちらに近づき、ふいに思いだす。ここは大学時代、廊下用の固定電話が置かれていた場所だった、と。廊下の突き当たりのアルコーブに関しては設計士がどう改修することにしたのか思いだせないが、以前、ここには壁に電話機が掛けられていて、その下に古い教会の慈悲の椅子《ミゼリコード》のような狭いベンチが置かれていたのだ。ところがチルトンに追いついてそばで見ると、漆喰《しっくい》が塗り直され、壁紙も貼り直されているようだった。トルーマンがしばらく壁を見てから、チルトンを見た。

「僕にやってほしいんだよね――」

「ええ」そう応じるチルトンの唇が白い。

トルーマンが右足のブーツ――大学時代、田舎出身の自分を揶揄して糞蹴《シットキッカー》りと呼んでいた――で、壁紙で羊飼いの男女が牧草で陽気に遊んでいる模様のところを蹴りあげた。ベニヤ板が割れ、漆喰がもろもろと崩れる。チルトンはマニキュアを塗っている爪のことなどおかまいなしに、すぐさま素手で壁紙を引きはがしはじめた。漆喰の埃《ほこり》が髪やフェアアイル柄のセーターに降りかかる。電話機の呼び出し音がどんどん大きくなり、赤ん坊の泣き声みたいに緊迫性を帯びる。ついに電話機が露出すると、チルトンが立ったまま、それをじっと見つめる――二十五年前に廊下の壁に掛けられていた往年のフェノール樹脂のタイプの電話機だ。ただ、違うところもある。こんなにたくさん電話線があったという記憶はない。

チルトンが電話機に手を伸ばすが、受話器に彼女の指先がかすめた瞬間、わたしが彼女の腕をつかんだ。そのとたん、腕に衝撃が走り、わたしは反対側の壁に投げだされた。チルトンもわたしの隣で壁にぶつかり、腕をさすりはじめる。その顔には漆喰の埃がつき、涙で筋ができている。受話器から火花が飛び、ぐるぐると渦巻くコードの先で揺れている。

「ちくしょう!」トルーマンが悪態をつく。「あれをつかんでいたら――」

「あたしが殺されていたわね」チルトンが言い、なんとか立ちあがろうとした。「あたしの小説に出てくる主人公みたいに電話線で。もう、なにがなんでも、こんなとこから出ていかなくちゃ――」そう言うと、チルトンが裏階段めざして走りだしたが、タワールームの前まで来るとふいに立ちどまった。ドアの向こうで過去からの音が鳴っていたのだ。メッセージを打ちつづけるタイプライターの断続的なビートは緊迫している――沈没しつつある船からのメッセージのように。

27

あの頃

四年生になる頃には、わたしたちはワイルダー会館の寮に引っ越していた。大半の学生はパソコンをもっていたけれど、ラッダイト運動の信奉者であるヒューゴ・モスは機械化に反対し、ワイルダー会館へのパソコンの持ち込みを禁止した。「あんなものを使ったら創作物から魂が吸いとられる、胸に刻んでおきたまえ」と仰せになったのだ。

そのため日々の課題はタイプライターで打って提出しなければならなかった。授業は週に一度だけだったけれど、モスはインデックスカードに課題を走り書きしては、上級セミナーがおこなわれる小教室に毎日張りだした。その内容はさまざまで、〝自分がこよなく愛するものを毛嫌いする人物の視点から見たエッセイを書きなさい〟、〝自分が九十九歳の男性で最期の日を迎えているところを想像し、もう一度だけ過去を体験できるとしたらどの日を選ぶか考えなさい〟といったお題が出された。

　ある朝、レインがその日の課題を読みあげ、「〝一度も行ったことがない土地にいるところを想像し、そこで最高齢の住民になったつもりでその土地について二千ワードで書きなさい〟」と言うと、「サディストが選んだメッセージを入れるフォーチュンクッキーみたいだな」とトルーマンが言った。

「どうして年寄りの視点でばっかり書かせるんだろ？」ミランダが不満を漏らした。「年寄りについて書かれた本なんて、誰も買わないのに」

「本人が年寄りだからだろ」ベンが応じた。「それに、おれたちにもくたびれきった年寄りの感覚を味わわせたいんだよ」

　わたしたちはさんざん不平を並べたが、それでも慌てて自室に戻った。いったんドアを閉めたら、そのあとは誰のタイプライターがいちばん速く音を立てはじめるかという競争が始まった。たいてい、レインの祖母が第二次世界大戦中にパリから送らせたという〈エルメス・ベビー〉のタイプライターがいちばん最初に音を立てはじめた。淡い緑色のキーが初めのうちはためらいがちに、やがてトタン屋根に打ちつける雨粒みたいに勢いよく音を立てるのだ。タイプライターを置いてあるがたつく鏡台が揺れ、タワールームの古い床板までがぎしぎしと揺れた。その振動が廊下にまで伝わり、そこにチルトンの電動タイプライター〈スミス・コロナ〉のキーボードが勢いよく叩かれる音、トルーマンの使い古した〈レミントン〉があげる鶏がついばむような音、そしてミランダのＩＢＭの電動タイプライター〈セレクトリック〉があげるマシンガンのような音が加わり、建物全体に低い振動となって伝わった。わたしはといえば表紙が白と黒のマーブル柄のノートに手書きで課題を書いていて、タイプライターの振動が指先に伝わってくるようだった。重なりあうタインピングの音はぴりぴりとしたエネルギーを生みだし、建物全体を通電させていたけれど、ついに〈エルメス・ベビー〉のタイピングの音がやみ、タイプライターのキャリッジから紙を外す音、それに続いてレインが裸足《はだし》で裏階段をひたひたと下りていく音、彼女に追いつこうとミランダがそのあとを追いかけて廊下をどすんどすんと歩く音が聞こえてきた。ときどきミランダがレインを騙そうと、〈セレクトリック〉のメモリ機能を使ってタイピングを終えたばかりの課題を再度タインピングさせたまま階段に突進することもあったけれど、うまくいったことはなかった。ミランダの部屋のドアがひらく音が聞こえるやいなや、レインがタイプライターから紙を引きちぎるようにしてモスのオフィスに飛びだしていくからだ。一度など、レインとミランダが勢いよく正面衝突したせいで階段の手すりが壊れ、誰かが階段から落ちる音が聞こえた。全員の部屋のドアがいっせいにひらいたので、タイプライターの決闘の音に耳をそばだてていたのはわたしだけではないことがわかった。階段にはわたしの部屋がいちばん近かったので駆けつけてみると、ミランダが階段の下で足首をさすっていて、レインがその傍《かたわら》にすました顔で立っていた。

「いつか、どっちかが首の骨を折ることになるね」チルトンがわたしの背後で言った。

「最初に原稿を提出することに、どうしてそんなにこだわらなくちゃいけないの？」ダーラが疑問を口にした。彼女は金縁の革製の日記に紫色のインクを入れた万年筆で手書きしていたのだ。

わたしは自室に戻ったけれど、ベンの部屋のドアだけがひらいていないことに気づいた。彼はパソコンをもっていなかったし、モスからは手書きの文字が判読できないと言われたので、ラテン語の授業の前に西洋古典学科の秘書のデスクで課題をタイプしていたのだ。猫の毛や消しゴムのカスを服にくっつけたままのイルマという高齢の秘書兼管理人が、ベンがやってくるとせっせとホットチョコレートやクラッカーの差し入れをするのだった。

「このままあそこで課題をタイプしてたら、糖尿病になっちまう」ラテン語の授業に出席しようと一緒に歩いていると、ベンが言った。

「こっちは胃潰瘍になりそうだよ」ある晩夕食を食べていると、ランスがわたしに小声で言った。「寝ているあいだもタイピングの音が聞こえてくるんだから」

わたしたちが提出した課題は、したたり落ちる赤いインクで書き込みをされてから小教室に戻された。のちにモスについてなんと言われていようと――書き込みには批判やこきおろしが満載だった――彼は怠惰ではなかった。わたしたちがどんなに長々とした原稿を書こうと、モスは一言一句に目を通し、打ち消し線を引きまくって批判や命令を書き添えた。重複表現、不要、本筋から外れている、?.?.?.?.?、くどい、陳腐、紋切り型、ありきたり、書き直し、書き直し、書き直し。

「モスはどうやって自分の創作のための時間をひねりだしているのかな」小教室にいたとき、

ドディーが不思議そうに言った。「あたしたちの課題を読むのでせいいっぱいのはずだよね？」

「ほんとうに全部読んでいるのか怪しいもんだ」とトルーマン。「一語おきに打ち消し線を引いて、辛辣《しんらつ》な批判を適当に書き込んでるだけだろ。きっと自分の創作でも同じことをしてるんだよ。だから、なかなか次作を書きあげられないのさ」

「彼、一晩中仕事をしているのよ」レインが反論した。「タイプしている音が聞こえてくるもの」

レインの部屋はモスの書斎の真上にあったので、わたしたちは彼女の話を信じた。わたし自身は一階からタイピングの音を聞いたことは一度もなかったけれど、モスが独り言《ひと》を言いながら大広間を歩きまわる音はよく聞こえていた。彼はおそろしく時間をかけて傑作の執筆をしているのだと思われていた。その新作が刊行されれば、ミシガン州北部（ヘミングウェイの地、とモスは呼んでいた）のアッパー半島で育った青年を描いた辛辣な教養小説の短編や、ベトナム戦争従軍後に執筆した短編集、そしてアイオワ州で美術学修士を取得したあとに発表した短編集に加えて、彼の名声はいっそう高まると考えられていた。彼はすでに住居付き作家の地位――ブライアウッド大学初の栄誉――を獲得していた。大学側は彼の初期の作品を文芸的に評価したうえ、彼がクノップ社と契約を交わしたので、将来性を見込んでこの栄誉を与えたのだが、それはもう十年前のことだった。わたしは以前打ち合わせのため、モスの私室の書斎に招かれたことがあった。手動式タイプライター（ヘミングウェイが愛用したモデル〈ロイヤル・クワイエット・デラックス〉）の横にはタイプされた原稿の山があった。大学の売店で売られている用紙は一パック五百枚だったが、どう見てもその三倍はあるようだった。モスの新作は千五百枚もの長さになるの？　だとすれば、モスはほんとうに一晩中執筆を続けていて、一睡もしていないのかも――レインと同様に。

レインがトルーマンを自室に戻したあと、夜遅くまでタイプしたり歩きまわったりする音はよく聞こえていた。母親を亡くしてから、レインは不眠に悩まされていた――まるで土手道で母親を待って寝ずの番をしているみたいに。さらに、いつもまぶしいほどに発散していた自信を喪失していた。彼女の心には、あの古いティーカップに細かく入っていたクレージングのように微細な亀裂が走っていた。そのせいでドディーにきつく当たりはじめ、しょっちゅう爪を噛《か》み、モスに褒められるような小説を書こうと必死になっていた。モスの上級セミナーを受けるためにあれほど苦労してきたのに、いざ実際に受講を始めると、ほかの場所では輝けるのにモスの授業では実力を発揮できないという事実を受け入れられなかったのだろう。さらに肝心のモスときたら、暖炉のそばのモリスチェアに坐ってふんぞり返り、わたしたちの課題と同様、彼女の作品など歯牙《しが》にもかけなかった。

「きみはどうしてそれほどまでに男が嫌いなのかね」母親の恋人に言い寄られた少女の話を読んだあとで、モスが尋ねたことがあった。レインが高校時代の体験談をもとにその物語を執筆していたことを、わたしは知っていた。とはいえ驚いたのは、課題の執筆者は匿名を貫かねばならないという掟《おきて》を破ってモスが直接レインに話しかけたことだった。創作を教える教師は書き手を〝小説上の視点〟の持ち主であると見なすべきだと、モスは考えていたのに。書き手本人と小説上の視点の持ち主はまったくの別人と考えるべきだ、と。男が嫌いなのかと問われたレインはわざとらしく笑い声をあげると、いつも落ち着いている彼女らしくない口調でもごもごと応じた。「そんなことはありません。あくまでも登場人物の……」

だがモスはレインを嘲笑《あざわら》い、登場人物のせいにして本心を隠すのはいただけない、と言った。こうして匿名性という欺瞞《ぎまん》を続けるのを放棄すると、モスは似たような質問をわたしたちに投げかけはじめた。そして「どうしてきみはそれほどまでに父親のことを憎んでいるのかね？」とランスに尋ねた。

「どうしてきみはそれほどまでに成功したいと必死なのかね？」とミランダに尋ねた。

「どうしてきみはそれほどまでに自分のことが嫌いなのかね？」とわたしに尋ねた。

どうして誰のこともそれほど毛嫌いしているのかとわたしたち全員に尋ねるのに飽きると、きみたちの作品はどれも二番煎じだと切って捨てた。「どこかで聞いたような話ばかりだ」そう言うと、モスはなみなみと注いだバーボンと氷が入ったグラスを揺らした。彼が坐っている椅子の上からこちらを見おろしている牡鹿《おじか》の剝製《はくせい》の目と同様、その目は濁って生気《せいき》がなかった。

霞の娘をテーマにしたわたしの小説に対しては、ドッペルゲンガーなど手垢《てあか》のついたトリックであり、きみはポオの『ウィリアム・ウィルソン』を読んで見事な手並みを参考にすべきだ、と言った。かたや吹雪《ふぶき》のなか森で身動きできなくなる少年の話を書いたランスに対しては、きみはジャック・ロンドンの真似事をしている、と批判した。そうやってわたしたちがなにを書いても、モスはすでに同じ手法でもっとうまく書いている作家を引き合いに出してきた。

〝ニヒル・スブ・ソーレ・ノウム〟と、ベンは自分の作品にラテン語の格言を引用していた。〝日の下に新しきものなし〟という意味だ。

「ミスター・ブリーン」モスがベンに知識を授けた。「そのフレーズそのものが、ローマ人が旧約聖書の伝道の書から盗んだものなのだよ」

「じゃあ、なぜ僕たちに書かせるんです?」ベンが尋ねた。

「なぜだろうな」モスが応じた。

「彼、わたしたちを試してるんじゃないかしら」ある晩、レインが言った。わたしたちはレインの部屋に集まっていたのだ。「わたしたちの先入観に満ちたアイデアや悪い習慣を粉々に壊してるんだと思う。そうすればまったく新たな観点から執筆できるでしょう?」

「あいつはただ、あたしたちを完膚《かんぷ》なきまでに叩きのめしたい。それだけよ」チルトンが言った。「だからもう、あたしたちにはなんにも書けやしない――」

「あいつ自身が、もうなにも書けてないんだから」トルーマンがその先を続けた。

「彼の問題は書けないことにあるんじゃないと思う」わたしは言った。「彼のデスクに巨大な原稿の山があるの、見たことあるでしょう?」

「〝勉強ばかりして遊ばないでいると、ジャックは馬鹿になる〟って、延々と繰り返してるんじゃないか」と、トルーマンが軽口を叩いた。

「それじゃあ、スティーブン・キングの『シャイニング』の主人公とまったく同じいかれ方じゃないか」とベンが応じた。

「モスのデスクにはね、同じ作品の原稿が三つあるの」レインが言った。「原稿を最後まで書き終えるたびに、また最初から書き直すんですって。彼、恐ろしく自分に厳しい作家なのよ。完成すればきっと傑作になる。わたしいま、彼のためにタイピングをしているの」

私たちは啞然《あぜん》としてレインを見た。「自分の課題に取り組む時間はどうやってひねりだしてるの？」わたしは尋ねた、

「ほかのことだって犠牲にしてるだろ？」トルーマンが意気消沈した顔で言った。たしかに彼はここのところレインの部屋で朝を迎えていなかった。

レインが肩をすくめた。「モスが推敲《すいこう》中の原稿をタイプしていると、ものすごく勉強になるのよ。修正した箇所が全部わかるし。それに彼、本が出たら謝辞にわたしの名前を挙げてくれるんですって」

それは以前のレインなら軽蔑したであろう、モスにおもねる行為だった。教師から褒めてもらおうと必死になる行為は、傷ひとつないことを謳《うた》っているワイルダー家の虚飾にまたひびを入れることになる。

この会話以来、レインの部屋でタイピングの音がやむのは、彼女が一階のモスの書斎で原稿の整理をしたりタイプしたりしているときだけになった。そしてレインが深夜になってもモスの書斎にいることがめずらしくなくなった。

ある晩、わたしはまた悪夢にうなされてハッと目覚めた。今回のはわたしが氷の洞窟で迷ってしまい、置き去りにされたあげく、そこで死ぬというストーリーだった——そのまま干から

びて凍っていくのだ。われに返ったわたしはスウェットシャツを着てキッチンに向かい、熱い紅茶を淹《い》れることにした。だが階段の踊り場でランスにつまずき、あやうく転びかけた。彼は脚を組んで坐り、頭を傾け、なにかを聞きとろうとしている。彼がこちらを見るより早く、彼のようすを見たわたしは同様に耳をそばだてた。階下から低い音が聞こえてくる。最初は配管が音を立てているのかと思ったが、やがてそれがスピーチのリズムであることがわかった。モスの声で、聖書か『オデュッセイア』を朗読しているらしい。本物の作家は眠っているあいだにも叙事詩の傑作を暗唱しているのか。だがじきに、一定のパタパタという音が聞こえてきた。モスの手動式タイプライター〈ローヤル・クワイエット・デラックス〉のキーを叩く、くぐもった音。モスが口述しながらタイプしているのか？　それならなぜランスがその音にうっとりと耳を傾けているの？　大作家の才能を耳から吸収できるとでも思っているのか――。

そのとき低い声が聞こえてきて、もうひとりモスの部屋にいることがわかった。「あれ、レインなの？」わたしは尋ね、ランスの横に腰を下ろした。

彼が唇に指を当て、うなずいた。「彼女、日付が変わってもあそこにいるんだ。口述をタイピングしているんだろう」ランスがこちらを見あげた。その目は暗がりでおちくぼんでいる。

「彼女のことが心配だ。モスを見ていると、うちの継父《おやじ》のことを思いだすんだよ」

「お継父《とう》さまってモービルで中古車のセールスマンをしていたのよね――」

「弱い者いじめをするやつだった。モスもおんなじだよ。本物の作家はああするこうすると御託《ごたく》を並べるばっかり。〝作家〟を〝男〟に置き換えれば、うちの継父《おやじ》が繰り返していた戯言《たわごと》と同じさ」

わたし自身はそんなふうに考えたことは一度もなかった。とはいえ、モスが述べる格言はためになるものからでたらめなものまで多種多様だった。本物の作家は毎日書く。本物の作家は書かなければならない、さもなくば魂が干上がり、飛んでいってしまうのだ。本物の作家は厳しい批判にさらされても弱音を吐かない。本物の作家は郊外に暮らしたり、オフィスで働いたり、結婚したり、子どもをもったりしない。そうするのは世話をしてくれる相手を見つけてからだ。本物の作家は自分が本物の作家かどうかなどとは尋ねない。ただそう自覚している。わたしたちはそうした格言を書き留めた――それが秘密の社会に入るためのパスワードでもあるかのように。でも、いくらそんな格言を聞かされたところで実際の執筆法や価値ある作品を生みだす方法や、書きあげた作品をどうすべきかといったことはなにもわからなかった。本物の作家は自作が出版されるかどうかなど気にかけないし、流行を追いかけるような真似もしないし、エージェントに顔を売るためにカンファレンスに出かけたりしない(だが、モスは著名なゲストとしてカンファレンスに招待されれば出かけていたし、費用も出させた)。

「出版するだけの価値がある作品を書いたら、まずはエージェントを見つけたまえ」ミランダにうるさく尋ねられると、モスがそう応じたこともある。

「レインはね、モスのためにタイピングをしていればなにか学べると思っているのよ」わたしは階段の踊り場でランスに言った。

「それに、あいつがエージェントに推薦状を書いてくれると思ってるんだろ」ランスが応じた。

「僕たち全員が望んでるのは、それしかない」

ランスはレインに嫉妬しているのか。

「わたしは——」と言いかけたけれど、ランスが手を上げてその先を制した。

モスの声が聞こえなくなり、タイピングの音も聞こえなくなった。レインが書斎から出てくるのを待ったけれど、彼女は出てこなかった。ランスがわたしを見て眉を吊りあげた。

「きみから話をすべきだ。相手が誰であれ思いどおりに操《あやつ》れると、レインは買いかぶっている。だがモスみたいな男は、いつだって自分の考えを押しとおす」そう言うと、ランスが立ちあがり、自室に向かった。わたしはそれから一時間ほど階段にとどまっていた。やがてモスの書斎のドアがひらく音が聞こえたので、慌てて自室に戻り、レインが自室に戻る音を聞いた。

ランスの言うとおりだ。わたしからレインに話をしなければ。でも、なんて言えばいいの？密かに行動を見張っていたことがわかれば、彼女は激怒するだろう。それに実際のところ、わたしになにがわかっているのか。モスはただタイプした原稿を読み返し、間違いを探していたのかもしれない。それにレインは自室に戻るとまたすぐにタイピングを始めていた。原稿の打ち直しをしているのか、モスと一緒にいたおかげでインスピレーションを得て創作に取り組んでいるのか、そのどちらかのはずだ。実際、翌日になってみると、上級セミナーの小部屋には次の授業までに読んでおくべき誰かの原稿が置かれていた——いつもと同様、匿名で。だが、その原稿を見たとたんに、活字の一部が欠けていたので〈エルメス・ベビー〉のタイプライターで打ったものだとわかった。そして原稿を読みはじめると、自分が執筆した小説を読んでいるような奇妙な感覚を覚えた。ストーリーの主人公はメイン州の海岸沖の陸繋島《りくけいとう》に暮らしていて、霧のなか土手道にぼんやりと浮かびあがる人影につきまとわれている。そして彼女はその人影を、霞の娘と呼んでいるのだ。

「霞《こ》んだ娘が登場する小説を書いてたのは、きみだったよね？」ランスが尋ねてきた。

わたしは肩をすくめた。そして、レインが〈ザ・レイヴン〉のオフィスで語っていたことを思いだし、こう応じた。「こういうアイデアって、神話の海ではあちこちを漂っているものだから」

だが、ランスは納得しなかった。彼にとってそれはレインが困難に直面しているというもうひとつの印《サイン》だった。翌日、レインとわたしは〈ローズ・パーラー〉の前をランスが歩いていく姿を見た。アイロンをかけたカーキのスラックスに淡い黄色のオックスフォード地のボタンダウンのシャツというきちんとした服装をして、髪をうしろに撫《な》でつけている。学校で写真を撮影する日の男子学生のような恰好だ。

「校長室に呼びつけられた生徒みたい」レインがその印象を表現した。

二日後、ホッチキス副学部長がワイルダー会館にやってきた。そして上級セミナーがおこなわれている部屋に入ってくると授業を中断させ、大学はワークスタディの助手をつけることにしたので今後は教鞭《きょうべん》をとる責務に集中していただきたい、とモスに告げた。ホッチキスの背後にはブリジット・フィーリーが立っていて、むっとした表情でわたしたちをにらみつけている――わたしたちの失敗のせいで、ただでさえ忙しいのにまた余計な仕事が増えたと言いたげに。

今後はブリジットがメールのアカウントの管理、課題のコピー、書籍の予約、タイピングといったモスの業務を担当すると、ホッチキス副学部長が説明した。そしてクラス全員の顔を見たあと、レインに視線を定めた。「学生が教授の仕事を手伝うと、えこひいきしているという誤解を招きかねない」

その当てこすりにモスは肩をすくめるばかりだったが、レインは頬を真っ赤に染めた。そして授業が終わるとそそくさと自室に戻っていった。今回、わたしは彼女のあとを追った。部屋に入ると、彼女は憤懣《ふんまん》やるかたないといったようすでぐるぐると歩きまわった。

「きっと苦情を言ったのはミランダよ」レインが息巻いた。「モスがわたしに目をかけはじめたから嫉妬したのね——さもなきゃランスかも。二日くらい前にランスが副学部長のオフィスに歩いていくのを見たし」

「どうしてランスが苦情を言うの？」わたしは尋ねたけれど、階段の踊り場でランスと交わした会話には触れなかった。「モスがあなたに目をかけたって、彼が嫉妬するはずないでしょう。むしろ目をかけられたくないと思ってるはずよ」

「確信してるわけじゃないけど」レインが声を潜めた。「ランスみたいな人って注意を引きたいがために従順な被害者を演じることがあるのよ。彼はモスに自分の継父を見ている。だから、わたしに嫉妬してる。モスからオイディプスって呼ばれるのも仕方ないわ」

この突飛な理論にわたしは呆気にとられ、どう返事をすればいいのかわからなかった。ここのところ、レインは現実との接点を失いつつあるように思えた。しばらくしてから、わたしはようやく口をひらいた。「結果オーライかも。これであなたも自分の創作に時間を割《さ》けるんだもの」

がたつく鏡台の前でレインが足を止め、〈エルメス・ベビー〉の薄緑色のキーに指を這《は》わせた。「あなたの言うとおりかもしれないわね」彼女が言い、異様な光が宿った目でこちらを見てにっこりと笑った。「モスのお決まりの文句があるでしょ。よりよく書くことが最高の復讐だって。わたしの邪魔をしようとする人間は誰であれ、後悔することになるわ」

28

現在

タイピングの音が廊下に響きわたっていた。キーを打つ音が鳴るたびに、骨まで凍りついた指がわたしの脊椎《せきつい》にタイプしているみたいに、背骨に氷の破片が突き刺さるような感覚が走る。トルーマンは上着に降りかかった漆喰《しっくい》のくずと同じくらい蒼白《そうはく》な顔をしているけれど、瞳を希望で輝かせながら廊下を進んでいく。レインがいると思っているに違いない。実際に、彼女なのかもしれない。わたしもそう思うけれど、自分の邪魔をする人間は誰であれ復讐してやるとレインが言ったとき、瞳がぎらりと光ったことを思いだしたとたん、胸には希望ではなく恐怖が満ちる。横を見ると、チルトンがまだ煙がくすぶる受話器を見ていた。

「ただの悪ふざけよ、チル。あなたの娘さんたちとはなんの関係もないわ」

「そんなこと、わからないくせに」チルトンが歯を食いしばる。「誰かがあたしを殺そうとしたのよ。適当なこと言わないで」

チルトンが携帯電話を取りだし、正面階段のほうに歩きはじめた――また娘さんたちと連絡をとってみるのだろう。チルトンと一緒に行くべきか。でもタイピングの音がしつこく聞こえてきて、気になって仕方がない。そこでトルーマンのあとを追い、廊下を進むことにした。彼はタワールームのドアの前に立ち、ドアノブに手をかけるが、そこで凍りついたように一瞬、動きを止めた。

ノブを回し、ドアを押しあけた。タイピングの音が大きくなる。邪魔が入らないうちに頭のなかのストーリーを一刻も早く文章に残したいと書き手が焦っているのか、タイピングのスピードが速くなったような気がする――

レインも最後にはこんなふうだった。締め切りまで時間がないかのように猛スピードでタイプしていたものだ。

タイピングの音はやまない。レインがデスクを置いていた窓の下のテーブルから音が聞こえてくるけれど、そこには誰も坐っていない。テーブルに置かれたタイプライターは勝手に動いていて、透明な作家がタイプしているみたいだ。

「あれはレインのタイプライターじゃない」トルーマンが言う。それだけが重要な事実であって、タイプライターが自力で動いているのはたいしたことじゃないと言わんばかりに。

でも、彼の言うとおりだ。それは重要な事実だ。タイプライターは灰色の巨大な怪物のようで、レインが使っていた薄緑色のスリムな〈エルメス・ベビー〉ではない。それにカタカタというその音は、当時ミランダの部屋から聞こえていたものだ。

「それ、ミランダが使っていた古いＩＢＭの〈セレクトリック〉よ。さもなきゃ、それに似てるもの。誰かが自動で動くようにセットしたんでしょう」

ゴルフボールほどの大きさのタイピングボール（回転するボール形の部品の表面に活字が刻印されている）がむきだしのシリンダーの上で動いている。床には二枚の紙が落ちていた。トルーマンが一枚を拾い、そこに記された文章を音読した。「〝小さな大鴉《レイヴン》が十羽、みんな元気だと思っていたら、一羽が落っこちて頭が割れて、残りは九羽〟」

「やだ」わたしは思わず言う。「それ、アガサ・クリスティの小説に出てくる、押韻詩《おういんし》に似てる」

「あの小説はどうしても好きになれなかった」とトルーマン。「誰かが僕たちになぞらえてパロディーをつくったんだ――残りはこうだ」

「〝小さなレイヴンが九羽、みんなで卒業できると思っていたら、一羽が首を吊って、残りは八羽〟」

「ドディーのことね」そう言い、ぞっとする。

「〝小さなレイヴンが八羽、みんな楽園にいると思っていたら、一羽が階段から落っこちて、残りは七羽〟」トルーマンがこちらを見るけれど、どちらもミランダの名前は口にしない。そのあと、彼はいっさいコメントを挟まずに残りを一気に読みあげた。

「〝小さなレイヴンが七羽、みんなでいつもの悪ふざけをして、一羽が頭に銃を当てて、残りは六羽〟

〝小さなレイヴンが六羽、みんな生きているだけで幸せだと思っていたら、一羽が咽喉《のど》を詰まらせて、残りは五羽〟

〝小さなレイヴンが五羽、みんな壁にぶつかって床に落ちて、一羽が感電して、残りは四羽〟

〝小さなレイヴンが四羽、みんなで剝製《はくせい》をつくっていたら、一羽が怒った牡鹿《おじか》に襲われて、残りは三羽〟

〝小さなレイヴンが三羽、みんな自分の身にこれから起こることを知っていて、一羽が下に、下に、下に行って、残りは二羽〟

〝小さなレイヴンが二羽、みんな悪魔と取引するのは楽しそうだと思って、一羽が呪われたベースを弾いて、残りは一羽〟

〝小さなレイヴンが一羽、ほかのレイヴンになりすまして鏡を見たら、自分の顔がなくなっていた〟」

最後の一行――鏡を見たら、自分の顔がなくなっていた――を聞いた衝撃で、わたしはよろめいた。トルーマンが紙から視線を上げ、わたしと目を合わせる。「こざかしいが、よくできてる。どうやら僕は悪魔と取引をする運命らしい」

トルーマンが書いた小説は有名になれるエレキギターと引き換えに、ギタリストが悪魔に魂を売りわたすというストーリーだった。そしてギタリストは結局、そのエレキギターに感電して命を落とすのだ。

「もしかすると、さっきの感電させる仕組みの電話機は僕を殺すためだったのかも。あんな細工がうまくできるのは、ベンくらいさ」

「でも、ベンのことも詩に書いてあったわ。自分の身にこれから起こることを知っていて、下に、下に、下に行く……ああ、もしかするとベンは――」

その先を言う前に、空気をつんざく悲鳴があがった。

「くそっ」トルーマンが声をあげ、紙を床に打ち捨ててドアのほうに駆けだした。「あれ、ランスの声じゃないか？」

29

あの頃

むっつりしたワークスタディを助手としてあてがわれたのが、モスはお気に召さなかったのかもしれない。それでもモスはそうとなったらブリジットをこき使いはじめた。口述原稿のタイピングをさせるだけでなく、わたしたちの不出来な創作と比較するための文芸作品のリストを作成し、図書館に行って集めさせた。セミナーがおこなわれる小部屋には毎日の課題のテーマとともに、参考資料の本のコピーが置かれるようになった。モスは授業で参考資料の内容に触れないこともあれば、微に入り細をうがち、内容について厳しく問いただすこともあった。そして、その本を読んでこなかった不運な学生には辛辣《しんらつ》な軽蔑の言葉を吐いた。

「本物の作家は本を読む」、とモスはよくのたまった。「片っ端から読みあさるのだ」

わたしたちは一九三〇年代のパルプフィクション、ラテンアメリカのシュールレアリスムや中世の寓話《ぐうわ》、ロシアの写実主義の小説、ギリシャ悲劇、日本の能の謡本《うたいぼん》などを読まされ、その手法を模倣させられた。

「どうして、真似させるのかな?」ある日、ドディーが疑問を口にした。大広間が自習室として解放されている時間帯に、わたしたちはヴィラネルという十九行二韻詩の詩形での詩作と格闘していたのだ。「人の真似をしてはダメだって口癖みたいに言ってるのに」

「いろんな形式であたしたちが無能だって責め立てたいのよ。それに形式を真似れば、誰がどの作品を書いたのか判別しにくくなるし」ダーラが応じた。

「嫌がらせをしてるだけだと思うな。レインが彼のためにタイプしてるって、誰かさんが副部長にチクったせいよ」チルトンが責めた。「あなたでしょ、ミランダ? あなたが白状すれば、モスはあたしたちのこと放っておいてくれるかも」

「あたしじゃない」ミランダが言い、ランスのほうを横目で見た。

ミランダやほかの誰かがランスを責めてレインの被害妄想に拍車をかけないよう、わたしは慌てて話題を変えた。「とばっちりを受けてるのは、可哀そうなブリジット・フィーリーよ。

モスにこき使われて過労死寸前」

「あたしはブリジットに同情なんかしない」ミランダが反論した。「あの娘《こ》はあたしたち全員をスパイできるし、あたしたちの作品をモスがこきおろすのを見ていい気味だと思ってるはず」

「わたしたちの作品？」レインがそう言うと、ボルヘスの『伝奇集』のコピーから視線を上げて驚いた顔を見せた。「あの娘にわたしたちの作品を読むチャンスなんてあるの？」

「セミナーの小部屋に原稿をもってきてるの、誰だと思う？」ミランダが答えた。「いちばん最初に読んでるのは絶対にブリジットよ。なんなら自分でコメントも書き込んでるかも。先週、あたしが書いた場面に〝幼稚〟だって批判するコメントが書き込まれてたんだけど、幼稚っていうのは二流の作家しか使わない言葉だって、モス自身が言ってたことがあるもん」

「でもヒューゴの筆跡じゃなければ、わたしにはわかる」そう言うと、レインが背筋をぴんと伸ばしてミランダをにらみつけた。「わたし、彼の口述筆記してたんだもの」

「あんたにわかるとは思えないけど」ミランダが言い返した。「ブリジットは他人の筆跡を真似るのがものすごくじょうずだよ。彼女が〈ザ・レイヴン〉で働いてたときなんて、不採用通知にエミリーの筆跡を真似て署名することもあったんだから」

「それって……犯罪でしょ！」レインが早口で声をあげた。「報告しなくちゃ。まずヒューゴに話して、それからホッチキス副学部長のところに行くわ」

「あたしなら言わないね」ミランダが言った。「モスは自分の助手をあんたのせいで解雇するのを嫌がるだろうね。っていうか、彼はもうブリジットに頼りきってる。それに、あたしはブリジット・フィーリーを敵に回したくない。だって彼女、モスがあたしたちの創作にコメントした罵詈《ばり》雑言《ぞうごん》を読んでるうえに、副学部長のオフィスで働いていたときにはあたしたちのすべてのファイルに目を通せたんだよ。個人情報を流出されてもいいの？」

「あたしのファイルにはなんら恥じるところがないけど」チルトンが自慢げに言った。

「あらそう？」ミランダがすました顔で言った。「あんたのSATのスコアが公《おおやけ》になってもいいわけ？」

チルトンが不安そうに笑った。「誰にばらすって言うのよ？」

「ブリジットはね、あちこちのチャットルームの常連だよ」とミランダ。

「ああ、あんなもの」くだらないというそぶりでレインが手を振った。わたしたちは全員、大学のメールアカウントをもっていたけれど、レインはメールを使っていなかったし、そもそもパソコンを使う人間を見くだしていたのだ——モスを見習って。「チャットルームに出入りしている連中なんて負け犬よ」

「好きな動物になれるチャットルームがあるのよ」ドディーがおずおずと言った。「あたしはムササビ」

自分が言いたいことを証明する発言をしてくれたとばかりに、レインがドディーに微笑んだ。「あの不愉快な娘のことをあれこれ心配して、時間を浪費するのはもったいないわ」レインはそう言うと、立ちあがった。「部屋に戻って執筆しましょう。わたしたち、そのためにここにいるんだから」

ブリジットに盗み読みされていることなど気にしていないふりをしていたが、夜になるとレインがわたしの部屋にずかずかと入ってきて、その日モスから返された赤ペン入りの課題の原稿を振り回した。「これって彼の筆跡だと思う？」そう尋ねると、彼女は赤ペンで修正がたくさん入っている箇所を指さした。「橋の下の怪物《ブリッジ・トロール》が助手になる前と後で返却された原稿を比べてみたの。そしたら、たしかに違いがあった」

わたしは彼女から渡されたふたつの原稿を見た。最初の原稿ではレインがまだ霞の娘の題材を使っていることがわかった。それについてはなにも言わなかったけれど、ブリジット・フィーリーがレインからタイピングの仕事を引き継いで以降、批判の言葉が増えていることはすぐにわかった。おなじみの非難の言葉──陳腐、ありふれている、冗長、退屈──も並んでいたけれど、もっと個人的で残酷なものが増えていたのだ。

いくらカネに頼ったところで賞賛は得られんぞ、ミス・ビショップ。母親の悲劇的な死を利用しようという魂胆《こんたん》かね？

「レイン」わたしは慎重に言葉を選びながら言った。「ここに書かれているのがモスのコメントなら、なかには……」そこまで言ってから〝不適切〟ほど大げさではない言葉を探した。「見るに堪えないものもある」そう言ったのは、モスの手書きの文字が読みづらくて、彼にはもはやまっすぐに線を引くことさえできないのではと思ったからだ。「個人面談のときに、モスに直接訊いてみたら？」

「訊けるわけないでしょ」レインが声をあげた。「あなたらしくないコメントがありますなんて言おうものなら、批判していると勘違いされちゃう。あの人、すごく繊細なのよ」

思わず笑いそうになったけれど、ぐっとこらえた。偉大なヒューゴ・モスに関してはいろいろなことが言えるが、繊細という表現はまったく似つかわしくなかったからだ。棘々《とげとげ》しい、がふさわしいかも。短気？　激高しやすい？

「いちばん手厳しいコメントをいくつかモスに見せて、ほんとうにあなたが書いたんですかって訊いてみたら？　自分が書いたものじゃなければ、違うって返事するでしょう？」

レインが疑わしそうな顔をした。「忘れてしまったと思うかもしれない。ここのところ、彼……忘れっぽいのよね」

「わたしたちの名前もときどき忘れるよね」わたしは言い、ここ何回かのセミナーでの出来事を思い起こした。「でもそれって、きみらなんぞ自分にとっては重要な存在じゃないってことを体現してるのかと思ってた」それに誰が書いた小説かをよく間違えることもあった――とりわけ、わたしとレインの小説を。だが、この問題に触れようものなら、わたしたちの小説が似ているという証拠をレインに突きつけることになる。そんな真似をしたら、レインが常軌を逸した状態になってしまうような気がして恐ろしかった。

「先週はヘミングウェイとフォークナーを混同してた」レインが犯罪を報告するように声を潜めた。「〝大切な人たちを全員殺しなさい〟って述べたのはヘミングウェイだって言ったのよ」

「ただ言い間違いをしただけかも――」

「それに口述をタイプしていたとき、同じ節を繰り返すこともあった。主人公の名前を忘れちゃうこともね――自分が十年間、書きつづけてきた小説だっていうのに！　ガスコンロにケトルをかけたまま放っておくこともあったのよ。じきに火事を起こすかも」

「きっと考え事がたくさんあるのよ」わたしはそう言ったけれど、レインが異常に興奮しはじめたので不安になった。「本物の作家は俗世間と隔絶した想像上の世界で暮らしているって、よく言ってるじゃない？」

「正直に言うとね……」レインが大きな吐息を漏らした。「彼、もう知的能力を失いつつあるような気がするの」

それはとても配慮に富んだ表現だった。わたしの頭に、モスがブライアウッド大学の同僚を捜して生垣の迷路をさまよっている光景が浮かんだ。するとレインの発言の重さが伝わってきて、ぞっとした。「彼、アルツハイマーになったって思ってるの？」

「たぶんね」そう言ってレインが唇を噛《か》んだ。「でも、わたしがそう言ってたとは誰にも言わないでね。恐ろしいことだもの」

「そりゃそうよ！」わたしは同意した。「あれほど聡明な――」

「ええ、残念だわ」そう言ってから、レインが慌ててつけくわえた。「だけど、わたしたちはどうなるの？　彼が知的能力を失っているのなら、教え子でいたっていいことなんかないでしょう？　それにネル、彼の作品は……」レインがつらそうに顔を歪《ゆが》めた。「彼の新作、支離滅裂《しりめつれつ》なの。ほら……彼に読まされたボルヘスの短編、覚えてる？　中国のスパイがいて、その先祖が一冊の本を書く。その本にはひとりの男が選べるすべての選択肢が示されていて、結局、その本は通り抜けることができない巨大な迷路になったたっていう話」

『八岐《やまた》の園』ね」わたしは言い、わけがわからず、あの作品を三回も読み直したことを思いだした。

「それ！　その主人公は選択を迫られると、つねにすべての選択をする。だから読者は、あらゆる可能性について彼を追うことになる。最初のうちはね、これは見事な——実験的な作品だと思ったの。でも読み進めるうちに、自分まで迷路に入り込んで、角を曲がるたびに自分がふたつに分かれて、次の角でまたふたつに分かれて、その次の角でまた……」

わたしは彼女の両手を握った。レインがあまりに強くTシャツを引っ張っていたので、生地が裂けている。「怖いの」彼女が言い、わたしの手をぎゅっと握り返した。「自分がモスの頭のなかに入り込んだような気がして。彼、口述の最中に突然口を閉じて、窓の外をじっと見つめることがあるの。外にはただ闇が広がっていて、窓に映る自分の姿しか見えない。それからまた口述を始めるんだけど、さっき読んだばかりの節をまた繰り返すのよ」そう言うレインの目には涙が浮かんでいた。

わたしはランスと一緒に階段で耳を澄ましていたときに、しばらくなんの物音も聞こえてこなかったことを思いだした。「書斎でモスと一緒にいたとき、あなたの身に起こったことはそれだけ？」

レインはしばらくきょとんとしていたが、ふいにわたしの婉曲な言い回しを理解した。「まさか、わたしが……？　あるわけないでしょ、絶対に！」

安堵《あんど》できるはずなのに、どういうわけか安堵できなかった。それどころか、レインが辛抱強く同じ節を何度もタイプしているところを想像すると怖くてたまらなかった。ミノタウロスのための生贄《いけにえ》として迷宮に閉じ込められたギリシャ神話の少女のように思えたのだ。

「誰かに相談すべきじゃないかしら」

「でも、それがモスにバレたら?」レインが尋ねてきた。「きっと、わたしたちを責め立てる。そして犯人がわたしだと突きとめる。そうなったらエージェントに推薦状を書いてもらえなくなるし、デビュー作に推薦の言葉も寄せてもらえなく——」

「レイン」わたしは言い、彼女の両手をさすった。「あなたは才能のある作家よ——きっと偉大な作家になれる。だからモスなんて必要ない。自分で道を切り拓ける」

しばらくはレインの気持ちを落ち着かせることができたように思えた。彼女の顔がだんだん穏やかになり、わたしが握っている手からも緊張が抜けてきた。でも彼女は両手を引っ込めると、首を横に振って「あなたにそんなこと、わからないでしょう」とつぶやいた。「将来どうなるかなんて誰にもわからない。才能があればいいってものじゃないのよ。適切な人に会って、その都度適切な選択をしなくちゃならない。だから今年度が終わるまでは、モスにはなんとしてもしゃんとしていてもらわないと。それにこの件は誰にも、とくに橋の下の怪物《ブリッジ・トロール》には知られてはならない。この手の話は彼女の大好物だもの。彼女なら、わたしたちの行く手をさえぎる障害物としてこのトラブルを最大限に利用する。そして、わたしたち全員を破滅させるでしょうね」

30

現在

トルーマンが階段をダッシュしていったので、ミランダみたいに首の骨を折るのではないかとはらはらした。でも、わたしが追いついたときにはもう書斎にいて、長椅子の前でひざまずいていた。しばらく、自分がなにを目にしているのかよくわからなかった。長椅子に横たわっている物体は〈ルミナリア〉の仮面をつけているように見える――そして周囲は血だらけだ。

ランスが書いた小説そのものだ――剝製《はくせい》にされた動物たちがよみがえり、継父を殺す――

「もう……?」

トルーマンが牡鹿《おじか》の頭部のほうに身をかがめ、それをランスの頭から必死になって外した。トルーマンの手に鮮血がほとばしり、手が赤く染まる。わたしは駆け寄り、ランスの出血を止めようとした。ランスの両目は大きくひらいているけれど、牡鹿の剝製のガラスの目と同様、なにも見ていない。わたしの目に熱い涙があふれてきて、ありがたいことに目の前の光景がぼやけた。ランスの首に手を当ててるが、脈は感じられない。

「彼の小説に出てくる継父みたい」

振り返ると、ドア口にチルトンが立っていた。髪と肩が氷に覆われているその姿は氷の女王を思わせたが、彼女は顔をくしゃくしゃにしてすすり泣きを始めた。

「可哀そうなランス！　こんなふうに殺されるいわれはないのに。あの最後のとき、彼はあたしたちと一緒にいなかったんだもの」

わたしは彼女の肩に手をかけ、ひしと抱きしめた。そのときキッチンのドアがひらく音がして、ルースの声が聞こえてきた。

「なにがあったんです？」廊下のほうを見ると、うしろにニーナを従えてルースがキッチンから出てきた。

「キッチンに戻って、裏口のドアに鍵をかけて」わたしは怒鳴った。まだ自分が喋れることにも、さらに命令ができたことにも驚く。ついさっきまで凍りついてしまったように感じていたのに、ルースとニーナがランスの身に起こったことを目撃すると思ったとたんに電流が流れたかのごとく行動を起こさせたのだ。

ルースがうなずき、ニーナをいざなってキッチンのドアの向こうに消えていく。

「裏口のドアに鍵をかけて、なにかいいことがあるわけ？」チルトンが尋ねてくる。「殺人犯が建物のなかにいるかもしれないのに」

「いるかどうか、まだわからないでしょ」わたしはそう言うと、書斎のあちこちに目を走らせた。隠れていられるのは長いカーテンの陰だけだ。わたしは足早に窓へと歩き、カーテンを勢いよく開けた。するとガラスに自分の顔が映っていたので、ぎょっとした。頭のおかしい女の顔だ。

「この部屋から出よう」そう言ってトルーマンが立ちあがった。死体を見おろすと顔を歪《ゆが》め、ランスの顔にアフガン編みのブランケットを掛ける。

「キッチンにいるルースとニーナの無事を確認しないと」わたしはそう言い、せりあがってくるパニックを抑えようと軽く胸を叩いた。トルーマンとチルトンが先に部屋を出ていき、わたしが最後にドアを閉めた。

キッチンではルースとニーナはカウンターに坐っていて、その前では湯気をあげるマグカップを並べたトレイがあった。「紅茶を淹《い》れたん――」ルースが言いかけたけれど、わたしたちの顔を見て口を手で覆った。

「ミスター・ワイリーですか?」ニーナが尋ね、頰に涙がつたった。「なにがあったんです?」

わたしが返事をする前に、ルースが言う。「自傷行為ですか? 彼の回想録に自殺願望と闘っていると書いてありましたけど」

チルトンが咽喉《のど》を詰まらせるような音をあげたので、ヒステリーを起こすのではと心配になる。「いいえ」わたしはすぐに答えた。「そうじゃない。何者かに殺されたの」

ルースが息を吞んだ。「どうして彼を傷つけようなんて思う人がいるんです? あんなに……無害な人なのに」

「わからない。でも、何者かが彼を殺した……それにダーラとミランダも。警察に通報しないと……」わたしは室内に目を走らせた。キッチンには身を隠す場所こそないけれど、ぎらぎらと光るナイフがたくさんある。わたしたちも武装するほうがいいのだろうか。「みんなで安全な部屋に集まって鍵を閉めて、警察がやってくるのを待たないと」

「911には通報しました」ルースが言う。「けれど、大学までの二本の道の両方に倒木があって、救急車が通れないそうです」

「ベンには、わたしがまた電話してみる」

「ヴェガス巡査とはついさっき、話しました」とルース。「この一時間ほど、ベンの携帯電話とも警察無線とも連絡がとれないそうで」

やはりベンが犯人だと言わんばかりに、トルーマンとチルトンが目くばせをする。

「キャンパスには電波が届かないところがたくさんあるのよ」わたしは弁護した。「この建物のほかの部屋をすべて確認して、ドアや窓に鍵をかけてくるわ」

「一緒に行く」トルーマンが言う。

「わかった。ルース、チルトン、ニーナ、あなたたちはキッチンにいて。裏口のドアにはもう鍵をかけてある。わたしたちが出たら廊下側のドアにも鍵を閉めてね。なにか聞こえたら……」そこまで言うと、わたしはナイフスタンドのほうを見て、ルースとチルトンに〝武装して〟と目配せする。だが、チルトンが口をひらく。

「わたしが銃をもってること、みんな知っておいてね」そう言うと、チルトンがベストのポケットに手を入れ、金属部分が濃いグレーの小型のリボルバーを取りだした。

「なんなんだ、チルトン！」トルーマンが罵《ののし》った。「どこで手に入れたんだ?」

「銃の携帯許可証はもってるから」チルトンが言い訳するような口調で説明を始めた。「いつも車のなかにセーフティロックをかけた状態で置いてあるの。ハートフォードで娘たちのサッカーの試合の送迎用に買ったのよ。治安が悪い地域を通らなくちゃならなくて」わたしたちの唖然《あぜん》とした顔を見ると、チルトンが顎先をつんと上げた。「買っといてよかった。これで自分たちの身を守れるもの」

「さもなきゃ、僕たちを撃つかだ」とトルーマン。

「あなたたちふたりが悪さをしようとしたらね」チルトンが言い、にっこりしようとするけれど、その顔がしかめ面《つら》へと歪む。彼女は銃をベストのポケットに戻し、カウンターに腰を下ろすと紅茶の入ったマグカップをもちあげた。愛国女性団体DARの会合で憲法修正第二条について論じている絵画『革命の娘たち』さながらだ。

「オーケイ」これ以上言い争いが続かないよう、わたしは口をひらいた。「とにかく気をつけて。戻ってきたらドアを三回ノックするから。キッチンから絶対に離れないで」

わたしはトルーマンのほうをちらりと見て、一緒にキッチンから出ていく。背後で鍵がかかるカチッという音が聞こえる。ふたりで大広間を横切っていくと、「ワーオ」とトルーマンが口をひらいた。「チルトンが僕たちに向かってダーティハリーを気取るとはね。パンデミックの最中に彼女が鍛えてたのは体幹だけじゃなかったと見える」

彼が冗談を言うのはおびえているからだ。大学時代も皮肉やダークユーモアを盾にして、本心を隠していたものだ。

「それほど意外な話じゃないわ。チルトンは娘さんたちを溺愛しているし、強がってはいるけれど、娘さんたちのことが心配で仕方ないみたいだから」わたしは窓の鍵をひとつひとつ確認していく——ガラスを割れば侵入するのは簡単だが、少なくともガラスが割れる音は聞こえる。窓ガラスは蜜蠟《みつろう》のように何層もの不透明な氷で密閉されていた。なんだか、自分たちがずっとワイルダー会館に閉じ込められているような気がする。問題は誰がわたしたちを閉じ込めたか、だ。

鍵を閉める前に、いったん玄関ドアを開けて戸外に目をやった。新鮮な空気を吸って閉所恐怖症のような恐怖心を追い払いたくてたまらない。ところが、外の風景はちっとも安堵《あんど》できるものではなかった。すべてが薄い氷に覆われ、まだ午後三時だというのに空には雲が垂れこめ、真っ暗闇に近い。わたしたちがここに取り残され、救助からも隔絶されているような気がした。

わたしはドアを閉じて鍵をかけると、収納付きベンチの蓋を開けた。

「そんなところに誰が隠れるもんか」とトルーマンの声が聞こえた。「殺人犯がアライグマなら話はべつだが」

「アイゼンがないかと思って」わたしは説明する。「いくつかここに置いておいたって、ルースが言っていたの」わたしは軽アイゼンを見つけ、ベンチの上に置いた。ここから脱出できるささやかな手段ができたわけだが、胸に湧きあがる恐怖心を軽くすることはできない。正面階段に向かうと、あとからトルーマンがついてきた。突然、金属がカチッと鳴る音が聞こえて、わたしは振り返った。トルーマンの手には飛び出しナイフが握られている。

「ダーティハリーを気取る話をしたばかりでしょ、トルー。いつからナイフを持ち歩くようになったの？」

「ガラの悪い場所でライブをすることがあってさ」彼が釈明を始めた。「ただ、僕たちの身を守りたいだけだよ。殺人犯だと疑ってるのなら、僕が先頭に立つ」

「疑ってない」わたしは言い、先に階段を上がった。

「どうして？」彼が尋ねてくる。そのままランスの部屋に入り、クローゼットやベッドの下を確認した。ナイトテーブルには瞑想や自己啓発に関する本が積みあがっていて、その上にきちんと老眼鏡が置かれていたので、胸が潰れそうになる。

「そうね、ひとつにはランスが殺されたとき、あなたはわたしと一緒にいたから」そう応じ、わたしはダーラの部屋へと移動した。「それにもうひとつ。あなたは彼のことが大好きだったから」わたしはクローゼットの扉を開け、悲鳴を呑みこんだ。ダーラの丈の長い黒いベルベットのマントがぶら下がっていたのだ。クローブの香りがする煙草やパチュリ精油の香りが漂ってきて、彼女がまだそこにいるような気がする。トルーマンがなにも言わないので振り返ると、彼の目に光るものが見えた。ランスを思って泣いているのかと思ったけれど、彼がこう言う。

「これ、レインの仕業《しわざ》だと思わないか？」

その質問には答えずに、わたしは次の部屋に移動した——ルースの部屋だ。そのあとはトルーマンの部屋に入る。ベッドカバーが乱れていることを除けば、誰かがここに泊まっていたという形跡はない。私物がほとんどないのだ。ナイトスタンドには本もなければビタミン剤もない。見るからに短期滞在者の部屋だ——自分の痕跡をまったく残さずに旅を続けるのに慣れている者の部屋。

「わたし、ずっと考えていたの。四年生のとき、彼女がすごく混乱していたこと」と、わたしはついに言う。「お母さまの死に彼女がどれほどの衝撃を受けていたのか、わたしたちは誰もきちんと理解できていなかったんだと思う」

「彼女、その話をしようとしなかったよね。それに『母はわたしのためにそばにいてくれたことなんて一度もなかった。だからべつに、なんにも変わらないのよ』と言って、切って捨てたこともあった」

「自分で思うよりもずっと心に大きな傷を負っていたんでしょうね。それに自分も母親みたいになることを怖れていた。レインは自分がどんな人間かという認識を失っていたのよ。そして、目の前でモスをくずおれさせた――」

「僕なんか、どうせ金目当てでデートしてるんでしょうと責められたことがあったよ」トルーマンがつぶやく。

「レインは被害妄想に取り憑《つ》かれていたのよ」わたしは言う。わたしたちはタワールームに来ていて、ふたりともドア口で凍りついたまま、レインが室内で耳をそばだてているかのように声を潜めた。「ブリジット・フィーリーがモスのコメントを捏造《ねつぞう》していたと、レインは考えていたの。それに最後の頃には、彼女、だいぶ錯乱していた。それからずっとメイン州のあの家に二十五年間も閉じこもっていたんだから、症状が改善するとは思えない」

わたしは思い切ってドアを大きく開けた。室内には誰もいない。警察が捜索したときのまま、クローゼットのドアは開けっぱなしになっている。ミランダの所持品はすべてもちだされている。テーブルにはまだＩＢＭの〈セレクトリック〉が置かれていて、取り憑かれたように続けていたタイピングを終えている。飛びかかろうとして身を縮めている獣に向かっていくように、わたしはおそるおそるタイプライターに近づいた。

「誰か、電源を切った？」わたしはトルーマンに尋ねた。

彼が眉根を寄せた。「覚えてない。慌てて離れたから」

電源ボタンに目をやると、ボタンがＯＮの位置にあるのがわかった。

「ふうむ」わたしは言い、電源コードがコンセントに入っているかどうか確かめた。指紋が残らないようフリースで指先を覆い、電源をオフにする。なにも起こらない。

「犯人はどうやってタイピングを始めたり終わらせたりしたのかしら？」

トルーマンが肩をすくめた。「遠隔操作できるスイッチがあるとか？」

「そうかも……」記憶のなかでなにかがよみがえった。本部棟の地下に続く階段のいちばん上に立っていたときと同じ感覚だ。「地下室にヒューズボックスがある」地下室でトルーマンとふたりきりでスコッチを捜していたときのことを思いだし、わたしはそう言った。あのとき、ほかにもなにかがあることに気づいたのだ。ところが記憶を呼び起こす前にライトが消え、室内が真っ暗になった。階下から叫び声が聞こえてくる。そして、また叫び声——こんどは間違いなく男性の声だ——が聞こえたあと、銃声が鳴り響いた。

31

いったん疑いをもてば、ヒューゴ・モスの身に生じている事態を直視せずにいるのはむずかしかった。たいていは正気であり、文芸作品の長い節を一言一句違《たが》わずに暗唱できるほどで、また実際によくそうしていたが、同じ授業で同じ節を繰り返し暗唱することもあった。まるで生涯を通じて愛読し、崇拝してきた作家たちがひしめく迷路に自分も入り込んでしまったようだった。そのせいで、わたしたちも彼と一緒にその迷路に閉じ込められてしまった——誰よりもレインが。

ブリジットがわたしたちの原稿を読み、勝手にコメントを書き込んでいる。レインはそう強く思い込み、被害妄想をつのらせた。と同時に、モスの気まぐれな賞賛を獲得しようと躍起になり、失くしたものを捜しているように夜更けまでキャンパスを落ち着きなく歩きまわった。そしてベンに、その昔使用人たちが使っていたトンネルに案内させた。トンネルはキャンパスの地下に大学の神経系であるかのように張りめぐらされていて、そこを歩くレインは望みの人生へと続く秘密の扉を見つけようとしているようだった。そしてハロウィーンを一週間後に控えた秋の日、モスから怪異譚を書きなさいという課題を出されると、彼女の顔が奇妙な輝きを帯びた。

「自分がいちばん怖がっていることを直視してほしいのよね。それなら、なにをすべきかわかってる」レインが言った。

「部屋にこもって執筆するとか？」チルトンが小馬鹿にした。

「そうしたいのなら、そうすればいいわ、チル」レインが言い返した。「でも、わたしは氷の洞窟に下りていきたい」

「前に行ったじゃないか」とトルーマン。「マジでビビったぜ」

ブライアウッド大学の地質学科は規模の小さい氷の洞窟にかぎって案内するツアーを組んでいた。目的地は洞窟というより浅い窪《くぼ》みという程度の代物で、ロープの手すりのついた石段を下りていけばすぐに着くし、その大半が露天だった。それでも岩棚の出っ張りにさえぎられて頭上に空が見えなくなると、閉じ込められたような気がして落ち着かなかった。

「大学が認可しているところじゃなくて、西尾根にある洞窟に下りてみたいの。〈マーリンの洞窟〉って呼ばれてるところ」

「あそこは立入禁止だ」ベンが制した。「六三年度の女子学生社交クラブの入会勧誘期間に、ふたりの新入生があそこに下りていったけど、ひとりしか戻ってこなかった。そのあと、その娘《こ》はずっとコウモリや幽霊の話をぺちゃくちゃと喋りつづけていたとか」

「ライバルを蹴落とすために仕組んだのよ」レインが返した。「その娘、社交クラブに入会できたの？」

「精神科病院に送られた」ベンがたしなめた。「大学はその社交クラブを廃部にして、洞窟への立ち入りを禁止した」

「でも、あなたはそこに行ったことがあるんでしょう?」レインは引き下がらなかった。「だって、この国の男子学生ってみんなそんな真似をするもの。洞窟に下りていって、なにかを爆破して遊ぶ。洞窟ってそういうところでしょう?」

「おれは爆破したことなんかない」ベンが堅い口調で言い、「でも、たしかに」と渋々認めた。「〈マーリンの洞窟〉に一度下りていったことはある。通過儀礼みたいなものだよ」

「〈マーリンの水晶洞窟〉みたいなところがあって、そこでは自分の未来が見えるっていう噂はほんとうだったの?」

レインとわたしがメイン州ですごした夏、魔法使いや神秘的な洞窟を描いたメアリー・スチュワートの本をふたりとも読んでいた。そしてレインは未来が見える場所を見つけるというアイデアに夢中になっていた。だからわたしとしては、この非現実的なアイデアをベンに一蹴してほしかった。レインが神秘的な話をすると、ベンは必ずはねつけていたからだ。ところが、ベンはまじめくさった顔で口をひらいた。「あの洞窟にはなんていうか……妙なところがあった。もしかすると音響効果のせいかもしれない。友だちのタッドは地下からガスが漏れているんじゃないかと考えていた。洞窟は断層に沿って続いているから、岩にひびが入ったり動いたりしているんだ。あそこの岩はどれも北極と南極からの磁気エネルギーで変化を続けてるっていう説もある」

「へーっ、意外だな、相棒」トルーマンが不安そうに笑いながら言った。「超自然現象になんぞ、おまえは興味ゼロだと思ってた」

トルーマンにからかわれ、ベンが頬を真っ赤にして言った。「実際にあそこに下りていけば、あの感じがわかるさ。ほんとうに行くのなら道具を揃えないと——洞窟探検クラブから借りられるかも」

そしてベンが洞窟体験に必要な装備類の説明を始め、気づいたときにはみんなで一緒に出かけることになっていた。誰よりも渋りそうなベンが行く気満々で、その目には滅多に見かけることのない輝きが宿っていた。〈マーリンの洞窟〉に下りたときになにか恐ろしいことを経験したので、その正体を確かめたいのか。あるいは、リーダー的な地位になれたことが嬉しかったのかもしれない。

その晩遅く、ベンはどんな靴やウェアが必要で、落ちてくる岩の破片やコウモリから身を守るためにどんなヘッドギアを用意すべきかという説明を始めた。コウモリがいると聞き、チルトンとドディーは行くのをやめた。ミランダとダーラのことは最初から誘っていなかったし、ランスは閉所恐怖症だから無理だと辞退した。そこでトルーマン、レイン、ベン、わたしの四人だけで翌日の授業のあと、尾根まで登ることになった。ベンは洞窟探検の用具——アイゼン、ナイロン製のロープ、固定具のカラビナ——を持参していた。トルーマンはマリファナ煙草をもってきた。

「これから先は冷静な判断力《ウィット》が必要だ」と、ベンが言った。あたりには発育の悪いハイマツの茂みや、秋の陽射しを受けて深紅《しんく》に見えるブルーベリーやハックルベリーの群生が広がっている。

「僕にはいつだって機知《ウィット》がある」とトルーマンがうまく返した。

するとレインが「古代人は心をひらき、この世界というベール越しに過去を見るためにドラッグを利用していたんですって」と言い、マリファナ煙草を深々と吸い、わたしに渡してきた。

「デルフォイの神託では、地球の裂け目から湧きだすガスを吸ったそうだし、アステカ族の僧は幻覚作用のあるペヨーテを使っていたそうよ」

わたしはほんの少ししか吸わなかった。地下にいるあいだにハイになっても大丈夫なのか、不安だったのだ。マリファナを吸うとふだんより不安感が強くなる。でも、レインはわたしにマリファナ煙草を回しては認識の扉をひらきなさいと言いつづけた。西尾根に到着した頃には、鮮やかな秋の色彩が脈をもっているようにうねり、友人たちの声にはアンプから聞こえる音みたいにエコーがかかっていた。自分の足先がものすごく遠くにあるように感じられた。

「危ない――」ベンがわたしの腕をつかみ、大きく口を開けている黒い穴から引き戻した。

「『気をつけろ、もうすぐ洞窟だ』って言ったのが、聞こえなかったのか?」

その声が怒気を帯びていたので、わたしの目に涙が浮かんだ。あなたとはただの友人でいたい。わたしがそう伝えてから、ベンからはずっとつっけんどんな態度をとられていたのだ。わたしは頭を振って下を見た。長く黒い裂け目が横目でこちらをにらみつけている。硫黄臭い冷気が顔に吹きあがってきて、地下に棲む獣《けだもの》の息のようだ――身を低くしてチャンスをうかがっている獣がすぐそこに潜んでいるのかも。

「あれがそう？」レインが尋ねた。乱れた髪が顔の前に落ちているので表情は見えない。がっかりしているのか。

「そうみたい」わたしは努めて明るい声で言った。「期待外れって感じよね？　地面に臭くて大きい穴が空いてるだけだもの。だから、ここでちょっとぶらぶらしたら――」

レインが頭を上げてわたしをにらみつけた。その瞳孔《どうこう》は足下の穴のように漆黒だ。「馬鹿言わないで。古代ローマの黄泉《よみ》の国の入り口みたいな感じがするもの。わたしたちを待ってるみたい」

「だな」トルーマンが同意した。「僕たちをとって食おうって腹だ」

「きみは行く必要ない」ベンが言い、ロープの片端をハイマツの幹にしっかりと結わえた。

「あそこまで下りていくのにハイマツじゃ重みに耐えられないぞ」トルーマンが言い、マリファナ煙草の火を消した。

「このロープにぶら下がるわけじゃない」ベンが説明した。「ここに戻ってくる目印にするんだ」ベンがヘッドランプを装着し、ベルトとロープをカラビナで結ぶと、みんなも身体にロープをつけろと命令した。レインはヘッドランプではなくランタンを持参していて、身体にロープをつけるのを拒否した。「みんなとぞろぞろつながって、この雰囲気を台無しにしたくない。〈マーリンの洞窟〉の神秘を体験して自分の未来を見てみたいのよ」

ベンが肩をすくめた。「好きにしろ、自己責任だ。ネルは？」そう言うと、カラビナを差しだしてきたので、わたしはありがたくベルトに装着した。そもそも行きたくなかったのに。洞窟で迷子になったところを想像するだけで耐えられない。

ベンが先頭を進み、岩壁に打ち込んであるスチール製の輪っかにロープを固定していった。どの輪っかも、これまでにここに探検にきた人たちが打ち込んだものだという。「壁に身を寄せておけ」ベンが振り返り、叫んだ。「階段の反対側は切れ落ちてるから」視線を落とすとヘッドランプの光が闇へと伸び、はるか下方で見えなくなった。

「下までどのくらい距離があるの？」恐怖心をせいいっぱい隠して、わたしは尋ねた。

「誰も知らない」ベンが答えた。「知りたいとも思わない」

わたしは階段を下りていくあいだ、ずっと壁に身体を密着させていた。永遠とも思える時間が流れたあと、ようやく底に着いた。クレバスがあるからこのまま壁に身を寄せていろと、ベンから警告された。それでもレインはおかまいなしにクレバスに近づいていき、ランタンを掲げて叫んだ。「ハーロー、そこにいる人」彼女の声がはっきりと木霊《こだま》となって返ってきたのでぞくっとした。レインの一部が彼女から分離して底のない穴にとらわれてしまったようだ。レインも同じことを感じたのかもしれない。こちらを振り向いたその顔は青白く、やつれていた。「かかってこい、マクダフ！」（シェイクスピア『マクベス』の一節）と呼びかけたけれど、その声は反響する音よりか細く、木霊に生命力を奪われたみたいだった。

ベンが岩のアーチの下に入っていき、わたしたちは頭をかがめて細い通路を歩いていった。

「見て！　あれ、ネイティブアメリカンが彫ったシンボルかしら？」レインが尋ね、円形の彫刻にランタンを寄せた。いちばん上に小さい角《つの》のように見える半円が彫られている。

「かもね」ベンが応じた。「数世紀にわたって、ここの壁には印《しるし》が彫られてきた。どれがオリジナルでどれが後世に追加されたものか、判別がむずかしいけど」

「きっとオリジナルよ。そう感じるもの」そう言うと、レインが先頭に立って前進を続け、そのあとをトルーマンが追った。わたしも行こうとしたけれど、ベンに引き留められた。ベンが壁の金属製の輪っかにロープを固定する。

「こうしておけばロープがからまずにすむ」ベンが言った。「この先は気をつけてくれ、落差が――」

「やべえ!」トルーマンの叫び声が聞こえて、わたしは慌てて前に進んだ。カラビナが腰回りでチリンチリンと音を立てる。するとトルーマンとレインが丸っぽい空間に立っているのが見えた。天井を見あげていて、視線の先では氷で覆われた鍾乳石《しょうにゅうせき》がきらめいている。

「〈マーリンの水晶洞窟〉よ!」レインが声をあげた。

「ほんとうにそうなら、マーリンがここにいるんじゃない?」わたしは尋ねた。「魔術師ヴィヴィアンに閉じ込められて」

「きっとそうよ」レインが言い、ゆっくりと円を描いて振り返った。ランタンの光が鍾乳石に反射して虹色のプリズムが蝶みたいに洞窟のなかを飛びまわる。万華鏡のなかにいるみたいだ。

「それに、わたしたちには彼の姿が見えないのよ。ほら、耳を澄まして……」

彼女の声の反響とカラビナの鳴る音が静まると、低いうなり声が聞こえてきた。暖房炉や発電機のような音が周囲からいっせいに生じている。その振動を靴底に感じて指先と頭皮のてっぺんがぞくぞくした。しばらくするとベンが口をひらいた。「洞窟に風が吹き抜けると、ああいう音が鳴るって聞いたことが――」

「あれは風じゃないわ」レインが言い、ランタンの灯《あか》りの下、目をきらりと輝かせた。「地球のハミングよ。ここには不思議な力が働いている――感じない？」彼女はわたしたちの返事を待たずに向きを変えると、入ってきたところからいちばん遠いほうにランタンを掲げた。そこの岩にはふたつの黒い隙間があった。

「どっちに進めばいいの？」わたしはベンに尋ねた。

「もちろん、左」レインがベンの代わりに答えた。「迷路ってそうできてるでしょ、必ず左に曲がる――」

ベンがなにか言いかけたが、レインはすでに左の隙間のほうに歩きはじめていた。「ロープなしで先頭を進んじゃいけない」ベンが言い、岩壁に埋め込まれたボルトにロープを固定した。

「ずっと左に曲がっていけば、彼女、きっと迷わないわ」わたしは言い、ベンのすぐうしろを歩いた。

「そんなこと、わからないぞ」ベンが応じた。彼のヘッドランプの光が氷に覆われた岩層を照らしだした。「ここでは岩が動いてるって言っただろ？　いま、おれたちは断層の上を歩いてるんだ。この前、おれがここに来たときとは地形が変わっているかもしれないし、そのあと落盤や陥没が起こったかもしれない」

「このまま出られない可能性もあるってこと?」わたしは尋ねた。足の下から吹きあがる冷気と壁にしたたり落ちる溶けた氷が骨身にじんわりと染み込んできて、怖くてたまらない。ここに閉じ込められたまま、死体は永遠に保存されるのかもしれない。

「慎重に歩いて、一緒にいれば大丈夫だ」ベンが答えた。

わたしたちは何度が角を曲がったけれど、必ずいちばん左側を曲がった。前方からは新たな驚異に遭遇するたびに感嘆するレインの声が聞こえてきた——水晶《クリスタル》のシャンデリアのように見える鍾乳洞、古代のバイキングの探検家たちによって彫られたかもしれない渦巻き模様、そしてマーリン自身によって彫られたとレインが確信している呪文。

「わたしたちいま、迷宮を歩いてるのね」と言うレインの声が岩肌にぶつかり、木霊した。それはまるで織機の杼《ひ》のようにさっと移動し、わたしたちを縦糸に、彼女の空想と願望を横糸にして編み込んでいく。

次の分かれ道では岸壁に三つの隙間があったけれど、いちばん左のはレインやトルーマンでさえ狭すぎて入れそうになかった。でも、ふたりはわたしたちを待たずに進んでしまったので、わたしは真ん中の隙間を指さした。それが正しい選択かどうか確かめようとベンのほうを振り返ると、ヘッドランプのライトに照らされたその顔にはむきだしの恐怖が浮かんでいた。

「どうしたの?」わたしは小声で尋ねた。ロープが切れてもとに戻れなくなり、わたしたちは岩の下に閉じ込められてしまったのか。

「感じない?」と尋ねる彼の顔には涙が筋となって流れて頭上の鍾乳石のようにきらめき、その目は大きく広がっている。わたしが知っている誰よりも理性的で迷信など信じない人が、理性を超えたなにかにおびえている。

「なにを?」わたしは尋ねたけれど、そのとき静寂のなかであの低い音が聞こえてきた。それまでも、その音がまったく聞こえないときはなかったのだが、ふいに圧倒的な恐怖に襲われた。わたしたちはいま洞窟で迷って大地の下に閉じ込められているだけではなく、どの道を選ぼうと隙間がどんどん狭くなって、いずれは身動きできなくなるだろう。なにもかも、すでに運命で定められていたのだ。レインは偉大な作家になって、トルーマンは彼女の忠実な取り巻きとなり吟遊詩人になる。ベンは犯罪者を起訴する検事になる。そしてわたしは——ブライアウッド大学ですごした魔法にかかったような四年間のあと——〝現実世界〟に戻る。そこでは母がいつもわたしの進路に口を出し、わたしは高校教師の職に就くだろう。だって大学院に進学するお金の余裕などないのだから。

「おーい!」と叫ぶトルーマンの声で、わたしは将来に対する空想の恐怖から現実に戻された——あとになってから、その前に吸ったマリファナのせいで不安に襲われたのだと気がつくのだが。わたしはベンに背を向けてトルーマンの声が聞こえた方向に進み、円形の大きな洞窟に入っていった。しばらくすると、そこはわたしたちが最初に入ってきたところだとわかった——〈水晶洞窟〉だ。どうにか迷路を進み、無事、出口を見つけたのだ。

「おーい!」トルーマンがまた大声をあげた。迷路を進んでいるうちに、彼の声からはいつもの皮肉っぽさが剝《は》がれ落ちていた。「レインがどこにいるのか、わからないんだ」

「一緒じゃなかったのか?」ベンが尋ねた。

「レインが前を歩いていたんだけど、途中で見失った。ここにたどり着いたときには、きっといるはずだと思ったんだが」

「もう外に出たんじゃないか」ベンが冷静な声で応じた。手元に視線を向けてロープを引っ張っては丸く束ねている。すっかりいつものベンに戻っていて、わけのわからない恐怖に駆られた先ほどの自分を恥ずかしく思っているようだった。

「そうは思えない」とトルーマン。「僕には通り抜けられないほど細い隙間があったから、違うほうを選んだんだ。でも、もしかすると彼女はあっちに進んでいって、迷ったのかも」

「あんなところに入るのは馬鹿だけだよ」ベンがわたしを見ずに言った。彼もその隙間を見ていたのだが、わたしがなかに入るのを嫌がることがわかっていたのだ。「きっと今頃は外に出てワイルダー会館に向かってるよ。さあ、行こう。暗くなる前にここから出ないと」

ベンが上がっていくと、トルーマンとわたしは視線を交わした。「暗くなったらどうなるんだ?」トルーマンが小声で尋ねてきた。

わたしは首を横に振った。それから声をかぎりにレインの名を叫んだ。その声は悲鳴のように木霊して恐ろしかったが、返事はない。トルーマンとわたしは順番に何度か叫びつづけた。

「ベンの言うとおりよ」ついにわたしは言った。「レインはもう外に出てワイルダー会館に戻ってるはず」

わたしたちはロープをつたって外に出て、地上に生還した。これほど空気がおいしいと思ったことはない。洞窟の闇を経験したあとだったので、尾根の向こうに沈もうとしている夕陽がこのうえなくまぶしく感じられた。

「行こう」ベンが言い、すたすたと歩きはじめた。自分自身と、そして洞窟で彼を恐怖におとしいれたものがなんであれ、それと一刻も早く距離を置きたいと言わんばかりに。

あれはなんだったの？　もしかするとわたしと同様、どんどん狭くなる通路のなかで将来の自分の姿を見たのかも。わたしはベンのあとを追い、トルーマンのほうを振り返った。彼はこちらに歩きはじめていたけれど、洞窟の入り口に目を向けているので足下の小さい裂け目には気づいていない。

「危ない！」わたしは叫び、駆け寄った。それなのに、わたしのほうがつまずいて穴に落ちそうになった。蹴飛ばした岩が穴に落ち、はるか下のほうで底に着地して大きな音を立てた。

「奈落に落ちかけたのをまた救ってくれたね」そうトルーマンが言ったけれど、わたしを抱きかかえているのは彼のほうだった。わたしの腰に回された腕はしっかりと揺るぎなく、風で冷えた顔に温かい息を感じた。

彼はにっこりと微笑むと頭を下げ、わたしに唇を重ねた。わたしも彼にキスを返し、そのましばらく立っていた――大昔に粉々に砕け散ったさまざまなものにふたりの身体が橋をかけているかのように、岩の裂け目の上で抱きあって。やがて足下の石からうめき声のようなものが聞こえてきた。吹き抜ける風の音だろう。その音があまりにも悲しそうだったので、自分のなかでもなにかがひび割れたような気がした。

わたしは彼をそっと押し戻し、言った。「いけないわ。レインの心が壊れてしまう」

「彼女に心があるのかどうか、怪しいけど」とトルーマン。

わたしはショックを受けて彼を見つめた。「レインは感受性が強い人よ」

「まあね。でも、ほかの人間の感情を気にかけていると思う？」

「それなら、彼女と別れて」そう言う自分に驚いた。「そうすれば彼女に心があるかどうか、わかるから」

わたしはトルーマンに背を向けて歩きはじめた。背後から彼がわたしの名前を呼ぶのが聞こえたけれど、地面を見ながら歩きつづけた。

わたしたちが山から下りていくと、最後の陽射しがミラー湖を鮮やかに照らしだし、黄金色《こがね》の円盤のごとく輝かせた。まるで異世界への入り口のようだ。あの向こうには鏡の世界があるのかも。そこにはわたしの古い自己認識を投影できる鏡があって、地味なエレンが親友の恋人を横取りしたいと切望しているのだ。それにしてもずいぶん長い時間、洞窟にいたような気がした。でも、そんなに長く洞窟にいられたはずがない。それにあれ以上、あそこに長くとどまっていたら、山を下りてみるとキャンパスが廃墟になっていて、友人たちはもうとっくの昔に亡くなっていたかもしれない――ハヴィランド学部長が読んでくれた寓話《ぐうわ》のバラッドみたいに、妖精が住む山からひとりの旅行者が出てきたところ、下界では百年が経過していたことを知るのだ。わたしは不誠実にも、こう考えた。きっと百年後の未来ではレインがとうの昔に死んでいて、トルーマンとわたしは結ばれることになるのだ、と。

ワイルダー会館に戻ると、レインがモスの書斎の暖炉のそばでアフガン編みのブランケットにくるまって背中を丸めていた。暖炉の炎に照らされて薄紅色に頰を染め、モスの高級ウイスキーをグラスで飲んでいる。

「やあ、おかえり」モスがわたしたちに言った。その目はレインの頰と同じく赤い。「ミス・ビショップが冒険してきたところだと話してくれたよ」

「おれたち、彼女を捜して山の上に残っていたんです」ベンが言った。

「〈水晶洞窟〉で迷ってしまって」レインが説明した。

「だが、なんとか脱出しました」トルーマンがつけくわえた。

「でも」レインが言い、首を横に振った。「わたしたちみんなで見たもの――あんなものは勘定に入らない。わたしだけが本物の〈水晶洞窟〉を見つけたのよ」

「そりゃそうだ」ベンが小声で言った。「彼女は僕たちよりいい洞窟を見つけないと気がすまないだろうからね」

モスがレインに微笑みかけた。「どうやらミス・ビショップは近道を見つけて、きみたちより早くここに戻ってきたらしい」

彼女を捜していたせいで遅くなっただけなんです。そう言おうとしたとき、レインがこちらを見あげた。その拍子に、彼女の頰が薄紅色に見えるのは肌を擦りむいたせいだとわかった。両手も擦りむいていて、グラスを口に上げる手が震えている。最悪だったのは彼女の瞳だった。

まるで〈水晶洞窟〉で自分自身の恐ろしい未来を見たかのように、なにかに取り憑かれたような輝きを帯びていたのだ。

32

現在

闇のなかで手探りしながら、すぐさまドアに向かって動きはじめた。そのとたん、二発目の銃声が聞こえた。

「待て！」トルーマンがそう叫ぶとわたしを引き寄せ、ウエストをきつく抱きしめてきた。聞こえるのはわたしたちの鼓動だけ。しばらくすると女性の痛そうな泣き声が聞こえてきた。

「チルトンの声よ」わたしは小声で言う。「助けにいかなきゃ」

「わかった」トルーマンが携帯電話のライトを点灯した。その顔は恐ろしい仮面をつけているようだ。「僕を先に行かせてくれ」

わたしも自分の携帯電話のライトをつけ、トルーマンに続いて手探りしながら裏階段を下りていく。キッチンのドアのところにやってくると、鍵をかけたことを思いだした。耳を澄ますと、チルトンがすすり泣きながら命乞いをするように「ごめんなさい、ごめんなさい」と繰り返す声が聞こえてきた。それから、もっと低い声も――ベンだ。

「気をつけろ」トルーマンに言われるが、わたしは無視してドアを強く叩いた。「ベン？　チルトン？　開けてちょうだい。ネルとトルーマンよ。ルース？　ニーナ？　みんな大丈夫？　なにがあったの？」

足音のあとに、鍵が回転する音が聞こえた。音を立ててドアが少しひらき、しばらくなにを見ているのか理解できなかった。目の前にあるのは血まみれの顔だ。ドアが大きくひらくと、それがチルトンだとわかる。彼女は腕を強くつかんでいて、セーターの穴から血が流れでている。

「そんなつもりじゃなかったの」チルトンがすすり泣く。「明かりが消えて、誰かが地下室から上がってくる音が聞こえたの。だから、てっきり殺人犯だと思って——」

わたしは彼女を押しのけ、携帯のライトでキッチンのなかを照らしだした。足下がべたついている。血の臭い。うめき声が聞こえ、そちらに携帯電話を向けた。ベンがだらりと床に伸びていて、上半身だけキャビネットに預けている。わたしは悲鳴をあげ、彼の横に膝をついて傷口がどこか見ようとした。

「明かりがいる！」わたしは叫んだ。「ランタンをもってきて！」

「見た目ほど……悪くはないよ」ベンがあえぎながら言うが、話そうとしたせいで苦痛に顔が歪《ゆが》む。「ただ……肩を撃たれただけ……彼女が……心臓を……外したのは……たしかだ……」

「ほんとうにごめんなさい」背後でチルトンが泣きながら言う。

「おれも……反撃した」ベンが途切れ途切れに言う。「彼女の腕を撃ったかも……確かめてくれ……」

「あたしは大丈夫。ただのかすり傷よ。ああ、ベン。ほんとうにごめんなさい。お願いだから元気になって。万が一のことがあったら、あたし、自分をけっして許せない……」

「おれもだよ」ベンが言い、笑みを浮かべようとしたものの、やはり顔を歪めた。トルーマンがランタンをもってきて隣に膝をつくと、ベンの顔が急に明るく照らしだされた。トルーマンが山ほどふきんをもってきて、ベンの肩に押し当てた。ふきんが見る間に赤く染まる。

「傷口を洗って止血しないと」わたしはそう言い、一部しか照らしだされていないキッチンを見まわす。ルースとニーナがいない。「ルースはどこ?」わたしは強い口調で尋ねる。「それにニーナは?」

チルトンが目をしばたたき、ふたりがいないことにいま気づいたといった表情であたりを見た。「明かりが消えたとき、ルースが発電機を見てくると言ったような気がするわ。ニーナも一緒に行ったはず」

「ふたりを行かせたの?」わたしは問いただした。

「わたしも一緒に行くつもりだったんだけど、誰かが地下室から上がってくる音が聞こえたから、ふたりを守らないといけないと思ったのよ!」

裏口のドアを見ると半開きのままになっている。

「ベンの傷口に包帯を巻いて止血してから、ふたりが無事か確認しよう」トルーマンがそう言うとベンの胸のほうに身をかがめ、飛び出しナイフを使ってシャツを切り裂いた。「チルトン、ふきんを何枚かお湯に浸してくれるか？　ネル、ベンの身体の向きを変えるのを手伝ってくれ。射出創《しゃしゅつそう》がわかるかも」

ふたりで身体の向きを変えると、ベンが大声をあげた。「すまない、ベン」とトルーマン。「ああ、よかった。弾丸は肩を貫通している。あとは傷の消毒をして、出血を止めればいいだけだ」

トルーマンがこんなふうに指揮をとっているのを見ていると、疑問が湧きあがってきた。いったいどこで彼はこんな応急処置の方法を覚えたの？　さらに彼はベンに質問を続けて痛みから気をそらせるテクニックまで見せた――ベンが殺人犯だといまだに思っていて、取調べをしているつもりなのか。

「で、なんだって地下室にいたんだ？」トルーマンがまず尋ねる。

「トンネルを通ってきたんだ」ベンが言い、トルーマンに肩を拭かれるたびに痛みで顔をしかめた。「地下室に行こうとした……本部棟の……地上に出るドアがひらいているはずだと思って……それで犯人が建物のなかに入れたんだと……だが……」ベンの顔がランタンの下で幽霊みたいに白くなり、あの日、洞窟のなかで見たむきだしの恐怖が浮かんだ。

「地下道はあなたの怪異譚が始まるところだったわよね」わたしは言う。わたしたちが洞窟から出てきたあと、ベンが書きはじめた小説のストーリーを思いだしたのだ。ただし、彼は小説の舞台を氷の洞窟ではなく、キャンパスの地下に張りめぐらされているトンネルにした。主人公は女子学生社交クラブの仮入会期間中にいじめられて置き去りにされるのだが、ひとりぼっちで閉じ込められたという彼女の恐怖心と孤独感は、あの日、洞窟のなかで彼の顔に浮かんでいた感情と同じだった。「なにがあったの、ベン？」

「トンネルのなかで迷ったんだ。どこに上がっていってもドアに鍵がかかっていて、壁には印《サイン》が描かれていた……あの洞窟のなかみたいに……まるでどこかに導かれているようだった……突き当たりまで行くと、ワイルダー会館の地下室に続く入り口には箱が積みあがっていて、ふさがれていた……そいつを蹴っ飛ばして階段を上がってきたら明かりが消えて……罠にはめられたと思ったよ。きっと階段のいちばん上で、彼女がおれを待っていると……」

「誰が？」トルーマンが尋ねる。「おまえのことを誰が待っていると思ったんだ？」

「レインだ」ベンが答える。「ホッチのパソコンで見つけたんだよ……やつはレインを脅迫していた……おれの携帯を見てくれ……」

彼がポケットをさぐって携帯を出そうとしたので、わたしが手伝って取りだした。画面にはメールのスクリーンショットがあった。わたしは最初の数行にざっと目を走らせてから、音読を始めた。

「〝拝啓、ミズ・ビショップ。貴女が偉大なるヒューゴ・モスの追悼式にご参列くださるのを心待ちにしている。モスの最後の学生として――そしてもっとも成功をとげた弟子として――この機会を逃したくはないことでしょう。わたしはいまでも覚えている。おふたりが一緒にいるのを最後に見たのは二十五年前の〈ルミナリア〉の夜、岩山塔の前に立っていたときのことだったと。おふたりはきわめて接近して立っていた！　また貴女のクラスメイトのひとりも、そのときのことをやはり懐かしく思いだしていますよ。貴女はこの件をふさわしい方法で尊重してくださることでしょう。あの重要な夜を記憶にとどめる適切なやり方としては、五十万ドルの寄付金がふさわしいと拝察する〟」

「なんて厚かましいの！」チルトンが声をあげた。「あの夜の出来事を暴《あば》くぞと言って脅迫して、寄付金をせびるだなんて」

「でも、あいつはあの場にいなかっただろ」とトルーマン。

「ところが、いたのよ！」わたしはふいに思いだして声をあげた。モスの書斎にあった写真のどこかにずっと引っかかっていたのだ。「彼、写真に写っていたのよ――あなたのサングラスのレンズのなかにね、トルーマン。たしかにブリジットの姿も写っていたけど、登山道の入り口の石壁の奥に影みたいなものが見えて気味が悪いと思ってたの。でも、いま、その正体がわかった。ローブを着た人の影だったのよ。ホッチは壁のうしろに隠れていた――当然よね。ブリジットが自分のメッセージを届けたときの、モスが辱《はずかし》めを受ける現場を見たかったんだから。そしてホッチは、そのあとの出来事も目撃した」

「そうだとしても、じゃあホッチはどうしてこれまでずっと黙っていたんだ？」トルーマンが尋ねてくる。

「いちばん気前のいい寄贈者を敵に回して、いいことなんてある？」とチルトン。

「二十五年後にもっとお金をせびる必要が生じないかぎりね」わたしがつけくわえる。

「レインは簡単には脅迫に応じないはずだ」トルーマンが反論する。「どうして彼女がホッチの言い分を信じると――」

「自分の言い分を裏づける人間がいるとホッチが言ってきたからよ」わたしは説明を始めた。「貴女のクラスメイトのひとり、と彼は書いている。つまり、わたしたちのひとりなのよ。レインはわたしたちのひとりが約束を破ると考えたんでしょう」

「そのとおりだ」ベンが言い、ふいに警戒を強めたような表情を浮かべる。「レインがおれたちにあの誓約をさせたときに見せた真剣さは、みんな覚えてるだろ？　つまり、おれたちの誰かひとりが約束を破ると思い……彼女はここに戻ってきておれたち全員を殺すことにしたんだよ」

33

あの頃

洞窟冒険のあと、レインは自室にこもって執筆を続けた――少なくともタイピングはしていた。彼女のタイピングの音はモンスーンの季節に入って昼夜を置かずに降りつづける雨が鳴らす一定のリズムのドラムのように、わたしたちの耳に届いていた。わたしたちは卒業前の最後の課題に取り組むことになっていて、原稿を秋学期の最終日に提出する予定だった。それから秋休みのあいだにモスに原稿を読んでもらい、春学期に書き直すのだ。レインは傑作を書くと意気込んでいた――そうすれば、徐々にモスが沈む時間が長くなってきている、あの意識の霧をつんざけるとでも言いたげに。

「自分が紡《つむ》ぐ言葉の力でモスを治療できるとでも思ってるみたいだな」トルーマンがわたしの部屋で不満そうに言った。レインから追い払われると、彼はよくわたしの部屋に来ていたのだ。そんなとき、わたしはたいていデスクに坐っていた。デスクは窓枠の下におさまっていて、わたしはその枠を引っかいて〝さらなる高み《エクセルシオール》へ！〟という文字を彫り、ノートには物語を引っかきだしていた。執筆の手を止めて椅子をくるりと回転させると、ベッドに手足を伸ばして寝そべったままレインに関する悩みを延々と喋っているトルーマンが見えた。ときどき、自分が彼のセラピストになったような気がした――ノートを膝に置き、片手にペンをもって。「だけどさ、彼女が傑作を書けなかったらどうなる？　そんなことになったら、彼女の心が壊れてしまう」

レインの壊れやすさ。それこそが山の上でわたしたちがキスをした翌日、彼女に別れを告げられない理由としてトルーマンが挙げたものだった。「最終課題に取り組んでいるあいだは、とても言いだせないよ。そんな真似をするのはフェアじゃない」そう彼に言われて、わたしは同意するしかなかった。もしかすると、わたしたちふたりが最終課題を書き終えるまでは、わたし自身もレインの怒りを買いたくなかったのかもしれない。ここのところレインは被害妄想をつのらせていた。だからトルーマンもわたしも、レインに大きなショックを与えて正気を失わせたくなかったのだ。

ある日、朝食の席にレインがパジャマ姿でやってきて、セミナーの小部屋に戻されていたタイプされた原稿を振ってみせると、「これ書いたの、誰?」と強い口調で尋ねた。

「言っちゃいけないことになってるでしょ」ミランダが咎《とが》めた。

「あなたなの、ランディ?」レインが問いつめた。

ミランダが頰を真っ赤にして否定した。「そんなストーリー、あたしのスタイルじゃない。あまりにも暴力的よ」

その小説はある娘がブレインという名前の意地悪な女子学生とその友人のアシュトンとヘレンからいじめられたり虐待されたりするストーリーだった。その娘が置き去りにされて死んだあと、彼女の幽霊が墓場からあらわれ、残忍な復讐を始めるのだ。わたしはすぐに、それがブリジットの原稿だとわかった――〈レイヴン・ソサエティ〉の選考のために彼女が提出した原稿をハヴィランド学部長のオフィスでこっそり読んでいたからだ。でも当然、そんなことを言えるはずがない。

「モスが書いたのかも」ランスが言った。「僕たちをビビらせて、仲違《なかたが》いさせたいのかも」

「まさか」チルトンが否定しようとしたものの、あまり自信はなさそうだった。もうその頃には全員、モスの精神が健全ではないと疑っていたからだ。授業での話には一貫性がなくなり、同じことを何度も繰り返しては急に話を脱線させ、ものすごく長いあいだ宙を見つめていることもあった。わたしたちの課題に対するコメントもまた意味不明になっていた。わたしが提出した原稿には、最終章のページすべてに〝愛する人を残らず殺せ!〟と殴り書きがしてあった。

秋休みに入る前、わたしの部屋をノックする音が聞こえたけれど、誰も入ってこなかった——トルーマンならいつもすぐ入ってくるのに。そこで立ちあがり、ドアのところに行った。廊下に立っていたのはトルーマンとチルトンだった。トルーマンはおどおどしていて、チルトンはレインの部屋のドアのほうをうかがっている。わたしはなにも言わず、どうぞ入ってと身振りで示した。室内に入るとトルーマンはいつものようにベッドに寝そべろうとはせず、ベッドの端にぎこちなく坐り、チルトンがその隣に坐った。わたしはデスクの椅子に腰を下ろすと思わずノートに手を伸ばし、これから聞かされる話に身構えた。

「もう、モスをこのまま放っておけない」チルトンが小声で言った。「こんな状態を続けるわけにはいかない。誰かに相談しなくちゃ」

「レインが言うには——」わたしは言いかけた。

「レインは彼のあとを追って、ますますようすがおかしくなってる」とチルトン。「以前にも彼女がこんなふうになったところ、見たことがあるの。チョート校で、彼女、ドミナ・ミドルトンっていうラテン語の教師を崇拝していて、『アエネーイス』の叙事詩を必死になって暗記していてね。それなのに、その教師はレインにAマイナスの評価をつけた。レインは校長のところに行って、ドミナ・ミドルトンが自分に不適切な行為をしたと訴えた。可哀そうに、あの女性教師は解雇された」

「そんな、ひどい」わたしは驚いて言った。なぜチルトンはこの件についてこれまで教えてくれなかったの？「でも、それが今回の件となんの関係があるの？　レインはモスが解雇されることを願ってるわけじゃないでしょう？」

「まあね。でも、モスがレインの原稿にいい評価をしなかったら、彼女がどんな真似をしでかすか心配なのよ。あなたたちのどちらか、レインの原稿を読んだことある？」

トルーマンとわたしは首を横に振った。「素晴らしい原稿であることを願うわ。でも、モスがいい評価をしなければ意味がない――いくら原稿がよくたってモスの評価が低ければ、事態はいっそう悪くなる」チルトンが言った。

「どういう意味？」トルーマンが尋ねた。

「モスみたいな男は」と、富と権力を手中《しゅちゅう》におさめたおとなたちのあいだで育ったチルトンがなにもかもお見通しだという口調で言った。「二十二歳の小娘が目立つのが許せないのよ。モスは自分の能力が衰えて名声が堕ちつつあることを自覚しているし、レインみたいな女の子が自分の上を行くところは見たくない。だからあたしたちで誰かに相談して、この状況をどうにかしないと」

「ハヴィランド学部長は――」わたしは言いかけた。

「サバティカルでイギリスの湖水地方にのんびりお出かけ中」チルトンがわたしの代わりに説明した。「でも、たとえここにいたとしても、彼女はモスのことが好きだから必要な対応はしてくれないでしょうね。だからホッチキス副学部長のところに相談に行くしかないのよ」

わたしに支給される奨学金の話し合いをしたあと、ホッチキス副学部長に言われた言葉が頭のなかでよみがえった――きみは全力で期待に応えなければならない、ミス・ポートマン。へマをするんじゃないぞ。だから、わたしとしては彼と会うのは気が進まなかった。「ほんとうにそう思う？　だって、ホッチって……」

「自己中心的で血も涙もない役人タイプ」チルトンがその先を言った。「でも代わりの教員を見つけるまで、モスに休暇をとらせる権限をもっている」

「レインは僕たちを憎むだろうな……」トルーマンがぼやいた。

「あなたはね、レインが自滅するのを阻止するよりも、自分が彼女から嫌われないですむほうが大切なのよ」チルトンが辛辣《しんらつ》な口調で言い切った。「それなら、あたしが嫌われ役を買ってでてあげる。レインにはあたしのアイデアだって言うわ。だから、あなたたちのどっちかひとりが一緒についてきて。あたしの話を聞くべきだって、ホッチに口添えしてほしいのよ。やってくれる？」

トルーマンが嘆願の視線をこちらに向けた。責任逃れをしたいのだ。あの夜以来、いっさい見返りを求めないわたしに向かって、毎晩のようにレインに関する悩みを吐きだしてきたのと同じだ。彼がまだレインと別れられないことを、わたしは受け入れてきた。どうしていまさら彼にすげなくできよう？

「わたしが一緒に行く」わたしはチルトンに言った。「セミナーの授業中に行きましょう。そうすればレインやモスが本部棟にいる可能性はゼロだから。トルーマン、あなたはみんなに、チルトンとわたしには用事ができたって伝えて」――そこまで言って、もっともらしい言い訳を考えた。「〈ルミナリア〉に備えて特別な準備をしているって伝えておいて。モスを称えるための特別なイベントを計画していると思わせればいいわ」

チルトンがうなずき、わたしに渋々微笑んでみせた。あなた、厄介な男の扱い方をようやく心得たのねと言いたげに。


翌日、わたしとチルトンはセミナーの授業の前にスパイのように――というより裏切り者のような気分で――ワイルダー会館からこそこそと抜けだした。気温が急に低くなり、煤色《すすいろ》の重たい雲が山に垂れこめていまにも雪が降りだしそうだ。冬至が近くなると午後四時を迎える頃には、もうあたりは暗くなっていた。ここが正念場だ、とわたしは考えた。これを乗り越えれば、春には事態が改善されているはず。春になればハヴィランド学部長が帰国して上級セミナーをモスから引き継ぎ、わたしたちが書き直した原稿すべてに目を通してくれるだろう。彼女は厳格だから手加減しないだろうが、公平だし、なにより正気だ。モスのような天才的なひらめきの持ち主ではないから、ただ伝統を継承する守り人の役割しか果たせないかもしれないが、いまわたしたちが必要としているのはそういう人だ。

わたしたちがベアトリス・アン・ベテルマンズの要塞のような待合室に意気込んで入っていくと、彼女がタイプライターから視線を上げた。お約束はしていていないんですが副学部長とお目にかかりたいんです。そうチルトンが言うと、オフィスからホッチキス副学部長の声が聞こえてきた。「ミス・プライアーかね？　入りたまえ。ちょうどいま、お父上と話をしていたところだ」

そのチルトンにわたしがくっついて来たのを見るとホッチはがっかりしたようだったが、すぐに気を取り直し、大きなオークのデスクの向こうでくつろいだままプリンストン大学のネクタイをまっすぐに直した。

「父のことですから、ブライアウッドにはそれなりのラクロスチームが必要だと電話してきたのではありませんか。わたしがチョート校で連勝を途絶えさせたときにも、それはがっかりしていましたから」

ホッチキス副学部長は含み笑いを漏らし、プリンストン大学の男女のスポーツについてなにやら話を始めたが、わたしにはちんぷんかんぷんだった。「それにしても」ホッチが話題を変えた。「きみが経営学の学位をとらずに創作に傾倒したと知ったときには、お父上はさぞ失望なさったことだろう」

「わたし、両方とも専攻しているんです」チルトンが答えた。「父にはそう何度も説明しましたし、来年になったらラドクリフ大学の出版コースを受けるつもりなんです。でもそれはあくまでも、上級セミナーを無事に終えられたらの話なんですが」

最後の言葉を聞き、ホッチキス副学部長が坐ったままわずかに背筋を伸ばした。「〝上級セミナーを無事に終えられたら〟とはどういう意味だね?」

「それが……」チルトンはそう言うと殊勝に目を伏せた。「ちょっと問題が生じていて。わたしとしては誰のことも悪く言いたくありませんし――モス教授のことはみんな心から尊敬しているんですが――」

「彼はわれらが希望の星だぞ！」ホッチキスがわざとらしく強調した。そういえばホッチはライターズ館にモスの名前を冠するという案に強く反対していた。「わが大学でもっとも人気のある教授のひとり」と、それがモスの人格の欠点であるかのように〝人気〟という言葉を発音した。「当然のことながら、うちの教員全員に出版界とのコネがあるわけではない。それに、わが大学に大勢の受験生が惹きつけられているのは彼の名声によるところが大きいし、ミス・ビショップから寄せられた寄付金があれば創作プログラムはもっと規模を拡大していくはずだ」

「ええ」チルトンはそう言うと視線を上げ、ホッチキスと目を合わせた。「たしかにそうなるでしょうが、指導者としてモス教授がほんとうにふさわしいのかどうか不安なんです。おわかりでしょう……彼はここのところ……ネルとわたしは――」そこまで言うと、チルトンがわたしに射貫くような視線を向けた。わたしに話に入ってほしいのだろう。「モス教授はここのところ、ようすがおかしいんです。正直に言えば、モス教授は知的能力を失いつつあるのではないかと心配でならなくて」

「ほんとうかね？」ホッチキス学部長はそう言うと坐ったままふんぞり返った。その顔に笑みらしきものが一瞬浮かんだ。きっと、この知らせを歓迎しているのだ。ホッチはこれまでずっとヒューゴ・モスに嫉妬してきた。そしていまようやく、モスに対する攻撃手段ができたのだ。

「それが事実ならゆゆしき事態だ。それで彼はいったいどんな行動をとっているのかね？」

「そうですね」チルトンが言い、大きく息を吸った。「授業中、自分がなにを言っているのかわからなくなったことが何度かありました……」そう言うと、またわたしに鋭い視線を向けた。

「わたしたちの原稿に対するフィードバックも、だんだん……その、辛辣に――」わたしは口をひらいた。

「ああ、それは彼がきみに厳しいだけなのでは」

「わたしにだけじゃないんです。とても意地の悪いことを書くんです……全員に。それも、とりわけレインに対して――」

「ああ、レインにね。なるほど。創作プログラムの支援者の機嫌をそこねるわけにはいかない。そうとわかれば、この件はわたしが調査することにしよう。だが、それならなぜミス・ビショップが自分で苦情を言いにこないのかね？」

「レインはモス教授を崇拝しているんです」わたしは言った。

「するときみたちがここに来たことを、彼女は知らないわけか」ホッチキス副学部長はそう言うと、わたしに微笑んだ。まるでわたしを見てすべて合点がいったと言わんばかりに。「きみは彼女に隠れてここに来た。奨学金を用立ててくれた友人に対する恩知らずの行為だとは思わんのかね？」

「奨学金？」チルトンが繰り返した。

　そう言われて、チルトンが奨学金の件を知らないことを思いだした。この件は誰にも言わないでとレインから口止めされていたのだ。きっとレインはわたしに恥ずかしい思いをさせたくないのだろうし、自分の手柄にしたくないのだと想像していたけれど、ようやくわかった。そんなことを知ったらチルトンが嫉妬心をめらめらと燃えあがらせると予想したのだ。

「おや、きみは友人がミス・ポートマンに全額授業料免除の奨学金を与えていたのを知らなかったのかね？　それも返済不要だぞ！　なんという太っ腹！」

チルトンが返事をしなかったので、ホッチキス副学部長が身を乗りだした。「よろしい。この件はわたしが調べよう。モス教授とはわたし自身が話し合いの席を設ける。春になったら帰国したハヴィランド学部長にも相談する。それから、次の住居付き作家の候補をあらためて捜してもらおう」そう言うと、わたしたちの頭よりほんの数センチ上のあたりをじっと見つめた――まるでもう、わたしたちが部屋から出ていったかのように。

34

現在

「そんなことは不可能だ」トルーマンが反論を始めようとしたけれど、ベンの目がぱたぱた動いたかと思うと閉じたまま動かなくなった。

「発電機を動かして、ルースとニーナを見つけないと」わたしはそう言って立ちあがり、チルトンに話しかけた。「ベンと一緒にいるだけの体力がありそう？　わたし、トルーマンと外に行ってくる」

チルトンがうなずくと、ベンの横に行って床にぺたりと坐り込んだ。彼女はいかにも痛そうに腕のグロテスクな切り傷のあたりをさすっているが、出血はおさまっている。わたしは彼女の銃が床に落ちていることに気づき、それを拾いあげて安全装置のレバーを押し、コートのポケットに入れた。「あなたの銃、借りるわね、チル。いざとなったら、あなたはベンの銃を使って」するとトルーマンがこちらを見つめているのに気づいた。「なに？　銃器の取り扱い講座を受講したのはチルトンだけじゃないのよ。あなたは？」

「え？」

「銃のトレーニング、受けたことある？」

「ない。でも銃の扱い方を知ってるかって訊きたいなら、知ってるよ」

「よかった。じゃあ、これをもってて」わたしは彼に銃を渡し、裏口に向かった。ドアの横に置かれたバスケットのなかに懐中電灯があったので、スイッチを入れ、トルーマンの血痕のついた目のおちくぼんだ顔を照らしだす。

「ネル、話がある」

「いまじゃなくてもいいでしょ、トルー」理性を保とうと必死で声が震える。「レインがすべてを仕組んだ可能性があるのよ。その事実を受け入れたくないのはわかるけど、とにかくいまは現実を直視して、レインがルースとニーナに危害を加えていないかどうか、確認しないと。ベンは撃たれて床に倒れてるんだから、犯人がベンだとは思えない」

「それじゃ、なんの証明にもならない――」トルーマンが言いかけるが、わたしの顔を見ると話を変えた。「なんにせよ、ベンはもう脅威じゃない。だから、あとに残ったのはきみと僕だけだ」

「チルトンは?」わたしは尋ねる。「彼女、ベンを撃ったのよ」

「ああ、だが犯人がチルトンなら、僕たちが入っていったときにふたりとも撃てばすむ話だ。ベンを撃ったときと同じように、事故だったと言い抜けられるからね。それにチルトンは失うものが多すぎる。あんなに娘たちを溺愛しているんだから」その声にはかすかに嫉妬がにじんでいて、わたしは驚く。子どもをもたなかったことを後悔しているのか。

「つまり、残るのはあなたとわたしだけ」わたしは言い、彼が握っているリボルバーのほうを見た。

トルーマンがすぐに銃の向きを変え、わたしに差しだす。

「けっこうよ」私は言う。「あなたが犯人だとは思ってないから」

「一分もそう思ったことはない?」

「一秒だって」そう言うと、それが真実であることを痛感した。ベンやチルトンのことも信じてはいるけれど、トルーマンについては考えるまでもなかった。ただ信じている、それだけ。彼はわたしの視線をふだんより長く受けとめると、目の表情をわずかに変えた。警戒している緊張が解け、ありのままの視線がよみがえる——一年生のとき以来、見ていなかった視線が。

「僕もきみが犯人だとは思ってないよ、ネル。それに、レインでもないと思う。理由は、彼女にそれだけの能力がないと思っているからじゃない。僕が彼女にしたことを考えれば、真っ先に復讐したいのは僕のはずだからだ」

どういう意味なのと尋ねる前に、彼は背を向け、銃を身体にぴったりと寄せて裏口のドアから外に出ていった。わたしも彼のあとを追い、建物の横手に歩いていく。庇《ひさし》のおかげで足下の雪はそれほど深くないし、氷の上を歩くときには壁に手をついて支えにすることができた。それでも、靴に軽アイゼンをつけてこなかったことを後悔した。歩きながら森のほうに目をやった。暗い影に目をこらし人影を探す。誰かがこちらを監視しているのなら、うまく隠れているに違いない。発電機のところに行くと氷に覆われているのがわかった。ところが蓋の周りだけ、すでに氷が割れている。ルースがすでに蓋を開けたのだ——じゃあなぜ、発電機を再始動しなかったの？　それに、ルースはどこ？　わたしは発電機のモニタを携帯のライトで照らしだした。「停止——エラーコード1300」。ぼんやりと思いだす。そういえば、電気技師から発電機を再始動する方法を教えてもらったとルースが話していたっけ。

「ルースがここに来られたのなら、再始動するやり方を知っていたはずなんだけど」

「間に合わなかったんだよ」トルーマンが言い、地面に落ちているものを指した。雪溜まりからプラスチックの棒が飛びだしていて、そこだけ氷が割れている。わたしはかがんでそれを拾い、胃が飛びだしそうになる。ルースの眼鏡のつるだ——形と緑がかった青色ですぐにわかった。雪を掘ると、眼鏡の残りの部分が見つかった。雪の上で踏みつけられたに違いない。

「やだ。ルースは眼鏡がないとなんにも見えないの。どこにも行けないはずよ——誰かに強要されないかぎり」わたしは指の間隔が麻痺するまで雪を掘りつづけ、プラスチックの四角いものを探りあてる。それは携帯電話で、画面が割れていた。ただロック画面の壁紙がわかる程度には充電が残っていた——巻き毛の女の子が毛むくじゃらの小型犬を抱いている。「これ、ニーナの携帯よ」そう言うと、これまでわたしが目にしてきたニーナの笑顔よりはるかに嬉しそうな表情を見て、嗚咽《おえつ》で咽喉が詰まりそうになる。どうすることもできず、わたしは呆然とした。いったい、わたしたちはあなたになにをしたの、ニーナ？　彼女がここブライアウッドで安全にすごせるようにするのがわたしの仕事だったのに、これではなんの役にも立てていない。

「ほかにもなにかあるぞ」トルーマンが言い、発電機を指した。蓋の内側に折りたたんだ紙がテープで留められている。発電機を再始動するための指示書かと思い、わたしは手を伸ばした。もしかするとルースが指示を残していったのかもしれない。だが、その紙に触れたとたんに心臓が縮まる。紙の分厚い手触りから開けるまでもなく、なんの紙だかわかった。思い切って紙をひらくと、金箔が浮きだしたモノグラムが見えた。その線はくるくるとからみあっていて、自分の咽喉でも結び目ができたような気がして余計に息苦しくなる。トルーマンがわたしの肩越しに身を乗りだし、互いの頰が触れると、彼がハッと息を吞む。わたしが見てとったものを、彼も見てとったのだ。そこにはレインのモノグラムが印刷されていて、レインの手書きの文字でこう記されていた。ネル、話があるの。どこで会えるか、わかるでしょ。ひとりで来て。

「行っちゃダメだ」トルーマンが言い、紙から視線を上げた。「そもそも、どこで彼女と会えばいいのかわからないだろう？」

でも、わたしにはわかっている。

わたしは山を見あげた。すでに夜の帳《とばり》に包まれているものの、尾根の上のあたりだけ雲がなく、ぽつんと明かりが灯《とも》っているのが見える。こっちに来いと、岩山塔が灯台のように光を放っていた。

35

あの頃

本部棟に向かって一緒に歩きはじめたものの、チルトンはわたしと話そうとはしなかった。「知ってると思ってたの」わたしは弁解した。「母が授業料を払えなくなったから、レインがわたしのために奨学金の手配をしてくれたのよ。もし、あなたが奨学金を必要としていたら、きっとレインは……」

わたしは延々と言い訳を続け、ワイルダー会館に着くとチルトンがアーチ形のドアの手前でこちらを向いた。「初めて会った日に見抜いておくべきだった。あなたは望みのものを手に入れるって。シャロットの姫やら呪いの話やら、『わたしがいちばん狭い部屋にすれば、誰もわたしを脅威だとは思わない』とやら、よくまあ、いけしゃあしゃあと言えたもんだわ。これであなたは望みのものを手に入れた――レインを独《ひと》り占めしたってわけ。なら、レインはあなたにあげる。せいぜい、レインの原稿をめちゃくちゃにしたモスの尻ぬぐいに励むことね。でも、あなたが自分の恋人を盗もうとしてきたことを知ったら、レインはどんな顔をするかしら」

そう言うとチルトンが背を向け、ドアを乱暴に開け、閉めもせずになかに入っていった。建物の奥からいろいろな声が聞こえてくる——上級セミナーが始まっていたのだ。チルトンがみんなに挨拶し、〈ルミナリア〉では大きなサプライズがあることをほのめかすと、モスが例の轟《とどろ》くような笑い声をあげた。

「さだめし——生贄《いけにえ》を捧げるといったところかな？　古代さながら？　旧年に別れを告げるべく、わたしを叩ききるつもりかね？」するとレインが愛らしく甲高い声で応じるのが聞こえた。「それってドルイドの儀式ですよね——冬至の日に〈大鴉の王《レイヴン・キング》〉を生贄に捧げる儀式」

わたしは誰にも見られないよう、二階に上がった。わたしがホッチキス副学部長のところに行ってモスに関する苦情を言ったことを、チルトンはレインにばらすだろうか？　そもそも、ホッチはモスになんと言うつもりなの？　自分のところに苦情に来たのがチルトン・プライアーだとは絶対に言わないはずだ。わたしを見捨てるほうがずっと簡単なのだから。

それからの三日間は不安でたまらず、最後の課題である創作の追い込みの執筆に集中できなかった。ホッチキスがモスに話をするのをいまかいまかと待ち、その結果はどうなるだろうと考え悶々とした。自室の外で足音がすると耳をそばだて、チルトンがレインの部屋に行って副学部長に会いに行ったことを明かすのではないかとおびえた。いつなんどきレインがわたしの部屋のドアをどんどんと叩き、どうしてわたしの邪魔をするのと詰問してきてもおかしくない。さらにトルーマンでさえ、わたしの部屋を深夜に訪問するのをやめていた。

わたしたちはみんな自室にこもって原稿と格闘するようになり、タイピングの音がまた館内に響きわたった。わたし自身もここ数カ月、手書きでノートに書いてきた内容のタイピングを始めた。文字を打っていると何世紀も前に地上から姿を消した人々が書いたものが砂漠で発見され、自分がその古代の文章を翻訳しているような気がした。わたしはほぼ自伝といえる小説を執筆していた。エリートが集う大学に入学した女子学生がなじめるかどうか不安に思っていて、その絶望的なまでの世間知らずに書いている自分までまだるっこしくてならなかった。出ていけ！　わたしは彼女に叫びたかった。まるで彼女がホラー映画で切り裂き殺人犯に追われる不運な餌食《えじき》であるかのように。いまのうちに、さっさと逃げろ！

だがもう、この段階で小説の内容を変えるのは不可能だ。わたしは手書きの原稿をすべてタイプし、〈ルミナリア〉が開催される日の朝、モスの書斎の外のテーブルに置いた。すでにミランダ、チルトン、ドディー、ベンの作品が提出されていた。ランスがうしろからやってきた。チェックのパジャマという恰好で、寝ぐせで髪を立たせたまま、不揃いの原稿の束をテディベアみたいに大事そうに抱えている。そのあとからダーラがあたふたとやってきた。シルクのキモノを着た彼女はガリガリに痩せていて、ラベンダー色の箱を胸に抱いている。ダーラは箱を書類の山の上にそっと置くと目を閉じ、その上で謎めいた手の動かし方をした。

「ほかの原稿にも呪いをかけてるのかな？」背後からトルーマンの声が聞こえた。この三日間、彼はずっと同じ服装をしている――ジーンズ、ニルヴァーナのロゴ入りTシャツ、デニムのジャケット。だらしなく顎鬚《あごひげ》まで生やしている。むっとするコーヒーと煙草の臭いがした。

「きっと、全部ちんぷんかんぷんの文章に変えちゃったのよ」わたしは茶化した。

「僕のは呪いをかけられなくてもちんぷんかんぷんだけどさ」そう言うと、トルーマンが輪ゴムでまとめた原稿をほかの原稿の上にひょいと放った。

「誰かライターオイルもってる？　モスが原稿を読んで優秀作品を選ぶのを期待するより、いっそ全部燃やしちまったほうがいいのかも」

「燃やすのは自分のだけにして」大広間から歩いてきたレインが言った。長い黒のカシミヤのコートと乗馬ブーツという出立《いでた》ちで、冬の冷気に〈シャリマー〉の香りがふっと漂った。いままでどこにいたの？　けさ、レインが自室から出ていく物音は聞こえなかった。彼女はくたびれたキャンバス地と革のショルダーバッグをもっていて、そこから麻紐でくくられた重たそうな原稿を取りだした。それを原稿の山の上に置くと、こちらを振り返ってにっこりと笑った。

「さあ、これで終わり。誰か〈ヌーク〉で一緒に朝食にしない？　イングリッシュマフィン、奢《おご》るわ」


昔のレインが戻ってきたようだった。洗い立ての髪は輝くばかりで、淡い黄色のカシミヤのセーターに大叔母さんから譲り受けたという真珠のネックレスが映えている。レインは〈ヌーク〉で注目を浴びながらにこやかに〈ルミナリア〉の計画を練りはじめた。

「そういえばチルトン、あなたネルと一緒に、この前なにかサプライズを企画していたでしょう？　どんなサプライズなの？」

わたしは慌ててふためいてチルトンのほうを見た。わたしたちの背信行為を、いまみんなの前で暴露されてもおかしくない。でもチルトンは悠然と微笑み、こう言った。「演劇学科で何枚かローブを見つけたの。だからネルが」そこまで言うと、棘《とげ》のある笑みをこちらに向けた。「冬至の冠をつくることにしたの。っていうより、つくるって言ってたよね、ネル。忘れちゃったの？」

レインが満面の笑みを浮かべてわたしを見た。その瞳が熱狂できらめく。「冠？　わたしたちがかぶるのね？　それって最高！」

「うん、それがちょっと作業が遅れてて。原稿を書きあげるのに忙しかったから」

「気にしないで」慈善心あふれる笑身を浮かべ、レインが言った。「一緒につくりましょう！　材料はなにがいるの？」

「ヒイラギ」わたしは慌てて応じた。「ジュニパー、トウヒ、松、ツルウメモドキ――」ドディーに話をさえぎられなければ、わたしはそのまま延々と冬にも葉をつけている植物の名前を挙げていただろう。「クレメント寮の裏に、そんな木が生えているところがあるんだ。みんなで一緒に集めにいこうよ」

「一緒にすごせる最後の日に、みんなで共同作業ができるなんて完璧だわ」レインが言った。

「一緒にすごせる最後の日？」トルーマンとわたしが同時に言った。

「だって、そのあとは秋休みに入っちゃうでしょ」レインが言い、微笑んでから「〝薔薇《ばら》のつぼみは摘めるうちに摘め〟」とことわざを引用した。「まあ、今回はヒイラギの葉や松ぼっくりだけど」

そこでわたしたちは一年でいちばん昼間が短い冬至の日に——わたしにはもっとも長い一日に思えたけれど——キャンパスの木立を歩いてはヒイラギ、ジュニパー、松、マンサク、ツルウメモドキの枝を探した。ありがたいことにトルーマンが飛び出しナイフを、ベンはポケットナイフを持参してくれた。わたしたちは香《かぐわ》しい枝を腕いっぱいに抱えてワイルダー会館に戻り、大広間のテーブルの上にどさりと置いた。するとドディーが植物学科の温室に園芸用の糸があることを思いだし、もってくると言って走りだした。どうやらレインの熱狂的なエネルギーに感染したらしい——というより、わたしたち全員が感染していた。ダーラがステレオにグレゴリオ聖歌のたぐいのレコードをかけ、ランスとミランダはホットワインをつくりにキッチンに消えた。

モスの書斎のドアは閉じたままだったが、テーブルから原稿の山は消えていた。

「もう原稿を読みはじめてると思う?」湯気をあげるパンチボウルを抱えたまま、ランスが尋ねた。

「エミリー・ドーズの話によれば、彼女が四年生のときにはモスが冬休みのあいだにすべての原稿に目を通して、一月一日に返却してきたんですって」あたしはなんでも知っているという口調で、ミランダが言った。「あたしはけさ最初に提出したから、きっと今頃、あたしのを読んでるはず」

「モスはわたしのを最初に読むって約束してくれたわ」レインがそう言って、ツルウメモドキを冠にねじ込んだ。「あした、わたしが帰省する前に感想を教えてくれるっていう約束なの。

そうすれば休みのあいだに書き直せるでしょう？　それをすぐにまたモスに渡せば、エージェントへの推薦状を書いてくれるって」

「そんなに早く？」ダーラが尋ねた。「原稿の書き直しは今年度末までに終えればいいんでしょ？　もっと時間をかけられるのに」

「修正箇所はそんなに多くないと思うの」レインが自信ありげに言った。「これでいいって思えるときって、あるものよ」

彼女は冠の仕上げをしているあいだ、ずっと鼻歌を歌っていた。その瞳は焦点が合わないいま、ただ将来を見つめていて、すでにわたしたちを置き去りにして未来の世界に入り込んでいるようだった。マントルピースに松の枝を飾ろうと、彼女が大広間の端へと歩きはじめたので、わたしはあとを追った。

「あした、出発するつもりなの？」わたしは尋ねた。「ふたりで一緒に二、三日、マンハッタンに出かけるつもりなのかと思ってた」

「あら」レインが言い、ジュニパーの枝にヒイラギの葉を差し込んだ。「計画を変更したって言わなかったかしら？　メイン州の別荘に直行して、モスから指摘された点を修正することにしたの。べつにかまわないでしょ？　マンハッタンには春になってから出かけましょう。いずれにしろ、その頃にはモスのエージェントと会わなくちゃならないし」

レインがジュニパーの枝から顔を上げたが、こちらを見てはいなかった。彼女の視線はわたしの頭より数センチほど上に向けられていて、わたしが振り返ると、ドアロにモスの姿が見えた。

「ミス・ビショップ」モスがよく響く声で言った。「書斎に来てくれたまえ。きみの素晴らしい小説について話しあいたい」

レインの顔がクリスマスのイルミネーションより明るく輝いた。

振り返りもせずにレインが出ていくと、「よかった、よかった」というチルトンの声が聞こえた。「モスが原稿を気に入らなかったら、彼女、地獄のような日々を送ることになったもの」

「そりゃあ、気に入るに決まってるでしょ」意地の悪い声でミランダが言った。「レイン・ワイルダー・ビショップさまの作品なんだから。彼女が指先に絵具をつけて塗りたくった絵画を見たって、モスは傑作だって言うでしょうよ」

「フェアじゃないよね」ドディーがつぶやいた。「あたしたちは最後の課題に自分の名前さえ書いてないのよ。どうしてモスにはレインの原稿だってわかるんだろ?」

ダーラが小馬鹿にして笑った。「もう、やめてよ。どれが誰の作品か、あたしたちみんな、よくわかってるでしょ。ドディー、あなたのはマッシュルームの人たちのお話。トルーマンのはレイモンド・チャンドラー気取り。レインのは霞の娘が登場して――」

「それはネルのだ」ベンが口を挟んだ。

わたしは肩をすくめた。この話題のなにもかもが居心地悪い。「わたしたち、ふたりとも、霞の娘を主人公にしているの……それってほら……原型みたいなものが漂ってるのよ……」

「神話の海に?」チルトンとベンが同時に言った。

わたしはその時点で一足先に自室へ戻ることにした。裏階段に向かって歩いていると書斎のドアがひらき、レインが封筒を握りしめて出てきた。きっとあれはエージェントへの推薦状だ――あれが欲しくて、彼女はこれまでやみくもに頑張ってきたのだ。レインは急いで階段を上がっていった。自分の明るい未来で頭がいっぱいで、廊下にわたしがいることにも気づかないらしい。少なくともいまのところ、彼女は幸せだ。そう思いながら、わたしは着替えるために自室に戻った。チルトンが言うとおり、モスに作品を気に入ってもらえなかったら、今頃彼女はとてつもない苦悩に襲われていたに違いない。

レインの姿を次に見かけたのは午後四時頃だった。モスの書斎のドア口のところに立っていたのだ。本来であれば上級セミナーの授業があるのだが、その日は〈ルミナリア〉に出かける前にモスの書斎に集まってシェリー酒で乾杯することになっていた。レインの顔は磨きあげたばかりのようにきらきらと輝いていた。

「レイン」わたしは言った。「万事順調？」

彼女が肩をすくめた。「じつはね、トルーマンと別れたところなの。すごく意地悪なことを言われたわ」そして彼女の次の言葉に、わたしはショックを受けた。「いずれにしろ時間の問題だったのよ。わたしは自分の創作に集中しなくちゃならないのに、彼にはそれが理解できなかった。だからもう、あなたのものにしていいのよ」

「レイン――」わたしは言いかけた。

「言い訳しないで、ネル。毎晩、彼があなたの部屋に入っていく音が聞こえなかったとでも思うの？　お願い。ふたりにはものすごく幸せになってほしい」

そう言うと彼女は背を向け、モスの書斎に入っていった。わたしは呆気にとられたまま、彼女のあとをついていった。室内ではみんなが待っていて、チルトンが演劇学科で発掘してきた緑色のローブを全員が着用し、ヒイラギとトウヒの冠をかぶっていた。チルトンとドディーはモスのために特別仕様の冠をつくっていて、やはりヒイラギとトウヒで編んだ輪っかに彼の名前を刺繍《ししゅう》で入れたキルトをつけ、聖ルチアの冠みたいに蠟燭《ろうそく》を何本か立てられるように細工していた――ドディーが子どもの頃にもっていたクリスマスの人形を参考にしたという。

「ほお、きみたちはわたしを生きたまま焼き殺すことにしたのか」モスが朗々とした声で言った。「人形《ひとがた》を焼くだけでは気がすまないと見える」

わたしたちはそのジョークに大きすぎる声で笑い、小さいグラスに注がれた甘いシェリー酒を飲み干した。レインはチェスターフィールド・チェアに背筋を伸ばして坐っていて、その瞳は暖炉の上の牡鹿《おじか》の剝製と同様、生気《せいき》がなかった。いったいトルーマンになんて言われたの？　モスに賞賛された歓喜が打ち消されるほどのことを言われたの？　わたしについてもなにか言われた？　わたしはやきもきしてレインのほうを見たけれど、彼女は目を合わせようとはしなかった。

「きみたちの作品をすべて読み終えるまで、わたしを焼くのは待つほうがよかったんじゃないか？」モスは尋ね、骨をくわえた犬のごとく嬉々としてジョークを言いつづけた。「なるほど！　わかったぞ。年老いた大鴉の王《レイヴン・キング》を退治し、新たな王に戴冠するために集まったんだな。

だが覚えておきたまえ」そう言うと、モスはズボンのポケットから鍵をひとつ取りだした。「岩山塔の鍵をもっているのはわたしだけだ。そう簡単には追い払えんぞ」

そう言うと彼は立ちあがり、着替えをさせられるのを待つ子どもみたいに両腕を広げた。そこで、チルトンとドディーが彼にローブを着せた。「冠を載せるのは誰だね？」彼はそう尋ねると、わたしたちの顔をぐるりと見まわし、レインに目を留めた。「ああ、主教《ビショップ》が王に冠を載せる、それがいい」

レインがこわばった笑みを浮かべ、ヒイラギの冠をもって歩いていき、爪先で立ってモスの頭に載せた。それから、わたしたちみんなでモスのあとを追って細く長い廊下を歩き、さまざまな葉が飾られた大広間に向かった。そこにはわたしたちが持参できるよう、各自に灯油ランタンが用意されていた。わたしたちはランタンに点灯してから、モスの冠に差してある蠟燭《ろうそく》にも火を灯《とも》し、モスが大きくドアを開けて戸外に出た。外は身を切るような寒さで、空気が通電しているみたいに細かい雪の破片がきらめいていた。わたしたちはモスのあとを二列になって、まずは山の麓《ふもと》の窪地《くぼち》をめざした。氷で覆われたミラー湖の水面に沈みゆく太陽が映り、水のなかで炎が燃えさかっているようだ。学生や職員の少人数のグループが篝火《かがりび》のそばに集まり、スタイロフォームのカップでアップルサイダーやホットココアを飲んでいる。トルーマンがヤギ革のスキットルにホットワインを入れてもってきていて、わたしたちは回し飲みをした。先に来ていた学生たちがわたしたちを見ると低い声をあげ、こちらに嫉妬の視線を浴びせてくるのがわかった。わたしたちは選ばれし学生——有名な上級セミナーに選抜された学生なのだ。わたし自身、上級セミナーの先輩たちに何年も羨望の眼差《まなざ》しを送ったものだ。上級セミナーのメンバーは下級生たちの横を通りすぎ、最初に山を登っていき、山頂で篝火を焚《た》く。すると、わたしたち一般の学生も行列をつくって前進できるようになるのだ。ときどき篝火が焚かれるまでに一時間以上かかることがあり、〈レイヴン・ソサエティ〉はなにやら妙な儀式をおこなっているのではないかと、わたしたちはひそひそと話しあった。そんな儀式を通じて一体感を覚えるのはどんな気分かしらと、よく想像したものだ。でも、こうして上級セミナーの一員として実際にくねくねと曲がる山道を登りはじめると、自分が実体のない薄っぺらい存在になった気がした——凍った湖に映るただの像みたいに。もしかすると、それが肝心なのかもしれない。下を見やると、湖面にわたしたちの行列が彗星の尾のように映っていた。そしてついに、わたしは自分が真の意味でなにかの一員だという帰属意識を覚えた——もしかすると、その帰属先自体がすでに燃え尽きてしまっているかもしれないが。

そのとき、ブリジット・フィーリーの姿が見えた。赤いダッフルコートにふわふわしたイヤーマフまで着けて、背後から山道を登ってくる。ミトンをはめた手には、折りたたんだ紙をもっている。わたしと目を合わせると、彼女がそのメモ用紙を掲げて、歩くペースを落としてほしいと合図を寄こした。どういうわけか、すぐにぴんときた。あの紙にはホッチキス副学部長からモスへの伝言が記されているに違いない。ホッチキスは運命を決する知らせをモスに伝えるのを、わざわざこのタイミングまで待っていたのだ。さらにひとりの学生にこのメッセージを託すことで、学生たちの面前でモスを辱《はずか》しめることにしたのだ。これはホッチの復讐だ。著名な作家にして、学生たちにもブライアウッドに寄付するような卒業生たちにも人気があるモスの鼻をへし折り、恥をかかせるために仕組んだのだ。あのメモ用紙にはなにが記されているの？苦情を申し立ててきた人物として、わたしの名前が明記されているの？

なんとしても伝言の内容を探りださなければ。

わたしはトルーマンと目を合わせようとしたけれど、彼はレインについていこうと必死だった。そしてレインはモスについていくのに必死だった。わたしが歩くのをやめると、ちゃんと歩かないのなら邪魔だからどいてちょうだいと、ミランダに叱られた。わたしは横に外れて、彼女とランスを先に行かせた。ダーラとベンがそのあとからやってきた。

「どうかしたの？」ベンが尋ねてきた。

「べつに、ただ――」そう言いかけたところで、ブリジットがやってきた。

「モス教授に、歩くペースを落としてくださいって伝えてほしかったのよ。これを渡さなくちゃならないの」ブリジットが言い、皺《しわ》くちゃになったメモ用紙をわたしの顔の前で振った。

「そんなこと、わかるわけないでしょ」わたしは鋭く言い返した。「どっちにしろ、モスが足を止めるとは思えない。岩山塔で篝火を焚くのは、毎年、彼の役割なんだもの。その紙を渡してくれれば、わたしが彼のところにもっていくわ」

「ホッチキス副学部長から、モス教授に直接手渡してほしいって言われてるの」ブリジットはそう言うと、大事そうにメモ用紙をポケットにしまった。そしてわたしとベンの横をすり抜け、岩に身体をくっつけて登っていった――わたしが突き落とそうとしていると言わんばかりに。

「どういうこと？」ベンが小声で言った。「どうして伝言の中身が気になるんだ？」

「べつに。わたしはただ、きょうという日を台無しにするようなことをしてほしくないだけ」

わたしは慌ててブリジットのあとを追った。彼女はペースを上げ、尾根に着くとまっすぐ岩山塔に向かった。そこではモスたちが外の敷石の上に半円を描くようにして立っている。みんな、なにを待っているの？　岩山塔のなかに入ってドアを閉めてくれればいいのに。

「モスが写真を撮りたいそうなの！」レインがわたしたちに叫んだ。「暗くなる前に。ほら、急いで！　モスの冠の蠟燭《ろうそく》の火をつけ直したんだけど、そろそろ、また蠟がなくなりそうなのよ」そう言うレインの頬を薔薇《ばら》色と菫《すみれ》色の空が照らしだしていた。そこでレインはブリジットの顔を見ると怪訝《けげん》そうに目を細め、カメラを差しだした。「写真、撮れるわよね、ブリッジ」

レインが言い、カメラをぐっと突きだした。「トルーマン、やり方、教えてあげて」

「撮り方ぐらい、知ってるわよ」ブリジットが言い、ミトンをはめた手をポケットから出した。わたしはメモ用紙がポケットから落ちて風に舞いあがり、飛んでいけばいいのにと思いながら、そのようすを眺めていた。でも、ブリジットは外したミトンと一緒にメモ用紙をポケットに戻した。むきだしになったその両手は冷気のなか、あかぎれができている。ブリジットが四角いカメラを構えた。レインがわたしを手招きして、モスを挟んで立ってちょうだいと指図した。そして、ベンにはわたしの隣に立つよう指示した。「ドディー、あなたはいちばん背が低いから、わたしの前で膝をついて。ダーラとランスはその両側で膝をついて。トルーはチルトンとミランダのあいだに割り込んで」

わたしたちがレインの好みに従って並ぶと、ブリジットがシャッターを押した。

「もう一枚」レインが言った。「念のため」

しかし、ブリジットはすでにカメラを片手で返し、もういっぽうの手でモスにメモ用紙を差しだした。「ホッチキス副学部長から、これをあなたに渡してほしいと頼まれました」

モスがブリジットの手のなかのメモ用紙をいぶかしげに見た。なにが書いてあるのか、見当がつかないようだ。モスはワイルダー会館を出て、この山を登ってくるまでずっと上機嫌だったけれど、もうその高揚感は消え、疲れはてて汗だくで、混乱しているようだ。わたしは思わずモスに同情した。メモ用紙に手を伸ばし、ブリジットから奪いとろうとしたが、手遅れだった。モスはすでにメモ用紙を手にとっている。わたしはぎこちなく手を引っ込めたけれど、レインがこちらをじっと見つめていることに気がついた。すると、モスが震える手でそのメモ用紙をひらいた。

「なんだ、これは?」モスがうめき、わたしたち一人ひとりを睨《ね》めつけた。「苦情を申し立てた者がいた? 教師としてのわたしの健康状態に懸念がある、と?」

「レインがほかの学生と、そんな話をしていたのを聞いたことがあります」ミランダが唐突に口をひらいた。「あなたのコメントに不満を漏らしてました、もう、以前のようにあなたの頭が回転していないのではと疑っていたんです」

レインが息を吞む音が聞こえ、彼女の手がぼやけたかと思うと、すばやくミランダの顔を平手打ちにした。冷たい静寂のなか、その鋭い音が響きわたる。

「なにすんのよ!」ミランダが悲鳴をあげ、頬をさすった。「ホッチキスに言いつけてやる。ここにいるみんな、現場を目撃し――」

そう言うと、ミランダがゆっくりと身体を回転させて、わたしたち一人ひとり――わたし、チルトン、ドディー、トルーマン――の顔にさっと視線を走らせた。「ああ、そうか。あんたたち四人は大切なレインさまの味方につくわね。それに、あんたは――」そう言うと、こんどはベンをにらみつけた。「ネルの言うことならなんだって聞く。いつか寝てくれるんじゃないかという希望にすがってね」そう言うと、こんどはランスとダーラのほうを向いた。「あんたたちふたりはどうなの? どっちの側につく?」

「どっちか選ぶなんてこと、させないでくれよ――」ランスが情けない声で言った。

だが、ミランダはその先を言わせなかった。「あんたはもう、どっちにつくか決めてるのよ。だってホッチキスのところに行って、レインがモスのためにタイプしていると苦情を申し立てたのは、あんたなんだから」

ランスの口が大きくひらいたけれど、そこからいっさい音は出てこない。すると、ミランダがレインのほうを向いた。「告げ口したのはあたしだと思ってるんでしょ? だけど、ホッチキスにチクったのはあたしじゃない。あたしたちはみんな、あの日、ランスがホッチのオフィスに歩いていくのを見たんだから」

「僕はただ助けてあげたいと思ったんだ!」ランスが声を張りあげ、レインのほうを向いた。

「きみが利用されているんじゃないかと心配だったんだよ」

「そう簡単に、誰もが弱みにつけこまれるわけじゃないわ」レインが氷のように冷たい声で言った。

ランスが傷ついた表情を浮かべると、ミランダがにやりと笑ってダーラのほうを向いた。

「それにあんたは摂食障害の件でさんざんからかわれてきたのに、これからもずっとレインのそばにいるつもり？」

「まるで、自分はからかわなかったような口ぶりね」ダーラが言い返し、わたしたち全員を不審そうに見た。「知らぬ存ぜぬって顔してるけど、みんなが陰口叩いてたの、あたし、知ってるのよ。だからあたしはどっちの側にもつかない。もう、ここにいる全員にうんざり。あたし、帰る。一緒に帰らない、ランス？」

ランスはグループの面々を見まわした。その目は大きくひらいていて、ヘッドライトを浴びた鹿の目のようにどんよりとしている。いまにも泣きだしそうだ。なにか彼に言うべきだと思ったけれど、わたしはその場で固まっていた——まだ集合写真のためにポーズをとっているように。「僕は誰のチームの一員でもないみたいだ」そう悲しそうに言うと、ランスが背を向けてダーラと一緒に歩きはじめた。

自分が引き起こした騒動の結末に満足したらしく、ミランダが悦《えつ》に入って笑い、ダーラとランスと一緒に山を下りようと歩きはじめた。そしてモスの横を通りすぎたところで、足を止めた。

「エージェントへの推薦状を一刻も早く書いてほしいと、レインがどうしてやきもきしていたんだと思います?」ミランダが嫌味っぽく低い声でモスに尋ねた。「まだ文字を書けるうちに、あなたになんとしても推薦状を書いてほしいんだって、レインが言ってましたよ」そう捨てぜりふを残すと、ミランダは背を向けてダーラとランスのあとを追い、登ってきた山道のほうに歩いていった。三人の姿が石の城壁の向こうに消えていく。

「いまの話はほんとうなのかね、ミス・ビショップ?」モスが尋ねた。その声は吹きつける風のなか、弱々しく甲高い。「きみがわたしに望んでいたのは、それだけだったのか?」怒りよりも傷ついた気持ちがにじみでている悲痛な声。

わたしは前に進みでた。「モス教授――」そこまで言いかけたところで、レインと目が合った。彼女の目は大きくひらいていて、これまでの経緯を一気に把握したようだった。わたしが彼女に隠れて苦情を申し立てたのだと推測したに違いない。「苦情を申し立てたのはレインじゃありません。わたしなんです。わたしがホッチキス副学部長のところに行ったんです」わたしは告白した。

モスがぐるりと身体を回転させ、こちらを見た。その大きな頭が棍棒で殴られた牡牛《おうし》のようにぐらりと揺れる。その拍子に、冠に立ててある蠟燭《ろうそく》がぱちぱちと音を立てて蠟を撒き散らした。蠟が一滴、冠から垂れたかと思うと、目を直撃した。モスが痛みのあまり悲鳴をあげた。目がよく見えなくなったのか、片手を上げて蠟を振りはらおうとする。レインが近づき、助けようとした。だが彼女に触れられると、モスが片手を振りあげ、彼女の頰を平手打ちした。悲鳴をあげたレインに、モスが唾を吐きかけた。「この作家気取りの能無しが。おまえなんぞ、大成《たいせい》できるものか。あの推薦状はまだ撤回できるんだぞ」

レインの顔が日没直前の太陽みたいにぎらぎらと赤く燃えた。モスはまだ熱い蠟のせいで目がよく見えないまま、彼女のほうに突進した。かたやレインはといえば、憤怒《ふんぬ》、恐怖、羞恥心のどれかからか、あるいはその三つが合わさって致命的な一撃となったのか、両手をモスの胸に当て、押した。

押されたモスはのけぞり、あとずさりをした。そして倒れた——樹木が斧で一撃されて倒れるがごとく、まうしろに。敷石に頭がぶつかり、なにかが割れるような音があがり、尾根に木霊《こだま》した。彼の全身がぶるぶるっと震えた。わたしの足下の地面が揺れたかと思えるほど、足の裏に振動が伝わってくる。そしてモスは地面に伸びたまま、ぴくりとも動かなくなった。

36

現在

建物をぐるりと回って玄関に向かう途中、トルーマンから反対された。「ひとりで行っちゃダメだ」

「そうしないと彼女、ルースとニーナを殺すかもしれない」

「きみがレインの言うとおりにしたからといって、ふたりを解放してもらえるかどうかはわからないだろ」

「そうね」わたしはそう言うと、玄関ドアを開けて収納付きベンチから軽アイゼンを取りだした。「でも、そうすれば少なくとも、ルースとニーナには生き延びるチャンスができる。それにね、レインがふたりを殺したがっているとは思えないの。あのふたりはレインを傷つけるような真似はしていない。レインの目当ては、わたしよ」

「レインはきみで終わらせようとは思ってないぞ」トルーマンがそう言い、軽アイゼンを装着しているわたしの横にしゃがんだ。

「彼女には、ベンとチルトンは互いを撃ちあったって言うわ。だって、ほんとうのことだもの。それで、あなたは流れ弾に当たったって言う。みんな死んだって、そう言えばいい。そうすれば、あなたたちはこの建物のなかで警察が来るまで安全にすごしていられるかも」わたしは玄関ホールのテーブルに置いてあるランタンに目をやり、灯油が満タンであることを確認した。それから小さい抽斗《ひきだし》を開け、なかを引っかきまわしてマッチを捜した。

「ダメだ！」トルーマンが声を張りあげ、わたしがマッチを擦《す》ろうとした手を握りしめる。

「どうしてきみはそんなに自分を犠牲にしようとするんだ?」

「だって、なにもかもわたしの責任だから」わたしは言い、マッチの炎でふたりとも火傷《やけど》をしないよう、彼の手を振りはらった。「事の発端はわたしなの。わたしがレインを裏切った。わたしのせいで彼女は深く傷ついて怒っていたから、モスに反撃して、押した。わたしは彼女が努力してきた成果を陰ですべてぶちこわしたのよ。わたしがあんな真似をしなければ、彼女はけっして世捨て人にはならなかった。ホッチがメールで、貴女のクラスメイトのひとりが自分の告発を裏づけてくれると書いていたけど、それはわたしのことだとレインは考えたんだと思う。だから、これを終わらせるのはわたししかいない」

わたしはもう一本マッチを擦ったけれど、手が震えてうまく芯に当てることができなかった。

トルーマンが落ち着かせようと、わたしに手を重ねてきた。「僕の責任でもあるんだよ。あの日——〈ルミナリア〉当日——僕はレインと言い争いをした。そして言ってはならないことを口にした。だから彼女がモスを押したとき、ほんとうに押し倒したかったのは僕なんだと、あれからずっと思っていた」

わたしはランタンの灯《あか》りのなか、彼を見つめた。その表情は無防備で、彼の本心が浮かびあがっている。わたしは首を横に振った。「彼女が怒っていたのは、わたし。わたしがモスに関する苦情をホッチに申し立てたって気づいたのよ」

彼がまだ納得しないようなので、切り札を切ることにした。「あなたと別れたって、そう言ってたわ。売り言葉に買い言葉で、あなたから意地悪なことを言われたって、彼女、言ってたけれど、彼女が烈火のごとく怒ってたのはその件じゃない。きっと彼女は……」わたしは言いよどみ、告白できる自信はなかったけれど、ここで言うしかないと腹をくくった。「わたしのあなたへの気持ちを、彼女は察していた。だからその件でも、彼女はわたしに激怒していたわけ。つまり、わたしには二重の責任がある。あなたが彼女になにを言おうと、わたしの裏切りほどには怒りを買っていないはず」

彼が口をひらくけれど、なんの言葉も出てこない。わたしの告白に見るからにショックを受けている。でも、わたしはわざとそうしたのだ。この隙を利用して、外に出ようとした。でも、そうする前に、彼が硬くて冷たい物をわたしの手に押しつけてくる。チルトンの銃だ。

ランタンを高く掲げながらミラー湖のほうに歩いていくと、背後の東の空に浮かぶ満月が銀色に凍った湖面にわたしの影を投げかけた。月明かりがあるので周囲を見るのにランタンはいらないのだが、わたしの姿をはっきりと見てほしかったのだ——彼女の望みどおりに、ひとりで来たことを。ミラー湖の湖面に足を踏みだすと、自分を生贄《いけにえ》として祭壇に差しだすような気がした。頭上では岩山塔の窓に灯《とも》る明かりがこちらを横目で見ている。レインが窓から外を見ていれば、わたしが湖面をひとりで横断しているのがわかるに違いない。山頂に続くジグザグ道は彼女がいる岩山塔——二十五年前にわたしたちがモスの死体を隠した建物——からよく見えるはずだから。

37

「どうしよう?」モスが死んでいることをわたしたちが確認するや、レインが悲痛な声をあげた。

「事故だったって、言えばいい」チルトンが案を出した。

「あれは事故じゃなかった」ブリジットが断言した。「レインが押したのよ」

レインがくるりとブリジットのほうを振り向いた。ブリジットがそこにいたことを、みんな忘れていたのだ。「あんなメッセージをもってきたんだから、あなたの責任よ。モスがあなたに怒鳴っていたって、みんなに言ってやる。彼を押し倒したのはあなただって」

ブリジットが大きく目をひらいた。そしてレインに詰め寄られるとおびえたウサギのように、突然走りはじめた。そして登ってきた登山道のほうではなく西に向かい、ハイマツ帯を抜けて氷の洞窟のほうに走っていった。

「追いかけて!」レインが誰にともなく怒鳴りつけたけれど、もちろん、その相手はドディーだった。実際、レインの命令に応じるのにすっかり慣れていたドディーがいちばん最初に動いた。彼女はブリジットのあとを追って屋根を越え、低いハイマツの茂みを迷路のようにくねくねと続く鹿の獣道に入っていった。

「ぼーっと突っ立ってないで」振り返ったレインがわたしたち全員に命じた。「ベンとトルーマンはモスを塔のなかに入れて！」

「いやだ！」ベンがそう言うと、モスの死体を守るかのようにレインと死体のあいだに立ちはだかった。「警察に通報しないと——」

「あなた、ほんとうに警察に尋問されたいの、ベン？　ヒューゴ・モスみたいに体格の大きい男をいちばん押し倒しそうなのは誰かしらね？　小柄なわたし？　それとも、あなたみたいにがっしりした体格の若者？　それに警察はどちらの話を信じるかしら。それであなたが逮捕されたら、法律家になるっていう夢はどうなるの？」

ベンがレインをにらみつけた。敷石に広がる血痕と同じように、その顔が真っ赤になる。それから、ベンはわたしを見た。その目には懇願するような表情が浮かんでいる。きみはどちらを選ぶの？　おれとレインのどちらを？　あなたに味方する、そう言いたかった。あなたを悪者に仕立てあげるような真似をレインにさせはしない、と。ところが警察の取調べを受けるところを想像し、にわかに怖くなった。レインが裏で手を回すと、偉い人たちがどう動くのかをさんざん目にしてきたからだ。責任をとらされるのはけっして彼女にはならないのだ。そうやって逡巡《しゅんじゅん》しているうちに、わたしが彼の味方になるつもりはないと察したらしく、ベンの瞳のなかでなにかが死んだ。レインもその変化を見てとった。

「よかった。じゃあ、さっさと洗いましょ」レインはそう言うと敷石に広がる血痕を指した。

そしてトルーマンのスキットルを引ったくり、残っていたホットワインをありったけ血痕に注ぐと「これでよし」と宣言した。そう断じれば、すべての問題が解決すると言わんばかりに。レインは古代ギリシャ劇に登場する巫女《みこ》みたいに、なにかに取り憑《つ》かれて狂乱状態におちいっていた。死体の横に膝をついたので、モスの衣服をずたずたに引き裂くのではないかと心配になった。ところがレインは彼のポケットに手を伸ばすと、岩山塔のドアの鍵を取りだした。

「モスを塔のなかに入れたら、ドアの鍵を閉めてちょうだい。それでみんなには、ブリジットが逃げだしたからモスが捜しにいったと説明して。塔のドアの鍵をもっているのはモスだけだってことも説明してね。わたしたちはブリジットをつかまえて、絶対になにも言わないと約束させなくちゃ」そう言うと、レインが尾根のほうに歩きはじめ、振り返ってわたしとチルトンを見た。「一緒に来る？」

チルトンがうなずき、わたしを一瞥《いちべつ》すると「お願い」と小声で言った。「あたしひとりじゃ、レインに太刀打ちできない」

〝お願い〟とチルトンから言われたのは初めてだったので、わたしは驚き、従った。

わたしたちは細い小道に沿って縦一列になって進んだ。尾根にはドディーとブリジットの黒っぽいシルエットが切り絵の操《あやつ》り人形みたいに、西の空の菫《すみれ》色の紗幕《しゃまく》を背景に浮かびあがっている。ドディーがどんどんブリジットとの距離を縮め、ついに腕を伸ばしてブリジットの風にはためくフードをつかむと、そのまま前に突進した。そのはずみでブリジットがつまずき、前に転び――

そしてブリジットが忽然《こつぜん》と姿を消した——操り人形師によって舞台の下に引っ込められたように。そのとき、なにかが割れる鋭い音が尾根に響きわたり、現実は異なることを物語った。レイン、チルトン、わたしが走っていくと、ドディーは大きな亀裂の端でうずくまっていた。そこは、その年にわたしたちが探検した洞窟——〈マーリンの洞窟〉だった。

「なにがあったの？」レインが詰め寄った。

「あ、あの、あの娘《こ》、落ちちゃった！」ドディーが金切り声をあげた。「あたしは押してない」

「どこまで馬鹿なの！」レインが怒鳴った。「引き留めてって、そう言ったのよ。殺してとは言ってない」

ドディーがいっそう身を縮こませ、前後に身体を揺すりはじめた。

「あの娘、ほんとうに死んでるの？」チルトンが尋ね、洞窟のなかをのぞきこんだ。

「さあね、チル」レインが悪意に満ちた声で言った。「あなたが下りていって、確認すればいいじゃない。ここのところ、なんでもかんでも仕切ってきたんだから」

チルトンがぎょっとした顔でレインを見つめてから、こちらを見た。「わたしは彼女に言ってない——」わたしはそう言いかけたけれど、チルトンはただ舌打ちをして洞窟へと下りていった。わたしはランタンを掲げて行く手を照らそうとしたけれど、チルトンはすぐ闇に呑みこまれていった。「気をつけて」わたしは警告した。「階段の横が切れ落ちてるから」虚空をのぞきこみ、あとを追おうかと思った——が、そんな真似をしたら二度と戻ってこられないかもしれない。でも、たとえ大地に呑みこまれるとしても、凍える寒さのなかレインと一緒に立っているよりはましだ。レインはみずから冷気を発散しているとしか思えなかったのだ。

「で、どうしてわたしに言わなかったの？」しばらくするとレインが尋ねてきた。

モスが死んだいまとなっては、もうこれ以上隠したところで意味がない。

「チルトンと一緒にホッチキスのところに行って、モスの最近の行動について苦情を言ったの。あなたのためにしたのよ、レイン。モスのあなたの扱い方ときたら……ほら、今夜の彼の行動やあなたに言ったことからも、よくわかるでしょう？　あなたの才能に嫉妬していなければ、それにもう才能のすべてを失いつつあることを自覚していなければ、モスだってあれほどひどいことは言わなかったはずよ。彼は頭がおかしくなったみたいに、あなたに突進していった。彼を押し戻したからといって、あなたを責める人はいないわ。あれは正当防衛だったって、わたしたち言うから」

「わたしたちはなにも言わない」レインが言った。その声の冷酷さにぞくりとした。そのとき、チルトンが洞窟から上がってきた。その顔は蒼白《そうはく》で、生まれてからずっと地下で生活してきたアルビノの動物のようだった。

「彼女は……？」わたしは尋ねた。

「卵の殻みたいに頭がぱっくり割れてた」チルトンが告げた。

ドディーが泣き叫びはじめた。

「うるさい！」レインが怒鳴りつけた。「あなたがヒステリーを起こさなくたって、もう問題が山積みなのよ、ドロシー・アン。チルトン、彼女をワイルダー会館に連れて帰って、少し落ち着かせてちょうだい。あなたがお母さんからもらった睡眠薬を飲ませてあげて。ただし、誰とも話をさせちゃダメよ。ネルとわたしは岩山塔に戻ってから、警備室に連絡する。モスにきつく叱責されてブリジットが逃げだして、モスが彼女を捜しに出かけたって。それから夜が更けるまで待って、〈ルミナリア〉の参加者全員がキャンパスに戻ったら、モスの死体を塔からまたここに運んでくる――あしたの朝、発見されやすいところにね。死体が発見されれば、彼はブリジットを捜している最中に転んだんだって、みんな思うはず。つまり、彼はヒーローとして死ぬわけ。モスだって本望でしょうよ」

「ブリジットはどうするの？」わたしはそう尋ね、地球の暗く深い割れ目をのぞきこんだ。上がってくる冷気が骨に染み込む。

「あの娘をどうするかって？」レインが繰り返し、こう答えた。「死体が発見されたら、彼女は転落して頭蓋骨が割れたんだって思われるでしょうよ。たとえ死体が発見されなくても、同じような推測をされる。そうなれば、彼女はブライアウッドの新たな伝説《レジェンド》になれる。氷の洞窟でまた行方不明になった娘としてね。これで彼女は人々の記憶に刻まれる。無名のまま生涯を終えるより、よっぽどいいわ」

38

現在

尾根のいちばん上までやってくると立ちどまり、息をととのえようとした。尾根はいつだっていちだんと寒く、洞窟の氷の層が極寒の冷気を放っている。でも今夜は、空気が酸素ではなく氷水で肺を満たしていくような気がした。

岩山塔のドアは閉じていたけれど、ドアノブに手をかけると鍵はかかっていなかった。モスはよく、この塔の鍵をもっているのは自分だけだと吹聴《ふいちょう》していた。でも当人が命を落としたあと、レインはやすやすと死体のポケットからその鍵を取りだした。だがレインが鍵をもっているにせよ、この岩山塔の鍵はもう何年も前に交換されている。彼女はどうやって新しい鍵を手に入れたの？　わたしはドアを開け、石特有のじめじめした鉱石の臭いを嗅いだ。らせん階段を見あげると最上階に灯台のような灯《あか》りが見えて、井戸の底から上空を見あげている気分になった。くぐもったうめき声が石の柱に反響し、一瞬、その声が自分の身体の奥深くからあがっているのでは錯覚する。でも、実際には上階から聞こえていた。ニーナかルースの声に違いない。さるぐつわをされた状態で助けを求めて泣いているのだ。

「来たわよ」わたしは叫んだ。「ふたりは解放してあげて、レイン。あなたの言うとおりにしたんだから。わたしはひとりよ」

待ったけれど、反響する「ひとり」という自分の声だけが、わたしの物真似をしているように聞こえてきた。わたしはチルトンの銃を取りだし、身体の脇にぴったりとつけて階段を上がりはじめる。

錬鉄《れんてつ》の階段に足を乗せると危険だとすぐにわかった。らせん階段全体がぐらぐらと震えて音を立て、石壁に打ち込まれた鋲《びょう》がきしんだ。十年前、ここの状態を確認しにきた職工が、この階段は安全ではないと判断したことを思いだす。

レインがまだここにいると、どうすればわかる？　彼女はこの階段を崩落させ、ルースとニーナとわたしを落として石の床に叩きつけて殺す計画を立てているのかもしれない。

「レイン？」わたしはもう一歩、階段を上がりながらまた呼んでみる。

返事はない。

そのまま階段を上がりつづけた——ほかに選択肢はない。そのあいだ、ずっと喋りつづけた。さもないと自分の頭のなかの声を聞くことになるからだ。「ホッチがあなたを脅迫してきたとき、どれほど頭にきたか想像がつくわ。でも、その件とわたしはいっさい関係ないってわかってほしいの。これまでずっと、わたしたちの秘密を誰にも話さずにきたのよ——」

階段が急に傾き、壁からボルトが外れた。はるか下の床でガタンという衝撃音が聞こえてきた。わたしは二十五年前に洞窟から聞こえてきた、なにかが割れるような音を思い起こす。

「あなたが寄贈してくれたものを大切に守ろうとしてきたのよ」わたしはそう言って、錆《さ》びた手すりを握った。「あなたが寄付を続けてくれたおかげで、長年、ニーナのような学生が恩恵を受けてきたの。あなたが彼女を――それにルースも――傷つけたくないことはわかってる。ルースは奨学金制度のために、それはもう精力的に頑張ってくれたのよ。ふたりを解放してあげて。そうしてくれたら、わたしが今回の件の責任をすべて負う。ミランダ、ホッチ、ダーラ、ランス……」そこまで言うと、わたしは間《ま》を置いて、胸のうちでベンとチルトンとトルーマンの名前もくわえる。「みんなの死はすべてわたしの責任。わたしが犯人だって言うわ。あなたがルースとニーナを解放してくれるのなら、自白する文章を遺して、この塔から身を投げるから」

あとひとまわりすれば、らせん階段のてっぺんに着く。あと数段上れば、階段の踊り場からはわたしの頭がはっきりと見えるはずだ。レインはどこ？　手すりの格子の隙間から目をこらすが、ランタンの灯《あか》りが気のふれた蜘蛛の巣《ウェブ》みたいにあちこちに影を投げかけ、上のほうがよく見えない。

ふいに織物《ウェブ》がひるがえり、大きく広がり漂いて……

レインの甘い声で、あの詩が頭のなかで鳴り響く。ロウワン寮で初めて出会った日、彼女がわたしを見つけたときのことだった。彼女のおかげでわたしは孤独な生活から解放されたと思ってきたけれど、もしかすると彼女が実際にもくろんだのは、わたしを蜘蛛の巣でからめとることだったのかもしれない――

あるいは、その蜘蛛の巣はわたし自身がつくりだしたものだったのか。

最後の段を上がると踊り場に出た。しばらくはランタンの灯りでなにも見えなかった。目に手をかざすと、ものが二重に見えるような気がした。やがて椅子にふたりが縛られて、さるぐつわをされているのがわかった。ニーナに意識がないのはあきらかだった。ルースは目を大きくひらき、おびえの色を見せている。わたしは塔の最上階を見まわすが、ほかには誰もいない。ルースがうめいて椅子をがたがたと動かしたので、階段の骨組みと踊り場もぶるぶると震えた。わたしはまずルースに駆け寄った。ロープで縛られているから、関節が痛むはずだ。わたしはポケットに銃をしまい、ルースの口からさるぐつわを外した。

「ありがとう！」ルースが声をあげた。「腕が！　もうなんにも感じない」

背後に回ってロープの結び目をほどきはじめると、ルースがぐったりと身体を寄せてきた。ロープの結び目はわりと簡単にほどけた。レインは慌てて結んだのかもしれない――さもなければルースに同情して、あまりきつく縛らなかったのかもしれない。ルースの手が命綱をつかむようにして、わたしのコートを握った。

「レインがどこに行ったか、わかる？」わたしは尋ね、ルースの足のロープを外そうとした。

「地獄よ、きっと。二十五年前にあんたが洞窟に彼女を突き落としてからね」とルースの声が聞こえた。

わたしはぺたんと坐り込み、ルースの顔をまじまじと見た。突然、目の前の女性がわたしの知っているルースではなくなる。いまは眼鏡をかけていないうえ、いつも下ろしている前髪がうしろに撫《な》であげられているせいだ。髪の生え際に醜い傷跡が見えるし、その顔には一度も見たことがない表情が浮かんでいる――自己満足に浸り、こちらを見くだしている表情が。そしてルースは手に銃を握っていた。チルトンの銃だ。たしかにいま、わたしのコートのポケットが軽くなっている――その瞬間、パズルの最後のピースがぴたりとはまった。目の前に突然姿をあらわしたのは、ブリジット・フィーリーだった。

39

あの頃

洞窟から岩山塔に戻る途中、雪が降りはじめた。舞い落ちる雪を見あげていると、空に炎のような線が走った。ローマ史の本で読んだ凶兆の彗星かと思ったけれど、レインがこう言った。

「あれ、山で遭難者が出たって町に知らせる信号弾よ。きっとベンとトルーマンが、モスはブリジットを捜しにいったと話したら、信じてもらえたんでしょう」

レインはそう言ったものの、わたし自身は半ば覚悟していた。岩山塔に着いたらモスの死体の周りに人だかりができていて、わたしたちの犯罪（わたしはその時点ですでに、わたしたちの犯罪だと思っていた）が明るみに出ていてもう万事休すに違いない、と。もしかすると事実を隠蔽すると決めた時点で、わたしたちは全員、罪を犯していることを自覚していたのかもしれない。さもなければ、今回ばかりは安全ネットがない状況でレインが自分の行動の結果を直視するところを見てみたいという願望が、わたしのなかにあったのかもしれない。ところが岩山塔の前に戻ってみると、モスが倒れていた敷石のあたりには人がひしめいていた。学生、教員、職員、それに地元の警官がふたり、捜索隊を結成していたのだ。レインが慌ててワインをかけてごまかした血痕が残っていたらどうしよう。そう心配しながら敷石のほうに目をやったけれど、そこにはすでに数センチもの雪が積もっていた。トルーマンはレインがでっちあげた話をホッチキスに説明していた。ベンはそこから少し離れたところに立っていて、スウェットシャツ姿で身を震わせながらトルーマンをにらみつけていたが、彼の話を否定しようとはしなかった。

「モスがあの娘《こ》を怒鳴りつけたんです」トルーマンが説明している。「そうしたら、彼女が走って逃げだしました。きつく叱りすぎたと、モスは思ったんでしょう。慌てて彼女のあとを追いかけました。僕たちも何人か、モスのあとを追いました——えっと、そう、いま戻ってきたレインとネルも一緒に」そう言うと、トルーマンがわたしたちに尋ねてきた。「で、見つかった?」

「いいえ」わたしは返事をしようとしたが、レインのほうが先に答えた。「わたしたち、南側の斜面を捜しはじめたんです。そうしたらモスが、氷の洞窟がある西尾根のほうを捜してみると。わたしたちには大学に戻って援軍を呼んできてくれ、それに暖かい服や懐中電灯をもってきてくれと言いました。一緒にキャンパスに戻りましょうと説得しようとしたんですが、モス教授はああいう方ですから」そう言うと、レインがホッチキスに微笑んだ。「一度言いだしたら聞く耳をもたなくて」

「小耳に挟んだんだがね。ここのところ彼の行動には一貫性に欠けるところがあったとか」ホッチキスが言った。

レインが唇を嚙《か》み、恥ずかしそうな顔をしてホッチキスのそばに寄り、立ち聞きされていないことを確認するように左右に目を走らせた。ところがいざ話しはじめると、その声は大きく明瞭だった。「正直なところ、否定できません。事実、そうでしたので。チルトンとネルから、あなたのところに相談にいったと聞きました。とても勇気ある行動だと思います」そう言うと、レインがわたしに賞賛の眼差《まなざ》しを送ってきた。わたしはほっとしそうになったけれど、すぐに自戒した。レインのいまの表情はすべて演技なのだと。「わたし自身はモスの名声を傷つけてしまうようで相談できなかったんですが、いまのモスにはもう分別が欠けているみたいで。モスと可哀そうなブリジットのために捜索隊を派遣していただけませんか？　このままだとふたりとも凍死するんじゃないか、あちこちにある亀裂から洞窟に落ちて首の骨を折るんじゃないかと心配でなりません」そう言うと、レインがホッチキスからわたしへと視線を移したけれど、わたしは彼女と目を合わせることができなかった。

「わたしも捜索隊に加わります」わたしは志願したが、そのときミス・ヒギンズが屋根に到着したのが見えた。すでにオレンジの蛍光色のベスト、懐中電灯、無線機をそれぞれ複数抱えている。彼女が責めるような顔でわたしを見た――そもそも新入生の履修登録でレインが裏で手を回すのを許したときから、あなたが善人ではないのはわかっていたのよという表情で。

ミス・ヒギンズの周囲に集まった捜索隊に加わろうと歩いていくと、ベンが横に来た。「ふたりで話しあわないと。いまなら、まだ後戻りできる」

そばに誰もいないことを確認してから、わたしは小声で言った。「ブリジットは死んだのよ。計画どおりにそれぞれの役を演じないと、ブリジットの死の責任をドディーが負うことになる。そうなれば事実がすべてあきらかになってしまう」彼が返事をしないので、わたしは続けた。「あなたも指示に従ってモスを岩山塔に引きずっていったでしょ。ここまで来たら、もう引き返せないのよ」

そう言うと、わたしはカーラとジョスリンのグループに加わった。ふたりはわたしが〈レイヴン・ソサエティ〉の仲間から離れて自分たちのほうに来たので驚いたようだった。わたしたちは雪が本降りになるまで捜索を続けた。やがてグループのリーダーの無線機に途切れ途切れの音声で捜索を中止するという連絡が入った。このまま続ければ捜索隊に身の危険が及ぶという判断だった。

わたしはカーラとジョスリンが寮に戻っていくうしろ姿を眺めていた。彼女たちと一緒に戻れたら、どんなにいいか。今夜は熱いココアを飲みながら、ラテン語の不規則動詞の変化を言い合ったりするのだ。わたしはひとりでワイルダー会館に戻る道すがら、警察が待ちかまえていたらどうしようと不安をつのらせた。ところが玄関前で待っていたのはレインだった。そして、いったいどこに行っていたのと強い調子で尋ねてきた。

「裏の山道から岩山塔に戻って、雪がやむ前にモスの死体を尾根に動かさなくちゃ。そのまま尾根に放置しておけば死体には雪が降り積もるし、わたしたちの足跡も見えなくなる」

「だが、問題がひとつある」ベンが言い、彼女の背後から姿を見せた。「死体が動かされたことに、検死官が気づくはずだ」

レインがちっと舌打ちをした。「こんな片田舎で？ 検死なんかしないわよ。だって死因は一目瞭然だもの」

ベンがなにか言いかけると、レインが彼のほうを勢いよく振り返った。「そんなに警官になりたいのなら、警察学校に入学しなさいよ――ああ、でも、あなたが殺人幇助《ほうじょ》で逮捕されたら入学させてもらえないわね。だから黙って協力しなさい、ブリーン。それが嫌なら、父親のところに帰ることね。これがすべてバレたら、あなたに将来の選択肢はなくなるんだから」

ベンがレインからわたしに視線を移した。その目はあきらかにこう尋ねていた。きみはこんなことのために、これまですべてを犠牲にしてきたのか？ わたしは目をそらした。「レインの言うとおりよ。いまさらごねても仕方ない。ここまできたら、ほかに選択肢はない」

「選択肢なんて、これまでにもあったのか？」ベンが言った。でも結局、ベンはわたしたちと一緒に出発した。ベン、トルーマン、わたし、レイン、チルトン、そしてドディーまでが、また山に向かったのだ。ドディーはチルトンからもらった睡眠薬を飲んでいたので、すでに意識が朦朧《もうろう》としていたのに、レインがこう言って譲らなかったのだ。「わたしたち全員で行かなくちゃ。みんな、この件では一蓮托生《いちれんたくしょう》なんだから」

山頂付近はもう隣の人の顔が見えないほどの猛吹雪《もうふぶき》だったけれど、かえってありがたかった。

全員がもう二度と互いの顔を見たくないという気分だったはずだから。岩山塔にたどり着くと、レインがドアの鍵を外した。室内にはモスの死体が石の床の上にだらりと横たえてある。〈ルミナリア〉の緑色のローブが一枚は死体の下に敷いてあり、もう一枚は死体にかけてあった。おそらくベンとトルーマンが着ていたローブを脱いで、少しでも死体を丁重に扱おうとモスを包んだのだ。互いを毛嫌いしているふたりが協力してそんな行動をとったことがわかり、胸を揺さぶられた。

元恩師の死体をみんなで囲んで立ちながら、わたしはこう思った。この恐ろしい出来事のおかげで、わたしたちは団結するのかもしれない、と。レインも同じことを考えていたに違いない。彼女は腕を伸ばし、わたしの手を握ると、反対の手でトルーマンの手を握った。ドディーがわたしのもういっぽうの手とベンの手を握った。そしてベンとチルトンが同様に手をつなぎ、わたしたちの輪が完成した。「われらはここに協定を結び、誓約する」レインがおごそかに宣誓した。「今夜、ここで起こったことについてはけっして他言しないと」

「でも、バレたらどうするの?」チルトンが尋ねた。「ブリジットの死体が発見されたら、どうするのよ?」

「彼女の死体が発見されて地上に引きあげられたら、わたしたちはブライアウッドに戻ってきて、全員で現実に対処する。わたしたちの誰かひとりの身に起こったことは全員の身にも起こったこととする。これを誓って約束する?」

レインがわたしたち一人ひとりを見つめた。全員がイエスと言った。すると彼女が身をかがめ、死体を包むロープの端をつかんだ。わたしたちは全員でロープの端をもち、モスを戸外に運んでいった。黙りこくってハイマツ帯のなかを歩いていると、一歩踏みだすたびにモスの死体が重みを増したように思えた。わたしの嘘が鉄の鎖ほどの重みをもっているのだ。ついに死体を西尾根の崖のてっぺんに置くと、風がロープを引きはがしてもろく弱々しいモスの死体をむきだしにした。わたしは衝撃を受けた。モスのことをずっと大柄な男性だと思っていたのに、死んだせいで身体がすっかり縮んでいたのだ。こんな案山子《かかし》みたいに痩せ細った死体が、運んでいるときにはどうしてあれほど重く感じられたのか。わたしは立ちあがったけれど、彼の重みに腕や肩をまだ引っ張られているようだった。きっとこれからずっと、この重みを感じつづけることになるのだ。

「ちょっと話があるの」レインがわたしに言った。ほかのみんなはもうハイマツ帯を抜け、下山を始めようとしていた。彼女に特別扱いされたという例の感覚がよみがえり、胸がどきりとした。

「わたし、なんにも言わないから。わたしのことは心配しないで。この件はいつか過去のものになる――」

「過去を断ち切って前に進めるかのように」レインが言い、舌打ちをした。「あなたが口を割るんじゃないかと心配してるわけじゃないの」彼女は言い、懐中電灯で地面のあちこちを照らしだした。「ほら、きっとここがブリジットが落ちた亀裂よ。ほんとうにここだったかどうか、確認したいんだけど」

「わたしはもう、下りていきたくない」

「あなたに下りてくれって、頼んでるわけじゃないわ」そう言うと、わたしの顔をじっと見た。「だって、あなたはいつだって自力でやっていける。その点に関しては、もっとあなたを尊重すべきだったわね」

わたしは笑いはじめたけれど、その声は押し殺した泣き声のようだった。

「でも、わたしたちの取り決めのおかげで、あなたがずいぶんいい思いをしたことは否定しないで」

「取り決め？」

「というより、わたしたちの友情ね。少なくとも、あなたとのあいだには友情があるって、わたしは思ってた。でも、あなたにとってはいつだって、わたしからなにがもらえるかが重要だった。エリートコースの講義への登録、メイン州ですごす夏、奨学金……。もちろん、あなたと一緒にいると楽しかった。正直なところ、これから会えなくなると思うと寂しいわ」

「寂しい？」どういうわけか、わたしはレインの言葉を繰り返す木霊《こだま》と化していた。じきにギリシャ神話の妖精《ニンフ》みたいに、声だけがブリジット・フィーリーの腐敗する死体とともに氷の洞窟で木霊することになるのだ。

「これからはもう別々の道を進むほうがよさそうね。お互い顔を見ると、最後のつらい記憶がよみがえる、それだけの存在になるから。それに、わたしは自分の本の執筆に集中しなくちゃならないし」

「まだ、あの本を出版するつもりなの？」ようやく自分の声を取り戻して尋ねた。「モスからはもうコメントをもらえないのに？」

「モスからコメントをもらえたとしても、たいして役には立たなかったでしょうね」レインが答えた。「というより、言わせてもらえれば、モスのコメントにはもうなんの価値もなかった。それにね、彼はもうエージェントへの推薦状を書いてくれたの。それはもう褒めちぎってくれたわ」そう言うと、彼女はこちらを向いてにっと笑った。口を横に大きく広げたので、歯がむきだしになる。そしてわたしへの激怒をあらわにして瞳を燃えあがらせた。わたしはぎょっとして、一歩うしろに下がった。その拍子に、洞窟の亀裂の端でぐらついた。レインがこちらに近寄ってきた――わたしを引き戻してくれるのだろう。そこで彼女の手をつかもうと、腕を伸ばした。ところがわたしを引き寄せるのではなく、レインはわたしの肩に片手を置き、ぐいと押した。わたしが思わずレインのコートの襟をつかむと、彼女がバランスを崩し、前のめりになってこちらによろけた。そして亀裂から洞窟へと転落した。わたしはレインを引きあげようとしたけれど、間に合わなかった。

　そして、なにかが割れる音が下から聞こえ、その木霊が尾根に響きわたった。

40

現在

目の前に立っている女性の傷跡のある顔をのぞきこんでいると、なにかが割れたあの音の残響が聞こえるような気がした。彼女の顔立ちはランタンの灯《あか》りに照らされ、揺らぎ、ぼやけている。一瞬、例の悪夢に出てくる霞の娘かと思ったけれど、次の瞬間、彼女はわたしが霧のなかでぶつかった幽霊のような娘になる。それから履修登録のテーブルで鉛筆の列の向こうに坐っていた娘になる。いつもそばにいたのに、わたしは彼女の顔をほんとうの意味でしっかりと見たことがなかったのだ――眼鏡と切り揃えた前髪で顔を半分ほど隠していたせいかもしれない。というより、わたしが彼女の顔を近くでじっくりと見なかったのだ。そこに自分の顔を見るような気がして怖かった――大学の門の格子の隙間からキャンパスをのぞきこんでいる、よそ者の顔を。そういうことだったのかと、わたしは勝ち誇ったように納得する。ブリジット・フィーリーはこれまでずっと、わたしの霞の娘だったのだ。

「あなたは死んだと思ってた」わたしは言う。「あなたは洞窟に落ちた。チルトンが言ってたのよ、あなたの頭がぱっくり割れてたって……」卵の殻みたいに。

「チルトンはね、ちゃんと見なかったんだよ。たしかに、あたしの頭がぱっくり割れてたのは事実」そう言うと、彼女が髪の生え際に長く伸びた傷跡に触れた。わたしは一度、その傷跡をちらっと見たことがあったけれど、なにか怖ろしいことがルースの身に起こったのだと思い込んだ――ルースに！　目の前にいる女性がルースを殺したような気がして、胸に痛みが走った。

「でも、どうして……」もう、どこから質問を始めればいいのか、なにから尋ねればいいのかわからない。

混乱しているわたしに、彼女がにっこりと笑う。その温和な笑みにルース——わたしのルース！——が垣間見えて、彼女をハグしたくなる。実際、わたしは少し彼女のほうに身を乗りだしてしまったらしい。銃口で胸骨をぐいと押され、わたしはうしろによろめき、彼女が坐っていた椅子にどすんと腰を下ろした。

「あんたたちに見殺しにされたあと、どうしてあたしが生き延びられたのか？」彼女が尋ねてくる。「それはね、あたしの頭蓋骨が硬かったおかげだよ。あんたのおかげでも、あんたの友だちのおかげでもない。あんたたちはあたしを見捨てていったんだから。どのくらい、あそこで倒れていたのかはわからない。意識は半ばなかったし、出血もしていたから凍死しかけてたんだよ。でも人の声が聞こえてきて、われに返った。最初、あんたの声が聞こえたから、てっきり助けに戻ってきてくれたんだと思った。ほかの連中ほど、あんたの心根《こころね》は腐ってなかったんだってね。でも次の瞬間、あんたの声がはっきり聞こえてきた——『わたしはもう、下りていきたくない』って。それで、あんたもやっぱりほかの連中とおんなじなんだってわかった。それから、あんたがレインと話す声が聞こえてきた——彼女はあんたをはねつけた。あたし、死にかけてなかったら、声をあげて笑ってたね。あんたの親友、一年生のときからあんたがへつらいつづけてきた相手は、あんたをお払い箱にした——だからあんたもやりかえした。そうでしょ？」

ブリジット——もういまではルースとは別人だ——が身をかがめ、わたしの顔をのぞきこんだ。「ついに堪忍袋の緒が切れた。それで、彼女を押したんだよね？」

「あっちが押してきたのよ！」わたしは声をあげた。「それで思わず、彼女につかまろうとしたの。そのあと、彼女が転落しないよう手を伸ばしたんだけど……」

彼女が舌打ちをした。「そこがあんたの弱点だね、エレン。話に説得力がない。いつだって、あとからああだこうだと後悔する。レインを押したのは正しかった。あいつはモンスターだった！　だから、あんたはよくやったのよ！　卵の殻みたいに割れた！　バン！」彼女が手を叩き、その鋭い音にわたしは身をすくめる――というより、ブリジット・フィーリーがあのとき生きていて、わたしたちの会話を聞いていたばかりか、最低最悪のわたしを知っていたことがわかって身を縮めたのだ。なにより衝撃だったのは、わたしのいわば犯罪現場を目撃した人物がこの五年間、ずっとそばに坐っていたことだった。「あいつはハンマーで打たれたみたいに岩に激突した！　あんたがレインを洞窟に突き落とさなかったら、あたしはあのまま自己憐憫《じこれんびん》に浸っていたかもしれない。でも、あいつが落ちてきたおかげでアイデアがひらめいた。そしてなおいいことに、ひとつ、計画を思いついた。その計画が思い浮かんだからこそ、あたしは奮起した。だから、あんたが洞窟に下りてくる音が聞こえたときには、自分がすべきことがわかってた。レインもあたしも岩棚に落ちてたけど、片側が切れ落ちてたんだよ。だから、あたしは慌ててレインを下の穴に突き落として、あんたに見つからないようにした――幸い、あんたは彼女の名前を呼ぶのに忙しくて、あいつが穴の底に落ちた鈍い音が聞こえなかった。あたしは洞窟を舞台にしたレインの小説を読んでたから洞窟のなかが広いことはわかってたし、レインを捜すのにしばらく時間がかかることもわかってた。だからさっきも言ったけど、あたしは計画を練りはじめた。そしてあんたが通りすぎるまで、岩に隠れてた。それから洞窟を上がって外に出て、ワイルダー会館まで歩いて戻った。あんたの友だちはみんな酔って正体をなくしてた——だから、あんたとレインが戻ってこないことなんか気にも留めちゃいなかった。そのおかげで、あたしは裏階段をこっそり上がってレインの部屋に入れたんだ。あいつはいつも鍵をかけておかなかったからね。あんたも部屋に鍵をかけてなかった。だから、あんたたちがセミナーの授業を受けてるあいだに、あたし、あんたたちの部屋に忍び込んでたっぷり時間をかけてなかを見せてもらってたんだよ」

「わたしたちにそんなに関心があったの？」

「あたしのこと、なんの面白味もない、とるに足らない存在だって、そう思ってるんでしょ？　当時のあんたたちはみんな、そう思ってた。哀れなブリジット・フィーリー、醜い橋《ブリッジ》の下の怪物《トロール》、自分の人生に楽しみがなくて〈レイヴン・ソサエティ〉の文才あるメンバーの動きをこそこそ探ってるって。でも、哀れなのはあんたたちのほうだよ。くだらない話を書いちゃあ互いの作品をあげつらって、あの耄碌《もうろく》じじいの一言一句にしがみついてた。あたしはあんたたち全員のことを調べてた。原住民の部族を研究する文化人類学者みたいにね。あんたたち全員を酷評する本を自分で書こうかと思ったこともある。でも、そんな必要はなくなった。レインの部屋に入ったら必要なものはすべて揃ってた——エージェントへのモスの推薦状もあって、才能あふれる新人とそのデビュー作——『取り替え子』を褒めちぎってた。そういえば、あんた宛ての手紙もあったよ。レインはね、〈マーリンの洞窟〉であんたとトルーマンの話を聞いてたんだって。レインと別れてほしいって、あんたがトルーマンに言ったのも聞いてたそうだよ。それで手紙の最後には、あんたと話したいって書いてあった。だけど、あいつ、気が変わったんだろうね。発電機のところにあたしが置いていったメッセージが、その手紙の一部。われながら、あれは名案だった。つまりね、あんたにずっと裏切られてたことが彼女にはわかってたんだよ。あんたと縁を切るつもりだったのも、当然だね」

洞窟の上に立っていたレインがこちらを振り向いたとき、彼女の顔がひび割れて見えたことを思いだした。

「これでわかったでしょ」ブリジットが言う。「あんたが彼女の心をずたずたにしたんだよ。あたしはただその破片を掃《は》いて、きれいにしただけ」

「ということは、あなたがその手紙を奪って――」

「それにね、レインがタイミングよく、あの日、クリスマス休暇に備えて銀行から現金を引きだしていたから、それも頂戴した。それに、もう荷造りがすんでいたスーツケースと車も――」

「あの猛吹雪《もうふぶき》のなかを運転したの?」

彼女が鼻を鳴らし、一瞬、雪の日の強気なルースが戻ってきたような気がした。「これから新たな人生が始まるっていうのに、雪がちょっと降ったくらいなによ? もちろん、どのくらい長く運転しなくちゃならないのかは知らなかった。あのあと、あんたが警察に出頭してレインを洞窟に突き落としましたと自白していたら――そしてドディーがあたしを引っ張って落としたことも話していれば――万事休すだった！　でも、あたしにはわかってた。あんたは警察になんか行かないって。だからメイン州まで運転したんだ。あいつの個人情報はすべてタイプしてファイルにまとめてあったから、自宅の場所はわかってた」

「あなた……傷が痛くなかったの？　出血もしてたんでしょう？」

「そりゃ痛かったわよ。傷のことを覚えてくれてて嬉しいね。レインの部屋にはエルメスの素敵なスカーフがたくさんあったから、一枚とって傷口にぐるぐる巻いてウースター郊外の救急診療所に寄ったの。そこで傷口を縫ってもらって、支払いはレインの保険を使った。雪のなかを運転していたら事故を起こしてフロントガラスに頭をぶつけて傷ができたと言ったら、信じてくれたのさ」

「どうしてそのまま大学にとどまって、わたしたちの仕業《しわざ》だと、みんなに話さなかったの？」

わたしは尋ねた。「そうすれば、あのとき復讐できたでしょうに」

「で、それからどうなるのよ？　またブリジット・フィーリーに戻って犠牲者としてすごすわけ？　あんただって、かのレイン・ビショップになれるチャンスがめぐってきたらそうするんじゃない？　それこそ、あんたがずっと望んできたことだよね？　あんたの霞の娘は、彼女なんでしょ？」

わたしが返事をする前に――というより返事のしようがなかったのだが――ニーナのうめき声が聞こえた。

「ほう、意識が戻ったようだね。この娘には鎮静剤を大量には飲ませたくなくてさ――なによ？　あたしモンスターじゃないんだからね！　でも目覚めたニーナに、あたしがあんたに銃を突きつけてるところを目撃されたら、やっぱり殺すしかない。だから、ここを出ていきましょ。さあ」彼女がわたしに銃口を振った。「途中で話の続きを聞かせてあげる。あんたが最初に階段を下りるんだよ――いいかい、なにか妙な真似をしようものなら、あたしはここに戻ってきて、この娘を殺すからね」

わたしは立ちあがったけれど、階段のほうに歩く前にコートを脱いでニーナにふんわりとかけた。

「そんな真似して、あとで後悔するよ」ルースが言う。「ここから少し歩かなくちゃならないし、外は身を切るような寒さなんだから」

「あなたさっき、わたしを殺すつもりだってはっきり言ったでしょう。でも、ニーナには生き延びるチャンスがある」

わたしは錬鉄《れんてつ》の階段を下りはじめた。足の下で階段のフレームが震える。大きくがたつかせれば、階段を崩壊させられるかも。だがそうなったら、ニーナの命を救えなくなってしまう。反撃のチャンスは戸外に出るまで待たなければ。

一階のドアを開けると、氷のような風が顔に打ちつけてきた。空には月が高く上がり、ハイマツ帯を凍った海のように照らしている。ブリジットがわたしの背中を銃口でつつき、背の低いハイマツ帯のあいだの小道を歩けと命じた。いま走って逃げだしたところで、ここには隠れるところがないし、わたしの姿はよく見えるはずだ。

「続きを聞かせて」わたしは頼んだ。「レインの家に着いてから、どうしたの?」

ブリジットが笑った。その声は足下でひび割れる氷のように棘々《とげとげ》しい。「この話を気に入ってくれて嬉しいよ。認めざるをえないけど、これまでずっとこの話をしたくてたまらなかったんだ。レインになりすますのは簡単だったよ。誰もあの家には来なかったから」

誰とも顔を合わせずにすむのって、最高よ。あの夏、レインはそう言っていた。

「それに簡単にしてくれたのは、あんたさ。レインが死んだってこと、誰にも言わなかったから」

「死んだなんて思ってなかったのよ!」わたしは声を張りあげた。「翌朝になったらレインの私物や車がなくなっていたから、わたしがワイルダー会館に戻ってくる前に洞窟から外に出て、メイン州に帰ったんだと思ってたの」

「親友を殺した罪の意識にさいなまれつづけるより、そう思うほうが楽だったんじゃない?

それにね、そう思われてるほうがあたしにとっても好都合だった。レインはもう食料品やお酒の手配をすませていたのよ。そりゃ、サーディンの缶詰やなんらやのしょっぱい味にはうんざりしたけど。あたしはお酒を飲まないから、ジンのボトルの中身は全部排水溝に流した。だけど疑われたくなかったんで、食料品店への注文はいっさい変えなかった。それにね、レインのメールを使うのは簡単だった。彼女、たまたま新品のiBookを買ったばかりだったのよ。

それで、あの可愛いタイプライターとはおさらばしたってわけ。それからオンラインの銀行口座をつくって、モスの推薦状と彼女の原稿を出版社に送った。村に出かける用事があるときにはエルメスのスカーフを頭に巻いて、大きなサングラスをかけた。誰とも目を合わせなかった。レインは地元の人たちと会話なんかしなかったのさ。だからまじめそうな管理人を新たに雇って、ワイルダー家の資産の運用も始めた。うまく資産を運用して奨学金のために寄付を続けたんだから、あんたには感謝してもらわないと。レインと母親には投資で適切なリターンを得る方法なんて、なにひとつわかっちゃいなかった。『取り替え子』のおかげで印税が入ってくるようになっても、あたしはそのお金をワイルダー家の資産として貯蓄して、崩れ落ちそうだった防潮堤の修理をした。そうやって自分のために心地よい隠れ家をつくってきたんだよ」

「じゃあ、どうしてあの家を出てきたの？」わたしは尋ねた。もうハイマツ帯を抜け、西尾根にやってきていた。霧が眼下の谷から湧きあがり、ミルクの泡のように尾根を覆っている。月光があたりを氷の銀色に染め、月明かりが届かないのは岩の黒っぽい裂け目の奥だけだ。

「二、三年もしたら、飽きちゃったのよ！　だんだんジンのボトルが魅力的に見えてきた。そうなれば、あたしもワイルダー家の女たちみたいになるのが目に見えてる。だからレイン以外の人間になりすまして、外に出ることにした。誰かになりすますのってけっこう簡単なんだよ。ただ自宅から遠いところで死んだ人を見つければいい。故郷に死亡届けが出されていない、身寄りのいない人間をね。そういう孤独な人って驚くほど大勢いるんだよ。バンゴーで二年ほどベッティーナっていう名前のケータリング業者になったこともある――バンゴーなら近いから土手道を通って家にちょくちょく帰ることもできたし。そのあと、メイン州のソコーでルースの死亡記事を見つけたんだ。彼女はあたしより十歳以上年上だったけど、ちょっと髪の毛を染めて少しばかり体重を増やせば、外見を老けさせるのはたやすいことだった。そもそも年配の女のことなんて、誰もしげしげと見ないからね。彼女には新たな人生が必要だって考えて、地元のコミュニティ・カレッジで仕事を見つけた。あたしはまたキャンパスに戻れたうえに、新しいスキルをいろいろ覚えられた。そのスキルでなにができるかもわかってきて、楽しかったよ。それにあんたも知ってるように、行政職試験ではものすごくいいスコアを叩きだした」

「あなたはいつだって、わたしたちの誰よりも頭がよかった」わたしは彼女を褒めた。わたしたちはもう洞窟の入り口のところまで来ていた。彼女がここをめざしていることはわかっていた。硫黄臭のする冷気が顔に吹きあがってくる。この下に深い底なしの穴と尖った岩々がごろごろあるところを想像した。このままブリジットを止めることができなければ、わたしはいまにもその穴に落下することになる。

「間違いなく、あんたよりは賢いさ、ネル。五年も一緒にいて、あたしだって気づかなったんだから！　あんたときたら自分がしたことの罪滅ぼしをしようと必死だった——まるで罪滅ぼしができるみたいにね。だからあたしのことなんか、ろくに見もしなかった」

「そのとおりね。ごめんなさい。でも、どうしてリスクを冒す気になったの——どうしてブライアウッドに戻ってきたの？」時間稼ぎをするしかない。自分の能力を鼻にかけさせていれば、じきに助けが来るかもしれない——トルーマンか警察が。彼女はわたしのすぐうしろで適度な距離を置いて足を止めた。だから走って逃げることはできないし、銃を奪うには距離が遠すぎる。

「きっかけはホッチだった。レイン宛てに届く財務報告書に、いくつか不審な点を見つけたんだよ。だからブライアウッド大学の財務に目を光らさなければと思ったわけ」

わたしは振り返り、彼女と目を合わせた。「ホッチが横領してたって知ってたの？　じゃあ、どうしてレインになりすまして、その問題を大学に報告しなかったの？」

彼女は微笑んだけれど、その笑みにうぬぼれはなかった。「あんた、いいとこ突いてるよ」そう言うと、ばつが悪そうに続けた。「この場所――」そう言うと、月光に照らされた氷に覆われた風景のほうを銃でぐるりと指した。彼女がハイマツ帯のことを話しているわけではないことがわかった。彼女はブライアウッドのことを話しているのだ。「いったんここに引き戻されたら、もう戻れない。ここを出ていったとき、もう二度と戻らないとあたしは誓った。でも、このキャンパスにまた足を踏みいれたとたん、あれをまた感じたのよ――あの魔力を」

髪がうしろに流れ、眼鏡をかけていない彼女の顔が月光を浴びてむきだしになる。そのとき初めて、わたしはほんとうの意味で彼女の顔を見たことを実感した。そこにいるのはわたし自身だ――パンフレットに載っていたブライアウッド大学の門を眺め、その門からなかに足を踏みいれることを夢見ていた娘。それなのに、ようやくそこにたどり着いたら、門はわたしを閉めだした。そしてわたしはここの一員であることを実感するのではなく、ここではまったくの別人にならなくてはいけないような気がしたのだ。

「じゃあどうして、その魔力を台無しにするの？」もう時間稼ぎのためだけではなく、純粋に好奇心に駆られて尋ねた。

「それも、ホッチのせいだよ。あの強欲の馬鹿がレインを恐喝してきたのさ。あたしはホッチが横領していると暴露しようと思えばできたけど、あいつがレインについて大騒ぎするようなことになれば、当局がメイン州の家にやってきて本物が暮らしていないと気づくんじゃないかと心配になった——まあ、あたしも多忙ながらできるだけ帰って必要な用事はこなしていたんだけど。そしたらホッチが偽善者らしく、今回の追悼式のアイデアを思いついた。だから、あたしはこう考えた——あんたたちをここに集結させたらさぞ愉快だろうって。あたしのことをさんざん馬鹿にして、あたしを変人扱いしたあげく、しまいには洞窟で見殺しにしたあんたたち全員をね」

彼女が銃口を亀裂のほうに向けた。そこを飛び越えさせるつもりかと身構えたけれど、彼女はすぐに銃口の向きを変え、わたしの腰にぴたりと当てた。「そこでまず、ホッチにしっぺ返しをくらわせることにしたんだよ。案の定、ミランダはホッチを脅迫しはじめた。それからミランダ以外のあんたたちも、からかってやることにした。あたし、あんたたちが書いた怪異譚をコピーしておいたから、それぞれのストーリーに合わせていたずらを仕組んだのさ。ミランダのベッドにカラスの死骸を置いたり、ダーラの書いた話をオンラインで発表したり、壁に電話機を埋め込んで最初に触れた人間が誰であれそいつを感電させたり、電動タイプライターに大鴉《オオガラス》の詩をタイプさせるプログラムを組んだり、地下に続くドアの数箇所に鍵をかけて、指示どおりにベンを移動させるために暗号めいた標識《シンボル》を書いたりした——ベンにはトンネルに閉じ込められたままになってほしかったんだ。あいつの小説に出てくる女子学生社交クラブの娘が生き返って、あいつが自分の頭を銃で吹き飛ばせばよかったんだけど。どう、そうなった？」彼女が勢い込んで尋ねてきた。

あまりにも嬉々として尋ねてきたので、あなたの計画は失敗したわよと言いたくなった。でもそう聞いたら、彼女はわたしを殺したあと、生き残っているみんなを殺すに違いない。「そうはならなかった」わたしは言う。「ベンが地下トンネルから上がってきたら、チルトンが彼を撃とうとしたの。でも、ベンのほうが先に撃った。そのあと、トルーマンとベンが互いを撃ちあった」

「へえぇ。計画どおりにはいかなかったけど、じゃあ、みんな、ふさわしい死に方をしたってわけね。アガサ・クリスティの小説の終わり方にちょっと似てるでしょ」

「ダーラを毒殺して、ランスに牡鹿《おじか》の剝製《はくせい》の頭をかぶせるだなんて、悪ふざけの度を越えてる──ふたりとも、あんな恐ろしい死に方をするほど悪いことはしていないのに」

「恐ろしい死に方について、あんたにあれこれ言われる筋合いはない！」彼女が低い声で言い、冷静さと理性を備えているという見せかけをかなぐり捨てた。「あいつらは無実じゃない。あたしの小説をすり替えたのはダーラだって知ってるんだよ。そのせいで、あたしは上級セミナーに入れなくなった。それにランスは、レインがモスの原稿のタイピングをしているとチクった。そのせいで、あたしはモスの助手の仕事を押しつけられた。そもそもね、あたしはモスのために働くんじゃなくて、上級セミナーで学んでるはずだったんだよ」

あなたはモスのために嬉しそうに働いていたし、ダーラは原稿をすり替えたりしていない。そう指摘したかったけれど、もうこれ以上怒らせたくなかった。わたしは彼女に鼻高々になっていてほしかった。彼女は自己満足に浸ると、右のてのひらをひらく癖がある——銃を握っているほうの手を。

「ニーナが洞窟に落ちて、穴に人骨があるのを見つけたとき、あなたはすばやく行動を起こしたんでしょうね」わたしはそう言い、あの人骨はレインのものに違いないと思い、ぞくっとした。

「そりゃそうよ！」自分でコピー機を修理したと言ったときのように、彼女が自慢げに言った。「あの骨を動かしておけばよかったと後悔した。でも何年か前に捜しにいったときには、穴に落ちた岩の破片で骨が隠れていて、見つからなかったんだよ。あのときからずっと岩が動きつづけていたのさ——あそこの洞窟は一刻たりとも安定しないから。そしてまた、骨があらわになった。運が悪いことに、あの娘はたまたまあそこに落ちて携帯電話のライトをあの穴に当てて、レインの頭蓋骨を見つけた。あの人骨がレインのものだとわかれば、警察はすぐにレインのネットでの行動を追跡し、メイン州の家を家宅捜索するはず。でも幸い、この件に関しては予防策を講じておいたんだ。だから警察はカモやあんたに事情を訊くはず。そうお膳立てしてあるんだよ」

「わたしに？　どうしてそういうことになるの？」誘いに乗らないよう慎重に問い返した。彼女はまた自己満足の表情を浮かべている。話すことに夢中になり——これがとどめの一撃《クーデグラ》だと考えているのだ――わたしが少しずつ洞窟から離れ、彼女のほうに近づいていることに気づいていない。

「レインがすでに死亡しているとわかったら、警察はデジタルの記録や痕跡、メールの内容を調べて容疑者を捜すはず。するとレインがしょっちゅう、あんたの仕事用パソコンと連絡をとっていることがわかる――もちろん使い古された手口の偽装工作だよ。そして警察がメイン州の家を調べると、あんたのＤＮＡと私物をいくつか発見する――ここ数年であんたが失くしたスカーフとか、あんたの口紅がついたマグカップとか、本が何冊か……ほら、あんたが積みあげていた本の山から何冊か抜きとったんだよ。つまりね、万が一の場合、あんたを安全装置として利用するべく工作したわけ」

「たったそれだけの証拠で、警察が納得すると思ってるの？」うっかり、〝ベンが〟と言いそうになる――「わたしがレインになりすまして、クラスメイト全員を殺したって納得するかしら？」

「そこだよ。だから、あんたのパソコンのデスクトップに、あんたが自白する文書を作成しておいた。あの人骨が発見されたとなっては、すべての事実――あんたがレインを殺して、彼女になりすましてきたこと――が明るみに出るはずだから、もうこれ以上、嘘をつきとおすことはできません、とね」

「じゃあなぜ、わたしがクラスメイト全員を殺さなくちゃならなかったの？」

「モスの死の隠蔽工作に加担させられたから、あんたはみんなを責めてたんだよ」

「それじゃあ、少し弱い」思わず指摘してしまう。「動機としては」

彼女はにったりと笑うが、腹を立ててはいないようだ。「そうだね。でも『取り替え子』はそういうストーリーだったよね。語り手の別人格、つまり彼女の霞の娘がクラスメイト全員を殺す――つまりね、あんたはついに、あれは自分が書いた本だと明かすことになるんだよ。ほら、あたしがレインの部屋に戻ったとき、モスがエージェントに宛てた推薦状を読んだって言ったでしょ。だけどモスが推薦してたのは、彼女の作品じゃなかった。推薦状では、あんたが書いた作品を褒めていたのさ」

わたしが驚いた顔をしたので、彼女が笑った。「どうしてレインはあんたの作品を盗んだのかって、あんた、不思議に思わなかったの？　モスが作者名を間違えてたからなんだよ！」彼女が笑い、また手をひらいた。「笑っちゃうよね？　とにかく、あんたの作品を推薦しているとわかったときのレインの失望たるや。でも、さすがはレイン・ビショップ、この問題の解決策を思いついた。彼女はモスの書斎から両方の原稿――自分のとあんたのと――をもちだした。それから、あんたの作品の作者名を自分の名前に変えたのさ。正直なとこ、あたしにもいまわかったんだけど、レインがあんたを押し倒そうとしたのは、あんたが死ねば自分の計画がいちばんうまくいくって確信したからだよ。だけど、もちろん、そんな懸念は不要だった。あんたは臆病だから、なんにも言えなかったはずだもの」そう言うとすべてを暴露して勝ち誇ったように、彼女が微笑んだ。そして右手を大きくひらく。

わたしは銃に手を伸ばし、彼女が手の力をゆるめた隙に銃を奪いとろうとした。ところが寒さで手がかじかみ、銃をつかむことができない。銃は地面に落ち、下に氷の洞窟が広がる黒っぽい亀裂のほうに転がっていった。わたしは突進し、ごつごつした岩の表面で肘を擦りむいた。「チャターマークだ」そうベンが言っていたことを思いだす。氷河が後退するときに岩盤の表面が削られて残る三日月形の跡だ。わたしはそこに指を食い込ませ、這《は》うようにして銃に近づいていく。指先が触れたと同時に、ブリジットがわたしの足首をつかんだ。わたしは彼女を蹴り、銃に手を伸ばすが、反動で銃を遠くに押しやってしまう。銃はつるつると滑る氷の上をかすめて飛び、洞窟へと落ちていった。背後から低いうなり声が聞こえてくる。ブリジットがクーガーに変身したところを思い浮かべた——彼女の最後の変身だ。わたしは振り返らない。氷上を滑っていき、岩盤の三日月形の跡に指をかけ、滑る氷を利用して洞窟へと下りていく。

41

あの頃

一九九六年十二月二十一日

親愛なるシリル

近年ではめずらしいことに学生の作品に胸を打たれ、いても立ってもいられず貴女に推薦させていただく。ミス・ビショップの小説「取り替え子」をお読みいただければ、この手紙を書いている理由がおわかりいただけるだろう。

「教養小説《ビルドゥングスロマン》！」と言う、貴女の声が聞こえてくるようだ。「判断力が鈍ったんですか、ヒューゴ？ この作品のどこが特別なんです？」とね。

しかしながら本作が特別なのは、書き手である若い女性が若さゆえの不安定さと揺れるアイデンティティの本質を見事にとらえているところだ。覚えているかね、シリル？ なんだって可能に思えるのに不確実で不吉な未来がぼんやりと立ちはだかっているようで、不安でならなかったあの頃を？ 冒頭のシーンで語り手は自分が入学する大学の門に着いたところを想像する。そこには自分の複製が待っている――大学に本来入学する予定だったのは、その複製のほうなのだ。語り手はその複製を霞の娘と呼び、最後のシーンでは取って代わろうと、そのライバルを殺す。きっと貴女もこの物語世界に没入するはずだ。もちろん新人作家ゆえ、巨匠たちの影響が散見するのは否めない――ポオ、ジェイムズ（M・Rとヘンリーの両方）、ブロンテ（当然のことながらエミリーのほう、あの唯一無二の『わたしはヒースクリフそのものなの！』、それにハイスミスの『太陽がいっぱい』の風味もある。だが行間から聞こえてくる声は、完全に彼女独自のものだ。その声は敢《あ》えて言うなら、大勢の聴衆に届けられるべきものだ。

要望があればミス・ビショップは休暇のあと、よろこんで原稿をすぐ貴女に送付するだろう。ベッツィーと子どもたちにも、どうぞよろしく。

42

H・M

現在

わたしは石段にぶつかり、そのまま転げおちた。痛かったが、少なくとも穴に落ちずにはすんだ。階段のいちばん下まで落ちると手探りで銃を捜したが、見つからない。あたりにはクレバスや穴がたくさんあって、いつ落ちてもおかしくない。携帯電話を手で探っているうちに、コートのポケットに入れたことを思いだした。そのコートを着ているのはニーナだ。レインが転落したあと、わたしは彼女の死体を捜したけれど、彼女もブリジットも見つけることができなかった。あのときは洞窟のなかを進みながら、レインはきっとどこか人目につかない場所まで這《は》っていって死んだに違いないと思い込んだ。そしていまはレインがすでに死んでいること、ブリジットがどこかに隠れていてわたしが洞窟の奥に行くのを待っていることがわかっている。そうなったら、ブリジットは地上に戻ればいい。あの晩、わたしは道に迷い、ここで死んでもおかしくなかったけれど、そうはならなかった。だから今回も全身の神経を研ぎ澄まして注意していれば、ここで死なずにすむかもしれない。

二十五年前、ベンが道標《みちしるべ》用にロープを通した金属のボルトを捜した。手探りでひとつ見つけ、また次にもうひとつ見つけた。なにも見えない暗闇を奥に進むにつれ胸のうちで湧きあがるパニックを抑えようと、ボルトを捜すことに集中した。やがて音の反響が変わり、丸天井の空洞に出たことがわかった。わたしたちが〈水晶洞窟〉と呼んでいた場所だ――もっといい場所があるとレインが言うまでは、ここが〈水晶洞窟〉だった。鍾乳石《しょうにゅうせき》を照らしだす光は射していないが、暗闇のなか紫っぽい光がぼんやりと輝き、微小な花火のようなものが光っている。洞窟じゅうにある鉱物の堆積物の燐光《りんこう》が闇のなかで不気味に輝いているのだ。

「感じる、ネル？」背後のわりと近距離からブリジットの声が聞こえて、わたしは身を縮ませた。それから金属の音が聞こえたので、彼女がチルトンの銃を見つけたのか、自分の銃をもっていることがわかる。

銃声が洞窟に響きわたり、その反響音で耳が聞こえなくなった。銃弾が脇をかすめていったのを感じ、空洞のほうへと突進した。銃弾が発射された衝撃で岩壁が振動する。この振動のせいで落盤が起こるだろうか？　わたしは不安になるけれど、洞窟が不安定なのは断層の上にあるせいだとベンが言っていたことを思いだす。足の下で地面が揺れているような気もするが、ブリジットがわたしを追っているせいで地面が揺れているだけなのかもしれない。わたしは暗い洞窟のなか、方向感覚を失くしながらも、ときどき紫色やエメラルド色に光る閃光を頼りに前進を続けた。

「もう狭い通路に入った？」彼女が小さく言う声が聞こえてきた。「そう、レインの小説を読んだから、この洞窟に関する情報はすべて仕入れてあるんだよ。彼女、あんたたちにはその小説、読ませなかったけどね。あんた、その狭い通路をいまでも通り抜けられると思ってるの？悪気があって言うわけじゃないけど、あんた二十五年前みたいにスリムじゃないでしょ」

わたしは声をあげて笑いそうになった。ルースのふりをしているブリジットはこの五年間、わたしにずっとお菓子をもってきていたのだ——お手製のスコーンやマフィン、学部のパーティーで余ったケーキやクッキーを絶えずもってくるので、ルースはわたしを太らせたいのかしらと思ったものだ。たしかにわたしは大学時代ほどスリムではないし、いちばん左側の通路は狭く、あの頃でさえ通るのがやっとだった。だとすれば、真ん中の通路を抜け、ぐるりと一周して彼女の背後に回り込むしかない。思わず、ふたりで永遠に同じところをぐるぐると回っている光景を思い浮かべた。さもなければ階段を上がって全速力で逃げだすしかない。それに、うっかり右の通路を進もうものなら、その先がどこにつながっているかはわからない。袋小路に入り込み、最後には生き埋めになるかもしれない。

そんなふうに考えていると閉所恐怖症のせいで胸が痛くなり、呼吸ができなくなった。パニックで頭皮がむずがゆくなり、全身が冷たくなり、背骨にねばねばする汗が流れる。どうなろうと、とにかくいちばん左の通路を進まなければ。

壁を手探りでつたい、どの通路でも左側にしがみついて進みつづけた。通路はどんどん狭くなり、記憶にあるよりも進むたびに狭くなった。わたしの腰が大きくなったという理由だけではない。二十五年のあいだに岩が通路にたくさん落ちていたのだ。岩のせいで、どの通路も行く手がふさがれていてもおかしくない。とはいえ、固着してはいないので、わたしは岩を数センチ転がしては身体を隙間に押し込めたり、両手と両膝を地面に着いて進んだりした。手袋をしていない手が氷のように冷たくなり、壁に当たって頰に傷ができる——

ワイルダー会館に戻ってきたとき、レインの頰にも擦り傷ができていた。あのとき彼女は「あまり人が通っていない通路」を通ってきた、と言っていた。二十五年前のわたしは、彼女が以前通ったことがある通路を選んだのだと考えていた。でも、あのときレインは本物の〈水晶洞窟〉を見つけたんですと、モスに話していた。じきに彼女が意味していたことが、わたしにもわかるかもしれない。

そしていま、ついにわたしは理解する。細い通路を抜けると、ふいに広い空間に出て、そこに明るい光が満ちていたのだ。前回はあまりにもまぶしいので、自分が死んでしまって死後の世界に運ばれてきたのかと思ったほどだ。実際、死んでいてもおかしくなかったのだ。いま、前方に目をやると、狭い通路の突き当たりは崖になっていて、三メートルほど下にぎざぎざと尖る岩がある。光は洞窟のてっぺんの穴——いわば円形の窓——から射し込んでいる。今夜は満月が輝いていて、その穴から射し込む光が屈折し、氷に覆われた水晶を燃えあがる万華鏡のように見せている。この前この光景を見たとき、わたしはさめざめと泣いた——レインを思って。彼女が死んだと思っていたのだ。わたし自身は彼女のせいでどれほど傷つき苦しもうとも、彼女はこれをもたらしてくれたと思っていた——魔法がかかっているように美しい場所を。それが本物であることがわかったあともずっと、わたしはその場所が実在するのかどうか半信半疑だったのだ。

寒さに震えつつ、わたしは張りだしている岩棚へと滑りながら進んでいった。身をかがめ、石壁のひび割れを手がかりに、ふたつの石筍《せきじゅん》のあいだに足を挟み込む。石筍のなかには、天井から伸びている生みの親である鍾乳石《しょうにゅうせき》と合体し、柱を形成しているものがあった。そうした柱がギリシャ神殿の列柱のように、円形の空間に環状に連なっている。そして、わたしが一本の柱の陰に隠れたとたんに、銃声が鳴り響いた。

柱が粉々に砕け、顔に石灰が降りかかる。

「この洞窟全体を、あたしに破壊させないで」岩棚の出っ張りからブリジットが声を張りあげた。「ブライアウッドの将来の世代の学生たちことを考えてよ。これからも学生たちには〈水晶洞窟〉を発見させて、未来の自分の姿を見させて、そして興奮させてあげないと」

わたしは次の柱の陰にすばやく走ったが、隠れたとたんにまた柱が吹き飛ばされたので、隣の柱へと飛んだ。「ねえ、教えてよ。クリスマス休暇のあと、レインから最初のメールが届いて、彼女がまだ生きていることがわかったとき、どんな気分だった？　自分の仕業《しわざ》を彼女が誰かに話すんじゃないかと思って、ビビったでしょ？」

「じゃあ、あなたが話せばよかったじゃないの！」わたしは叫び、うっかり自分が身を隠している場所を知らせてしまう。「あのとき、あなたはわたしを破滅させることができた。わたしたち全員を」

「あたしは実際、あんたたち全員を破滅させたんだよ」彼女が毒気をこめた声で言った。「あんだが、あたしに対する悪行の罪滅ぼしをしようとしてきたのは見てきた。狭っ苦しい掘っ立て小屋に住んで、懺悔《ざんげ》している修道女みたいに暮らしてきたこともね。でも、その程度じゃあ罪滅ぼしには足りないでしょ？　ようやくあたしが登場して、ここでなにもかも終わらせてあげるんだから、あんた、ありがたく思わないと」

わたしが隠れていた柱も突然吹き飛ばされて、粉々になった。銃弾の振動でつらら状の鍾乳石が天井から落下し、足を突き刺しそうになりながら、ほんの数センチ先の床で潰れた。わたしは柱の残骸の陰で身をかがめた。

「いま、ここであんたが死んだら、みんなはあんたが遺書に書いた自白を読んで、あんたがやらかしたことだって知る。そうなればブリジット・フィーリーはようやく公正なる法の裁きを受けられるし、あたしはルースとして平穏に暮らしていける。あんたからあんな真似をされたんだから、あたしにはそうする権利がある」

彼女が岩棚から空洞のほうに滑りおち、立ちあがると、こちらに銃口を向けながら歩いてきた。「永遠にここで朽ち果てるんじゃないかとは、心配しなくていいよ。頼りになる有能なアシスタントが岩山塔から逃げだして、あんたのあとを追ってここまで来て、あんたの死体を見つけてあげるから」

わたしはすばやく立ちあがり、飛び道具のように鍾乳石を投げつけた。鍾乳石がブリジットの胸に強く当たり、彼女は身を折るけれど、まだ銃を離さない。わたしは残っていた柱の基盤に足をかけ、岩棚に上がり、壁の裂け目を抜けて外に出ようとした。通路が急な角度で右に曲がり、水晶洞窟に入るときに通ったほうへと戻っていく。前回ここに来たときに、わたしは発見したのだ――水晶洞窟は「これまであまり人が通らなかった通路」には通じていないことを。あの先は突き当たりで袋小路《カルデサック》だ。裏の出口に行くには狭い通路をぐるっと回らなければならない。わたしは狭い通路に身体を押し込め、銀色の大岩の横をすり抜けようとした。背後からブリジットがわたしの名前を叫ぶ声が聞こえてくる。身体を潰すようにして通路をようやく抜けたとたんに、銃声が響きわたった。その音が狭い空間に大きく鳴り響き、振動で頭上の岩がゆるみ、頭に小石がぱらぱらと降りかかる。大きな丸い岩が前後に揺れた。あと、ちょっと押せば――

頭上の大岩が通路に転がり落ち、ぴたりと動きをとめた。あとに残ったのは細い隙間だけで、そこからブリジットのわめき声が聞こえてくる。わたしがなにをしたのか、悟ったようだ。

「やめて！」彼女が叫んだ。「あたしをここに置き去りにはできないよね！　もう二度と！　あんたにはそんな真似、できっこない。あんたの自白を読んだら、みんな、あんたがあたしを殺したと思うんだよ」

「戻ってくるから」そう言うそばから、天井が崩れ落ちた。わたしが土埃《つちぼこり》や落ちてくる小石のなかを走りだすと、彼女の泣き声が追いかけてきた。はるか昔に命を落とした誰かの懇願の木霊《こだま》のように。

43

現在

ブリジットのところに戻る前に、ニーナが凍死しないうちに大学まで連れて戻らなければならない。わたしはハイマツ帯を抜けていくが、足はすっかり冷えきって、もう感覚が麻痺している。気温は零度を下回っていて、大鎌を振るわれているように風が顔に切りつけた。岩山塔のなかでニーナがもう低体温症で息絶えているのではないかと、怖くてならない。二十五年前のわたしたちの所業のせいで、もうひとり犠牲者が出るかもしれない――すべての事の発端は二十五年前にあるのだから。ブリジットがどんな人間になったにせよ、彼女がああなったのはわたしたち――いや、わたしだ――が彼女にしたことのせいなのだ。わたしたちは三年半にわたって彼女を無視し、嘲笑《あざわら》った。そして最後にはあの氷のような冷たい洞窟のなかに置き去りにして、死なせたのだ。さらに彼女が戻ってきたときでさえ、わたしは彼女の顔をしっかりと見ようとしなかった――五年間、目の前に坐っていたにもかかわらず。ミランダ、ホッチ、ダーラ、ランス――四人の死もわたしのせいだ。これ以上犠牲者を出すわけにはいかない。

岩山塔の階段のいちばん上の踊り場に来ると、ニーナが椅子に坐ったままぐったりとしていた。月明かりのなか、わたしは彼女に駆け寄って身体を揺さぶり、冷たい手をこすって温めながら命の炎をどうにかまた燃やそうとした。ひどく長く感じられた苦悩の時間がすぎ、ついにニーナが身体をぴくりと動かし、目をひらいて混乱したような表情を浮かべた。

「ポートマン学部長？　なにがあったんです？　一緒に岩山塔についてきてって、ルースから言われたんです。あなたを助けるためだって。そうしたら……」彼女がふいに身を起こし、不安そうに室内を見た。「ルースがホットココアをくれたんです。これを飲めば暖かくなるからって。でも変な味がしたので、ルースがこちらを見ていないときに残りは吐きだしたんです……」ニーナがぶるぶると身を震わせ、それ以上話せなくなる。

「もう大丈夫よ、ニーナ」彼女の背中でロープをほどこうとしながら、わたしは声をかけた。「安全で暖かい場所に連れていくから」ロープをほどき、彼女を支えて立たせると、外からライトの閃光が射し込んだ。窓を見ると、山の麓《ふもと》の窪《くぼ》地《ち》がフラッシュライトでいっぱいになっている。救急車と警察の車両が芝生広場に集結していて、そのライトがミラー湖を照らしだしている。ついに助けがやってきたのだ。

岩山塔の外に出ると眼下のライトが光の川となり、わたしたちの行く手を照らしだした。〈ルミナリア〉とは反対の流れだ。わたしたちはミラー湖の湖面に映る岩山塔のほうに下りていった。わたしは手を両手で握られているのを感じ、周囲で泡のように沸き立つ声を聞きながら、こう思う。もしかすると、ついに湖の下に広がる鏡の世界に戻ってきたのかもしれない、と。そこにはわたしが二十五年前に置き去りにした娘が待っていて、わたしを引きずりおろして溺死させようとしている。そうすれば彼女は本来、自分がいるべき場所に戻ることができるのだ。

意識を取り戻すと、わたしは病室にいて、トルーマンがベッド脇に坐っていた。湖面に映る姿を見ているように、顔の輪郭が少しぼやけている。

「おかえり」彼がしわがれた声で言った。まるでわたしが長旅から帰ってきたみたいに。

「ベンとチルトンは?」わたしはかすれた声を出した。

「ベンは元気だ。この廊下の先にいるよ。チルトンはコネティカット州に帰った。夫と娘たちがもっといい治療を受けさせたいと迎えにきたんだよ。ところで、きみは低体温症になって凍傷を起こしていた。足の小指の先が失くなったけど、医者の話じゃ、以前と変わらず歩けるら――」

「ニーナは?」

「元気だよ、きみのおかげだ」

「ブリジットは?」わたしがついに尋ねる。

湖面に映っているみたいに、彼の顔がゆらりと揺れた。「ブリジット?」彼が木霊《こだま》のように繰り返す。「彼女は死んでる」

わたしはうなずこうとした。きっと彼女を発見したときには手遅れだったのだ。そして、わたしはふたたびミラー湖へと沈んでいく。

ふたたび意識を取り戻すと、トルーマンがまだそこにいて、その横ではベンが車椅子に坐っていた。腕と肩には包帯が巻いてある。ベンの顔には柄《がら》にもなく無精髭《ぶしょうひげ》が生えていて、トルーマンのほうはいつもとは違って髭をきれいに剃り落としている。まるでふたりが入れ替わったようで、ブリジットがレインになりすましていたことを思いだした。わたしがベンとトルーマンに説明を始めたところ、まるでわたしの頭がおかしくなったかのように、ふたりは視線を交わした。「きみのアシスタントのルースがブリジット・フィーリーだったっていうのか？」

「そう！」わたしは声を張りあげた。「信じられないだろうけど、ほんとうなの。ルースのパソコンを調べれば――」すると、ふたりがまだ疑わしそうに目配せをした。

「同僚たちがルースのパソコンを徹底的に調べたんだ――きみのもね」ベンがばつが悪そうに言った。そういえばブリジットは、わたしのパソコンを使ってレインからのメールを送り、わたしが罪を自白する文書を作成したと言っていた。

「ルースに仕組まれたの」わたしはそう言うけれど、興奮してしまい、看護師が来て血圧を確認した。そして、患者さんを動揺させないでくださいと、ベンとトルーマンを叱った。でも、いまらさらもう手遅れだ。「みんな、わたしが寄付金を横領したと思ってるの？　わたしがミランダとホッチとダーラとランスを殺したと？」

「そんなこと、誰も思っちゃいない」トルーマンが言う。

「だが、そう見える」ベンが認める。

「なにもかも、彼女の復讐だったのよ――ブリジットの復讐」わたしは説明した。「洞窟で彼女を見つけることはできたんでしょう？」

トルーマンがわたしをひたと見てから、口をひらいた。「きみが脱出したあと、落盤があってね。もうあそこには瓦礫《がれき》しかない」

「ということは、彼女の遺体は見つかっていないの?」

「ああ」ベンが言う。「だがニーナが発見した遺骨は、レイン・ビショップのものであると警察が断定した。だが、あのときからブリジット・フィーリーの痕跡はいっさいないんだ——」

「そして、いまも」わたしがその先を言う。

わたしはその夜まんじりともせずにすごし、わたしに復讐を果たそうとブリジットが洞窟から這《は》いあがってくる光景にさいなまれた。

洞窟で命を落とした者は例外なく、死の復讐を果たすために戻ってくる。

ブリジットは命を落とす前に、これが復讐であると明言した。ルースが細部まで気にかける人であったことを、わたしはよく知っている。わたしを横領犯に、さらには殺人犯に仕立て上げたければ、彼女は徹底してやるに違いない。翌朝は目覚めたとたんに、苦々しい思いにとらわれた。たしかにいま、わたしは報いを受けている。ルースの有能さにすっかり頼りきってしまったあげく、最後にはこうして放りだされたのだ。わたしがブリジットを洞窟に置き去りにして死なせた罪に対する、これは懲罰なのだ。

大学から解雇される可能性があると聞かされてはいたけれど、わたしはその日、書類仕事に忙殺された。そのあいだもずっと、いつなんどき警察がやってきて逮捕されるかもしれないとびくびくしていた。トルーマンがわたしをタクシーで迎えにきたときには、もう陽が暮れはじめていた。タクシーに乗って自宅に戻る途中、クリスマスのイルミネーションが輝く住宅街を通り、華やかなリースを目にしたとき初めて、きょうがクリスマスイブであることに気づいた。自宅に着くと〈アクロポリス・ダイナー〉のフォティーニと彼女の母親からの〝おかえりなさい〟というメモが添えられたギリシャ風クリスマスクッキーが入ったバスケットが置かれていた。室内に入ると、どこもかしこも花だらけだった。チルトンから贈られた白百合とフリージアの上品な花束には〝前向きにね〟と書かれたカードが添えられていた。そして紫、ピンク、オレンジ色のアネモネが鮮やかな花束はケンドラからで、カードにはただ〝お大事に〟と書かれてあった。それから〈アクロポリス・ダイナー〉から届けられた食べ物があって、餌をもらっていた猫のアールは以前より太って幸せそうだ。「あのダイナーの女の子が家のなかに入れてくれたんだ」トルーマンが言う。「僕、ここにいてもいいかな。チルトンがクリスマスを一緒にすごそうって自宅に招待してくれたんだけど、邪魔だろうし……」そこまで言うと、トルーマンがためらってからつけくわえた。「きみが退院するまで、ここを離れたくなかったんだ」

「ありがとう」わたしは言い、アールを撫《な》でた。室内は以前より清潔で、この十年ほどでいちばん居心地がよさそうに見えた。

「これでホテルを予約できる」トルーマンがそう言うけれど、わたしは包帯を巻いた足を宙に浮かせたままそばに寄り、彼の胸に手を置いた。彼のほうを見あげると、わたしが病院で意識を回復したときに垣間見た表情を浮かべて、その顔はきらめいている。まるで時間《とき》をさかのぼり、ワイルダー会館で履修登録の列に並んでいたときに初めて見た青年の顔を見つめているようだ。そしてこちらを見ている表情から、彼も当時の女の子を見ているような気がする。

「このまま、ここにいて」わたしは言った。

そして、彼はそうした。


翌朝、ベンがやってきて、ニーナが陳述したと教えてくれた。ブリジットが彼女に薬物を飲ませ、きみに銃を向けて岩山塔に連れていったと話してくれた、と。ニーナはたまたま耳にしたこと以外はとくになにも言わなかったらしい。「彼女はきみの話を裏づけている」とベンが言う。「こちらとしてはまだ、きみと横領を結びつける証拠をきみのパソコンで捜さなければならないが、いずれ、きみへの嫌疑は晴れるだろう」

「晴れるべき嫌疑だろ、相棒?」トルーマンが尋ねる。「ネルは無実だってことが、おまえにはわかってるんだから」

またかっとするのではないかとわたしは身構えるけれど、ベンがにっこりと笑う。「ああ、そうだよ、相棒。いまは関係者全員がなにをしたのか、あきらかにしているところだ」

意外なことにトルーマンが笑みを返した。

するとベンがこちらを向いた。「ルースのアパートを調べたんだが、これまでのところ、ブリジット・フィーリーとの接点は見つかっていない。だがルースの自宅のパソコンに〝告白〟というタイトルのファイルを見つけた。ところが、そのストーリーは出来すぎていて、とても真実とは思えないんだ。その文書は今回の複数の殺人事件の詳細まではあきらかにしていないが、ルース・モリスが行方不明でブリジット・フィーリーの遺骨が見つかっていないという事実とはほぼ一致する。だから、地方検事はきみを告訴しないようだ」

「そりゃおかしくないか」トルーマンが言う。「ルースは慎重に慎重を期して、自分がブリジット・フィーリーであることを示す証拠を残さなかったはずだ。なのに告白の文書を残したとは」

「犯罪者は世間が考えているほど賢くない」ベンが言う。「だが、連中はエゴイストでもある。だから誰かに天才だと思ってほしいんだよ。それに、この告白の文書がほんとうにブリジット・フィーリーによって書かれているとすれば、彼女がおれたちをどれほど憎んでいたのかがよくわかる――おれたち全員を」

　彼女の主張どおりだったとベンが言うのではないかと、わたしは予想した――あの頃、おれたちはひどい人間だったし、ひどいことをしたし、いまでも恐ろしい人間だから幸せになる権利などないんだ、と。ベンから言われるまでもなく、わたしの頭のなかではそうした思いが湧きあがっているけれど、ベンはそんな独善的な話を長々とするのではなく、ただこう言った。

「経験から言わせてもらえば、ほかの連中は残らず悪人だと決めつける人間は、他人を非難する前に時間をかけて懸命に自分を見つめるべきなんだよ」

　ベンはトルーマンから、彼の膝の上で丸くなっている猫のアールへと視線を移した。そして、よいクリスマスをと言い、部屋を出ていった。

「ワーオ」わたしは言い、トルーマンのほうを向いた。「ベンって進化したんだと思う？」

トルーマンがベンを笑いのタネにして冗談を飛ばすのではと思ったけれど、彼は重々しくうなずいた。「チルトンを撃ったからだ。その罪の意識がベンに重くのしかかってるんだよ。『彼女を殺していたかもしれない』と、あれからずっと繰り返していたからね。だから、そう、あいつは進化した。ベンに進化できるのなら――」そこまで言うと、トルーマンがわたしの顔を見あげ、わたしの手を握った。重々しい表情に希望の光のようなものが宿る――「残りの僕たちにとっても、手遅れじゃないのかもしれない」

わたしたちはその週末、一歩も家から出なかった。月曜日、大学は閉鎖されていたにもかかわらず、わたしはキャンパスに向かった。トルーマンはネットでキャッツキルで売りに出されている物件を探しはじめた――レコーディングスタジオを併設できる納屋がある物件を。わたしたちの関係がこれからどうなるのか、まだ話しあってはいない――というより、わたしたちに未来があるのかどうかもわからない。それでも、その答えを見つけるために近所で暮らしたいとふたりとも思っていることはわかっている。

物件を見にいけるよう、わたしは彼のために車を置いていき、キャンパスまで歩いていくことにした――右足に包帯を巻いているので、ゆっくりと。それに小指の爪先がないのでバランスがとりにくい。キャンパスは一幅《いっぷく》の絵画みたいに美しかった。錬鉄《れんてつ》の門は雪にふちどられ、いかにもお祭り気分に見える。きらめく陽射しを浴びたミラー湖は明るい銀色の円盤のようだ。四人もの――ブリジットを含めれば五人もの――人間がたった一週間前にここで亡くなったとはとても信じられない。わたしはしばらく湖の畔《ほとり》で足を止め、ランスとダーラのことを思い、胸を痛めた。ミランダのことでさえ、やはり痛切に思わずにはいられない。三人ともそれぞれ欠点はあったけれど、死ぬほどのことはしていない。彼らが逝ってしまい、わたしがここに残っているのだから、とても正しいとは思えない。

ＩＤカードを読み取り機に差し込み、本部棟に入った。ドアを開けると、誰もいない建物のなかに電子ロックが外れる音が響きわたり、わたしはなかに入った。ルースがもうオフィスにいるような気がしてならない。ホッチのオフィスの捜索が終了したのでもう犯罪現場ではなくなったと、ベンからは言われていた。わたしが昨夜、ついにパソコンを起動したところ、大学の教務部やＣＦＯから山ほどメールが届いていて、ホッチキス学長のファイルとライターズ館の資金に関するわたしのファイルはすべて財務部が内部監査のために押収したことがわかったのだ。わたしはゆっくりと中央階段を上がりながら、自分のオフィスでは大混乱が待ち受けているに違いないと覚悟した。四階に着くと、廊下の奥から感傷的な歌声が聞こえてきた——エラ・フィッツジェラルドの「サマータイム」。一年生の最初の日、レインが寮の窓でレコードをかけていたあの曲だ。

洞窟で命を落とした者は例外なく、死の復讐を果たすべく戻ってくる。

ところが、そのあと低い声が聞こえてきて、地元のラジオ局ＮＰＲのアナウンサーが寄付をつのっているのだとわかった。待合室——ルースの領分——に着くと、そこにはケンドラ・マーティンがいた。スウェットパンツに明るいオレンジ色のセーターを着て、床であぐらをかいてファイルを整理している。彼女はわたしを見ると、脚を伸ばしてさっと立ちあがり、わたしをハグした。

「よかった！」ケンドラが声をあげた。「あんな思いをしたあとだから、もうここに戻ってこないんじゃないかと心配してたの。あなたの力が必要なのよ」

「ここでなにしてるの？」わたしは尋ねる。「休暇でピッグバーグのご実家に帰るんじゃなかったの？」

「ふん！」彼女が頬を膨らませ、ふーっと息を吐きだした。「叔母があたしを〝いい娘〟に変えさせようとするから、うんざりしちゃって。それに誰かが新しい住居付き作家を雇わなくちゃならないでしょ」そう言うと、彼女が休みに入る前にわたしに見せてくれた鮮やかなオレンジ色のファイルを振り回した。そこには、彼女が住居付き作家として選んだ候補の書類がまとめられている。

「ケンドラ」彼女の目にきらめく熱意を消すのはいたたまれなかったが、わたしは説明を始めた。「ライターズ館が春にオープンするかどうかもわからないし、ホッチが不正に流用していたから、そのための資金がまだあるかどうかもわからないのよ」そこまで言うと、わたしは思い切って彼女の名前を口にした。「レイン・ビショップが亡くなっていることがわかったいま、ライターズ館への寄付金にどれほどの影響が及ぶのか、先行きも不透明だし」

ケンドラの眉毛がくっと上がった。「聞いてないの？」

「なにを？」また新たな事実があきらかになったのではとおびえつつ、わたしは尋ねた。

「CFOが遺贈に関する文書の原本を確認したの。そこにはね、エレイン・ビショップが死去した場合は雇用に関するすべての決定権をエレン・ポートマンに委ねると書いてあったのよ。それにCFOの話では、レインの本が売れに売れていまは信託財産が潤沢にあるから、十分に寄付をもらえるそうよ」

わたしはデスクの椅子――ルースの椅子――に深く身を沈め、ケンドラの顔を見あげた。レインがそれほどの責任をわたしに残したという事実に、大きなショックを受けたのだ。母親の死によって精神を錯乱させるまでは、そしてモスのセミナーの重圧にさいなまれるまでは、レインはわたしのことを友だちだと思ってくれていたのだ。彼女が亡くなっていると告げられてから初めて、わたしの胸のうちに彼女の死を悼むスペースが生じた――でも、いまではない。いまはとにかく仕事を片づけなければ。

「つまりそれは、わたしがライターズ館の理事を選べるっていうこと?」

「でしょうね。だから――」

「あなた、就任してくれる?」わたしは尋ねた。

ケンドラがにっこりと笑った。「そして、あなたとわたしで住居付き作家を選ぶわけ?」

「雇用委員会の承認を得られればね」わたしは堅苦しく言ってから、にこやかな笑みを浮かべた。「でも、その返事はイエスよ」

「じゃあ、わたしの返事もイエスよ」と言い、ケンドラが手を差しだしてきた。

わたしはその手を握り、ぬくもりをありがたく思った。そして、ケンドラがじっとこちらを見つめていることに気づいた。「いいのよ」わたしは言う。「訊きたいことがあれば、なんでも訊いてちょうだい」

氷の洞窟の殺人犯と対峙《たいじ》したときはどんな気分だったの、氷の洞窟の伝説を信じてるの、本物の殺人犯はあなただったんじゃないの。そんなことを尋ねられるものと覚悟していたら、ケンドラがこう訊いてきた。「あなた、恋しいんじゃない？　つまり、執筆が。あなたはモスの有名なセミナーを受けた。だから執筆には真剣に取り組んでいたはず。どうしてあきらめたの？」

わたしはいつものせりふを言いかけた。はるか昔にハヴィランド教授から聞いた話の受け売り――創造性の火花を散らす者もいれば、その炎を消さないために管理する者もいる――を。でも、そのとき、四年生の最後にこのオフィスでハヴィランド学部長と一緒に坐っていたときのことを思いだした。彼女はモスの仕事を引き継ぎ、上級セミナーのプロジェクトを続けるうえで、わたしたち全員を指導してくれた。でも、わたしが書いた小説はモスの書斎から忽然《こつぜん》と消えてしまっていて、わたしはコピーをもっていなかった。そこでハヴィランド学部長は、わたしが『シャロットの姫』に関してまとめた小論をもっと発展させてはどうかしらと提案してくれたのだ。わたしがそれを論文にまとめると、彼女が「鏡のなかの女――ヴィクトリア文学における生き写し」というタイトルをつけ、博士課程に進むための提出資料として利用できるよう配慮してくれた。そして年度末にわたしを学部長室に呼び、シラキュース大学から博士課程に進学する全額支給の奨学金を給付されることになったと教えてくれたのだ。彼女があいだに立って骨を折ってくれたのだと、わたしは想像したものだ。

「ただ、まだあなたが執筆を続けたいと思っているようなら、話はべつです」とハヴィランド学部長が言った。「〈レイヴン・ソサエティ〉への選考のときに、あなたが書いた原稿を読んで、あなたが書いた小説だとわかったわ。あれは応募作品のなかの最高傑作でした」

彼女の賞賛に嬉しくなるが、と同時に、罪の意識がむくむくと湧きあがった。執筆によってどれほど成功しようと、自分はその成功にふさわしくないという意識が消えることはないとわかっていたのだ。

「執筆を続けるだけの覚悟があるかどうか、自信がありません」わたしは応じた。

「そうね」そう言って、ハヴィランド学部長がうなずいた。「作家というのは、気が小さい人に向いている職業ではありませんから。そのせいで、結局はヒューゴが潰れてしまったんだと思うの……わたしにそれがわかっていれば——」目をうるませた彼女はいかにも寂しそうで、弱々しく見えた。「あのとき大学にいなかったこと、後悔しているのよ。その点に関しては、けっして自分を許さないでしょう」

いま、わたしは思いだす。自分が書いた作品を他人の名前で出版されたあげく、その作品がさまざまな賞を受賞し、賞賛されたときのことを。わたしは激怒し、憤慨《ふんがい》し、嫉妬して当然だったが、執筆していたときと同様、ほんとうの意味で自分の作品ではないような気がしてならなかったのだ。

「ときどき、恋しくなることもある」わたしはケンドラに言った。「でも執筆していると、自分のすべてを放出しているような気がしたの。だから、それよりは自分の殻に閉じこもって、自分を維持するほうがましだと思ったのよ」

ケンドラがうなずいた。その顔が一瞬翳《かげ》り、あなたの言ってること、とてもよくわかるわという表情が浮かぶ。わたしの頭のなかで、本物の作家たるもの、というモスの声が響く。

顔から翳りを消し、ケンドラが言う。「ああ！　そうそう、忘れるところだった。ニーナ・ローソンがこのオフィスでのワークスタディを希望しているの。どう思う？」

「あんな経験をしたあとなのに、春になって彼女がまた戻ってきてくれれば嬉しいわ。返事はイエス、全面的にイエスよ！」

わたしはここに来たときより少し前向きな気持ちになって、オフィスをあとにした。それでもミラー湖のそばを通ると、ブリジットの声がよみがえった。いくら善行を積んだところで、あなたがしたことの埋め合わせにはならないのよ、と。だからといって、やってみちゃいけないってわけじゃないでしょう？　わたしはそう返事をして、ブライアウッド山の頂上に続く道を歩きだした。ケガをした足に登り坂はきついうえ、霜が深く、手足の指先がかじかんで感覚がなくなった。自分の身体の一部にけっしてぬくもりを感じない場所があるのではないかと恐ろしくなる——それどころか、もうなにも感じられないかもしれない。それにあの伝説は真実で、これから一生悪夢のなかでブリジットが岩の地下聖堂からよみがえってくるような気がして怖くなった。そしてブリジットが提出した原稿『告白』の最後の行を思いだした。わたしがブリジットの原稿を読みながらハヴィランド学部長のオフィスに坐っていたあの夜から、忘れられずにいたのだ。ブリジットが書いたのは、自分が受けてきたひどい仕打ちに対して復讐をする娘の話で、その最後の一文が現実になるのではないかと怖くなった。わたしの真の復讐は、わたしの被害者たちがつねにわたしを捜して振り返りながら生きていくようにすることだ。

尾根のいちばん上まで来ると、目の前で陽《ひ》が沈もうとしていた。わたしがなにより怖れているのは鏡を見たとき、そこに彼女の姿を認めることだ——霞の娘、わたしの人生を生きるはずだった娘を。わたしはこれからの生き方で、彼女の問いかけに答えていくしかないのだ。

謝辞

ライターズ・ハウス社のエージェントのロビン・ルー、アシスタントのベス・ミラー、変わらぬサポートと励ましをありがとう。つねに有能な編集者リズ・ステイン、そしてウィリアム・モロウ社の勤勉なスタッフ、アリアナ・シンクレア、マロリー・マッカーディ、ケリー・クローニンにも感謝する。

本書のプロットや執筆中の愚痴に辛抱強く耳を傾けてくれた友、ロバータ・アンダーソン、アリサ・クイットニー、ニーナ・シェンゴールド、エセル・ウェスドロップにも御礼を申しあげる。とくにナンシー・ジョンソンは森のなかを長時間散歩しながら、学部長の仕事や日常生活に関する山ほどの質問に答えてくれた。

わたしの家族、リー・スロニムスキー、マギー・ヴィックネア、ノーラ・スロニムスキー、ジェレミー・リヴァインにも謝意を。みんなのおかげで、いつも自分の居場所でくつろいですごすことができている。

本書の執筆を始めたのは二〇二〇年のパンデミックが始まる前のことだった。だが後年になって、この時代がどう見られるかという予測がつくまで、わたしはしばらく執筆を中断した。そして大学時代の数人の旧友とＺｏｏｍでコミュニケーションをとりはじめた。その後、数人とはいっそう親睦を深め、あの試練の期間、週に一度はＺｏｏｍで話すようになった。おかげで大学時代の友人との絆の強さを実感し、新たな観点から旧友との関係を見直したうえで、本書の執筆に戻ることができた。ヴァッサー大学のＺｏｏｍグループの面々――アンドレア・マッサー、アリエル・カーティン、ジョン・ボーディンガー・デ・ウリアルテ、コニー・クローフォード、ゲイリー・ファインバーグ、ハワード・ルッツ、フラン・ローゼンバーグ、ジョシュ・ブラム、ジェームズ・ブロフィ、ケン・フランクリン、ジュディス・クリストル、リサ・ウェイガー、ミッチェル・マーリング、マイケル・ウィークリー、シャリ・ノートン、スコッチ・シルヴァーマン――暗い時期に光をもたらしてくれて、ありがとう。本書をみなさんに捧げる。

解説

三橋　暁

長年のミステリ・ファンを自負する読者でも、キャロル・グッドマンの名を記憶されている方は少ないかもしれない。

長編デビュー作の『乙女の湖』（ハヤカワ・ミステリ文庫）が日本の読者に届けられたのは、本国で刊行された翌年の二〇〇三年のこと。記憶力に自信があるとは言えない私が、この作品のことを憶えていた理由は、たまたま女優シモーヌ・シモンの出世作で有名なフランス映画の古典と同じ邦題だったからだが、学校の敷地内に美しく神秘的な湖をたたえた寄宿制女子校という舞台設定も印象に残っている。

当時を振り返ると、ジェレミー・ドロンフィールドの『飛蝗《ばった》の農場』やサラ・ウォーターズの『半身』といった異色作が、次々と読者の話題をさらった時代でもあった。〝少女たちの傷つきやすい青春期を鮮やかに描きだしたミステリ〟（著者紹介より）とのオットー・ペンズラーの折り紙付きだったとはいえ、さしたる前評判もない新人作家のデビュー作が注目を集めることができなかったのは、やむをえないことだったのかもしれない。
しかし、翌年 *The Seduction of Water* でデニス・ルヘインの『シャッター・アイランド』やローラ・リップマンの『あの日、少女たちは赤ん坊を殺した』を抑えて二〇〇三年度のハメット賞を受賞すると、その後もエドガー賞のメアリ・ヒギンズ・クラーク賞のファイナリストとして五度の指名を受け、そのうち二度は受賞の栄冠（二〇一八年度の *The Widow's House* と、二〇二〇年度の *The Night Visitors*）に輝いている。作家としてのキャリアは間もなく四半世紀に及ぼうとしており、別名義や合作を含めると二十五作を超える著作数と錚々《そうそう》たるミステリ賞の受賞歴を誇りながら、わが国ではその後翻訳の機会に恵まれなかったのだから、紹介の不幸という他ないだろう。

さて、ここにご紹介する『骨と作家たち』は、原題を *The Bones of the Story*（直訳するならば「物語の骨格」）といい、二〇二三年七月、ニューヨークに本社を置くウィリアム・モロウ社から出版された。この作品も受賞は逃したが、二〇二四年度メアリ・ヒギンズ・クラーク賞の最終候補作に選ばれている。キャロル・グッドマンの作品が翻訳されるのは、先にも触れたように『乙女の湖』以来二度目のことで、なんと二十二年ぶりのこととなる。

主な舞台は、ニューヨーク州北部にある山と湖を望むブライアウッド大学のキャンパスである。校名の由来となった山にはその頂《いただき》に石造りの塔があり、尾根のあちこちには古代ローマの地下遺跡を思わせる氷の洞窟が口を開けている。主人公のネルことエレン・ポートマンは、若き日にこの大学で学び、十五年前に教職に就くため母校に戻ってきた。四十代も半ばを過ぎた今は、教養学部で学部長を務めている。

秋の学期終了から間もない十二月のこと。冬至の行事である〈ルミナリア〉に参加した女子学生のニーナが洞窟に転落し、そこで人骨を発見する。その昔、行方不明となった学生のものと思われたが、同時に見つかったロケットの特別なデザインに、ネルは心当たりがあった。その持ち主の女性は学生時代の友人で、今をときめく売れっ子作家として活躍中だった。しかし、故郷の島で隠遁《いんとん》生活を送っていると伝えられ、卒業以来の音信は途絶えていた。

そんな彼女からいきなり届いたメールは、学長のホッチキスがホール改修の資金調達のために開催する、ヒューゴ・モス教授の逝去二十五年目の追悼式《ついとうしき》に出席するという内容だった。非業の死を遂げたモスは著名な作家で、生前は学内に住居が与えられる待遇で創作を指導しており、教え子や著名人が週末の式典への出席を予定していた。その当日、教え子の一人でもあるネルと有能なアシスタントのルース・モリスは招待客たちを出迎えるが、誰もが注目する招待客の一人がなかなか姿を現わさない。彼女はいつになったらやってくるのか？

本作の骨格ともいうべき特徴を数え上げるなら、まずは自然に抱《いだ》かれた大学キャンパスという舞台がある。ニューヨークといえばつい都市圏にあたるマンハッタンなどの都会のイメージを思い浮かべてしまうが、作者も住まう州の北部は、キャッツキル山脈やハドソン川渓谷など風光明媚《ふうこうめいび》な土地として知られる。歴史を誇る学校とその周辺もまた、ブライアウッド山やミラー湖などの美しい地形に囲まれており、この自然環境が物語にも大きく関わっている。

次に主人公で、この物語の語り手でもあるネルだが、このヒロインがなにかについて語っていないことは、お話が始まってすぐに読者も気がつくに違いない。主人公の秘密は、やがて繙《ひもと》かれていくことは、過去から次第に明らかになっていくが、その温かな人物像には、オースティンで教師の職にあった経験や、地元ニューヨークの大学でクリエイティブ・ライティングを教えているという作者自身が投影されていると思《おぼ》しい。

また、時折り作中に流れ込む幻想と怪奇の空気も、本作に欠かせぬ要素のひとつだろう。過去に起きた洞窟での行方不明事件が、学生たちの間で都市伝説のように語られ、後半の山場であるワイルダー会館での出来事には、超自然めいた雰囲気がたちこめる。さらに穿《うが》った見方をするなら、心細げな女主人公が大学生活という未知の世界に足を踏み入れていく過去のパートは、ゴシック・ロマンスの現在形ととることもできる。

そんな『骨と作家たち』を、既訳の『乙女の湖』と並べてみて、気がついたことがある。物語に繋がりこそないが、教師として母校に帰ってきたヒロインが、奇妙な儀式を目撃したことから事件に巻き込まれるデビュー作は、北ニューヨークという舞台も含め、本作と一本の糸で結ばれた姉妹編のような関係にあるのではないかということだ。このことは、偶然ではないように思える。

ところで、本作の巻頭にあって、一瞬にして読者の心を掴《つか》むのが、〝わたしの心のなかで、永遠に若い大学時代の旧友たちに〟という献辞の言葉だろう。自身の来《こ》し方《かた》をふりかえるとのささやかな作者の宣言であると同時に、甘酸っぱくほろ苦い青春物語が始まることを読者に予感させる。

本作は、交互に語られる〝あの頃〟と〝現在〟の二つのパートからなるが、主人公のネルが大学時代の四年間を振り返っていくのは前者だ。詩のコンテストの入賞経験くらいしか取り柄がないと卑下する彼女は、田舎臭い地元の大学に通い教師になるという無難な進路を望む母親をふり切り、上品で家柄のいい子女が学ぶ憧れのブライアウッド大学に進学した。

そこで彼女は、『マクベス』の魔女たちのように浮かれ騒ぐ、幼馴染みの三人組と出会う。ブロンドのチルトン、ブルネットのドディー、そしてリーダー格で黒髪の美女はレインといった。仲間に迎え入れられたネルは、彼女に思いを寄せるベンや、レインの恋人トルーマンらとともに難関の〈レイヴン・ソサエティ〉という文芸団体の入会資格を得ると、ヒューゴ・モスの上級セミナーに進む。やがて卒業という別れの時が近づく中、予期せぬ事態に見舞われた六人は、未来の再会を約束し、ある誓いを立てる。

モス教授の講座で創作を学ぶ男女らの大学生活を描く〝あの頃〟と、追悼式典が目前に迫った〝現在〟の間には、四半世紀という時の隔たりこそあるが、いずれもネルの視点で語られる。しかしこの『骨と作家たち』には、語り手であり、主人公であるネル以外に、もう一人、中心人物がいる。それは、レインことエレイン・ビショップである。

セレブリティの家柄と資産を誇るレインは、常に話題の中心となるカリスマ性と同時に、ワークスタディで苦学する同級生を見下す残酷さもあり、計算高く、独善的にもなれる賢さと狡さを持つ。ネルの回想の中でも常に主役の座にあるレインだが、その真の存在感を示すのは、〝現在〟のパートにおいてである。

謹んで出席する、とのメールが前日に届いたにもかかわらず、レインは一向に姿を現わさない。折からの冬の嵐で風雪が激しさを増す中、学長やネルをはじめとするモスの教え子一同は彼女の到着を待ち侘《わ》び、気を揉《ま》んでいる。久々に人前に現われる彼女を、それぞれの事情から気にかけているのだ。しかし、それを嘲笑《あざわら》うかのように時間だけが過ぎ、そして階段から落ちて首の骨を折った死体が発見される……。

待ち人が来ないというシチュエーションは、サミュエル・ベケットの戯曲『ゴドーを待ちながら』を連想させるが、中心人物の不在は、記号学者のロラン・バルトが『表徴の帝国』で論じた中心となるものの不在（言い換えれば、空疎な中心）を意図的に狙ったものかもしれない。映画ファンには、『キサラギ』や『桐島、部活やめるってよ』を例を挙げれば、詳しい説明は不要だろう。レインという主役の不在は、見事に物語の緊張感を煽っていく。

また、進行中の事態が連続殺人であることを仄《ほの》めかすかのように、第二十八章では誰も手を触れていないタイプライターが不吉な押韻詩《おういんし》を打ち出していく。明らかにアガサ・クリスティの名作を意識したものだが、作者はミステリの女王にオマージュを捧げるだけでなく、随所で偉大なる先人たちからの影響を隠そうともしていない。

降りつのる大雪で、大学は警察も容易に駆けつけることができないクローズド・サークルとなり、二十五年前にゼミの課題として出された怪異譚の内容が、見立て殺人として再現されていく。黄金時代を彷彿《ほうふつ》とさせる本格ミステリの趣向の数々が、読者に飽く暇《いとま》を与えない。先に、デビュー作との相似の関係に触れたが、作者のサービス精神は、大いに磨かれ、長足の進歩を遂げたといっていいだろう。

作者の公式サイトには、コンテンツとして同題（The Bones of the Story）のエッセイがある。本作について語ったものではなく、作者が創作の原点だと語る母親との思い出を記したものだが、その中で、作家の起源をたどる作業は過去に散らばった骨を復元することに似ていると語っている。

それを読んでふと思ったのだが、本作がデビュー作に立ち返った印象を与えるのは、長編デビューから二十年目を迎えた作者が、自分なりの原点回帰を試みたからではないか。その結果、キャリアの集大成として誕生したのが、この『骨と作家たち』ではなかったか。作者の改めての評価に繋がるに違いない今回の紹介は、まことに機を捉えたものだと思う。キャロル・グッドマンの帰還を心から歓迎したい。

訳者紹介　翻訳家。慶應義塾大学経済学部卒業。アスクウィズ『80歳、まだ走れる』、ラピノー『ONE LIFE ミーガン・ラピノー自伝』、ジェイガー『最後の決闘裁判』、ヒントン『奇妙な死刑囚』など訳書多数。

骨と作家たち

2025年 4月30日　初版

著　者　キャロル・グッドマン

訳　者　栗《くり》木《き》さつき

発行所　(株)東京創元社
代表者　渋谷健太郎

162-0814 東京都新宿区新小川町 1-5
電　話 03・3268・8231-営業部
03・3268・8201-代　表
URL https://www.tsogen.co.jp
組　版キャップス
暁印刷・本間製本

乱丁・落丁本は、ご面倒ですが小社までご送付ください。送料小社負担にてお取替えいたします。

ISBN978-4-488-25308-0　C0197